HAGEN DEECKE

DER SEEMANN UND DIE TÄNZERIN

Engelsdorfer
VERLAG

Bibliografische Information der Deutschen Nationalbibliothek:
Die Deutsche Nationalbibliothek verzeichnet diese Publikation in der
Deutschen Nationalbibliografie; detaillierte bibliografische Daten sind
im Internet über http://dnb.dnb.de abrufbar.

© 2023 Engelsdorfer Verlag Leipzig

Lektorat: Barbara Lösel, Nürnberg, www.wortvergnügen.de
Layout und Cover: Andrea Neuhaus, Jörg Lapczuk, Hamburg
Fotos: S. 233 unten und S. 234 oben: Wolfgang Steche, Visum;
alle weiteren: privat.
Transkription: Isabelle Begier
Hergestellt in Leipzig, Germany (EU)
ISBN: 978-3-96940-643-4

Inhalt

Für Max und Moritz

Teil I

Das Jahr
der Seefahrt

PROLOG

Was müssen wir tun, um diesen unhaltbaren Zustand zu beenden? Die beiden saßen am langen Küchentisch ihrer Hamburger Wohnung und hatten ihre Hände aufeinandergelegt. So war es leichter, über beschwerliche Dinge zu reden, schließlich mussten sie es einmal besprechen. Sie brauchten eine Entscheidung, bei aller Liebe! Ihre Kinder waren sieben und zwanzig Monate alt.

Sie war es, die das Gespräch herbeigeführt hatte, sie wollte den Druck seiner Schulden nicht länger hinnehmen. Ihn hingegen belasteten seine Finanzen nicht sonderlich – die Bank hielt doch weiterhin schön still, nur einmal hatte sein Kundenberater, der servile Herr Kröger, gequengelt: Da müssen wir mal was tun – ohne aber je wieder darauf zurückzukommen. Trotz allem, es musste etwas geschehen.

Vor ihrer gemeinsamen Zeit war er vierzehn Jahre zur See gefahren, zuletzt als Kapitän mit großem Patent[1], er hatte unter liberianischer Flagge sehr gut verdient. Schließlich aber hatte er bekennen müssen, dass aus dem Leben auf See nicht das ersehnte Gefühl von Freiheit und Unabhängigkeit erwachsen war, das er als junger Mann einmal herbeigeträumt hatte. Er fühlte sich von der Seefahrt getäuscht und hatte den Dienst quittiert, ohne freilich eine Vorstellung zu haben, wie sein Leben an Land aussehen sollte.

Was machen wir denn jetzt?, fragte sie, als die beiden alle Varianten durchgesprochen, jedoch keine schmerzfreie Lösung gefunden hatten. Beiden war klar, dass sie bei den Kindern zu Hause bleiben müsste, um zusammen mit ihrer Mutter die Ballett-

---

1 *Staatliches Befähigungszeugnis für nautische und technische Schiffsoffiziere*

schule an der Hamburger Hochallee weiterzuführen. Es würde also an ihm sein, den Schlamassel zu beheben. Ich muss also wieder los ..., sagte er bitter und konnte es nicht glauben. Er stand vom Küchentisch auf, ging ans Fenster und stand dort lange ohne ein einziges Wort. Tags darauf telefonierte er mit Kapitän Haase von der Reederei. Nur wenige Tage später ging er an Bord – wohin er nie mehr hatte zurückkehren wollen.

Während der acht Monate, die er auf bulligen Bohrinselversorgern in der nördlichen Nordsee und vor Westafrika verbrachte, schrieben sie sich sechsundvierzig Briefe, Briefe von See und von Land. Sie sprachen darin alles an, was sie bewegte. Außerdem schrieb er Tagebuch, ein privates Logbuch, das Erlebnisse, Gedanken und Träume festhielt. Auszüge davon legte er seinen Briefen bei. In diesem Jahr der Seefahrt entstanden Dokumente der Zeit- und Seefahrtsgeschichte und am Rande auch ein Spiegelbild dieser noch jungen Hamburger Familie.

Hier sind sie, die Briefe, Notizen und Tagebücher des Seemanns und der Tänzerin.

1

Entfernungsschilder stehen fast überall auf der Welt. In Feuerland und auf Vancouver Island, in Kapstadt und Panama. Zu den bekanntesten in Nordeuropa gehört die Distanzbake von Longyearbyen. Am Flughafen von Spitzbergen zeigt sie an, dass es von der norwegischen Inselgruppe in der Grönlandsee genau 1.309 Kilometer bis zum Nordpol sind und in welche Richtung man loslaufen muss – Kurs Nord und immer schön geradeaus. Rechts entlang, gen Osten, sind es bis Tokio 6.830 Kilometer und nach unten, Richtung Süden, noch 2.743 Kilometer bis Hamburg.

Ob hier oben in Longyearbyen oder auf der Reise durch ihr Leben – Menschen entscheiden über ihre Ziele und Kurse immer wieder neu. Aufgrund neuer Erkenntnisse wollen sie ihren einmal eingeschlagenen Kurs ändern und Ziele neu bestimmen. Ihr bisheriges Lebensziel erachten sie nicht länger als erstrebenswert. Genau darum ging es auch mir: Ich wollte nicht noch weitere Jahre zur See fahren, denn die Seefahrt fühlte sich für mich inzwischen als falsch an, sie hatte ihre Versprechen nicht gehalten. Was aber in Gottes Namen konnte ich an Land Sinnvolles tun, verstand ich doch lediglich etwas von Schiffen, von der Seefahrt und vom Meer? Ich suchte in mir nach Fingerzeigen wie die auf Longyearbyen, doch die zeigten sich nicht.

An Land orientieren sich die Menschen an Wegmarken und Meilensteinen. Seeleute bestimmen ihren Standort selbst und legen, sobald sie ihn aufgrund von Beobachtungen festgestellt haben, ihren Kurs selber fest. Aber wenn du nicht weißt, wo dein Schiff gerade steht, darfst du auch keine Kursänderung vornehmen, hatte mich mein kluger Kapitän Friedrich Toller einmal gewarnt und mir damit eine seiner tiefen Einsichten ans Herz gelegt. Doch als ich nach vierzehn Jahren Seefahrt Mitte der siebziger Jahre zurück an Land ging, war ich genau in dieser Situation. Ich ignorierte die Erkenntnisse des Kapitäns und änderte meinen Lebenskurs, ohne weder meinen Standort noch ein Ziel zu kennen. Ändere deinen Kurs nur, wenn du auch sicher weißt, wo dein Schiff gerade steht, hatte er gewarnt, sonst knallst du auf die Rocks. Ich hielt mich nicht an seine Maxime und knallte auf die Rocks, auf die harten Tatsachen des Lebens. Bis ich aus dem Off schließlich einen Hinweis erhielt – ein einziges Wort nur – ein Zauberwort, nach dem ich unbewusst schon länger verlangt hatte. Als ich es endlich kannte, gab es meinem Leben eine radikal neue Richtung und einen tiefen Sinn. Schifffahrtsjournalist, so hieß das Wort, das ich gesucht hatte.

2

Das Sesam-öffne-dich-Wort Schifffahrtsjournalist hatte mich elektrisiert, hatte Funken geschlagen. Mit neuer Energie aufgeladen, ging ich umgehend daran, mir Kontakte in der mir völlig unbekannten Welt des Journalismus zu suchen. Ich wollte erfahren, wie Journalismus geht, wie er sich anfühlt, und staunte selbst ein wenig darüber, was ich mir zutraute. Bisher hatte ich kein einziges Wort veröffentlicht. Ich wollte vor allem wissen, ob es in meinem Fachgebiet überhaupt eine Chance gab oder doch nicht. Musste ich Voraussetzungen mitbringen? Keine, hörte ich, wenn du schreiben kannst, wäre das von Vorteil, wenn nicht, fliegst du sowieso gleich wieder raus. Keine Minute kam in mir nur ein einziger Gedanke an lästige Kontostände hoch. Schwarze Zahlen oder rote, das war mir in diesen Tagen völlig egal, sie lenkten nur ab.

Ich hatte von einer Akademie für Publizistik in der Magdalenenstraße in Hamburg gehört und rief dort umgehend an.

Zwei Plätze wären noch frei, Sie müssen sich beeilen, sagte die Sekretärin.

Einen nehme ich. Sofort buchte ich den auf sechs Wochen angelegten Kursus.

Kurt Maschmann, Leiter der Akademie und Chefredakteur der Hamburger Morgenpost, begrüßte mich sieben Tage später zu Lehrgangsbeginn. Einen Seemann hatten wir noch nie hier, sagte er und wünschte mir eine gute Zeit. Wir lernten, was Cicero bedeutet – eine Schriftgröße; wir erfuhren, was eine Meldung ist, wie sie verfasst wird und was sie von einem Kommentar unterscheidet. Wir lernten, wie eine Redaktion aufgebaut ist, was eine Redaktionskonferenz ist und was dort entschieden wird, was ein Chef vom Dienst zu tun hat und was Artikel 5 des Grundgesetzes über Meinungsfreiheit sagt. Ich war begeistert.

Spiegel-Redakteur Hellmuth Karasek brachte uns in seinen unterhaltsamen Vorlesungen bei, wie man ein Interview führt und Texte aufbaut; er ermunterte uns, sprachlich kreativ zu sein. Als Beispiel gab er eine seiner neuen Kreationen zum Besten: etwas zu verhollywoodsen, wenn man etwas versüßen will. Auch andere Edelfedern von der ZEIT und vom stern gaben ihr Wissen und ihre Erfahrungen an uns weiter. Der Journalismus erlebte gerade eine goldene Phase, die Auflagen der Zeitungen und Magazine stiegen und stiegen, sie stürmten dem Himmel entgegen.

Während des Lehrgangs bewarb ich mich bei Werner Titzrath, Chefredakteur des Hamburger Abendblatts, um eine Anstellung. Gleich morgen können Sie anfangen, sagte er nach einem halbstündigen Gespräch und stellte mich als Volontär ein, danach sehen wir weiter. Ich beendete zuerst noch den Lehrgang an der Akademie und volontierte dann in allen Ressorts: Politik, Kultur und Lokales, Wirtschaft, Sport und Panorama. Siebenhundert Mark brutto verdiente ich im Monat, ein Bruchteil dessen, was ich zuletzt an Bord bekommen hatte. Nach einem Jahr Volontariat gab Werner Titzrath mir einen unbefristeten Redakteursvertrag.

Meinen Lebensstandard schränkte ich nicht ein. Das Leben war schön. Ich lernte Katrin kennen. Mit jeder Reportage wurde es schöner. Ich schrieb über verdächtige Frachter im Hafen, über das gerade im Aufbau befindliche Wrackmuseum Cuxhaven, einen Schlickschlittenfahrer im Nordseewatt, über Verhandlungen vor dem Seeamt, über Reedereien, Kapitäne und Matrosen.

Mein Minuskonto allerdings schwoll Monat für Monat weiter an wie eine bedrohlich steigende Flut, bis der Geldautomat streikte. Die Gespräche mit Herrn Kröger von der Sparkasse – (Wann kommt denn wieder was rein?) – wurden zur Belastung. Bis schließlich nichts mehr ging und die Rückkehr auf einen Dampfer unausweichlich wurde.

3

Als Katrin und ich die Entscheidung getroffen hatten, mir einen neuen Dampfer zu suchen, war mir das Bild der Distanzbake von Longyearbyen in den Kopf gekommen. Mein Ziel kannte ich nun: schuldenfrei werden und meine Familie zuverlässig versorgen können. Nun galt es, diese drei Schlussfolgerungen zu ziehen: Schätze ein, wie weit der Weg zum Ziel noch ist. Mache deutlich, was dich daran hindert, es zu erreichen. Und stelle dich auf die Widerstände ein, die dich davon abhalten wollen, deiner Bestimmung zu folgen.

Katrin und ich hatten in vielen, oft hochgehenden Diskussionen unsere Position – also unsere familiäre Standortbestimmung – vorgenommen und aufgrund meines zu erwartenden Verdienstes auf See überschlagen, dass ich vielleicht acht, allenfalls zehn Monate zur See fahren musste, um meine finanzielle Stabilität wiederzuerlangen. Und – als Gegenprobe – was schlimmstenfalls passieren würde, wenn ich nicht wieder losfahren, weiter immer nur ins Blaue hoffen und mein Verhalten nicht ändern würde: Ich werde auf die bitterharten Felsen des Lebens knallen. Zuerst würde ich persönlich auf die abschüssige Bahn geraten, in deren Folge finanziell stranden und meine Familie mit hinunterziehen. Ich würde den Respekt vor mir selbst verlieren und gesellschaftlich ins Abseits geraten.

Wir würden scheitern, wenn ich nicht aufhören wollte, mit Ausflüchten und Spitzfindigkeiten zu jonglieren, ich hatte meine Lage lange genug beschönigt. Ich musste mich – Herrgott noch mal – an meine ureigenen Einsichten halten und endlich auch das umsetzen, was ich selbst lange für richtig erachtet hatte! Doch trotz aller Vorkehrungen, die ich traf, um wieder loszufahren, konnte ich meine heimliche Hoffnung auf eine Möglichkeit nicht länger verheimlichen: eine wirkliche Big Story auszugraben. Und wenn sie dann geschrieben wäre, würde ich sie für Big Money an ein Magazin verkaufen und aller Sorgen ledig sein. Fantasien eines Unverbesserlichen, der alles darum geben würde, bei Frau und Kindern bleiben zu können. Eines Mannes, der nicht wieder in ein schmuddeliges Bordmilieu zurückfallen wollte.

Ungeachtet unserer Entscheidung sah es zunächst noch so aus, als könnte ich tatsächlich zu Hause bleiben, und ich glaubte kurz, nicht wieder loszumüssen. Drei Alternativen hatte ich herausgefunden und daraufhin bewertet, ob sie meine finanziellen Probleme lösen könnten: Die Festanstellung als Wirtschaftsredakteur bei einer Tageszeitung war die eine reale Option. In diesem Bereich kannte ich mich aus, hatte ich doch schon einmal beim Hamburger Abendblatt als Redakteur gearbeitet. Eine weitere Chance sah ich darin, mich als Nautischer Inspektor bei einer Reederei zu bewerben, deren Schiffe zu betreuen oder als Ladungsoffizier – als sogenannter Supercargo – Verantwortung zu übernehmen. Eine dritte, allerdings eher vage Chance sah ich darin, mich als Lotse im Hamburger Hafen, auf der Elbe oder auf der Außenelbe zu verdingen. Ich kannte Klaus Petersen ganz gut, den Ältermann[2] der Hamburger Elblotsen, und sprach ihn an.

Wir sehen uns fortwährend nach Neueinsteigern um, hatte er wohlüberlegt geantwortet, mit dem großen Kapitänspatent bringst du ja die Voraussetzungen mit, aber du müsstest erst einmal für zwei Jahre als Lotsenanwärter mitfahren und langsam in die Lotserei hineinwachsen.

Mit anderen Worten: In zwei Jahren erst hätte ich mich über die dann allerdings sehr stattliche Lotsenheuer freuen können. Bis dahin wollte und konnte ich allerdings nicht warten, weil ich meinen Ausflug aufs Meer zeitlich begrenzen und weitaus früher hinter mich bringen wollte.

Als ich zudem noch erfahren hatte, was ich in den drei ins Auge gefassten Berufen verdienen würde, kehrte ich enttäuscht an den Küchentisch zurück. Katrin teilte meine Auffassung. Das habe ich mir ganz anders vorgestellt, sagte sie abgekühlt, ich dachte, diese Berufe würden bedeutend besser bezahlt werden.

Geht mir genauso, stimmte ich zu.

2 *Sprecher einer Lotsenbrüderschaft*

Die Gegenprobe hatte ergeben, dass ich als Erster Offizier auf einem Versorger in der Ölbranche weit mehr als das Doppelte rein netto verdienen würde; meine Aussichten auf eine gepflegte Seemannsheuer stand also, verglichen mit den Einkommen an Land, weitaus besser da.

Warum die Verdienste an Land und auf See so bemerkenswert voneinander abwichen, liegt an der 183-Tage-Regelung. Wer seinen Wohnsitz in der Bundesrepublik abmeldet und sich länger als ein halbes Jahr, also 183 Tage, im Ausland aufhält, muss keine Steuern entrichten! Und meine Schiffe – das wusste ich längst – würden unter Liberiaflagge segeln, unter dem Hoheitszeichen des westafrikanischen Landes Liberia. Insbesondere seine steuergesetzlichen Vorzüge sollten wesentlich dazu beitragen, mir die Entscheidung um einiges geschmeidiger zu machen.

4

Du kannst nicht einfach so deinen Seesack packen und mich hier alleinlassen, sagte Katrin am folgenden Morgen, die neue Situation, die kriege ich nicht einfach mal so hin, wie soll das denn gehen? Auf einmal bin ich dann mit allem allein. Und sie zählte auf, was da alles zusammenkommen würde, mit zwei Kleinkindern, mit Haushalt und Einkauf, mit den ganzen Tanzschülerinnen, wie soll das alles zusammengehen? Und fügte gleich hinzu: Auch mit den Freunden und der Freizeit, wie soll das denn alles gehen, ganz allein?

Katrin hatte ohnehin weitaus mehr zu tun als ich und nun sollte mein Anteil an Hausarbeit und Kinderbetreuung auch noch ganz wegfallen und von ihr zusätzlich geleistet werden müssen.

Unser neues Leben würde in etwa so aussehen: Ich würde zwei Monate ununterbrochen auf See sein und danach sechs Wochen meinen Urlaub zu Hause verbringen. Der neue Rhythmus, zwei Monate auf See und sechs Wochen bei der Familie, würde unseren Alltag bestimmen. Diese Perspektive, die noch am Tag nach der Entscheidung mit uns durch die Wohnung lief, hatte uns beunruhigt, uns den Schlaf geraubt. Ganz schlecht geträumt, muffelten wir, schwarze Träume gehabt, doch unsere Gereiztheit sollte kein Dauerzustand bleiben. Wir machten uns Mut, denn wenn wir das Problem erst einmal aufgegriffen und umgesetzt haben würden, wäre es auch schon beinahe geschafft. Unser harmonisches Familienleben würde beträchtlich gestört und völlig anders verlaufen; es würde uns emotional verunsichern, und nichts würde mehr so sein, wie wir es liebten. Denn eigentlich ging es zu Hause nicht ohne mich. Gleichwohl hatten wir so entschieden.

Schon wegen der Kinder mussten wir uns von außen Beistand holen; die beiden sollten behütet und versorgt werden, während Katrin montags bis donnerstags Ballettunterricht gab. Stina, unsere junge schwedische Bekannte, hatte schon öfter bei uns eingehütet und war mit den Kindern vertraut, sie würde gewiss öfter einspringen können. Auch Thoda, die herzenswarme Italienerin aus Milano, die seit Jahren in Hamburg lebte und gut Deutsch sprach, müssten wir noch fragen, ob sie öfter und regelmäßiger kommen könnte. Vielleicht könnte auch Staschi aus Hamburg-St. Georg für ein paar Stunden aushelfen. Durch unseren allgemeinen Umgang mit den infrage kommenden Kindermädchen wussten wir sie einzuschätzen und konnten ihnen vertrauen.

5

Katrin sah bekümmert aus und übernächtigt. Ihre Stimme klang dennoch ausgeruht, klaglos und von Überlegungen geleitet, wie denn all die Tage und Wochenenden auch ohne mich gehen könnten. Sie passte sich trotz ihrer Vorbehalte, wie sie das alles schaffen sollte, der neuen Lage schneller an als ich, was wohl auch daran lag, dass ich in Gedanken bereits an Bord war und die Tage und Nächte dort schon einmal durchspielte. Du wirkst bedrückt, bemerkte sie, aber vielleicht ist ja alles weniger krass als erwartet. Vielleicht, sagte ich mir daraufhin, vielleicht hatte sie ja recht und die Seeleute auf Versorgern würden, wenn es gut läuft, zivilisierter sein als jene auf den Frachtern in der großen Fahrt[3]. Auf Dampfern, Massengutschiffen, die Erz und Getreide transportierten, und Öltankern hatte ich so manches Jahr auf See verbracht, doch an meine Erfahrungen von damals wollte ich wirklich nicht anknüpfen, ich hatte genug davon.

Katrins pragmatisches Verhalten in dieser völlig neuen Lage war kennzeichnend für sie. Das Organisieren lag ihr, etwas zu gestalten, das gehörte zu ihren Talenten, und sie war auch bereit, diese Herausforderung anzunehmen. Wenn ich auch den Unterton einer leisen Vorhaltung in meine Richtung aus ihren Worten herauszuhören glaubte: dass ich ihr, den Kindern, ihren Eltern im Haus und unseren Freunden diese sauere Suppe vorgesetzt hatte. Aber so war es ja.

An diesem Sonnabend frühstückten wir im Bett, hörten Tom Jones' Delilah und Darlin und Hey Jude von den Beatles und fielen mit Ringo und George, mit John und Paul in ihren nicht enden

---

3 *Befähigungszeugnisse, die für alle Ozeane und Meere zugelassen sind*

wollenden Glücksrefrain Na-na-na, na, hey Jude ein. Taumelnd vor Glück und selbstvergessen fielen wir in Trance und mochten gar nicht mehr damit aufhören. Wir vergaßen unsere Beschwernisse, doch endlich, endlich mussten wir hinnehmen, dass selbst der beste Song irgendwann einmal zu Ende war. Und schon bald glaubten wir wieder daran, es schaffen zu können: unser Leben an den Hörnern zu packen und in unsere Richtung zu ziehen.

Marlene, gerade einmal zwanzig Monate alt, zuckelte mit ihrem Neng-Neng zwischen den Fingern, einem weichen Baumwolltuch gegen alle Unbilden der Welt, und einem Daumen im Mund, in unser Schlafzimmer. Schuschu, nuschelte sie, sie wollte kuscheln. Ich trug Maximilian ins extrabreite Elternlager, er strahlte und strampelte vor Vergnügen, als gäbe es kein Morgen für unseren sechs Monate alten Pamperspunker. Auf seinem Blondkopf ragten kräftige Haare wie bei einem Punk strahlenförmig in die Luft, als hätte er einen Finger in die Steckdose gesteckt. Manchmal riefen wir ihn aus Spaß so, unseren Pamperspunker.

Dieses lange Wochenende Ende Januar 1982 verbrachten wir in Nachthemd und Bademantel, stromerten durch die Wohnung, breiteten uns auf dem Wuschelteppich im großen Wohnzimmer unter dem Oberlicht aus, tranken Tee und Sekt und Saft und Milch aus der Flasche, hörten Lieder von Konstantin Wecker und Reinhard Mey, sangen laut mit. Lasen die kleine Raupe Nimmersatt vor und kritzelten weiße Blätter mit bunten Stiften voll. Bett- und Pralinentage nannten wir diese kollektive Leichtigkeit, wenn uns rein gar nichts aus unserer warmen Viersamkeit herauszulösen vermochte. Uns Eltern geisterte die bevorstehende Trennung in Herz und Kopf herum, wir wollten Liebe und Familienwärme auf Vorrat speichern, das war alles, was wir brauchten.

6

Ein nasskalter, böiger Sturmwind vor der Haustür trieb abgebrochene Äste, schmutzige Papiertüten und Gemüsereste vom Isemarkt durch unsere Hochallee, an der wir an der Ecke zum Jungfrauenthal lebten – Sturm fuhr auch durch die Rothenbaumchaussee, über den Klosterstern und in den Eppendorfer Baum hinein, allesamt Straßen und Plätze aus dem alten Hamburger Klosterviertel. Katrin und ich waren zuversichtlich, richtig entschieden zu haben. Wenn alles vorbei ist, springen wir vor Freude an die Decke, ermutigten wir uns, wir verdrängen das Unvermeidliche und tun so, als wäre unser Leben nie anders gewesen. Wir redeten davon, dass uns das sonst so gewogene Lebensglück eine gewisse Besinnung zukommen lassen wollte, bis meine Verbindlichkeiten abgetragen sein würden. Wenn wir zusammenhalten, ist dieser Spuk schon bald vorbei, beschworen wir uns. Zumal wir wussten, für wen wir so entschieden und dass wir es aus eigener Erkenntnis heraus getan hatten.

Ursache für meine prekäre Finanzsituation war Leichtsinn, nichts anderes, gepaart mit Sorglosigkeit und Freude am Leben. Mein freiberufliches journalistisches Einkommen glich dem Up-and-Down einer Achterbahn, wenn es auch häufiger runter als rauf ging. Nur äußerst selten flossen stolze achttausend Mark vom stern auf mein Konto, wenn ich dort eine Reportage veröffentlicht hatte. Manchmal kamen zweitausend Mark für eine Story in der Bunten oder anderen Blättern, öfter tröpfelten nur wenige Hunderter im ganzen Monat für Beiträge in Tageszeitungen oder maritimen Fachzeitschriften – wirklich keine finanzielle Erfolgsgeschichte. Ein einziges Mal kam eine Reportage für den Spiegel hinzu. Der ohne Namenskürzel veröffentlichte und wie immer stark redigierte Text in dem Magazin munterte zwar mein journalistisches Ego auf, finanziell aber war es ein Fehlschlag.

Bei aller beruflichen Mühsal blieben meine monatlichen Kosten hoch – die Miete und das Auto, die Kleidung, die Versicherungen, der Urlaub. Zuallererst aber wollte der Kühlschrank gefüllt sein, und die Freude am Leben, was immer darunter angeführt werden mochte, sollte auch nicht zu kurz kommen. Eins kam zum anderen, nichts davon mochte ich missen, nichts von diesen Annehmlichkeiten mochten wir streichen.

Komm, wir gucken einmal bei Fischmeyers vorbei und holen uns für den Abend was Nettes, schlug Katrin vor; ich ging gern auch zu Schlachtermeister Beisser und ließ mir dort etwas von Herrn Krinke empfehlen. Wenn wir Herrn Quak vom Weinhaus Gröhl anliefen, um bei ihm Sekt und Sherry zu erstehen, kehrten wir entspannt nach Hause zurück. Allerdings nicht, ohne noch bei Frau Martens vorbeizuschauen, der legendären Eppendorferin mit ihrem einzigartigen Obst- und Gemüseladen am Klosterstern. Im Modehaus Klopsch ließ Katrin sich sportlich-elegante Hosen und Topps zeigen. Und ein paar Schritte weiter in der Buchhandlung Heymann empfahl uns Frau Lalowski ein gutes Buch. Allesamt altvertraute Geschäfte an der dörflichen Meile Eppendorfer Baum, deren Inhaber und Personal wir kannten und schätzten und die uns kannten und schätzten.

Mit ihrer seit Langem gut eingeführten Ballettschule erzielte Katrin ein ehrliches Einkommen, ohne das das alles nicht gegangen wäre. Ihre Mutter Gila hatte sie 1950 in der Isestraße gegründet und sie auf ein überdurchschnittliches Niveau in Hamburg gebracht, wie Zeitungen schrieben. Nun führten Mutter und Tochter die Schule gemeinsam. Ich dagegen verstand rein gar nichts von klassischem, Stepp- oder Jazztanz. Woher auch? Ich bewunderte die Tänzerinnen jeden Tag aufs

Neue, wenn sie lächelnd und scheinbar schwerelos körperliche Mühsal auf sich nahmen und dabei ihre graziösen Bewegungen aussehen ließen, als wären ihre Körper leicht wie Musik oder Blumen, als wären menschliche Körper allein dafür gemacht, mühelos durch hohe Räume zu schweben. Mir erschlossen sich Ballett und Tanz als eine anmutige und hohe Form der Kunst, mit der ich, bevor ich Katrin kannte, auch nicht nur einen Tag in Berührung gekommen war.

7

Im Kontrast zu meinen Tagen an Bord stellte sich mir das Hamburger Großstadtleben in mancherlei Hinsicht wie ein wilder Galopp dar. Ein ständiger, wenn auch fein austarierter ziviler Wettstreit in den Redaktionen, in denen festangestellte Redakteure untereinander und mit freien Journalisten auf gesittete Art und Weise darum rangelten, ihre jeweils eigenen Stücke – Texte und Fotos – ins Blatt zu heben, bestimmten den Redaktionsalltag. Zurückhaltender verhielt sich die Konkurrenz bei Kleidung, Automarken und Reisen in angesagte Urlaubsregionen: im Sommer ans Meer, im Februar/März in den Schnee. Und nicht zuletzt verglich man sich bei Partnern und Partnerinnen: Wer fesselte den begehrtesten und sportlichsten Typ, wer band die attraktivste und erfolgreichste Frau an seine Seite? Einer derart wetteifernden, wenn auch nicht offen ausgetragenen Gangart war ich zuvor nicht begegnet, hatte allerdings auch niemals zuvor selbstbestimmt an Land – geschweige denn in einer Metropole – gelebt.

Gleich nach dem Schulabschluss hatte ich auf einem Schwergutfrachter angemustert, direkt aus dem Klassenzimmer weg. Die Hände noch weich vom Bleistifthalten, das bartlose Gesicht noch ohne jede Furche. Ich war zur See gefahren, okay, aber das war's auch schon. Vom Leben und Zusammenleben an Land verstand ich gar nichts, die meisten hatten mir da einiges voraus. Das gesellschaftliche Miteinander in der Stadt – der Sport und die Partys, die Kino-, Bar- und Kneipengänge, die Restaurantbesuche und geselligen Abende und Wochenenden, aber auch der berufliche Alltag mit seiner Fülle an Überwachung und Fremdbestimmung – nichts davon hatte ich erproben können. In abgeschotteten Bordgesellschaften allerdings, da kannte ich mich gut aus: mit Enge und Zwängen, mit Konflikten und Unfreiheiten. Aber ich war eben nicht länger an Bord, das musste ich mir klarmachen! In der urbanen Unrast Hamburgs mit seinen offenen und verborgenen Abhängigkeiten zurechtzukommen, überforderte mich. Ich fremdelte. Und musste erst noch lernen, die wettbewerbserprobten und so selbstsicheren Großstädter zu nehmen, wie sie waren, und wollte mich ihnen gegenüber doch auch behaupten.

8

Mangels Erfahrung und belegt mit einer Portion Sorglosigkeit, war ich aufgrund von Druck und Anspannung sanft in eine finanzielle Schieflage gerutscht. Meinen Herrn Kröger von der Sparkasse konnte ich für meinen laxen Umgang mit Geld keine Schuld geben, natürlich nicht. Aus meiner heiklen finanziellen

Lage wieder herauszufinden, da kam es allein auf mich an, auf wen denn sonst? Eine zwar einfache, aber späte Erkenntnis mit herben Folgen.

Meine behutsame Anfrage bei Kapitän Hans Haase, dem Personalinspektor der Reederei VTG Vereinigte Tanklager Gesellschaft in Bremen, ob ich eventuell mit einer Anstellung rechnen könne, hatte dieser positiv beschieden und mich vorsorglich schon einmal als Ersten Offizier auf einem sogenannten Versorger vorgemerkt. Das internationale Ölgeschäft florierte. Sagen Sie Bescheid, wenn Sie einsteigen wollen, warb er, ich suche immer Nautiker mit großem Patent. Versorger sind rund hundert Meter lange, PS-starke und wendige Schiffe, die auf dem Meer stationierte Ölbohrinseln, sogenannte Rigs, mit Ersatzteilen, Baryt, Trinkwasser und Proviant versorgen. Nach Vertragsabschluss würde ich, wie es üblich war, in das nordschottische Aberdeen fliegen, erläuterte er, und auf einen dort stationierten Versorger einsteigen. Doch ganz so weit war ich noch nicht. Immerhin, sagte ich mir, konnte ich doch froh sein, überhaupt eine wirklich anständig bezahlte Arbeit in Aussicht zu haben. Wenn auch in einem Umfeld, in das ich nie mehr zurückfallen wollte und – das war das schwer Erträgliche daran – das mich von meiner Frau und unseren beiden Kindern fernhielt.

Ein ebenso unangenehmer wie folgenschwerer Vorfall einige Wochen zuvor hatte mich auf meine kritische Finanzlage hingewiesen und mich in aller Deutlichkeit – ich muss es so drastisch sagen – vorgeführt. Dieser Vorfall erst hatte mich mit Haase telefonieren lassen. In meiner Sparkassenfiliale hatte ich den Geldautomaten damit beauftragt, mir 200 Mark herauszugeben; mehr sollten es heute nicht sein, es handelte sich um meinen gerade anfallenden Anteil für den Lebensunterhalt meiner Familie. Der Automat aber schüttelte sein elektronisches Haupt, weigerte sich, mir die verdienten Scheine herauszugeben und rührte sich nicht.

No money, no honey, so nannten wir in der Seefahrt eine solche Situation. Kein Geld, keine Freude. Einen Augenblick lang wusste ich das freche Verhalten der Geldmaschine nicht zu deuten. Nur wenige Schritte brachten mich zu Herrn Kröger, meinem Kundenberater in der Kaiser-Wilhelm-Straße/Ecke Große Bleichen.

Können Sie mir das bitte erklären? Da muss was kaputt sein, beklagte ich mich.

Will mal nachsehen, was da los ist. Wie immer reagierte er verbindlich und ein bisschen trauerumflort, als ich vor seinem Filialtresen stand. War er nur bei mir so? War sein beflissenes Bankerleben so kummervoll, dass schon seine nach vorne fallenden Schultern Sorge und Resignation bekundeten und seine Sprache stockte, sobald er auf Kleinkunden wie mich traf? Da, da, nee, da is nichts kaputt da, nee. Er räusperte seine Stimme frei, als er wieder vor mir stand und es vermied, mich anzusehen. Ich kann keine Eingänge finden, Sie sind am Limit, ganz oben, das wird schwer. Ganz oben? Am Limit? Ein hässlicher Tag.

Aber da kommt was, ganz bestimmt, sagte ich vielleicht doch zu hastig.

Wie viel, was meinen Sie?

Runde 800. Von der Bunten, ist fest zugesagt.

Die Zeitschrift ist mir bekannt. Ich komme gleich wieder, bitte, sein Mundwinkel zuckte, er verschwand hinter der angelehnten Tür des Filialleiters. Es dauerte recht lange, das Gespräch meines Herrn Kröger mit seinem Chef. Was brauchen Sie denn?, fragte er, als er wieder vor mir stand.

100 Mark, bitte, mehr nicht, sagte ich ein bisschen zu devot. Ich war genervt, wollte eigentlich 200 sagen, knickte aber ein, aus Angst, er würde mit einem Nein zurückkommen, die Schultern kurz hochziehen und sich auf seinen Chef berufen.

Das geht durch, bestätigte er mit einem flinken Kopfnicker und reiche mir fünf Zwanziger, direkt in die ausgestreckte Hand, so über den Tresen hinweg. Wie beschämend. Wie oberpeinlich. Ich drehte mich weg, bekam gerade noch ein Danke heraus und verschwand ins Wochenende.

Gespräche dieser Art peinigten mich, nie mehr hatte ich ihnen ausgesetzt sein wollen, nie mehr. Und jetzt das. In diesem verdrießlichen Moment war ich wehrlos gewesen wie der Fisch am Haken und angewiesen auf das Wohlwollen des sanften Herrn Kröger. Eine Woche später: noch einmal dieser Jammer. Meine finanzielle Lage war nicht länger zu halten, deutlicher konnte ich nicht ermahnt werden. Und schon erinnerte mich meine innere Stimme, sozusagen als letzte Rettung im vorletzten Augenblick, an Kapitän Haases Worte: Ich suche immer Nautiker, und an die Seefahrt mit ihren finanziellen Verlockungen, die immer güldener am Horizont glänzten.

9

Katrins Tanzwoche begann mit der beliebten Montagsstunde. Zu Wochenbeginn probten die Schülerinnen das Musical Vier Teufel tanzen um die Welt, das Katrins Ballettschule im Herbst auf die Bühne des Hamburger Ernst-Deutsch-Theaters bringen wollte. Gerade kamen die Schülerinnen die Außentreppe des stattlichen Hauses hoch, schüttelten die Nässe aus ihren Haaren, drückten den Klingelknopf und stießen die mächtige Eingangstür auf. Zurück blieb ein kalter Februarwind, der durch die nackten Äste der Rotbuche blies. Von ihrer Krone flossen Rinnsale zu den Wurzeln hinab, hinterließen dunkle Spuren auf heller Borke. Die Schülerinnen fanden sich zur Abendstunde in der holzgetäfelten Vorhalle mit dunkelgrüner Bodenauslage ein und begrüßten einander, beleuchtet vom warmen Licht eines Jugendstilfensters, auf dem ein Segler still seine Bahn zog. Messingfarbene Wandleuchter mit halbrunden Schirmen schmückten den Raum; um den stillgelegten Kamin standen Stühle gut verteilt. In einer offenen Nische mit vergittertem Fenster, Kabäuschen genannt, stand ein flacher Tisch mit zwei Hockern, hier konnte gewartet und geplaudert werden.

Nach persönlichen Fragen – Geht's deiner kleinen Tochter besser? Was macht dein verstauchter Knöchel? Wie war euer Familientreffen? – gingen sie in die Garderobe und machten sich tanzfertig. An die Beine zogen sie schwarze Strumpfhosen, an die Füße weiße Schläppchen aus Ziegenleder. Diese Ausstattung folgte den üblichen Gepflogenheiten, bei denen der Körper nicht unter Kleidung versteckt werden sollte, damit die gesamte Haltung – Füße und Beine, Arme und Hände, Torso und Gesicht – einsehbar blieb und korrigiert werden konnte. Ihre Oberkörper hingegen kleideten die Frauen in Trikots, die Haare fassten sie zum Dutt oder Pferdeschwanz zusammen.

Diese sogenannten Montagsstunden waren gerade sehr angesagt, weil die Tänzerinnen nicht nur physisch gefordert wurden, sondern insbesondere tänzerisch, denn die von Katrin festgelegten Choreografien waren recht kompliziert. Als Catarina ins Foyer kam, oft die Letzte, ging sie geradewegs auf Katrin zu. Hast du nachher einen Moment?, fragte sie, das interessiert dich bestimmt und deinen Mann vielleicht noch viel mehr.

Mach's nicht so spannend, was ist denn passiert?, hakte Katrin nach.

Kann ich nicht so schnell erzählen, dauert ˋnen Moment. Ich hab da gerade was im Radio gehört.

Was soll das, dachte Katrin, dann hätte sie ihre Sache gar nicht erst ankündigen sollen. Sie war beunruhigt.

Um in ihren Ballettsaal zu gelangen, musste Katrin von unserer Wohnung lediglich zwei Stockwerke die Treppen hinunterlaufen. Zusammen mit den Kindern lebten wir im zweiten Stock, Katrins Mutter Gila und Stiefvater Hugo im ersten. Im Hochparterre war der Ballettsaal untergebracht, mein Büro im Souterrain. Manchmal stand Katrin im Tanzdress noch am Herd, bevor sie zum Unterricht hinunterging. Du bist eine wirklich elegante Köchin, neckte ich sie, während sie die Kartoffeln abgoss oder Gemüse putzte. Die allermeiste Zeit unseres privaten und beruflichen Lebens verbrachten wir in dieser von uns so sehr geliebten und vertrauten Stadtvilla, für die wir Jahr um Jahr, Monat für Monat einen gehörigen Mietposten aufzubringen hatten.

Der weite Ballettsaal mit seinen hohen Spiegeln lag lang und breit wie ein Handtuch direkt neben dem Foyer. Eines der hohen und blickdichten Fenster – dort standen auch Flügel und Lautsprecher – wies zur Hochallee hinaus. Die andere Stirnseite des Raums stieß an die Verandatür, von der eine Treppe in den Garten führte. Der Boden des Saals war mit Schwingparkett ausgelegt, die Decken stuckverziert, an den langen Seiten verliefen Ballettstangen aus Walnussholz. Eine Zehnerreihe dicker, weißer Lampenkugeln hing von der hohen Decke herab, sie verlief mittig durch den Saal und warf weiches Licht auf die Tanzenden. Vor Beginn jeder Stunde wärmten die Schülerinnen Sehnen und Muskeln, standen an der Stange und machten Gleichgewichtsübungen, lauschten Hugos Musik, die vor Stundenbeginn auf dem Kassettenrecorder lief.

Wenn der Unterricht begann, kam Hugo selbst in den Saal und setzte sich als Korrepetitor an den Flügel. Die Frauen spürten den Rhythmus und die Dynamik seiner Musik, ihre Körper folgten dabei Katrins Beispiel, denn jeden Schritt, jede Drehung, jede Arm-und Kopfbewegung wurde von Katrin vorgetanzt. Die Frauen blickten nur auf ihre gestreckten Beine und elegant geformten Hände und richteten ihre eigenen Bewegungen entsprechend aus. Bei Katrin sah das Tanzen so einfach aus. Im klassischen Ballett achtet man auf bestimmte Körpereigenschaften, auf einen hohen Spann zum Beispiel oder eine bestimmte Hüftstellung, erklärte sie einmal Besucherinnen, die wissen wollten, ob sie selbst auch für den Tanz geeignet seien. Im Grunde seien körperliche Eigenschaften aber keine Voraussetzung, steppen konnte man immer schon, auch mit Plattfüßen, ergänzte sie lachend. Der Steppraum mit seinem extra-harten Fußboden lag im Keller, die metallenen Steppplatten an den Schuhen hätten das Parkett im Ballettsaal schon bald zertrümmert.

Die Ballettgruppe probte an einer Szene der *Vier Teufel tanzen um die Welt.* An diesem Abend nun wurde ein Auftritt geprobt, in dem die vier Teufel in Amerika gelandet waren und dort den Jazz-tanz kennenlernen sollten, um ihn später nach Hamburg zu bringen. Wenn eine Tänzerin unsicher war und sich an Katrin wandte, um sich eine bestimmte Position noch einmal zeigen zu lassen, machte Katrin die Schritte vor und sagte dabei: Folge der Musik und deinem Körper, er sagt dir immer, ob du es richtig machst.

Alle einzelnen Bestandteile des Musicals kamen aus Katrins Familie: Hugo komponierte die Musik, Tante Marilies schrieb das Libretto, Katrin verantwortete Choreographie und Kostüme. Mutter Gila inszenierte die höchst aufwendige Darbietung mit den hundertdreißig Tänzerinnen – von der Vierjährigen bis zur reifen Erwachsenen. So waren die Wochentage der verschiedenen Tanzgruppen und Altersklassen ausgefüllt mit Vormittags-, Nach-mittags- und Abendstunden, jeweils montags bis donnerstags, an denen Kinder, Jugendliche und Erwachsene ihre Rollen einstudierten. Gila, Katrin und eine Freundin leiteten die Unterrichtseinheiten.

10

Nach der Übungsstunde wartete Catarina bereits im Kabäuschen. Einige Frauen bezahlten noch ihre Monatsbeiträge, Katrin legte sie in den Kassatisch und ging dann zu ihrer Freundin hinüber.

Was ist denn bloß passiert, fragte sie, kann doch wohl so schlimm nicht sein.

Catarina begann behutsam: Für euch nur indirekt, aber doch sehr tragisch: In der vergangenen Nacht ist eine Bohrinsel im Nordatlantik in akute Seenot geraten und gesunken.

Katrin hakte sofort nach: Was meinst du damit?

Dein Mann will doch vielleicht für so eine Bohrinsel arbeiten, hast du mir erzählt; ich will nur sagen, dass das ganz schön gefährlich sein kann. Catarina war Kulturredakteurin beim Norddeutschen Rundfunk und fasste zusammen, was sie gerade in ihrem Sender gehört hatte.

Katrin lief an die Kellertür und rief in mein Büro hinunter, ich lief zu ihr hoch. Hast du von dem Unglück gehört?, fragte sie, sichtlich irritiert. Ich wusste nichts davon.

Vor den Neufundlandbanks, das ergaben meine Recherchen, südöstlich der kanadischen Halbinsel St. John's, hatten verheerende Wassergebirge eine Bohrinsel gerammt, sie verwüstet und in eine bedrohliche Schräglage versetzt. Bis zu zwanzig Meter hohe Kaventsmänner, Riesenwellen aus Nordwest, hatten sich in den eher flachen Neufundlandbanks zu Ungeheuern aufgebaut und das Rig[4] Ocean Ranger tödlich getroffen. Über Funk hatte die Besatzung Rettung herbeigefleht, doch jede Hilfe kam zu spät. Während sich der Koloss – hunderttausend Tonnen schwer – weiter zur Seite neigte und bereits in die tobende See sackte, sprangen Ölarbeiter und Ingenieure, Nautiker, Seeleute und Techniker hoch oben von der Rehling in das brodelnde grün-weiße Atlantikwasser. Keiner überlebte, alle 84 Männer starben. Die Ocean Ranger hatte als unsinkbar gegolten, wie 1912 die Titanic.

Das in der Nähe stehende Begleitschiff Seaforth Highlander betreute die Ocean Ranger zu dieser Zeit, hatte aber wegen der gewaltigen Sturzseen nicht in den Todeskampf eingreifen können. Zu schnell kenterte der 122 Meter lange und 91 Meter breite Industriegigant in dem entfesselten Nordatlantik und kippte auf den Grund der achtzig Meter tiefen Grand Banks. Das hochseetüchtige Spezialschiff Seaforce Highlander selbst, höchst mobil und nordatlantikerprobt, ritt den Sturm souverän ab, bezog ordentlich Prügel, blieb aber unbeschädigt.

Katrin stellte unsere Pläne sofort auf den Prüfstand. Ich will nicht, dass du da rausfährst und dein Leben riskierst, das ist die ganze Sache nicht wert, dann schaffen wir das auch ohne Seefahrt. Die Seefahrt, sie war ihr so fremd wie den meisten Landleuten. Sie wollte mich schützen, weil ihr die hohe See fremd und bedrohlich erschien wie ein böses Insekt. Sie war ihr unheimlich, und die Risiken da draußen tauchten vor ihrem inneren Auge als Bedrohung ihrer Familie auf. So gut ich konnte, legte ich ihr dar, was den Männern der Ocean Ranger zugestoßen war und wie es zu dem Unglück gekommen sein musste.

4   *Ölplattform auf hoher See*

Und auch das stimmte: Ich wollte diese Tragödie nicht als Vorwand dafür nehmen, meine Pläne aufzugeben, nur weil in meinem nahen privaten Umfeld niemand etwas von Seefahrt verstand. Ich wusste genau, wovon ich redete, und wollte mich deshalb nicht vor meiner Verantwortung drücken. Ich bat Katrin, mir einen Augenblick zuzuhören:

Wenn ich rausfahre, arbeite ich nicht auf einer Bohrinsel wie der Ocean Ranger, sondern auf einem hochseetüchtigen Seeschiff, wie die Seaforce Highlander eines ist, das speziell für diese Aufgabe konstruiert worden ist. Mein Schiff wird nicht fest verankert auf See liegen wie die Ocean Ranger, mein Schiff wird mobil sein. Es bleibt immer in der Nähe der Bohrinsel, fährt dort auf und ab, legt hin und wieder in einem Hafen an und fährt wieder raus. Es bewegt sich in der See und wir passen uns den verschiedenen Wetterverhältnissen höchst effektiv an.

Eine Weile noch blieb Katrins Blick fragend. Sie beobachtete mich genau, ob ich ihr etwas einreden wollte und ob es plausibel war, was ich ihr da berichtete.

Wir können Stürmen ausweichen oder sie abreiten, wie die Seaforth Highlander das gemacht hat. Und bei schwerem Wetter suchen wir ohnehin Schutz unter Land. Das entscheiden ausschließlich wir von der Schiffsführung selbst und sonst keiner.

Ich redete, als hätte ich Kapitän Haase schon zugesagt, als wollte ich bereits morgen losfahren. Dabei wartete ich weiterhin auf das Wunder, das mir das Abenteuer nördliche Nordsee noch abnehmen würde.

11

Während Katrin weiter darüber nachdachte, wie sie ohne mich zurechtkommen könnte, spielte ich gedanklich einige Situationen an Bord durch und überlegte, was mich dort wohl erwarten würde. Vierzehn nicht unbedingt glückliche Jahre – so lange war ich vor unserer gemeinsamen Zeit auf See gewesen – war ich mit schrägen Vögeln und wilden Gesellen unterwegs gewesen: oft abstoßend berührt, manchmal ganz okay, seltener sehr schön. Gewiss, in jenen schon länger zurückliegenden Tagen auf See war ich allein auf mich gestellt, hatte keine eigene Familie zurückgelassen. Damals kannte ich Katrin noch nicht. Heute hätte ich viel darum gegeben, wenn ich den Kürzeren, dieses symbolische, verkürzte Stück Streichholz, nämlich wieder loszumüssen, nicht gezogen hätte. Ich befürchtete, dass jene hinter mir liegenden Jahre noch einmal wiederkehren könnten, genau das nämlich hatte ich unbedingt ausschließen wollen. Aber stets, wenn ich mir selbst Ausreden zurechtlegte und mich sogleich schlecht dabei fühlte, meldete sich meine innere Stimme: Du hattest es selbst in der Hand, Mann, dein Auskommen an Land zu finden, wärest du mit deinen Ersparnissen sorgsamer umgegangen.

Einerseits hatte es mich damals geradezu erfreut, wie zart und einfühlend meine Matrosen- und Maschinenjungs über jene Frauen reden konnten, die sie liebten und verehrten. Sie zeigten mir Fotos von ihnen, ließen mich ihre Briefe lesen und vertrauten mir ihre Glücksgefühle an. Sie wollten gern darüber reden und es am liebsten alle Welt wissen lassen, dass sie geliebt wurden, dass sie glücklich waren.

Wie hässlich aber doch und wie anhaltend böse fielen sie über genau diese plötzlich zu Weibern und Huren verwandelten Ex-

Partnerinnen her, wenn diese sie verlassen wollten und ihnen das gerade per Brief hatten wissen lassen. Prompt hassten sie sie aus weiter Ferne, belegten sie mit hässlichen Worten und widerlichen Beleidigungen. Sie hat mich verraten und belogen, so fing es meistens an. Die widerwärtige Sprache von Seeleuten nun erneut hören zu müssen, das insbesondere quälte mich, wenn ich denn wirklich wieder losfahren müsste! Vor dieser ekelhaften Sprache hatte ich mich nicht schützen können und würde es abermals nicht schaffen, weil lange Seefahrten und die Enge eines Schiffes das nicht zuließen. Wegzulaufen aber war keine Option. Auch wenn ich zur Schiffsführung gehörte, würde ich mich nicht einfach auf mich selbst zurückziehen können.

In jenen fernen Tagen, bevor ich überhaupt ausgezogen war und mir mein erstes Schiff gesucht hatte, hatten mir Ideale und die Moral – wie sie der britische Schriftsteller und Kapitän Joseph Conrad seinem Protagonisten Lord Jim in seinem gleichnamigen Roman auf die edle Seele schrieb – den klaren Blick auf die tatsächlichen Bordverhältnisse verstellt. Und ich, der Debütant vom Dorfteich, der den Nordatlantik erobern wollte, hatte Jims Gesinnung vereinnahmt, weil sie meinem Naturell wohl recht nahe kam. Dass ich schwer arbeiten müsste, wusste ich, doch mit der von mir hochgehaltenen Moral eines Lord Jim sollte ich mit den Moralvorstellungen rauer Seeleute bald kollidieren. Die psychosoziale Wirklichkeit an Bord, die uns vom unmittelbaren Einfluss der Außenwelt abschirmte, und die Tatsache, dass wir nur in den Häfen freikamen wie weggesperrte wilde Tiere – das alles würde wohl auch jetzt wieder auf mich zukommen. Das wollte ich zwar nicht wahrhaben, aber viel anders konnte es doch wohl nicht werden.

Mit der Folge, dass ich während meiner Matrosenzeit damals allmählich zum Spießgesellen meiner Bordgenossen geworden war – von mir selbst fast unbemerkt – und in der männerbrutalen Seefahrt zu einem von ihnen mutiert war. Ohne seelische Blessuren und Brüche waren die bis zu einem Jahr und darüber hinaus dauernden Seereisen in der nach Frauen gierenden Bordwelt einfach nicht durchzustehen. Einer Wiederholung dessen aber, wenn inzwischen auch als verheirateter Mann, wollte ich nach Kräften entgehen und nicht noch einmal in dieses Milieu zurückfallen. Meine einzige Hoffnung bestand darin, vielleicht ja doch einen zivilisierteren Umgang an Bord vorzufinden, als das vor Jahren noch der Fall gewesen war. Doch schätzte ich das auch richtig ein?

Als spätnachmittags das bordeauxrote Telefon im Flur klingelte, meldete ich mich mit einem verkniffenen, mit einem kleinlauten Ja.

Haase hier. Übermorgen geht's los, nach Aberdeen, nördliche Nordsee. Sie sind bereit?

Wie besprochen, Kapitän. Danke.

Ihr Flugticket liegt am Schalter der Lufthansa. Und kommen Sie gesund wieder.

12

VON LAND – KATRINS I. BRIEF

Hamburg,
Donnerstag, 11. Februar 1982,
23:30 Uhr

Geliebster, ich find mich richtig gut: kein einziges Mal geheult, Unterricht gut gemacht. Marlene und Maximilian kommen absolut zu ihrem Recht. Englein quängelt – oder schreibt man das mit e? – kaum noch; man hat das Gefühl, sie bewältigt die Situation mit dem Verstand einer 3-Jährigen. Ist natürlich Quatsch, aber es hat ein bisschen den Anschein.

Viel mehr kann ich Dir im Augenblick eigentlich nicht erzählen. Heute Abend war U. da. Sie fragte nach deiner Adresse. Die drei wollen Dir auch unbedingt schreiben. Geliebster, vielleicht ist ja morgen früh ein Brief von Dir da. Mich macht am meisten verrückt, dass ich mir einfach nichts über Dein augenblickliches Leben vorstellen kann. Und das als Deine Frau! So, nun geh' ich ins Bett, morgen früh gibt's noch einen kleinen Gruß. Schlaf gut, ich träum von Dir …

Freitag, 12. Februar,
8:30 Uhr

Hier ist der kleine Gruß. Kinder sind gefüttert, Maximilian ist bei mir in der Wippe. Wir ziehen jetzt los. Ich küsse Dich, Dein Trinchen

13

VON LAND – KATRINS 2. BRIEF

Hamburg,
Sonntag, 14. Februar 1982,
20:55 Uhr

Geliebster, das Wochenende wäre überstanden! Es verlief eigentlich viel besser, als ich es erwartet hatte. Gestern haben wir drei die Spielplatzsaison eingeweiht. Ich muss schon sagen, Marlene war vom Vorjahr her noch recht bekannt. Ich wurde einige Male angesprochen, fand ich zu niedlich. Heute waren Catarina und Töchterchen Maria da. Köstlich! Inzwischen fangen Marlene und Maria an, miteinander zu spielen. Zum Beispiel: Englein im Puppenbett, Maria schiebt. Oder: Maximilian im selbigen, beide schieben. Das war am schönsten, wir haben sehr gelacht. Nächste Woche wollen wir Fotos machen. Soll ich sie Dir dann schicken? Oder wird es Dir zu schwer?

Geliebster Hagen, es gibt kaum fünf Minuten am Tag, an denen ich nicht an Dich denke. Christel sagte mir am Telefon, es wird leichter, wenn der Kontakt erst mal wieder hergestellt ist. Ich denke, sie hat recht. Ich warte so auf Deinen ersten Brief. Geht es Dir genauso? Vielleicht wäre für den Übergang ein kleines Telefonat doch ganz gut gewesen. Aber abgesehen von meiner Sehnsucht nach Dir, komme ich gut zurecht. Marlene quengelt nur noch sehr selten. Wir machen fast alles gemeinsam. Heute half sie mir beim Kohlputzen. Sie darf jetzt auch in die Küche, wenn ich dabei bin. Dadurch kann ich mehr machen, und sie fühlt sich nicht vernachlässigt.

Maximilian mag seine Wippe überhaupt nicht. Er ist ein bisschen schwierig. Das heißt, Wippe will er nicht; lässt man ihn krabbeln, was ja wichtig für ihn ist, spuckt er unwahrscheinlich viel. Ich find, es wird schlechter statt besser. Auch auf dem Arm ist er nicht immer zufrieden. Ich glaube, er hat Zahnschmerzen. Sein Oberkiefer fühlt sich auch sehr hart an. Nachts ist er bis jetzt ruhig. Mal sehen, wie's weitergeht. Im Großen und Ganzen ist er aber zauberhaft. Alle beneiden mich um Deinen Sohn. Schön, nich? Geliebster, morgen geht's weiter, nun muss ich los. Ich küsse Dich. Ich liebe Dich … Schlaf gut … Bim-Bam …

Dienstag, 16. Februar
14:30 Uhr

Geliebster, eben hörte ich Deine Stimme am Telefon. Du glaubst gar nicht, wie gut es mir getan hat zu hören, dass es Dir gut geht! Deine Stimme hörte sich so optimistisch an. Ich musste einfach einmal hören, wie's Dir geht. Wie gesagt, so ein kleines Telefonat ab und zu ist, glaube ich, doch ganz gut. Mich freut auch zu hören, dass die Mannschaft in Ordnung ist. Nun lässt sich alles viel besser ertragen.

Ich hab jetzt strammen Dienstag, bin viele Stunden im Ballettsaal. Englein ist nach dem Mittagsschlaf schon wach und neben mir am Ausguck, am Fenster. Gerade zeigt sie auf diesen Brief und sagt: Papi, Papi. Also lass ich sie selber zu Wort kommen. Küsschen, morgen stecke ich den Brief ein.

14

VON SEE – HAGENS I. BRIEF

Montag, 15. Februar 1982
Aberdeen, Schottland
Motorschiff FALDERNTOR

Liebstes Trinchen, hu, war das eine erste wilde Reise! Gleich in der ersten Nacht, von Montag auf Dienstag vor einer Woche, liefen wir aus Peterhead, das 50 Meilen nördlich vom schottischen Aberdeen liegt, Richtung Ölplattform aus. Die Plattform heißt Heather A und steht gut 16 Stunden Fahrzeit nördlich von Aberdeen, oben bei den Shetlandinseln, etwa 61 Grad Nord. Wir hatten ständig Sturm, das Schiff tanzte wie verrückt, an Schlaf war nicht zu denken, knallten doch die Brecher ständig wie ein Zehn-Tonnen-Lkw immer wieder gegen die Bordwand, als sei eine Belohnung dafür ausgesetzt worden, welche Welle am besten hämmern kann.

Gut, alles gut. In der Nacht zum Sonntag, morgens um halb vier, war der Fünf-Tage-Sturm beendet. Ergebnis für mich: Ich kann es noch! Plötzlich war mir, als wäre keine Zeit vergangen zwischen all den Jahren, als wäre alles wieder so, wie schon einmal gehabt. Die Ausdrucksweisen sind so geblieben wie immer, auf allen Schiffen riecht es irgendwie gleich, der ewige Bordrhythmus hat sich nicht geändert. Eines aber hat eine andere Bewertung bekommen: meine Einstellung dazu. Noch nie bin ich so ruhig, so verhalten an Bord gegangen wie dieses Mal. Weil wir beide zusammen sind, Liebste, deshalb hat mein Leben eine neue, große Dimension bekommen.

Ich bin so glücklich, wenn ich an Dich denke, und das tue ich fast immer. Irgendwo ist unsere Situation ja grotesk, trennen uns

Welten, was mein Tun jetzt und unser Miteinander sonst angeht. Und das ist umso besser, weil ich dann, wenn die Zeit um ist, schnell wieder zu Dir schlüpfen kann und dieses Intermezzo hier abstreifen werde wie eine Schlange ihre Haut. Ständig stelle ich mir vor, was Du gerade machst, wo Du bist, wie Du bist. Und immer liebe ich Dich!

Der Taxifahrer, der mich zum Flughafen Fuhlsbüttel brachte, war Chinese, freundlich, hilfsbereit, ein guter Auftakt, nachdem ich Dich an der Tür hab stehen lassen müssen. Nach fünfzig Minuten landeten wir in Amsterdam, zwei Stunden blieben wir dort und flogen schließlich mit einem kleinen Flieger Marke F27 Friendship innerhalb von zwei Stunden nach Aberdeen. Keine einzige Frau an Bord, Männer in dieser rauen Ölstadt bleiben unter sich. Am Flughafen keiner, der mich abzuholen schien. Bis mich eine Ami-Mütze mit sechs Goldsternen auf langem Mützenschirm ansprach, weil aus meiner Manteltasche der Spiegel ragte, wie er das später begründete: Kapitän Fred Baumann von der Falderntor.

Abtasten, beschnüffeln, ein paar suchende Worte. Ergebnis: ein ruhiger, kleiner, zurückhaltender Mann, der im schottischen Aberdeen mit seiner Frau lebt – sie soll schon so manchen Matrosen unter den Tisch gesoffen haben. Während der ersten Reise, sein ganzes Verhalten hat das bestätigt, ließ er mir totale Freiheit, lässt mich das Schiff fahren; im Hafen ist er immer bei sich zu Hause. Selbstständiger geht's nicht. Und mit den Matrosen und den anderen geht es sowieso gut, was soll denn schon sein. Auch der Koch macht seinen Job prima. Wenn ich mir in der Messe[5] meine Mahlzeiten abhole, sagt er: Jaja, ich weiß, kleine Portionen.

Liebste, und Du, schaffst Du denn alles, Marlene, Maximilian, Dich, das Tanzen und alles?? Ich weiß, wie viel das ist, aber Staschi

5 *Gemeinschafts- und Essraum*

43

ist ja Gott sei Dank da, und so mag denn alles so sein, wie es ist. Was sagen denn Giselchen und Hugo nun, nachdem die Situation jetzt da ist? Ja, die Lieben, sie tragen das Jahr und vieles andere, eigentlich alles, so sehr mit. Glücklich, wem es so ergeht. Und Marlene, was sagt sie? Papi abbeit? Oder weint sie?

Geliebste, die Zeit vergeht so schnell an Bord, weil wir ständig im Einsatz sind, morgen geht es wieder raus für jeweils vier bis fünf Tage. Auch wenn es dort sehr, sehr kalt wäre: Ich würde dir ohne Bedenken / Eine Kachel aus meinem Ofen schenken / Ich hab dich so lieb. (Marinedichter Joachim Ringelnatz)

Sei zärtlich geküsst von Deinem Mann aus einer anderen Welt, der Mann, der Dich liebt und zärtlich streichelt, geliebtes Trinchen!! Immer dein Hagen!

AUS DEM PRIVATEN LOGBUCH VON BORD

Von den Kindern
Eure Kinder sind nicht eure Kinder,
Sie sind die Söhne und Töchter der
Sehnsucht des Lebens nach sich selber.
Sie kommen durch euch, aber nicht von euch,
Und obwohl sie mit euch sind, gehören sie
Euch doch nicht.
Ihr dürft ihnen eure Liebe geben, aber
Nicht eure Gedanken.
Denn sie haben ihre eigenen Gedanken.
Ihr dürft euch bemühen, wie sie zu sein,
Aber versucht nicht, sie euch ähnlich zu machen.
Denn das Leben läuft nicht rückwärts,
Noch verweilt es im Gestern.

aus: Khalil Gibran, Der Prophet[6]

ANMERKUNG
Dieses Gedicht bedeutete uns viel, es hat uns Eltern über viele
Jahre geleitet und uns dazu angehalten, unsere Kinder möglichst
anspruchsfrei und ohne Besitzansprüche durch ihre Kindheit und
Jugend zu lotsen und sie als eigenständige Persönlichkeiten und
freie Menschen zu betrachten.

6   *Übersetzung von Karin Graf, Ausgabe Walter Verlag 1973*

15

Sie war meine Lebensliebe. Sie bedeutete mir alles. Was sie tat und wie sie dachte, war von Tanz, von Eleganz und Offenheit bestimmt. Während unseres ersten Treffens – wir begegneten uns bei Freunden zur Hamburger Aalsuppe[7] – sah ich nicht gleich ihr besonderes Äußeres und ihre gute Figur. Zuerst fiel mein Blick auf ihre roten Schuhe. Rote Pumps. Stöckelschuhe in kräftigem Rot. Mit roten Schuhen verband ich Eleganz, sinnverwandt mit Schick und schönen Frauen. So lernten wir uns kennen, oder besser: Ich sprach sie an und redete belangloses Zeugs. Ihren anmutigen Gang nahm ich etwas später wahr, ihre auffallende Leichtigkeit zu gehen. Ich wusste nicht, dass eine Frau ein Wohnzimmer, einen Saal oder eine Straße so unbefangen und zugleich selbstsicher durchschreiten konnte. Mühelos und leicht.

Du gehst wie eine Massaikönigin, musste ich ihr später einfach einmal zurufen, etwas phrasenhaft und schal, das spürte ich durchaus, aber es stimmte ja! Wer diese großen und schlanken Frauen des äthiopischen Nomadenvolkes einmal hat gehen sehen, im Film zum Beispiel, der versteht, was ich meine. Mit meiner Bemerkung wollte ich einfach nur meine Bewunderung ausdrücken.

Immerhin eine Königin, schnippte sie ironisch zurück.

In meinem Heimatdorf laufen die Frauen irgendwie anders, sagte ich noch und dachte unfairerweise an Schützenfeste, bei denen Frauen mit ihren Männern bei Blasmusik im Gleichschritt durch unser Dorf liefen.

Kein Wunder, antwortete sie, aber die Frauen dort gehen eben so, wie man es ihnen vorgemacht hat.

---

7 *Norddeutscher Eintopf mit Aal, Gemüse, Kräutern und Mehlklößchen*

In Lachendorf war ich geboren und aufgewachsen, einem niedersächsischen Bauern- und Fabrikarbeiterdorf in der Südheide. War dort nie einer Frau begegnet, die so ging wie Katrin und die folglich auch mit Tanz und Ballett und Theater – so sah ich das jedenfalls – nie in Berührung gekommen sein konnte.

Später, als wir uns besser kannten, liebte ich ihr offenes Lachen, ihre Zurückhaltung, ihr klares Gefühl für Gerechtigkeit – und ihr logisches Denken. Überrascht war ich aber auch von ihrem abrupten Schweigen, das plötzlich über sie hereinbrechen konnte wie eine Kaltfront. Es überfiel sie selten, dieses Schweigen, aber es geschah eben, als ob ihr irgendein Lump, der sich unter einer Tarnkappe versteckte, barsch den Mund verboten hätte. Anfangs kam ich damit gar nicht zurecht. Übergangslos kam es dann über sie, als würde ein bisher weit geöffnetes Fenster abrupt zugeschlagen werden; es überraschte mich jedes Mal wieder. Sie verstummte dann jäh, warnte mich aber doch im letzten Moment mit einer abwehrenden Handbewegung. Sie wandte sich dann ab, schloss die Augen, legte ihr Kinn auf beide Fäuste, und so verharrte sie für eine Weile. Ich blieb sitzen, wartete. Lass mich bitte einfach in Ruhe, bat sie mich einmal, damit ich sie nicht wieder mit meiner kindischen Frage, was denn nur passiert sei, behelligte.

Nach einer Weile, nicht länger als drei tiefe Atemzüge, legte sie mir eine Hand aufs Haar und flüsterte: alles wieder gut. Sie befreite sich stets selbst aus ihrem Schweigekäfig. Welche unbewussten Prozesse in ihr abliefen, blieb ihr Geheimnis. Ihr beklemmender Auftritt hatte mit ihrer Kindheit, mit ihrem Vater zu tun, offenbarte sie mir einmal, war aber nie deutlicher geworden. Was damals zwischen Tochter und Vater wirklich geschehen war, hat sie allzeit für sich behalten.

Die Schule ihrer Mutter Gila – Ballett, Jazztanz und musikalische Früherziehung – prägte Katrins frühe Kinderjahre; auch der

Unterricht an der Albert-Schweitzer-Schule förderte ihre Lust an Musik und Darstellendem Spiel. Tag für Tag war ich von Tanz und Musik umgeben, da wäre es doch seltsam gewesen, wenn ich Juristin geworden wäre, sagte sie einmal. Frühzeitig bewarb sie sich an der renommierten Hochschule für Tanz und Musik in Hannover. Ihre Mutter hatte ihr dazu geraten, weil sie es doch gerne sah, dass die Tochter ihr nachfolgen könnte. Die Ausbildungsjahre in Hannover brachten sie ihrem Ziel, Operntänzerin zu werden, zunächst zwar näher, doch Katrins Tanzausbildung endete mit einem zutiefst deprimierenden Rückschlag.

16

VON LAND – KATRINS 3. BRIEF

Hamburg,
Freitag, 19. Februar 1982,
16:20 Uhr

Geliebster Hagen, Dein erster Brief ist da! Ich bin so glücklich, dass es so gut läuft. Es ist wirklich eine andere Welt, und ich muss mich sehr anstrengen, mir sie vorzustellen. Und Du mittendrin! Fast komisch. Heute war wieder Toom-Tag[8]. Souverän verpackte ich die Sachen im Kofferraum unserer Ente. Du wärst stolz auf mich gewesen!

8   Toom: Supermarkt und Baumarkt-Handelskette

Englein, vom Schaukelpferdsturz mit einem blauen Auge à la Bubi Scholz[9] gezeichnet, hat heut Geburtstag – ein Jahr und neun Monate! Giselchen ließ die Chance nicht ungenutzt und griff ins Portemonnaie: einmal ein kleines Waschbecken – du erinnerst Dich, Du wolltest es so gern für die Kinder – und zum zweiten ein Dreirad! Große Aufregung im Hause.

Heute waren nun auch endlich die Bärenfellfotos fertig. Na, stolz auf den Sohn? Giselchen und ich haben einen Plan: Ich würd gern im Sommer für ein, zwei Wochen mit Englein nach Büsum fahren. Da Christel aber im Hochsommer so sehr im Garten beschäftigt ist und Maximilian im Krabbelalter, meinten wir, Staschi könnt ihn für die Zeit nehmen. Ich hab sie grad gefragt und sie war von der Vorstellung, ihren Dicken für 14 Tage bei sich zu haben, ganz happy. Oder meinst du, er würd nach 14 Tagen St. Georg und Pension Dumpig milicugeschädigt daraus hervorgehen? Vorsichtshalber: Es war ironisch gemeint. Ich glaub, Staschi ist verantwortungsvoll und behütet unsere Kinder gut. Geliebster, heut Abend oder morgen früh schreib ich weiter. Ich muss jetzt tanzen. Ich küsse Dich. –

Sonntag, 21. Februar,
9:30 Uhr

Geliebster, nun ist es doch Sonntag geworden. Marlenchen hat eben beiliegendes Gemälde geschaffen, wilde bunte Striche, in der Hoffnung, deinen Geschmack getroffen zu haben. – Nun bin ich allein, Marlene ist zu Mimi[10] und Hugo gerutscht. Geliebster Hagen, ich komme wirklich gut zurecht. Ich sag's nicht, um Dich zu

---

9 *Gustav „Bubi" Scholz, Berliner Boxer; 1930–2000*

10 *Viele Hamburger Kinder nennen ihre Großmütter so, unsere auch.*

beruhigen, sondern weil es der Fall ist. Es hat sich alles eingependelt, die Gewohnheit kommt dazu, man muss aber halt drinstecken, dann läuft's auch. Heut ist wieder Mariatag, ich freue mich. Hagen, ich liebe Dich, ich sehne mich, ich denke immer an Dich und erwarte sehnlichst die Stunde, wieder in Deinen Armen zu liegen. Dein Trinchen.

AUS DEM PRIVATEN LOGBUCH VON BORD

Sie glauben ehrlich, die Ruhe zu suchen, und sie suchen in Wirklichkeit nur die Unruhe. Sie haben einen geheimen Trieb, der sie treibt, außer Haus Zerstreuungen und Beschäftigungen zu suchen … Und sie haben einen geheimen anderen Trieb, der von der Größe unserer ersten Natur verblieb, der sie ahnen lässt, dass das Glück in Wirklichkeit in der Ruhe und nicht im Lärm des Umtriebs liegt; und aus diesen gegensätzlichen Trieben bilden sie einen verworrenen Plan, der sich im Grunde ihrer Seele verbirgt und der sie dazu bringt, die Ruhe durch die Unruhe zu suchen.

Blaise Pascal (1623–1663)

17

VON LAND – KATRINS 4. BRIEF

Hamburg,
Montag, 22. Februar 1982,
22:25 Uhr

Mein Geliebster, eben bin ich nach oben in unsere Wohnung gekommen. Du weißt, es ist Montag, der anstrengendste Tag der Woche. Es war sehr nett. Alle fragten sehr intensiv nach Dir, und ich habe mit echter Überzeugung gesagt: Es geht ihm gut.

Heut Mittag haben wir uns gesprochen. Deine Stimme war wieder so optimistisch und stark. Das tut mir richtig gut. Ich bin glücklich, dass alles so gut läuft, von beiden Seiten. Denn wie am Telefon bereits gesagt, ich kann nur wiederholen: Ich komme bestens klar. Besser, als zu der Zeit, als Du noch da warst

Die Gewissheit, dass etwas getan wird, dass die Schulden abbezahlt werden können, dass du mit der Situation gut fertig wirst, dies alles macht mich stark und glücklich. Wie ich Dir heut am Telefon bereits gesagt habe, Maximilian spuckt kaum noch. Ich habe seine Ernährung neu durchdacht, viel geändert, und das war richtig.

Gestern, Sonntag, kamen mir ganz kurz mal die Tränen: Ich schrieb den Brief an Dich zu Ende, Englein am Ausguck am Fenster, dann entdeckte sie das Passfoto von Dir, nahm es, sagte: Ei, Papi. Das hat mich ein wenig geschafft. Ich besaß noch einen Minirahmen, tat's Bild hinein, befestigte es an einer Bettsprosse. Diese Anlage überdauerte gerade den Mittagsschlaf, dann war der Rahmenanhänger bereits kaputt. Nun existiert der Rahmen ohne festen Standort. Fazit: Staschi brachte sie heute Abend zu Bett mit dem Bild von Papi. Nach fünf Minuten Geschrei: Saschi, Saschi. Staschi ging rein, das Bild war im Bett verlorengegangen. Nach gemeinsamer Suche in den Federn wurde es gefunden, Lenchen nahm's in die Hand und schlief protestlos ein. – Niedlich, nich? Aber im Alltag ist ihr nichts anzumerken. Sie ist zauberhaft.

Am Samstag bekam ich übrigens einen Brief von K. Sehr niedlich, wie sie ihre Schwägerin versuchte zu trösten. Aber ich glaube, wir beide, Du und ich, haben eben doch eine andere Beziehung zueinander als die beiden.

Gestern rief ich Christel an. Sie ist sehr froh, dass alles so gut läuft. Wir klöhnten (oder ohne h?) zusammen, sie sprach mit Marlene und beendete das Gespräch auf gewohnt schnelle Art und Weise. Ich hab sehr gelacht und an Dich gedacht. Geliebster, ich geh schlafen. Ein Kuss für Dich. Trinchen

Mittwoch, 24. Februar,
9:40 Uhr

Mein Geliebster, wieder die gleiche Situation, Englein am Ausguck, Maximilian im Bett diesmal. Der Dienstag gestern verlief bestens. Allerdings musste ich morgens mit den Kindern erst einmal zu Dr. R. Maximilian hustet seit ein paar Tagen, und ich wollt ihn lieber abhorchen lassen. Es ist eine spastische Bronchitis – klingt ja wieder fürchterlich. Er bekommt Zäpfchen, und sollte es in ein paar Tagen nicht besser sein, müssten wir wieder hin. Englein lässt mir keine Ruhe, sie quengelt, weil sie mahn will, Dir etwas malen will.

So, das wär überstanden. Von hier gibt es eigentlich nichts mehr zu berichten, so werde ich den Brief heute einstecken. Geliebster, wie geht es denn Dir? Ich hoffe so sehr, Du wirst nicht heimwehkrank. Aber wahrscheinlich hast Du dafür gar keine Zeit. Du wirst ja viel zu sehr eingespannt sein. Grad denk ich, ich wart die Post noch ab, bevor ich den Brief wegbringe. Vielleicht ist ja ein Brief dabei, und ich kann noch auf irgendetwas antworten. Bis nachher, Geliebster.

18

VON SEE – HAGENS 2. BRIEF

Sonntag, 21. Februar 1982,
Aberdeen,
MS FALDERNTOR

Liebste, Liebste, Sonntagmorgen, viertel vor neun, Ruhe an Bord, fast alles schläft noch. Bei Dir ist es schon viertel vor zehn, wir haben britische Zeit hier, eine Stunde später also. Langsam wird mir klar, wie lange zwei Monate sein können, aber das soll ja keine Rolle spielen. Wir waren wieder draußen bei der Ölplattform Heather A, wie wir es im Turnus jede Woche einmal sein werden. Das heißt, wir fahren Dienstagvormittag raus aufs Meer, sind 17 bis 19 Stunden später frühmorgens auf Position – Location nennen wir das hier – und gehen dann auf Verlangen der Plattform Längsseite, um die mitgeführten Materialien und Gerätschaften abzuladen. Das sind fast immer die gleichen Dinge:

Der Kranführer der Plattform holt die Container von unserem Deck, außerdem noch die Tanks mit Hubschrauberbenzin, Bohrgestänge und so weiter. Über einen dicken Schlauch pumpen wir Zement aus unseren Tanks in die Behälter der Plattform, außerdem Baryte (ein Kühlmittel für das Bohrgestänge), dazu Frischwasser, Bohrwasser und Gasöl, alles in Mengen von mehreren hundert Tonnen. So ein Löschvorgang dauert immer so an die 24 bis 28 Stunden, je nach Wetterlage und nach den Organisationstalenten der Bohrinselstrategen.

Mit dem Kapitän wechsele ich mich während der Wachen, das heißt, während wir auf See sind, alle sechs Stunden ab. Meine Zeit geht von Mitternacht bis 6 Uhr morgens und von 12 Uhr mittags bis 18 Uhr. Diese sechs Stunden direkt am Rig, wie Plattformen kurz genannt werden, sind äußerst anstrengend, weil man das Schiff, auch und meistens bei schwerer See, unter äußerster Konzentration ganz dicht am Rig halten muss – das sind nur knapp zwei Meter – ohne dass wir eines seiner zehn stählernen Standbeine mit unserem schweren Heck berühren dürfen. Das könnte eine Katastrophe geben, denn eines der zehn Beine könnte dabei abknicken, das Gleichgewicht des Rigs wäre zerstört, es würde sinken. Grauenvolle Vorstellung. –

Während wir also gleichzeitig über Schläuche Gasöl, Wasser und Zement abgeben und das Schiff nur wenig Bewegungsspielraum hat, holt der Kranfahrer des Rigs die Container von Bord und stellt die leeren wieder zurück an unser Deck. Nach sechs Stunden bin ich wirklich geschafft, kann aber anschließend trotzdem nicht schlafen, weil die vielen verschiedenen Motoren einen solchen Höllenlärm abgeben, dass auch Ohropax nicht helfen würde. Dazu kommt das schaukelnde Schiff in unruhiger oder wilder See; die nördliche Nordsee schläft nie. Sie wirft unser Schiff hin und her, als wären wir ein Federball.

Freitags sind wir dann meistens wieder in einem Hafen, Aberdeen oder Peterhead – selig, selig sind die, die nie ein schwankendes Etwas unter sich hatten. Im Hafen schlafe ich dann ordentlich aus und bin deshalb bass erstaunt, wie schnell die Woche wieder vorbei ist. Aber eben nur die Woche, nicht die zwei Monate. – Aber auch im Hafen ist natürlich viel zu tun: Reisebericht schreiben, Matrosen zur Arbeit einteilen, Funktagebuch führen, Überstunden der Mannschaft protokollieren. Nicht, dass ich das nicht schaffen würde, aber es liegt doch immer etwas an. Jetzt aber mal ehrlich: So ganz ernst nehme ich das hier nicht. –

Wenn es irgendwie einzurichten ist, liebstes Trinchen, versuche ich einmal die Woche zu telefonieren. Aber es wird wohl kaum immer gehen. Herrlich sind Deine Briefe, wie Du sie schreibst, so kann ich mir immer alles gut vorstellen und bin in Gedanken bei Euch. Marlenes erstes großes Werk, die Buntstiftzeichnung, ist schon beeindruckend, wenn ihr Gesichtsausdruck während der Schaffensminuten auch weitaus interessanter gewesen wäre.

Unser Telefonat letzte Woche war schön, empfand ich jedenfalls. Deine Stimme hat mich richtig erhitzt; schön, nich?! Ich empfinde das Leben mit Dir so schön, Geliebste, so ehrlich. Wie schön das alles geworden ist, wie gut alles ist und bleiben kann, wenn wir gut auf uns aufpassen, uns Mühe geben. Ich bin dessen so sicher. Ich sehe auch nicht, dass wir abrutschen könnten in einen ignorierenden Alltag oder so. Geliebste Kleinste: Wie können noch so viel zusammen machen!! Wirklich! Morgen kommt vielleicht Post von Dir, oder später, oder früher. Ich freu mich drauf, auf Deine wilde Schrift, auf Trinchen, meine Geliebste. Grüße Giselchen sehr herzlich, den lieben Hugo, Marlene, Maximilian. Und natürlich Staschi.

Sei zärtlich geküsst, umarmt, Liebste, ich bin in Dich verliebt! Schön, nich?! Dein Hagen!

VON LAND – KATRINS 4. BRIEF, FORTSETZUNG

Donnerstag, 25. Februar,
14 Uhr

Nun ist es doch schon wieder um einen Tag später geworden, Geliebster. Gestern war dein Brief noch nicht da, aber heute. Ja, ja, mir geht es genauso wie Dir: Die einzelne Woche jagt dahin, diese zwei Monate aber schleichen. In ein paar Tagen ist der Februar Gott sei Dank geschafft. Dann kommt der lange März.

Maximilians Husten ist noch nicht besser geworden, ich werde Staschi mit beiden Kindern morgen noch einmal zu Dr. R. schicken. Viele sind hier krank, Erwachsene wie Kinder. Hoffentlich bleiben wir drei Erwachsenen verschont. Englein hustet auch schon, ist aber nicht weiter schlimm. Geliebster Mann, ich bereite mich jetzt auf meinen Unterricht vor. Staschi soll den Brief heute Abend einstecken. Alle lassen Dich grüßen, ein Brief an Dich ist in Arbeit. Ich küsse Dich, umarme Dich, ich liebe Dich. Dein Trinchen

AUS DEM PRIVATEN LOGBUCH VON BORD

Eine lange Nacht war das, eine der letzten hier an Bord. Um 21 Uhr war ich ins Bett gegangen, nachdem ich im Seemannsheim gewesen war, mit Trinchen telefoniert hatte. Ich bin ruhig, freue mich auf die Heimkehr.

Heute Morgen aber – und das den ganzen Tag über – holt mich ein Traum wieder ein, den ich strikt von mir weise, weil ich nichts mit ihm zu tun haben will: Ich träumte von einer Familie, kinderreich, die ich nicht kannte, nie gesehen hatte. Entsetzt bin ich von den Kinderköpfen auf hageren Gestalten, fünf waren es wohl, die alle apathisch herumlagen und -standen. Die Mutter hält abwesend eine Hand auf einen der kahlen Köpfe, als ob sie mit den Kindern nichts zu tun hätte. Ein Junge, ich sah nur Jungen, will in viel zu großen Erwachsenenschuhen davonschlurfen. Aber er kommt nicht voran, seine Füße sind um 180 Grad verdreht. Sie zeigen nach hinten, nicht nach vorn.

Irgendwo taucht ein Penis auf, der nur symbolhaft in eine Scheide eingestippt wird und mit den Kindern – auch mit der Mutter – nichts zu tun hat. Ein Mann, vielleicht der

Vater der Kinder, taucht im Traum nicht auf, ich suche ihn dennoch, aber vergeblich.

Bleich sind die Kinder, wachsbleich, blass und ohne jedes Lebenszeichen, ohne jede Bewegung. Keines hat ein Hemd an; ob sie Hosen tragen, zeigt sich mir nicht. Die Gestalten stehen und liegen alle nur so herum, als wollten sie dort immer nur so bleiern stehen und liegen bleiben, festgeschraubt, irgendwie in einen Türrahmen geklemmt. Als wollten sie sich niemals setzen, niemals spielen, immer nur so verharren mit ihren verdrehten Füßen. Sie warten, als ob gleich jemand kommen sollte, von dem sie wissen, dass er sie abholen soll. Aber der wird niemals kommen.

Einer der Albträume, wie sie mich in dieser Zeit immer wieder quälten.

19

Ich lebte jetzt für zwei Monate an Bord der Falderntor und arbeitete auf diesem grauen Schiff, das für den britischen Nordseesektor 2/5[11] gechartert worden war. Die Schiffsdaten sind schnell erzählt: Hundert Meter lang war sie, siebzehn Meter breit, bei 2.300 Tonnen maximaler Beladung fiel ihr Tiefgang auf sechs Meter. Zwei Dieselmaschinen leisteten zuverlässige sechstausend Pferdestärken. Die beiden Propeller achtern und die beiden Verstellpropeller vorn

---

11 *Die Öl- und Gasfelder in der Nordsee wurden zwecks eindeutiger Zuordnung in verschiedene Sektoren (Quadranten) aufgeteilt.*

ermöglichten es uns, auf dem Teller zu drehen, wie wir das nannten. Wir drehten uns dabei ein Mal um die Kompassrose, ohne auch nur einen Schritt voraus oder achteraus zu kommen. Die Technik gehorche auf Befehl, fasste es Kapitän Brummer zusammen, als er mir kurz die Brücke zeigte, und irgendwelche Allüren zeige die Lady auch nicht. Ihre Technik funktioniere zuverlässig, wollte er damit sagen.

Wenn wir auf See in der Nähe unseres Auftraggebers, der Bohrinsel Heather Alpha vor Anker lagen oder in ihrer Nähe blieben und mit der Falderntor langsam auf und ab fuhren, las ich während meiner Freiwache Bücher, etwa *Das Glasperlenspiel* von Hermann Hesse. Wenn der Schiffsagent uns im Hafen von Aberdeen keine neue Order zukommen ließ und wir unsere Aktivitäten auf Standby schalteten und auf seine Nachrichten angewiesen waren, las ich wieder ein Buch. Ich schrieb Katrin und Freunden oder dachte über meine Situation nach und fragte mich, wie es denn um Himmels willen zu dem gekommen war, was da gerade mit mir passierte: Frau und Kinder zu Hause allein gelassen und ich auf See, und das alles ganz ohne mein Zutun, wie mir schien.

Dieser Gedanke aber war echt zu schräg gedacht, sodass ich sogleich wieder davon abrückte. Denn er stimmte so ganz und gar nicht. Mich bekümmerte vielmehr, was ich meiner Familie durch meinen allzu luftigen Umgang mit den Finanzen zumutete. Die Folgen meines Leichtsinns musste vorrangig meine Frau schultern, weil sie schuften und aushalten musste, was ich ausgelöst hatte: Leistungsdruck im Ballettsaal, zwei sehr kleine Kinder und ein großes Haus in Schuss halten – das war allein nicht zu schaffen. Auch mit den Hilfen von außen nicht. Mich belastete die Zwangslage, in die ich sie geführt hatte, mehr, als ich zugeben mochte. Und schreiben konnte ich Katrin meine eigene bedrückende psychische Gemengelage auch nicht.

Wie es mir in meinem stillen Kämmerlein wirklich ging, wollte und musste ich für mich behalten. Meine wirklichen Empfindungen hätten Katrin nur zusätzlich belastet, und zugegeben hätte sie ihre Plackerei ja doch nicht. Wenn ich meinen Job mit dem ihrigen verglich, empfand ich meinen eher als unauffällig. Den Aufgaben auf der Brücke fühlte ich mich allemal gewachsen, schlief aber mit zermürbenden Gedanken an meine Familie und schlechtem Gewissen unruhig und viel zu wenig.

Ich frühstückte in der Messe, wo mir der Chief, der Leitende Ingenieur[12], einen Hundert-Dollar-Schein zeigte, nur so, er wollte reden. Davon will ich ganz viele, begann er, für mein neues Haus in der Eifel brauch ich ein paar tausend davon. Ich mochte den Chief nicht, und sein Neubau interessierte mich schon gar nicht, ich ging nicht auf ihn ein. Aber der Geldschein lenkte mich ab, brachte mich auf andere Gedanken: In wenigen Tagen würde die erste Heuer auf meinem Konto eingehen! Herr Kröger war unverändert mein Betreuer. Von meinen aktuellen Seefahrtsabsichten hatte ich ihm nichts erzählt, ich wollte ihn überraschen und freute mich schon auf sein ehrliches Lächeln, wenn auf dem Konto nun endlich einmal etwas passierte, wie er sagte, und er für seinen Langmut belohnt würde.

---

12 *Der Leitende Ingenieur darf Schiffsmaschinenanlagen jeder PS-Größe fahren; der zweite technische Schiffsingenieur führt laufende Reparaturen zusammen mit dem technischen Personal durch.*

20

Alle theoretischen und medizinischen Prüfungen hatte sie bereits erfolgreich durchlaufen, die Kommission hatte sie zum Tanzstudium zugelassen. So gab es eigentlich nichts, was sie noch aufhalten konnte. Sie war bei bester Gesundheit und austrainiert, durfte weiter von einer Tanzkarriere träumen. Von Kind an hatte es Katrin in den Ballettsaal ihrer Mutter gezogen, wann immer Schulpflichten und Tagesgeschehen das zuließen. An ihrem zehnten Geburtstag hatte ihr Großvater sie überrascht und sie vom Geschenketisch in ihr Kinderzimmer geschickt: Da wartet etwas auf dich. Sie rannte los, zog das Laken vom Gestell und sprang hoch in die Luft. Vor ihr stand eine mobile Ballettstange, mit Girlanden und Luftballons geschmückt. Sie lief zurück und sprang ihrem geliebten Opi in die Arme: Woher hast du das nur gewusst? Sie strahlte ihn an.

Wann immer und so oft sie wollte, konnte sie jetzt pliè und piquè üben: die Knie beugen und nach außen drehen, auf die Spitze gehen, Pirouetten drehen, Balance halten und die Positionen eins bis fünf üben. Darf ich auch mit an die Stange, bitte?, bettelte Lulu, einziger Geburtstagsgast, sie war Katrins beste Freundin. Und von Stund an standen die Mädchen an der Stange und übten und übten. Ihre Begeisterung für Ballett konnte für die spätere Tanzausbildung der Mädchen an der Tanzhochschule in Hannover nur förderlich sein.

VON LAND – KATRINS 5. BRIEF

Hamburg,
Montag, 1. März 1982,
14:15 Uhr

Geliebster Mann, tagelang hab ich nicht mehr geschrieben – die Tage rannen mir unter den Händen weg, und abends war ich dann oft zu müde, um noch ein paar Sätze zu Papier zu bringen. Klingt ein bisschen blöd, aber es war so. Unsere beiden waren halt nicht ganz auf dem Damm und wollten natürlich mehr Zuwendung und Fürsorge als üblich. Maximilian macht sich schon wieder sehr gut. Ich hab die Box im großen Zimmer aufgestellt, ordentlich mit Ringen etc. behängt, und er scheint sich da drin sehr wohl zu fühlen. Englein steht im Keuchhustenverdacht. Sie ist im Ganzen trotzdem recht munter, hat allerdings kaum Hunger. Aber wir beide genießen unser Zusammensein sehr. Du hättest deine größte Freude, mit ihr über den Eppendorfer Baum zu gehen. Jetzt mit Holzente im Schlepp! Hinreißend.

Morgen früh bin ich bei unserem neuen Kinderarzt Dr. K. angemeldet. Waltraud empfiehlt ihn sehr; außerdem haben seine Frau und seine Tochter bei uns getanzt. Mal sehen, was ich für einen Eindruck von ihm bekomme. Unser bisheriger Kinderarzt erschien mir zusehends als kleiner Gott in Weiß. Er rauschte mit Studenten hinter sich ins Sprechzimmer, und eh man sich's versah, war er schon wieder draußen; nach einigem Suchen fand man auch ein Rezept. Du weißt, seit Marlenes Ohrengeschichte war ich skeptisch, ich fühle mich bestätigt. Ich hoffe, Dir ist es recht.

Giselchen ist seit gestern Abend auch krank. Ganz akute Grippe. Du siehst, alles ist hier ziemlich angeschlagen. Hugo und ich halten die Fahne hoch. Hoffentlich. Gestern hab ich W. aufs Band gesprochen, in der Hoffnung, von ihm einen Fotoapparat zu bekommen. Ich hoffe, er meldet sich bald. Unsere Freunde lassen nicht viel von sich hören. N. ist wieder für 14 Tage nach München gedampft. M. hüllt sich in Stillschweigen, sagte allerdings letzten Montag, sie hätte in der Firma momentan schrecklich viel zu tun. Zu telefonieren, das sollte aber doch möglich sein. Mich lässt das allerdings ziemlich kalt. Ich bin vollauf beschäftigt, ich fühle mich stark, bin froh, wie gut ich alles mache (ganz schönes Eigenlob, was?), und hab nur einen Wunsch: bald wieder in den Armen meines geliebten Mannes zu liegen. –

22:15 Uhr

Hagen, Mann, Meiner, Geliebter, Geliebster, Liebster, Heißgeliebster … Bis eben versuchte ich, eine Vertretung für Giselchen zu finden. Hat nicht geklappt. Ich sage also den Stepp ab und gebe den Unterricht nicht im Steppkeller, sondern oben im Saal. Ausnahmsweise. Heut Abend war M. da, ich hab mich bei ihr beschwert, wir haben gelacht. – Sie ist sehr betrübt, weil ihr Freund T. in diesem Jahr, wahrscheinlich noch vor ihrem 30. Geburtstag am 30. Juni, für sieben bis neun Monate nach Amerika geht. Naja, ich kann sie verstehen.

Hagen, wie geht es Dir? Heut kam kein Anruf, aber Du hattest es ja schon angekündigt, dass es nicht immer klappen wird. Ach, Geliebster, ich denk ja nur an Dich. Schön, nich? In den nächsten Tagen wird Dein Brief eintreffen. Ich fiebere dem entgegen! Nun geh ich im Bett rein, würde Hugo sagen. Ich werd hoffentlich von Dir träumen. –Ich bin müd, ich muss schlafen, ich küsse Dich, Geliebster, ich liebe Dich, halt mich fest! Trinchen

22

An der Hochschule mit Tanzcompany und angeschlossenem Internatsbetrieb herrschte spartanische Strenge. Es ging immer nur um das eine, um Tanz und immer noch einmal Tanz. Während der Pausen ging es darum, beim frugalen Frühstück, am Mittagstisch und abends auf den Zimmern! Und darum, die körperlich-technischen und künstlerischen Richtlinien zu erfüllen, denn die Quartalsziele und Satzungen der Hochschule forderten das. Und auch dieses wollte bedacht sein, nämlich möglichst alle Tanzstudentinnen zur Ehre der Hochschule an Opernhäusern oder in angesehenen großen Theatern unterzubringen. Doch bis es dahin kommen sollte, sollten Katrin und Lulu noch vieles entbehren müssen – und darunter leiden.

Monsieur Martin zeichnete für den Erfolg der Elevinnen verantwortlich. Ihr wollt Ensemblemitglieder einer Tanzcompagnie werden, sagte er kurz nach Semesterbeginn während einer Tanzpause, deshalb seid ihr zu uns gekommen, schwächte aber gleich darauf die Hoffnungen der jungen Frauen ab: Aber die Wirklichkeit sieht anders aus, nicht alle werden es schaffen. Keine der jungen Frauen konnte sich in dieser frühen Ausbildungsphase vorstellen, was er mit diesen kryptischen Anspielungen meinte. Sie kannten ihren Ballettmeister eben noch nicht und wussten nicht, was er wusste, dass nämlich nicht alle Tanzstudentinnen ihre Träume von einer Solokarriere würden erfüllen können.

Monsieur Martins pädagogische Methode bestand einerseits darin, die Studentinnen bei ihrem persönlichen Ehrgeiz zu packen und sie so zu Höchstleistungen anzuspornen. Andererseits quälte er gerade seine weiblichen Schützlinge so lange, bis sie selbst an ihrer Eignung zweifelten und nicht mehr recht wussten, ob sie sich tatsächlich in einem Ballettsaal befanden oder nicht doch auf einem Kasernenhof gelandet waren. Er arbeitete mit ihnen so unerbittlich, damit Katrin und Lulu und die anderen elf ihre Ziele auch erreichen würden: Ihr wollt doch einmal an einem großen Haus engagiert werden, oder, rief er ihnen spottend zu. Dann strengt euch gefälligst auch an. Er selbst habe das alles auch durchgestanden.

In seiner aktiven Zeit hatte Monsieur Martin an der Opéra de Marseille Karriere gemacht und war dort zum Solotänzer aufgestiegen. Nun, da für den Ballettmeister eine ruhigere Zeit angebrochen war, war er ein wenig rund geworden, seine Bewegungen verhaltener, sein Haar lichter. Er trat als Zuchtmeister der künftigen Tänzerinnen auf, kannte keine Milde mit seinen Schutzbefohlenen, dreizehn waren es in seinem Semester. Zwischen dem, was Katrin und Lulu bisher an ihrer Ballettstange zu Hause geübt hatten, und dem, was Monsieur Martin von ihnen verlangte, lagen Welten. Wer beim Tanzen patzt, geht sofort in die Liegestütze, befahl er, ich will keine Schmerzgesichter sehen, auch wenn eure Füße so aussehen wie rohes Fleisch und eure Knochen leiden wie auf dem Steinbruch.

Monsieur Martin, so wollte er stets angesprochen werden, forderte Körperbeherrschung und Harmonie der Bewegungen und dabei allzeit schöne, lächelnde Gesichter. Niemand im Publikum sollte ihnen die Schuftereien ansehen können. Die Mädchen sollten die Schwerkraft besiegen, war sein Credo, jede Bewegung sollte schweben, gewichtslos und natürlich wirken, sollte leicht wie ein Lufthauch sein. Wenn eine Tänzerin versehentlich aus dem Takt kam, kanzelte er sie ab: Wer nicht musikalisch ist, kann auch nicht Tänzerin werden. Dabei trat er mit zwei forschen Schritten direkt auf jene zu und wieder zurück, woran alle anderen sogleich erkennen konnten, wen er mit seiner Kritik gemeint hatte. Die

Mädchen hassten es, so diskret und doch so offensichtlich vor den anderen bloßgestellt zu werden.

Seinen französischen Akzent allerdings fanden seine Schülerinnen wiederum mignon, einfach süß. Weil er kein H (in Hannover oder in Hanna, so hieß eine der Tänzerinnen) aussprechen konnte, gingen sie milde mit ihm um und sahen ihm manches seiner strengen Tanzdiktate nach. Hatte Monsieur einen guten Tag, riet er ihnen: Seid zärtlich zu euren Füßen, und nannte ihnen auch gleich eine angeblich altbewährte norwegische Fischer- und Seemannssalbe, die blutige Füße über Nacht heilen würde.

Doch der Maître zeigte auch eine abstoßende Seite. Wie die anderen Mädchen auch, empfand Katrin die Anzüglichkeiten ihres Lehrers als beschämend, wenn er sie und einige andere mit seinen grob vorgebrachten Rüffeln verletzte. Sie verachtete ihn zutiefst dafür, wenn er zudringlich wurde und sein Gesicht einen schmierigen Zug annahm. Immer wieder spielte er auf Katrins Proportionen an, die nicht mehr ganz stimmten, und fuhr – während er sie korrigierte und sich dann wegdrehte – mit einem Ellenbogen über ihre Brust. Ein anderes Mal kniff er ihr mit zwei Fingern in die Hüfte, mäkelte an ihr herum: Hier ein Pfündchen zu viel und da noch eins, was heftige Turbulenzen bei der Neunzehnjährigen auslöste.

Was soll ich denn machen, fragte sie Lulu, ich esse, was ich essen will, und fühle mich genau richtig.

Dann lass ihn doch reden und kümmere dich nicht drum, schlug Lulu vor.

Katrin empfand Monsieur Martins Verhalten als frech und kränkend. Sie verdächtigte den einstigen Solotänzer, seine Position auszunutzen und ihr näherkommen zu wollen, sie vertraute sich zuerst Lulu an. Als Monsieur aber seine Unverschämtheiten wiederholte, zog Katrin die Hochschulärztin ins Vertrauen, die allmonatlich das Gewicht der Studentinnen kontrollierte. Um das Gewicht zuverlässig messen zu können, wandte die Ärztin die sogenannte Caliper-Messung an, auch Fettzangenmethode genannt, mit ihr wurden Hautfaltendicke und Körperfettanteil gemessen. Die Ärztin bekräftigte Katrins Auffassung: Bleib so, wie du bist, alles an dir sitzt an der richtigen Stelle. Ich rede mit Martin. Sie sprach Monsieur dann tatsächlich an, auch seine Unverschämtheiten. Und der erkannte den Wink auch als deutliche Verwarnung und benahm sich nicht noch einmal daneben.

Katrin und die anderen stellten sich also auf die Besonderheiten des Monsieur Martin ein, auch weil er ihnen tänzerisch alles vermittelte, was sie können und wissen mussten, wenn sie in eine Tanzcompagnie aufgenommen werden wollten. Katrin liebte den Tanz und die Aura dieser einzigartigen Kunstform. Sie wollte nur tanzen, darum allein ging es ihr – zu tanzen, sich auf Musik zu bewegen und zu tanzen.

Neben Monsieur bedrohte Katrin noch ein anderer, ein unsichtbarer Gegner, der in ihr wohnte und sich als unbezwinglich erwies. Sie hatte Heimweh! Die Tänzerinnen, die aus allen Himmelsrichtungen angereist waren und im Internat der Hochschule lebten, durften alle acht Wochen für zwei Tage nach Hause reisen. Katrin reichte das nicht, sie setzte alles daran, ihre Mutter in Hamburg öfter sehen zu können. Wintertags, wenn die Sehnsucht überhandnahm, wälzte sie sich nackt im Schnee, um krank zu werden. Wer krank war, durfte nach Hause. Niemand erfuhr von ihrem heimlichen Tun, auch Lulu nicht. Katrin durfte dann zu ihrer Mutter – und kehrte genesen zurück.

Im fünften von insgesamt sechs Semestern begann eine ihrer Hüften zu schmerzen, zuerst nur dumpf und noch fern wie ein Phantom. Bald heftiger. Der Schmerz blieb jetzt bei ihr, auch wenn sie nicht tanzte, sie verband ihn aber nicht mit der alltäglichen

Schinderei, sondern führte ihn auf etwas diffus Unbekanntes zurück und machte weiter, bis die Zähne knirschten. Ein Lächeln, wie Monsieur es verlangte, zeigte sie nicht mehr. Die Schmerzen blieben ihr Stammgast. Noch vertraute sie sich niemandem an.

Als sie gegen Ende des letzten Semesters die Qualen nicht mehr ertrug, offenbarte sie sich gegenüber der Ärztin, die sie umgehend zu einem Spezialisten überwies. Seine Diagnose betäubte Katrin: Dysplasie! Eine angeborene Fehlstellung des Hüftgelenks, die auch operativ nicht zu korrigieren war. Sie müssen aufhören zu tanzen, wenn Sie einer bleibenden Lähmung entgehen wollen, warnte der Medizinprofessor. Er sprach von unabsehbaren Folgen, wenn sie seiner Diagnose keinen Glauben schenken wollte. Den professionellen Tanz müssen Sie sofort aufgeben, forderte er. Allein Schonung würde einen ganz bestimmten Nerv entlasten, die Schmerzen lindern und sie schließlich ganz vertreiben.

Die Hiobsbotschaft wühlte Katrin zutiefst auf, auch wenn sie sie nicht wahrhaben wollte. Am Tag darauf reiste sie enttäuscht ab, musste diesen Schicksalsschlag mit jemandem Vertrauten teilen, mit ihrer Mutter. Nachdem sie nicht wieder getanzt hatte, zogen sich die Schmerzen schon bald so katzenhaft zurück, wie sie gekommen waren. Die Hochschule schickte ihr das staatliche Diplom nach.

Sie ruhte aus, redete, dachte nach, suchte Antworten auf ihre Frage: und nun? Was soll werden? Spazierte durch Hamburgs Park- und Gartenanlage Planten un Blomen im Stadtzentrum, lief am Elbwanderweg entlang und fragte seegehende Frachter nach dem Warum. Doch auch die winkenden Matrosen konnten ihr nicht zurufen, wie es mit ihr weitergehen sollte. Sie war gerade zwanzig geworden.

23

VON SEE – HAGENS 3. BRIEF

Dienstag, 2. März 1982,
Aberdeen,
MS FALDERNTOR

Geliebstes Trinchen, gerade ist Dein Brief über den neuen Kinderarzt bei mir eingetrudelt, als wir soeben, 16 Uhr, an der Pier festgemacht haben und 270 Tonnen Brennstoff übernehmen wollen. Ich bin so beruhigt, dass zu Hause bei Dir alles so gut läuft, dass Du diese Situation so nimmst, wie sie ist, und mir keine Vorwürfe machst. Ich weiß, wie angespannt Dein Tag ist, das Kümmern um die Kinder, auf sie eingehen, ihr Quengeln ertragen, Ideen haben, um sie abzulenken, die eigenen Bedürfnisse zur Seite schieben. Und das alles bei Deinem Temperament. Ja, wenn die Situation da ist, da war ich ganz sicher, dann würdest Du ganz souverän die Lage erfassen und meistern. Du bist eine so tolle Frau, Geliebste, und gar manches Mal, wenn ich daran denke, dass ich so hartnäckig gewesen bin, dann werden die Augen etwas feucht und ich weiß, wie schön es ist, dass wir uns haben. Es lebe die Hamburger Aalsuppe …

AUS DEM PRIVATEN LOGBUCH VON BORD

Jeden Tag mehr fällt mir auf, wie verächtlich ich dem gegenüberstehe, was ich hier tue, und denen, mit denen ich hier – bei der Seefahrt – zu tun habe. Da ist kein Einzelner gemeint, keiner im Besonderen, keine spezielle Situation, sonders alles zusammen. Die Art zu leben, miteinander umzugehen, das Versteckspielen der Charaktere, ich habe einen vernichtenden und gar verurteilenden Blick dafür geschärft, der mir immer mehr an mir auffällt. Die Anpassung der Einzelnen an die hiesigen Ausnahmesituationen ist so offensichtlich; scharfe Fragen oder Verhaltensweisen wirken verletzend, ätzend, ich kann aber nicht umhin, sie zu stellen. Schließlich klären sie auch auf. Unendlich weit bin ich von dem, was ich halbherzig tue, entfernt, ich bin nur bei Trinchen, bei Marlene, Maximilian. Und bei dem Leben, das wir zusammen führen werden, in Achtung und Liebe, Frohsinn und Toleranz, Humor und Geist.

Wie es in mir während dieser Monate wirklich aussieht, will ich Katrin nicht sagen und vertraue es deshalb nur meinem privaten Tagebuch an.

Dass Du so lange keine Post von mir erhalten hast, das liegt an unserer Situation, die sich sehr oft ändert. Mal chartert uns die Ölgesellschaft Union Oil, die uns unter Langzeitvertrag hat. Dann kommt aber Texaco, der amerikanische Ölmulti, mit einem Auftrag, der irgendwann mal ein Schwesterschiff von uns sehr gut fand, und schon müssen wir diesen Job zwischendurch erledigen und ein 45 Tonnen schweres Gewicht transportieren. Auf diese Weise ist unser Rhythmus gestört und das Wochenende im Hafen nicht mehr selbstverständlich.

Die vergangene Reise war mal wieder sehr bewegt. Eine Woche waren wir draußen, oben, nordöstlich der Shetlands, und haben so manchen Sturm abgerissen. Als die kochende und wütende Nordsee, die stündlich ihr Gesicht ändert, bei Orkanstärke zwölf keine Ruhe geben wollte, habe ich dem Alten vorgeschlagen, unter

Landschutz zu gehen, weil es zu hoch herging. Wir fuhren unter den Schutz der Shetlands, suchten uns eine kleine, urgemütliche, hufeisenförmige Bucht und warteten auf besseres Wetter. Du glaubst ja gar nicht, wie wohl einem sein kann, wenn plötzlich das Himmelsgeschenk Ruhe eintritt. Wir warfen dort Anker, blieben aber nur bis 23 Uhr, die Plattform rief uns wieder. Wir hatten inzwischen die verrutschte Ladung gesichert und machten uns auf den Vier-Stunden-Weg zurück, um 500 Tonnen Wasser, Zement, Baryte und Treibstoff abzugeben.

Dabei liegen wir vor der Plattform, halten mit Hilfe von Maschinen unsere Lage dort und laden oder löschen Ersatzteile in Containern. Die Maschinen machen natürlich, wenn sie auf vollen Touren laufen, ein Höllengetöse, wie gesagt. Dass dabei an Schlaf nicht sonderlich zu denken ist, das kannst Du Dir sicher vorstellen. Und wenn überhaupt mal nach der Seewache von 0 Uhr bis morgens sechs der tiefe Schlaf der Erschöpfung kommt, dann nur in Bruchstücken, wie ein zerstörtes Puzzle. Aber gut geht's mir dennoch dabei, bin nicht ärgerlich oder mürrisch oder so etwas (nur das Umfeld, das stimmt natürlich nicht). Aber der Wunsch nach einer zusammenhängenden Nacht im Hafen wird dann schon immer dringender.

Heute bekommen wir sie wahrscheinlich auch nicht. Hier in Aberdeen wird seit Monaten – mit Unterbrechungen – gestreikt. Die Hafenarbeiter sind mit den regulations (Vorschriften) nicht einverstanden. Also immer, wenn hier in Aberdeen, der nach London inzwischen zweitteuersten Stadt in Großbritannien, nichts geschieht, dann verholen wir (wir wechseln den Liegeplatz) und fahren nach Peterhead, das zwei Stunden weiter nördlich liegt. Dort sind die Kaibetriebe privat organisiert und alles klappt vorzüglich, sie arbeiten dort aber viel zu schnell. Also in zwei Stunden, wenn hier der Brennstoff für die Bohrinsel übernommen ist, fahren wir nach Peterhead, löschen unsere Container, nehmen neue Ladung auf und sausen wieder zum Rig Heather A raus, das unersättlich zu sein scheint.

Eine andere Welt, Geliebte, wie Du ja sagst, die ich nun einmal kenne, die wichtig für meine Entwicklung war, die ich hier aber lediglich als funktionierendes Subjekt erlebe. Ich staune selbst manchmal, mit welcher Chuzpe ich die ganze Sache angehe, wie ich diese Welt beobachte und wie gut gerade dann etwas klappt, wenn man darin nicht irgendetwas Bestimmtes erreichen will. Sicher hat diese Welt auf einem Schiff, wie ich glaube erkannt zu haben, ihren großen, einen lähmenden Nachteil: Sie ist in sich so geschlossen, dass der Versuch, sich aus ihr herauszustehlen, einfach misslingen muss. Also ist wohl auch mein Gedanke falsch, hier noch etwas nebenbei zu tun, so als wäre ich ein Journalist – der mal eben so sich selbst beschreibt und obendrein auch noch den nötigen Abstand hat. Nein, nein, das geht nicht, mitgefangen – mitgehangen. Und wenn der enge Tages- und Wochenverlauf so weitergeht, dann kann das von der Zeit her, wie sie verfliegt, nur gut sein.

Die Bilder vom kleinen Maximilian finde ich großartig. Du hast sicherlich gewünscht, Geliebte, dass sie identisch oder so ähnlich mit denen von Marlene werden. Wenn ich die Bilder sehe, sehe ich auch Dich als leidenschaftliche Fotografin, die gerade ihren ersten großen Schuss abgibt. Seltsam, dass sich solche Bilder so einprägen können. Wie oft sehe ich Dich vor meinem Auge, als ich mich mit dem Auto drüben auf der anderen Straßenseite der Hochallee im Schnee festgefahren hatte und dringend irgendwohin musste. Du standest am Küchenfenster, beobachtest meine Rangiererei und jetzt kommt mein Bild: Du sprangst hoch in die Luft, ganz hoch! Und jubeltest, als ich schließlich frei kam. Dieser Enthusiasmus in Dir, Deine spontane Freude, hat mich ziemlich hoch geholt: zu Dir.

Liebstes Trinchen, wenn Du den Brief erhalten hast, dann habe ich in Gedanken schon Bergfest[13] gefeiert, bin also länger als einen Monat hier. Und schwuppdiwupp, bin ich wieder bei meinem Trinchen. Zu Deinem Urlaubsvorschlag, mal im Ernst: ob wir nicht für eine Woche oder so im Sommer irgendwohin fahren können? Das täte Dir auch ganz gut. Ich kümmere mich um die Kinder und Du sonnst Dich, bist nur dafür da, den Mann zu bewundern, Mannomann. Ein Gedanke, der in Dein Konzept passen könnte?

Geliebstes, Trinchen, außer meiner Liebe zu Dir wächst auch täglich noch etwas anderes. Nein, nicht das Konto, das Du vielleicht meinst, das aber auch. Ich bin also Deinem Wunsch nachgekommen und lasse die Haare in meinem Gesicht sprießen. Sie jucken zwar noch ziemlich arg, aber ich gewöhne mich gerade daran und empfinde es als bequem. Hier, aber nur hier! Über Einzelheiten müssen wir reden. Ein drei Wochen alter Bart macht aber schon ganz schön was her.

Auf den Brief von Hugo freue ich mich, auf die bunten Bilder von Marlene, auf Deine Schrift, auf Deine Erzählungen, was alle so machen, ja: meine schöne neue Welt eben, in deren Mittelpunkt Du stehst. Küss die Marlene, den Maximilian, Giselchen, Hugo und grüße die beiden Münchner. Sag ihnen allen, wie lieb ich Dich habe, ja, das kann man ruhig weitersagen. Ich muss es jedenfalls. Ich küsse Dich, ich liebe Dich! Dein Hagen!

13 *Mitte eines bestimmten Zeitabschnitts*

24

VON LAND – KATRINS 6. BRIEF

Hamburg,
Sonntag, 7. März 1982,
10:15 Uhr

Geliebster, Marlene sitzt rechts neben mir unter Adas Bild[14], dickes Kissen unter dem Popo, sie malt ein Bild für Dich. Ich habe Deinem Wunsche entsprochen und sie dabei fotografiert, damit Du ihr Gesicht dabei sehen kannst. – Gestern kam Dein wunderschöner Brief vom 2. März, gerade recht zum Wochenende. Ah ja, ich kann mir schon vorstellen, dass man keine Distanz halten kann und total mit einsteigen muss. Aber so verfließt die Zeit eben auch schneller für Dich. Auf Deinen Bart bin ich mordsgespannt, Geliebster, ich bin schon ganz aufgeregt, wie Du damit ausschauen magst.

Heute ist Deine Abreise genau vier Wochen her. Wieder hat Maximilian Geburtstag, er ist nun sieben Monate alt. Ein wirklich großer Sohn. Liebster Hagen, Du fragst nach unseren Freunden: Sie haben sich seit dem letzten Brief etwas gebessert. Gestern brachte mir W. einen Apparat. Leider ohne Blitz, sodass ich Dir unsere Abendidylle nicht zeigen kann. M. hat sich bereit erklärt, nächste Woche im Unterricht mit einzuspringen, falls erforderlich. Gestern Abend rief R. an. Er wusste nichts davon, dass Du schon unterwegs bist. Er ließ sich Deine Adresse geben, wird Dir also wohl schreiben.

Deine Idee mit der Reise in den Süden, Geliebster, ist bezaubernd, nur meine ich, der Aufwand so einer Fahrt mit zwei kleinen

---

14 *Ein Blumenaquarell der Malerin Ada Knabe-Behrmann*

Kindern ist unangemessen groß, Deine Reiselust unangemessen klein und außerdem müssen wir sehen, wie viel gemeinsame Ferien wir überhaupt haben. Ich würd schon gern in meinen Ferien mit Dir zusammen unsere schöne Wohnung genießen. Lass es uns besprechen, wenn Du hier bist.

Geliebster, gestern hättest Du sicher mit mir gelacht. Stell Dir vor, ich bekomme vom Hamburger Verkehrsverbund einen blauen Warnbrief mit der Aufforderung, meine Strafe fürs Schwarzfahren umgehend zu bezahlen, da die Summe sonst ständig größer werden würde. Und das mir!! Ich war's natürlich nicht und werde morgen früh erst einmal ein bitterböses Telefonat führen. Ich hab aber sehr an Dich gedacht und an Deine Versuche, mich zum Schwarzfahren zu überreden. –

Marlene ist im Augenblick ein solcher Wildfang. Nichts ist vor ihr und ihrem Temperament sicher. Ich glaube, die Keuchhustenangst war umsonst. Ich meine, der Husten ist besser geworden, sie isst auch wieder mit Appetit. Maximilian ist lieb. Lacht viel, spielt im Stall und hat den Husten überwunden. Gott sei Dank.

Giselchen geht es heute auch besser, auch wenn sie noch sehr schlapp ist. Hugo: wie stets. Gestern Abend hab ich Christel angerufen. Sie hatte gerade einen Brief an Dich fertig und wollte mich auch noch anrufen. Sie hat den ersten Tag einer Hungerkur überstanden, hat diesen Winter zehn Pfund zugenommen und meint, etwas dagegen unternehmen zu müssen. Wie sieht's denn mit Deinen Pfunden aus, Geliebster? Sind sie schon gepurzelt? Du weißt, mit Bart nehm ich Dich auf jeden Fall, egal, wie dick der Bauch auch ist.

Morgen beginnt die Woche wieder, die fünfte ohne Dich, Bergfest! Die Sache mit dem täglichen Bericht, Du merkst es, konnte ich nicht einhalten, aber ich hoffe, dass ich Dir wieder häufiger schreiben werde, wenn Giselchen wieder fit ist. Mein Geliebster, ich hol jetzt den Sohn aus dem Bett, werde ihn mit Marlenes Hilfe baden, dann beide füttern, Essen kochen, gebügelt hab ich schon, ein ganz normaler Sonntagvormittag. Draußen scheint die Sonne, keine Wolke weit und breit, die ich mit einem Gruß zu Dir schicken könnte. So bleibt mir nur die Bundespost. Ich küsse Dich, ich liebe Dich, Dein Trinchen

25

VON SEE – HAGENS 4. BRIEF

Montag, 8. März 1982,
Aberdeen,
MS FALDERNTOR,
1. Bergfest

Geliebste, mein Trinchen, gerade ist mein Schiff in den Hafen von Aberdeen eingelaufen, Dein Brief vom 1. März ist da. Er hebt sich rein äußerlich immer so wohltuend von den anderen ab: kein Luftpostpapier, gewichtig im Layout, vertrauenerweckend. Ich öffne ihn immer erst dann, wenn ich Ruhe habe, lege die Beine hoch, schaue mir die Bilder an und sehe Dich am Schreibtisch sitzen, wie Deine Feder über das Papier huscht, Dein Kopf etwas schräg steht, der Oberkörper nach vorn gebeugt ist. Du bist dann immer so engagiert und so vieles davon finde ich in Deinen Zeilen wieder. – Das ist ja gar nicht schön mit den Krankheiten zu Hause, Giselchen, Marlene und Maximilian. Hoffentlich hat sich das inzwischen gegeben. Ganz liebe Genesungswünsche an Giselchen, mein Schwiegermütterlein. Und an den lieben Hugo, den Unverwüstlichen, sowieso. Dass ich seine Plätzchen, die er mir abends immer heimlich zuschob, sehr vermisse, das kannst Du ihm auch ruhig sagen.

Ich finde es sehr richtig, dass Du den Kinderarzt gewechselt hast. Dein Gefühl, Dein Eindruck wird bestimmt richtig sein. Wie könnte ich dann etwas dagegen haben. Und Hausbesuche, das hört sich bei Dr. K. ja wirklich gut an. Liebste, ich bin ganz sicher, dass Du alles richtig und gut machst, ich bin so froh, dass ich Dich habe. Du bist die Frau, die meine unausgesprochenen Wünsche von Schönheit erfüllt, meinen Hunger nach Ästhetik, meine Vorstellung von Partnerschaft. Wir werden noch so viel miteinander machen, in der Liebe, in unserer Freizeit, in unserem Leben, das wir mit unseren Kindern noch vor uns haben. Ich freue mich so, das mit Dir zu machen. Und Giselchen in unserer Runde, Hugo, Christel und diejenigen, die unsere Freundschaft wollen, die mit uns ein Stück gehen wollen.

Ich vermisse Dich sehr, Geliebte, habe den Kopf voll von Dir, mit Deinem Antlitz, Deinen Augen, Deiner Stimme, Deinem schönen Körper. Und alles umbraust mich, wird durcheinandergewirbelt, findet zu einem ruhenden Pol zurück, schließlich zu meiner Liebe zu Dir, Trinchen, zu all dem, wie Du bist und was Du bist. Vielmehr kann es nicht geben. Ich sitze hier um 17:15 Uhr mit hochroten Ohren und Vollbart an meinem Schreibtisch, müde nach langen Tagen auf See mit schlechtem Wetter. Und dabei fällt mir immer wieder ein, wie lieb ich Dich hab. Dein Hagen, ohne PS, ohne PPS, einfach so.

26

VON LAND – KATRINS 7. BRIEF

Hamburg,
Freitag, 12. März 1982,
20:15 Uhr

Über alles Geliebster, schau ich mir Deine für mich gezeichnete Seekarte an, sehe ich darauf die kleine gemütliche Bucht, denke ich unweigerlich: Stell Dir vor, wir beide dort ... und ... und ... und ...

Es war heut ein schöner Tagesbeginn: Erstens war es Freitag. Ich liebe die Freitage: Ich versorge die Kinder ohne Termindruck, ich fahre mit Englein zum Toom, was uns beiden ungeheuren Spaß macht. Inzwischen beherrsche ich die Ein- und Auspackerei bis zur Vollendung. Liebster, du wärest stolz auf mich. Keine Wasserkiste, keine Eierkartons, nicht einmal die zerbrechlichste Ware bringt mich ins Zögern. Nein, zielstrebig und selbstsicher verpacke ich alles und tüte ein, wie ich es von meinem Meister gelernt habe.

Geliebster, Du siehst, es ist schon wieder Freitagabend geworden, eh ich zum Schreiben kam, ich schaff's nicht anders. Aber macht nix, oder? Die Kinder sind wieder absolut o. k., Giselchen weiter auf dem Wege der Besserung, wenn auch sehr geschwächt. Es hat sie halt doch ziemlich stark erwischt. Die Fotos hab ich letzten Sonntag geschossen, ich schrieb es Dir. – Ich habe sie einzeln beschriftet, damit Du genau weißt, was sie sagen sollen. Übermorgen ist Sonntag, dann rechne ich nur noch in drei Wochen, Gott, wie lang ...

Hagen, Geliebster, mit dem Träumen hat es nicht so geklappt, aber immer, wenn ich wach war, warst Du in meinem Kopf, in Herz und Seele. Es ist Sonntagabend – Giselchen geht es wieder viel besser, ich bin sehr froh. Es war vielleicht alles ein bisschen viel für uns in den letzten Wochen. Aber nun ist's ja vorbei. Geliebster, ich sehne mich so nach Dir. Seit gestern hab ich mal wieder Blumen auf dem großen Tisch, Birkengrün. Bis jetzt hatte ich keine Lust dazu, aber nun, da Du ja schon so bald wieder bei uns bist, musste es sein.

Ich warte sehr gespannt und aufgeregt auf Deinen nächsten Anruf und vor allem auf Deinen nächsten Besuch. Geliebster, ich kuschele mich an Dich, krieche in Dich hinein, lasse mich umarmen, umarme Dich, küsse Dich – liebe Dich – bin eins mit Dir, Trinchen.

27

VON LAND – KATRINS 8. BRIEF

Hamburg,
Sonntag, 20. März 1982,
18:45 Uhr

Mein geliebster Mann, morgen ist Frühlingsanfang … Morgen vor einer Woche haben wir telefoniert, morgen in vierzehn Tagen sind acht Wochen um … Jetzt gerade stopft Englein mit ihrer Großmutter die Waschmaschine; die Mutter sitzt am großen runden Tisch und hat unendliche Sehnsucht nach Dir. – Unser Elektriker war heute da: Die Lampe hängt, ich finde sie wunderschön, ich denke, Dir wird sie genauso gut gefallen.

Geliebster, was machst Du grad? Ständig versuche ich mir vorzustellen, was Du gerade tust, was für ein Gesicht Du machst, was Du fühlst. Ich hab's ja bereits geahnt, aber die letzte Zeit wird wohl noch einmal genauso schwer werden wie der Anfang. Die Mitte flutschte doch so gut dahin ...

Der Gärtner war auch gerade da und hat angefangen, Grund ins Gestrüpp zu bringen. Wenn Du da bist, müssen wir nur noch den Container füllen und die Sandkiste bauen, wie freue ich mich darauf. – Giselchen ist wieder ganz okay. Maximilian ist ein Wonneproppen, Marlene hatte leider schon wieder etwas, das heißt, sie hat's noch: einen Magen-Darm-Infekt. Eine Nacht und einen Morgen hat sie sich übergeben, Durchfall gehabt und ganz ist es auch noch nicht auskuriert. Sie hat mal wieder wenig Appetit, ist aber im Großen und Ganzen sehr fröhlich.

Hast Du das Telegramm von M. und T. bekommen? Am 2. April gibt er eine Abschiedsfete, Ende April geht er schon nach New York, M. ist sehr traurig darüber. Geliebster, ich muss unterbrechen, Giselchen bringt Englein hoch, und die lässt mich nie schreiben.

Montag, 21. März,
22:15 Uhr

Die Unterbrechung ist ein wenig zu lang geraten. Nun ist's schon wieder Montagabend, 22:15 Uhr. Die Tage rinnen dahin, sie sausen vorbei und doch ist der Tag des Wiedersehens noch so unendlich weit entfernt. Marlene geht es seit heute Morgen besser. Sie hat sich nicht übergeben, keinen Durchfall gehabt und war auch ausgeglichener als in den letzten Tagen.

Morgen Nachmittag besuchen Giselchen, Marlene, Maximilian und ich Klopschi und Kollerchen. Die Mimi und unser Hugo haben beschlossen, dass ich ein paar neue Klamotten bekommen soll. Na, mal sehen. Hauptsache ich bin schön, wenn mein Männe kommt. – Nach Deinem gestrigen Anruf denk ich doch immer wieder, vielleicht ist es doch gefährlich bei so stürmischer See. Geliebster, ich mag keine Helden! Erzähl eurem Käpt'n immer rechtzeitig von der gemütlichen kleinen Bucht! Ich bin ein Schisshase, wenn's um Dich geht oder um die Kinder. –

Hagen, ich geh nun ins Bett, ich bin so müd. Morgen früh bekommst du noch einen Gruß, dann geht der Brief ab mit der Post. Ich küsse Deine Lippen, ich bin ganz aufgeregt bei der Vorstellung davon, ich träume von Deinen Armen um meine Schultern, ich kuschel meinen Kopf an Deine Brust. Trinchen

Mittwoch, 23. März,
8 Uhr

Guten Morgen, Geliebster, ich setz mich in diesem Augenblick nieder und schon ertönt der erste Mamiruf aus dem Kinderzimmer. Ich halte also an. Von gestern Abend bis heute Morgen hat sich auch nicht so viel Erzählenswertes zugetragen. Die Nacht verlief normal, ich verbrachte sie auf meiner Seite des Bettes, die Deinige war, Du musst es glauben, leer. Schluss mit dem Quatsch, ich hab dieses Wort lang nicht mehr benutzt. Ich liebe Dich, Dein Trinchen

28

Wenn sie an ihre Tanzausbildung in Hannover dachte, an ihr dramatisches Finale und gewisse Erlebnisse ihr schwer zusetzten, so hatte sie an den öffentlichen Auftritten der Hochschule doch auch Gefallen gefunden. In den Räumen der Tanz-und Musikhochschule selbst, aber auch in Theatern der Stadt und in anderen kulturellen Einrichtungen waren die Tänzerinnen mehrmals im Jahr vor interessiertem Publikum aufgetreten und zeigten, was sie einstudiert hatten. Katrin freute diese Art öffentlicher Aufmerksamkeit. Du solltest mehr daraus machen, hatte ihr ein Choreograf nach einer Demonstration, wie sie öffentliche Auftritte nannten, einmal geraten. Die Besucher gucken nur auf dich, wenn ihr auf der Bühne seid und tanzt. Das Kompliment hatte sie zwar als überhöht empfunden, erinnerte die freundlichen Worte des Choreografen aber gerade jetzt, als sie neu über ihre Zukunft nachdachte, sehr wohl.

Auf der Suche nach einem neuen beruflichen Zuhause, das nicht mehr Tanz heißen durfte, dachte sie über eine zweite Begabung nach – die Schauspielerei. Sie sah sich im Land nach staatlichen Ausbildungsstätten um und fand die Folkwang Hochschule für Musik, Tanz und Sprechen in Essen-Werden. Sie bestand die Aufnahmeprüfung sofort, studierte drei Jahre Schauspiel, wurde von deutschen Bühnen engagiert und erhielt bald darauf den begehrten Preis als Nachwuchsschauspielerin des Jahres. In Derrick-Folgen spielte sie mit, einer beliebten Krimiserie, die von Mitte der Siebziger bis Ende der Neunziger im Fernsehen lief. Auf der Bühne vor Publikum zu stehen und vor der Kamera zu spielen, das liebte Katrin, feierte damit kleine und große Erfolge.

Wie es allerdings hinter der Bühne und hinter der Kamera zuging, darüber sprach sie nur ungern. Es war ihr zuwider. Neid und Intrigen, Missgunst und Eifersucht, wo immer du den Vorhang auch nur ein kleines bisschen lüftest, fasste sie einmal ihre Enttäuschungen zusammen. Einzelheiten und Namen nannte sie nie, doch die schmutzigen Geschichten, in denen abseits der Bühne Neid, Missgunst und üble Nachrede viele Hauptrollen spielten, kränkten sie sehr. Von außen besehen zeigte sich diese Theater- und Filmwelt durchaus begehrenswert und glamourös, kam schön und kunstvoll daher. Mit den Falschheiten und Niedertrachten dieser Branche aber wollte sie es nicht länger zu tun haben. Zehn Jahre spielte Katrin insbesondere Theater, kehrte danach nach Hamburg zurück und widmete sich allein der Ballettschule – und ihrer Familie.

29

VON SEE – HAGENS 5. BRIEF

Peterhead, 22. März 1982,
Nordost-Schottland,
MS FALDERNTOR

Geliebstes Trinchen, ja, langsam wird die Zeit doch ganz schön lang, jetzt, da es auf den Rest geht und wir anfangen, die Tage zu zählen. Eigentlich könnte ich immer nur jubeln und Dir danken, dass wir die Sache so angegangen sind, wie Du es vorgeschlagen hattest. Ich habe so ein tiefes, gutes Gefühl, wenn ich an uns beide denke, das glaubst Du gar nicht. Wenn wir nun dieses Jahr zerhackt erleben sollen, dann schaffen wir das auch. Mir vergeht die Zeit vielleicht noch schneller als Dir, weil ich ja durch die Reiseabschnitte des Schiffes viel mehr abgelenkt werde als Du durch Deinen Tagesablauf. Auf der anderen Seite, die Kinder, die Freunde, na, wir werden das durchstehen und anschließend stolz sein, uns selbst geholfen zu haben und helfende Dritte nicht haben bitten müssen. Das tut uns gewiss auch gut.

Die Bilder, die Du mir von Marlene und Maximilian geschickt hast, sind ja zauberhaft. Marlene wird Dir immer ähnlicher, ist ja eine süße Maus. Und Maximilian – nicht auszuhalten, der Bengel. Ich habe alle Bilder immer wieder zur Hand genommen und mich gefreut. Schade, dass von Dir keines dabei war, damit hättest Du mich sicher beglückt, Liebste, und eine Überraschung wäre es auch gewesen.

Es ist so schön, Deine Stimme am Telefon zu hören, sie gibt Deine Selbstsicherheit gut wieder und klingt schön aufregend, sexy, und wenn ich das mal so sagen soll, so hell und lichterfüllt. Aber wehe, wenn Du geschäftlich wirst, dann ist da eine Eindeutigkeit und eine Zielstrebigkeit dahinter, dass dem Gegenüber ganz schön warm wird. Bei Deinen Gesprächen mit der Reederei oder der Versicherung hätte ich gern Mäuschen sein mögen, deine Energie kommt sicher ganz gut über die Leitung, und die werden sich hüten, anderer Meinung zu sein als Du …

Das Telegramm von M. und T. hat mir Freude bereitet, wirklich. Nachts um 1 Uhr saß ich im großen Stuhl des Wachhabenden auf der Brücke und stierte müde in die dunkle Nacht, als Norddeich Radio auf der Frequenz 2.182 Kilohertz, die 24 Stunden von allen interessierten Schiffen gehört wird, bekannt gab, dass es auf einem anderen Kanal die Liste der Schiffe aufzählen werde, für die ein

Gespräch oder ein Telegramm vorliegt. Ich wollte erst gar nicht umschalten, weil wir nichts zu erwarten hatten, als ich mir sagte, hör doch mal rein. Und in dem Augenblick war ich auch schon sicher, dass etwas für mich dabei sein würde. Eigenartig, findest Du nicht auch?

Nachdem ich mit der deutschen Küstenfunkstelle Norddeich Kontakt aufgenommen hatte, wurde ich auf einen dritten Kanal geschickt, auf dem ein Seemann gerade mit seiner Frau oder Freundin schnackte. Ja, da kann man dann alles mithören, was so ausgetauscht wird. Und wenn es besonders witzig ist und die vielen Männer auf den Kommandobrücken nichts anderes zu tun haben, dann lacht manchmal die ganze Nordsee. In unserem Falle war es nur so, dass sie morgen nicht zum Feuerwehrball gehen würde, weil er nicht da war, und sie das Geld lieber vertelefonieren würde. – Wirklich interessant wäre jetzt nur gewesen, ob sie wirklich nicht zum Feuerwehrball gegangen ist … Als ich dann an der Reihe war, fragte Norddeich, ob denn ein Herr Deecke an Bord sei, was ich bestätigte. Das Telegramm war vom 17. März, hatte insgesamt zwanzig Worte und lautete: Bergfest gefeiert. Eppendorf steht noch, Blankenese auch. Freuen uns auf dich. M. und T. Das hat mich dann die ganze Wache über erfreut und darüber hinaus, wie Du Dir denken kannst.

Liebste, eben kam hier einer reingestolpert, sagte, dass er Kuddel heiße und auf dem Dampfer neben uns, auf der Parktor, fahre. Er habe von mir gehört und so weiter, ob ich denn einen ausgeben würde. Das tat ich, eine Flasche Becks Bier. Dann schnackte er dumm' Tüch: dass wir uns schon mal gesehen hätten, dass er nur das kleine Nautikerpatent A4[15] habe, leider, dass er aber genauso schnell Sterne schießen könne wie ich und dass ihn dieses Schiff,

15 *Befähigungszeugnis Kapitän auf Kleiner Fahrt I*

die Falderntor, krank gemacht habe; er bleibe lieber auf seinem kleineren, auf der Parktor. Es war der 1. Offizier, der schnell einmal mitteilen musste, dass er sich im Grunde beschissen fühle, aber was man denn machen könne, nämlich gar nichts. Jetzt sitzt er beim Chefingenieur und trinkt dort sein Bier, weil der heute Geburtstag hat. Schön, nich?! Liebste, wenn dieser Brief bei Dir ist, dann ist Deine freie Woche schon wieder um. Erholst Du Dich denn ein bisschen? Immer in Gedanken bei Dir, liebstes Trinchen, und in Sehnsucht, Dein Hagen

AUS DEM HOSPITAL-LOGBUCH DER FALDERNTOR

Am Morgen des 30. März 1982 fiel bordseitig auf, dass sich der Zweite Ingenieur V. in körperlich schlechter Verfassung befand. Er war stark erregt, und seine Hände zitterten stark. Das wurde darauf zurückgeführt, dass V. sich bereits am Vortage über Magen- und Darmbeschwerden beklagt hatte, Durchfall und Magenkrämpfe, woraufhin er mit Kohletabletten und leichten Magentabletten aus der Schiffsapotheke versorgt worden war.

Sein Zustand verbesserte sich im Laufe des Vormittags so weit, dass er seine Wache um 12 Uhr mittags antrat und sie bis zu Ende um 18 Uhr durchging. Gegen 23:40 Uhr meldete der Wachmatrose Sven Karlsson, dass der II. Ing. weitere Magentabletten haben wolle. Der dafür zuständige 1. Offizier suchte V. daraufhin auf und stellte Folgendes fest: V. saß an seinem Schreibtisch, war stark erregt und redete unzusammenhängende Sätze. Es wurde auch festgestellt, dass seine Koje und das Bad mit seinen Exkrementen beschmiert waren. Der 1. Offizier machte dem Kapitän unverzüglich Meldung, der sich sofort von den Umständen überzeugte und sich um 23:45 Uhr mit der Plattform Heather A in Verbindung setzte und unverzüglich medizinische Hilfe anforderte. Zwei Matrosen wurden abgeteilt, V. unter Aufsicht zu halten. V. versuchte, seine Kammer zu verlassen, wurde daran gehindert und von den Matrosen und dem 1. Offizier auf die Bank in seiner Kammer gelegt.

Am 31. März um 00:10 Uhr ging die Falderntor längsseits der Plattform Heather A. Um 00:13 Uhr wurde ein Arzt von der Plattform an Bord abgesetzt. Um 00:15 Uhr sagte der Arzt, dass V. bereits tot sei. Wiederbelebungsversuche wurden durch den Arzt und durch Besatzungsmitglieder durchgeführt. Weiteres medizinisches Gerät wurde von der Plattform heruntergebracht. Um 00:35 Uhr entschied der Arzt, den Patienten auf die Plattform zu überführen. Um 00:48 Uhr wurde V. auf einer Trage liegend, begleitet vom Arzt und einem Sanitäter, an die Plattform abgegeben.

Kurz darauf wurde die Schiffsführung gebeten, nach eventuellen Medikamenten in V.s Kammer zu sehen. Es wurden verschiedene, nicht zur Schiffsapotheke gehörende Medikamente sowie das Medikament Nr. 35 aus der Schiffsapotheke, Tabletten gegen alkoholbedingte Verwirrtheitszustände, gefunden. Dazu muss angemerkt werden, dass V. zu keinem Zeitpunkt seitens der Schiffsleitung oder anderer an Bord befindlicher Personen dieses Medikament verabreicht worden war. Bereits am Mittag des vorhergehenden Tages war jedoch zufällig festgestellt worden, dass der Behandlungsraum unverschlossen und der Apothekenschrank geöffnet waren. Es wurde kein Verdacht geschöpft. Es wird jedoch aufgrund der erwähnten Tatsache schiffsseitig vermutet, dass V. sich selbst in den Besitz des Medikaments gebracht hat. Anschließend wurden die Personalpapiere und die in der Kammer befindlichen Medikamente zur weiteren Verwendung seitens ärztlicher und behördlicher Stellen an den Arzt der Heather A-Plattform überbracht. Dabei wurde bestätigt, dass V. an Bord gestorben sei.

Für die Richtigkeit: Kapitän und Erster Offizier

30

Nach kalten, stürmischen und aufwühlenden Wochen in der nördlichen Nordsee musterte ich im April von der Falderntor ab und flog vom schottischen Aberdeen zurück nach Hamburg. Urlaub zu Hause. Doch musste ich, weil Kapitän Haase mich dringend darum ersucht hatte, den Urlaub überstürzt abbrechen. Mein nächster Einsatzort war die Hopfentor in Douala/Kamerun. Katrin stand im Ballettsaal, hastig schrieb ich ihr ein paar Zeilen auf einen Notizzettel, endend mit den Worten: Und nun, Geliebste, fliege ich nach Afrika. Ich liebe Dich so sehr, das glaubst Du gar nicht. Ja, Du bist alles, was ich habe. Bis bald, bis unendlich lange! Dein Geliebster, Dein Hagen.

31

VON SEE – HAGENS 6. BRIEF

Samstag, 1. Mai 1982,
Douala, Kamerun,
MS HOPFENTOR

Geliebste, gestern Abend erst bin ich an Bord gekommen und kann nun schon ein wenig darüber sagen, wie es hier aussieht. Der 1. Offizier, den ich hier ablöse, er geht heute von Bord und wird diesen Brief mit nach Deutschland nehmen. Er erweckt den Eindruck, als ob er gar nicht wegwollte, aber heute Nachmittag fährt er mit einem Schnellboot in den Hafen, von Douala aus wird er erst am 4. Mai einen Flug bekommen. Die ganze Chose ist sehr schlecht organisiert, das liegt aber vor allem wohl an Afrikas Westküste.

Mit dem Schiff hier komme ich schon ganz gut zurecht, mit dem Kapitän auch, einem Ostfriesen mit Minipli-Frisur. Das Schiff ist vollständig klimatisiert, für erträgliche Umstände ist also gesorgt. Was richtig schlecht sein soll, ist der Koch von den Philippinen, den der Alte ablösen lassen will, weil er auch noch klaut und Proviant verkauft. Mir ist es gleich, ich stelle mich auf Reis und Wasser ein, esse mit den Philippinern, und wenn dann alles so wird, wie es werden könnte, dann nehme ich bis zum nächsten Urlaub im Juli fünf, sechs, sieben, acht Kilo ab. Schön, nich?! – Das Wetter ist immer ruhig hier, aber jetzt kommt die Regenzeit, Mai und Juni, feucht wird es sein, viel Sturzregen, Gewitter. Na und?

Alle sechs Tage sind wir zwei oder drei Tage im Hafen, so war es hier immer, es ändert sich nicht viel. Noch etwas: Nachts wird gar nicht gearbeitet, das ist wirklich ein Riesenvorteil. Geliebste, der Abschied war so schwer. Ich liebe Dich wie nie zuvor, welcher Gleichklang der Seelen, welches Glück in meinem Herzen. Ich bin hier gut aufgehoben, komm mit den Leuten klar, so muss also nur die Zeit ins Land gehen. Da das Schnellboot gerade Längsseite kommt und den 1. Offizier mitnehmen will und auch Deinen Brief, schreibe ich bald wieder, wann, das weiß ich nicht; wir telefonieren, falls das geht. Dein Hagen!

PS: Hier in Afrika gehen die Uhren anders, in jeder Beziehung, daran müssen wir beide uns in unserem Schriftverkehr erst noch gewöhnen.

32

VON LAND - KATRINS 9. BRIEF

Hamburg,
Sonntag, 2. Mai 1982,
20:50 Uhr

Mein Geliebster, ach Hagen, wir hatten Jour fixe[16]. Ohne Dich. Es war schön und doch so total unvollkommen. Die Kinder sind jetzt im Bett, ich sitz am großen runden Tisch, der Tatort tönt von unten herauf. – Heute vor einer Woche hatten wir unsere Nachfête, Gott, war das schön. – Heut Mittag kam mir alles ziemlich hoch, aber nun bin ich wieder ganz bei mir. Ich schreib erst heute, weil's

---

16 Regelmäßiges Treffen von Katrin mit ihren Freundinnen

einfach nicht eher gepasst hat und weil wir uns auch abgesprochen hatten, keine Schreibverpflichtung zu haben.

Mein Geliebster, wo steckst Du? Schwitzt Du? Es ist heiß dort, wo Du bist. Für uns so unvorstellbar. Trotz Anfang Mai war bei uns heute der April zu Hause mit Regen, Hagel und Schnee. Ich hab gerade auf die Landkarte geschaut und den Knick, die afrikanische Taille betrachtet, dort, wo Douala liegt. Mein Gott, bist Du diesmal weit weg. Im Grunde macht es für uns gar nicht viel Unterschied, aber die Nordsee ist ja nicht nur in meiner Fantasie einfach näher dran. Wie geht's Dir? Wie ist der Kapitän, wie die Mannschaft? Ich freu mich auf Deinen ersten Brief aus Afrika. Bei unserem Telefonat wirktest Du nicht so positiv. Hoffentlich hat sich das gebessert.

Marlene und Maximilian sind recht wohlauf. Das recht kommt daher, dass Marlene doch ganz schöne Impfreaktionen bekommen hat. Sie war ziemlich gesprenkelt und geschwollen im Gesicht, also eine Reaktion auf Masern, sie quengelte unheimlich viel. Maximilian schnieft und schnupft und hustet mal wieder, aber er krabbelt! Wärst du also noch eine Woche länger geblieben, hättest du ihn krabbelnd erlebt.

Geliebster Hagen, morgen früh werde ich den Spiegel kaufen und verpacken und zusammen mit diesem Brief abschicken. Ich denke, jeden Montagvormittag geht damit ein Brief an Dich ab. Bis zum nächsten Mal, mein Allergeliebster, küsse ich Dich, liebe ich Dich, bin eigentlich immer bei Dir, denn Du bist auch für mich wirklich alles, was ich habe. In Ewigkeit … Dein Trinchen.

33

VON LAND – KATRINS 10. BRIEF

*Hamburg,
Freitag, 7. Mai 1982,
20:20 Uhr*

Hagen, mein Geliebster, ich muss dir zu allererst einmal sagen, wie sehr ich Dich liebe, wie ich an Dich denke, wie ich mich nach Dir sehne, wie ich mir so zerteilt vorkomme ohne Dich. Schau auf das Datum. Merkst du etwas? Dein Sohn ist heut neun Monate geworden, ein dreiviertel Jahr. Er krabbelt und lacht und hat noch keinen Zahn mehr bekommen seit deiner Abreise. Gestern Abend war U. da, und ich hab sie gefragt, ob sie die Patenschaft von Maximilian übernehmen würde. Sie tut es mit Freude. Schön, nich? Den Gutschein für Christel zu basteln, darum hab ich Hugo gebeten, er kann es viel besser als ich.

Ach, mein geliebster Hagen, wie geht es Dir wirklich? Dein erster Brief kam so überraschend schnell. Geht es Dir wirklich ganz gut dort? Ich stell mir immer vor, wie Du dort in der Hitze steckst. Oh Geliebster, ich möchte bei Dir sein. –

Ich pack hier zwar alles wieder bestens und wie ja auch schon bewiesen, aber ich bin einfach nur halb da. Ich bin so unvollkommen, so, als wäre mir immer irgendetwas abgerissen. Ich mache alles, ich mache alles auch ordentlich, und doch ist eben eine gewisse Automatik da, man macht eben alles, weil's sein muss, die richtige Freude daran fehlt. Aber was soll's, mein Geliebster, wir wissen wofür, warum wir das alles machen. Unsere Familie kann Schwierigkeiten überwinden. Die Zacken in der Krone sitzen fest. Ich geh' jetzt in die Küche, mache mir was zu essen, glotze ein wenig und denke immer wieder an Dich. Bis morgen, ich küsse Dich – Trinchen –

Sonntag, 9. Mai,
21:15 Uhr

Geliebster, zwei Tage sind ins Land gegangen, einiges ist passiert. Gestern Morgen war was Schlimmes passiert: Englein hat eine Darmol-Abführtablette geschluckt. Ich hab sofort das Uni-Klinikum Eppendorf angerufen, sie sagten, es sei ungefährlich, es würde wahrscheinlich abführen. So war es. Gott sei Dank ohne Bauchschmerzen und irgendwelche anderen Begleiterscheinungen.

Mein Geliebster, es geschieht so viel und doch auch gar nichts, ich finde immer alles so unwichtig, wenn ich an uns beide denke. Morgen hole ich als Erstes die Bilder ab, um sie Dir mitzuschicken. Auch der Spiegel ist wieder dran. Ich schicke ihn per Drucksache, es soll so am billigsten sein. Wie alt ist er, wenn Du ihn bekommst? Ach Geliebster, Du bist diesmal schrecklich weit weg. Ich werde Dir jetzt Tschüs sagen, gute Nacht, ich küsse Dich, ich liebe Dich, ich sehne mich nach Dir. Dein Trinchen

34

Jede Familie ist eine nichtöffentliche und geheimnisvolle, eine oft spannungsgeladene kleine Welt für sich. Ihre Angehörigen gehören zu den Eingeweihten, denn aufgrund ihrer direkten Nähe zueinander wissen sie um die kleineren und größeren Intransparenzen ihrer einzelnen Mitglieder, wissen um das interne sublime Geflecht von Zu- und Abneigung, von Gewogenheit und Missbilligung. Sie kennen die Stärken und Schwächen ihrer Lieben und ihre Empfindlichkeiten, wissen um kleine Triumphe und bittere Niederlagen. Außenstehenden dagegen, wie es die Leser von Romanen zunächst sind, bleibt der Zugang zu den Menschen und ihren Charakteren stets so lange verwehrt, bis der Autor sie seinen Lesern vorstellt. In Katrins Briefen an mich und in meinen Briefen an sie nennen wir oft Namen, die uns selbst alles sagen, dem Leser jedoch nichts.

Mit diesen Zeilen möchte ich deshalb versuchen, diese Fremdheit jedenfalls ein wenig aufzulösen, weil mir daran liegt, die Leser in unseren Familienkreis hineinzubitten. In unseren Briefen fällt häufig der Name Gila oder Giselchen – eigentlich heißt sie Gisela – und der von Hugo, Gilas zweitem Mann. Diese beiden möchte ich hier etwas ausführlicher vorstellen, weil sie aufs Vertrauteste mit uns vieren verbunden sind und mit uns unter einem Dach wohnen. Zudem ist Gila, Katrins Mutter, zeitlebens ihre enge und verlässliche Freundin gewesen; auch Vorbild.

In der Isestraße 139 in Hamburg-Eppendorf, gegenüber der alten Heilwigschule, wächst Gila als Tochter von Maren und ihrem Mann, dem Getreidekaufmann Erwin Humbert, heran. Ein Einzelkind. Ihre tänzerische Ausbildung erfährt sie bei Lola Rogge, Gründerin und Namensgeberin des weithin geschätzten Berufsinstituts für Klassisches Ballett und Tänzerische Gymnastik, für Tanzausbildung und Tanzpädagogik in Hamburg-Blankenese. Wenige Jahre nach dem Krieg durfte ich im elterlichen Wohnzimmer den Teppich beiseite räumen und eigene Jazzkurse anbieten, erzählte sie einmal aus ihren Anfangsjahren, ich suchte meinen eigenen Stil, wusste aber selbst noch nicht recht, wie der aussehen könnte. Später findet sie ihn bei Alvin Ailey, einem New Yorker Tänzer und Choreografen, der den modernen Tanz revolutioniert und ihn nach Deutschland bringt. Bevor Modern Jazz en vogue wird, wallfährt Gila jahrein jahraus ins rheinische Köln, wo Alvin sein deutsches Headquarter aufschlägt. Alvin inspiriert sie, in seinen alljährlichen Lektionen findet sie ihren eigenen Tanzstil und formt daraus individuelle Jazzelemente für ihre Ballettkurse. Bald schon tanzen prominente Namen der Hamburger Gesellschaft bei ihr. Dazu beigetragen hat auch eine höchst private Fügung.

Gegen Ende der 1950er-Jahre steigt ein Fremder die Stufen der Außentreppe ihres Hauses hoch. Er klingelt an Gilas Tür in der Hochallee, nichts Besonderes eigentlich, dann aber doch. Gila öffnet, vor ihr steht ein Mann. Sein Anzug zerbeult, die vollen dunkelbraunen Haare mit den kräftigen Fingern grob nach hinten gezogen. Tiefe Lebensfalten, schlecht rasiert, übermüdet. Was sie nicht wissen kann – der Mann hat keine Bleibe, sein Geldbeutel ist leer, in seiner Aktentasche warten drei Scheiben Brot auf ihren Verzehr, eine Flasche Leitungswasser und ein Päckchen Noten, eingewickelt in braunes Papier. Er ist gerade aus dem westfälischen Düren mit der Bahn am Bahnhof Dammtor eingetroffen. Er sieht Hamburg zum ersten Mal. Will hier arbeiten, alles, was er will, ist arbeiten. Ein neues Leben beginnen. Arbeiten, darum geht's ihm.

Er sieht das Straßenschild Rothenbaumchaussee, den Namen hat er schon einmal im Rundfunk gehört, und geht dort ziellos hinein. Nach tausend Schritten biegt er in die Innocentiastraße zu seiner Linken ein, folgt dem Kopfsteinpflaster bis zur Hochallee und geht hier rechts hinunter Richtung Eppendorfer Baum. Er sucht etwas, schätzt die ansehnlichen Jugendstilvillen rechts und links ab, sucht etwas Bestimmtes. Sein Blick ist unsicher und scheu. Irgendetwas muss diese schöne Stadt doch auch für mich noch bereithalten, hofft er inständig. Der Mann ist Ende fünfzig.

Sie weiß nicht, wie sie reagieren soll, als er, höflich einen Schritt zurücktretend, vor ihr steht. Leicht nach vorn gebeugt wartet er da. Sie hört sich sein Anliegen an, sie mag seine dunkle und melodische Stimme: Ich bin völlig neu in Ihrer schönen Stadt, das Schild *Ballettschule* habe ich von der Straße aus gesehen, es interessiert mich. Er sieht sie ernst und prüfend an. Noch hält Gila die Tür halb offen, ist aber entschlossen, nicht auf die Worte des Fremden einzugehen. Sie ist allein im Haus. Was aber hält sie davon ab, die Tür zufallen zu lassen, sich wegzudrehen und damit den Mann abzuweisen? Vielleicht hab' ich ja auch mal ein bisschen Glück, denkt er erneut, hofft auf eine Chance und wartet still auf ihre Reaktion.

Blitzlichtartig kommen ihm seine vielen zurückliegenden Jahre in den Sinn, er will nicht daran erinnert werden, komme, was da wolle. Neun Jahre hat Hugo – so heißt der Fremde – immer dann in der Kapelle des katholischen Friedhofs Düren am Klavier gesessen, wenn der Gemeindepfarrer ihn gerufen hat: Kannst du kommen? Nächsten Freitag um elf. Hugo konnte immer, weil er musste. Mit schweren Weisen und Trauer im Gemüt tröstete er die Angehörigen und Trauernden und begleitete Verstorbene auf ihrem finalen irdischen Weg. Seine Frau Aenne hatte das so gewollt. Das ist christlich verdientes Geld, sagte sie immer, wenn er nicht wieder los wollte, wir brauchen das Geld. Hugo brachte nicht die Kraft auf, sich gegen sie zu stellen. Um ihn herum war es dunkel geworden.

An diesem besonderen Freitagmorgen aber fällt ein inneres Licht auf ihn, das er sich nicht erklären kann. Er lässt den Friedhofstermin fahren, nimmt seine Aktentasche mit Noten und Pausenbrot, das er auf dem Friedhof verzehren wollte, geht zum Bahnhof, nicht zum Friedhof, befreit von allen Zweifeln und streicht Aenne und schluchzende Trauergäste aus seinem Leben. Beide sollte er nie wiedersehen.

Wollen Sie zu mir? Gila staunt über sich selbst, als ihr bewusst wird, dass sie noch immer die offene Tür in der Hand hält und den schlanken, mittelgroßen Mann vor ihrer Haustür ansieht. Ich habe das Schild *Ballettschule* gelesen, wiederholt der Mann noch einmal, könnten Sie vielleicht einen Pianisten brauchen? Ich könnte Sie begleiten, ich habe das schon öfter gemacht. Gila ist verblüfft, unentschlossen, sie weiß nicht, was in diesem seltsamen Moment richtig ist. Warum nicht, springt ihr ein Gedanke hoch, ein Klavier hab ich im Haus, Klavierbegleitung statt Kassette, eigentlich eine frische Idee; meinen Schülerinnen könnte das gefallen. Sie öffnet die Tür ein Stückchen weiter, mit einem Kopfnicken bittet sie den zerbeulten Fremden in ihr Haus.

Die beiden stehen einen Moment im Flur, setzen sich. Hugo will seine in Packpapier geschlagenen Noten aus der Tasche ziehen – als Beweis für seine Kompetenz – und will etwas dazu sagen: Hier sind meine ... Doch Gila ist schon weiter, sie will gar nicht wissen, was er zu zeigen hat. Was brauchen Sie, fragt sie stattdessen ohne Umschweife. Hugo versteht sofort: Er brauche zwei Mark die Stunde, darunter könne er's nicht machen. Völlig unmöglich, denkt Gila, leider wird das nichts. Sie ist enttäuscht, bittet den Pianisten aber dennoch, in drei Tagen noch einmal wiederzukommen, wenn es recht sei. Sie müsse darüber nachdenken.

Hugo bekommt zwei Mark die Stunde, netto, ohne Quittung. Ein Jahr später ist er von Aenne geschieden und Gila von ihrem

Mann. Gila und Hugo heiraten. Später, als sie diese entscheidende Weichenstellung noch einmal gemeinsam erinnern, vertraut sie ihm an: Deine Stimme war's, die mich daran gehindert hat, die Haustür ins Schloss fallen zu lassen.

Seine geistige Aussteuer erhielt Hugo Burckard als Klosterschüler bei den Franziskanern. In Köln studierte er Katholische Kirchenmusik, seine Studien schloss er mit dem Großen Organisten-Examen ab. Mit seinem begnadeten Improvisationstalent begeisterte er im Berlin der 30er- und 40er-Jahre am KaDeKo (Kabarett der Komiker), begleitete Künstlergrößen wie Tatjana Gsovsky und Willi Schaeffers. Hugo malt, liest den Philosophen Arthur Schopenhauer, improvisiert selbstvergessen am Flügel. Er findet wieder, was er bei Beerdigungen auf dem Dürener Friedhof verloren hatte – künstlerische Freiheit, musikalische Entfaltung und zu sich selbst.

35

VON SEE – HAGENS 7. BRIEF

Sonntag, 9. Mai 1982,
Douala,
MS HOPFENTOR

Geliebstes Trinchen, wenn ich wüsste, wie Deine dringendsten Fragen lauten, dann würde ich schnell darauf eingehen und Du könntest sagen: Ach, so ist das. Also muss ich Dir alles erzählen, damit Du am Schluss sagen kannst: Na, dann geht's ihm ja jedenfalls gut. Ja, so ist es, Geliebste. Nichts hat sich verändert in meiner Einstellung zu diesem Jahr, ich funktioniere gut, ich mache und kann meinen Job, mehr habe ich nicht im Sinn. Meinen ersten Schnellschussbrief, den der Erste Steuermann mitgenommen hat nach Deutschland, den hast Du wohl erhalten. Mit dem Alten komme ich gut aus, und das ist eigentlich schon alles. Ich bin erstaunt, mit welcher dumpfen Feindseligkeit er und viele andere hier ihre Seefahrtzeiten ohne Ende abreißen und immer nur an das Ende ihrer Fahrzeit denken, um dann doch wieder loszufahren und wieder und wieder. So bleibt nur wenig Zeit, Heimat in vielen Dingen zu finden.

Die Hopfentor ist, seit ich an Bord bin, noch gar nicht wieder in Douala gewesen. Draußen, acht oder neun Stunden Fahrt entfernt, war sie bis heute an einer Plattform beschäftigt, die von uns auf ihre Position geschleppt worden ist, zusammen mit drei weiteren Schiffen. Ab dieser Woche liegen wir wieder etwa sechs Tage lang draußen im sogenannten Kole-Field auf Stand-by, liegen viel vor Anker, geben Frischwasser an das Rig ab und nehmen Ladung zurück mit nach Douala; dort liegen wir dann zwei, drei Tage an der Pier fest.

Ein wirklich leichter Job, der im Augenblick nur durch einen Sonderauftrag unterbrochen wurde. Was aber auch bedeutet: Wir haben für uns selbst nur noch sehr wenig Trinkwasser, außerdem geht unser Proviant zur Neige, Bier gibt es schon seit Langem nicht mehr.

Die philippinische Besatzung, mich geht ja nur die von Deck an, ist durch den guten Bootsmann – du bist ja nur Ehrenmatrosin, Geliebste – äußerst selbstständig. Ich kümmere mich fast gar nicht darum. Und wenn, dann nur, weil es gut aussieht. Die Männer aus Manila sind bis zu neun Monate an Bord, bei weiteren Verträgen mit der Reederei verringert sich ihre Fahrzeit pro Vertrag um jeweils einen Monat. Für mich ist das alles undenkbar geworden, unter solchen Bedingungen in der Welt herumzukutschieren.

Solange ich an Bord bin, habe ich mir erst eine einzige Nacht um die Ohren geschlagen, das heißt, hier ist, wenn die Sonne verschwunden ist, für die Schiffe Ruhe. Ich schlafe also viel und gut bei der Klimaanlage, die die Temperatur von 31 Grad im Schatten auf angenehme 24 Grad herunterkühlt. Abends spielen wir gelegentlich Skat, der Erste Ingenieur ist der dritte Mann, 50 Jahre alt, lebt auf Norderney, seine Frau hat dort eine Pension gepachtet. Man sabbelt dabei so seinen Kram runter, wenn der Tag lang ist, und hat sonst keinerlei Anknüpfungspunkte, über die man sich unterhalten könnte. Punktum.

Zu versuchen, mich in unserer Schifffahrtsagentur in Douala anzurufen, wäre weggeworfenes Geld. Wenn S.A.M.O.A., so heißt sie, auch die bestfunktionierende Agentur an der afrikanischen Westküste sein soll, so wird Dein Telefonat sicher nicht bestellt werden, weil wir hier in Afrika sind, und da gehen die Uhren und vieles andere einen von uns unbekannten Gang. So wie ich jetzt wieder beim Seemannspastor bin, werde ich Dich von dort aus anrufen, das ist das Beste, glaube ich. Ich bin viel in Gedanken bei Dir, Geliebste, und hoffe so sehr, dass Dir alles nicht so schwer wird und dass das neue Kindermädchen mitzieht. Dann ist schon vieles gut. Meine Ohnmacht, von hier aus nichts für Dich tun zu können, ist schon lähmend, aber unabänderlich.

Umso wichtiger wird die Frage, ob das mit den 183 Tagen unter Liberiaflagge klappen wird, das wären gute tausend Mark pro Monat mehr. Der Kapitän, mit dem ich anfangs zur Hopfentor rausfuhr, hat mir geraten, mich nach dem dritten Schiff als Kapitän zu bewerben. Unter den gleichen Bedingungen wären das 6.300 D-Mark auf die Hand, und dann wäre ja für uns, was das Finanzielle angeht, alles bald erledigt.

Im Mai, Juni und Juli ist hier Regenzeit. Nur mit kurzer Voranmeldung kommen die Tornados hier angefegt, bringen einen schwarz angemalten Himmel mit, der voller Wasser und Blitze steckt. Wie aus Kübeln werden wir mit Wasser überschüttet, Lichtkaskaden erhellen die Nächte wie flackernde Diskoscheinwerfer, der Weltuntergang scheint nahe. Nur das Meer will nicht so recht mitziehen, die Zeit ist zu kurz, um es aufzupeitschen. Also zeigt es nur seine krause Stirn und wird schnell wieder seicht, erbost darüber, gestört worden zu sein. Abkühlung hat es nicht gegeben, dafür aber ein herrliches Naturschauspiel mit viel Donner, elektrisch aufgeladener Atmosphäre und einem sich sehr klein vorkommenden Seemann, Deinem Mann.

Du musst mir von Deinen, von Euren Fahrradtouren erzählen, geliebtes Trinchen, von Marlenes und Maximilians Fortschritten und von Dir, wie es Dir geht, was Du denkst, fühlst, und was Dir so täglich begegnet. In Deine Briefe lege bitte nicht so viele Bilder oder gar Wertvolles, gelegentlich werden sie geöffnet, wer weiß schon, von wem. –

Einmal ist mir buchstäblich das heulende Elend gekommen. Ich hab' so intensiv an Dich, an meine Familie gedacht, an alles Schöne, was wir zusammen haben, an uns beide. Da war's geschehen. Danach war ich wieder froh, ganz der Alte zu sein; das Gewitter hat meine Seele wieder frisch und heiter werden lassen. Hurra, und nun jauchze ich wieder. – Kurz vor meinem Abflug aus Paris habe ich mir ein paar Notizen gemacht, Geliebte, die im Seemannsheim in Douala enden. Ich schicke dir meinen Logbucheintrag mit.

AUS DEM PRIVATEN LOGBUCH VON BORD

Ich sitze in der DC10 der UTA Air Afrique, es ist 11 Uhr am Mittwoch, 28. April 1982, ich bin auf dem Weg nach Douala in Kamerun. Der Schmerz hat sich zurückgezogen wie eine Schnecke in ihr Haus. Und doch – die Seele ist wund, die Augen noch betäubt vom Salz der Tränen. Maximilian sehe ich vor mir, wie er in seinem Bettchen liegt, schlafend, rosa Wangen, den Mund leicht geöffnet, Frieden. Und höre ich Trinchens Worte, als wir uns verabschieden unter Tränen in Giselchens Büro: Du bist alles, was ich habe. Sonst habe ich nichts! Und ich gebe ihr, meiner geliebten Frau, die gleichen Worte zurück. Dann geht Trinchen nach unten in den Steppraum, um zu unterrichten. Wir haben verabredet, dass ich gehe, ohne mich umzudrehen oder in den Steppkeller hineinzusehen und noch einmal zu winken. Sie war sich ihrer Tränen nicht mehr sicher, ihrer Kontrolle. Oben hatte ich mit Marlene ein wenig gespielt, für Trinchen die Wegbeschreibung nach Lachendorf geschrieben und schließlich das Taxi gerufen. Viel zu früh, schon um halb sieben, aber ich konnte nicht länger bleiben, obwohl der Flug erst um 20 Uhr nach Paris ging.

Marlene hatten wir natürlich vorbereitet, ihr hatte ich bei der letzten und ersten Fahrradtour um die Alster noch einmal alles erklärt. Sie verstand alles, freute sich, bis sie auf dem Weg zurück leise zu weinen begann und immer nein, nein, nein jammerte. Und jetzt, als ich die Treppe runterging, mit schwarzem Koffer und Tasche in der Hand und Marlene auf dem Arm von Barbara weinte, weinte und immer nur Papi rief, da lief ich tränenüberströmt aus dem Haus, zum Taxi, das gerade ankam, am offenen Steppkellerfenster vorbei, wo Trinchen unterrichtete und mich vorbeihuschen sah.

Der Taxifahrer erzählte sofort pausenlos von einem Beinahunfall, ich konnte gerade noch sagen, dass ich zum Flughafen Fuhlsbüttel wollte. Seine unhanseatische Quasselei und seine Unterhaltung per Handzeichen mit anderen Taxifahrern gab mir Gelegenheit, mich zu sammeln. Und auch die Wartezeit auf dem Flughafen, wo ich die Sonnenbrille aufbehielt, obwohl es schon dunkel war. In Paris war ich noch eine Stunde, wurde nicht erwartet, musste mich selbst zum Hotel durchschlagen, nur zwanzig Mark in der Tasche, weil sicher, dass ich Euro-Schecks bei mir hatte. Den letzten aber hatte ich in Hamburg ausgeschrieben und die neuen Schecks nicht eingelegt. Aber ein Servicebus des Hotels brachte mich ins Sofitel, drei Sterne, mit dem ich telefonisch geklärt hatte, dass meine Firma per Telex[17] bestätigen würde, dass sie die Kosten trägt.

Mit mir ins Hotel fuhr David Murugazu, 33, Jumbo-Pilot der Singapur-Airlines, der für ein halbes Jahr in Paris stationiert ist. Wir haben uns locker unterhalten, gegen Mitternacht jeder zwei Biere in der Hotelbar getrunken und unsere Adressen ausgetauscht. Na klar, dass wir uns besuchen wollen, wenn wir in der Nähe sind.

Ich schlafe unruhig, wache mehrmals auf, weiß nicht, wo ich bin. Das Telefon weckt mich, ich dusche, frühstücke auf dem Zimmer, bezahle die Barrechnung mit den letzten 20 Mark, ich glaube, das Frühstück, zehn Franc, hat der Kassierer mir geschenkt. Für die Musik und den Film im Flugzeug soll ich 20 Franc bezahlen. Dann muss ich eben

17 Fernschreiber, mit dem bis 2007 Texte über ein eigenes Netz verschickt wurden

drauf verzichten. Der Flug nach Douala soll fünf Stunden und 45 Minuten dauern. Vielleicht klappt's ja dort mit dem Abholen, im Hafen wartet die Hopfentor auf mich. Der Magen krampft sich zusammen, wenn ich nur daran denke.

Ich will und muss das Jahr durchstehen, auch wenn es sehr sehr schwer fällt. Erst dann kann ich zu der Entfaltung kommen, die ihren Anfang genommen hat und jetzt unterbrochen wird. Mir fällt der Revierförster Koopmann ein. Von Afrika aus werde ich mich bedanken bei ihm für den Baum, die Eiche, die wir in seinem Wohldorf-Ohlstedter Forst für Maximilian im April gepflanzt haben. Sie steht auf einer Lichtung nahe dem Senatorenstieg, sechs, sieben Meter entfernt von Marlenes Eiche, die wir zu ihrer Geburt gepflanzt hatten. Später wollen wir eine Hängematte an den Bäumen aufhängen und dort fröhlich picknicken.

Im Flugzeug fliegt illegal eine Fliege mit. Mir kommt die Hast in den Kopf, mit der ich aufbrechen musste, nach Bremen, schnell mit der Bahn, um mir noch mein Liberiapatent ausstellen zu lassen und um Impfungen – Gelbfieber und Pocken – hinter mich zu bringen sowie eine vertrauensärztliche Untersuchung für das Liberiaticket. Die Fliege, die illegale, erinnert mich an die Malariatabletten, die Reedereiinspektor Haase mir aus seiner rechten Schublade holte. Jede Woche müsse ich zwei davon nehmen, sagte er. Hoffentlich tut mir die Malariafliege in Douala nichts. Paris – Douala = 5.046 Meilen.

Eine halbe Stunde vor Ankunft in Douala wird mir wieder mulmig im Magen. Ungewissheit und das Endgültige sind die Ursachen. Sobald ich erst einmal Ja gesagt habe, läuft alles Weitere wie von selbst ab. So werde ich zur Marionette der Umstände, kann nur noch reagieren, Kreativität hat keine Chance mehr, funktionieren ist alles, angefangen vom Verabreichen der notwendigen Impfungen bis hin zum Suchen der Flugschalter, des richtigen Busses oder des Ausfindigmachens des Mannes, der mich abholen soll. Angst habe ich nicht, nur einen dumpfen, vollen Bauch, der in solchen Fällen reagiert wie ein Seismograph. Menschen ohne Bauch müssen wie Autos ohne Motor sein.

Um 17:45 Uhr bin ich raus aus dem Flughafen Douala, eine Stunde hat es gedauert, bis ich mein Visum hatte. Am Tor stand ein Boy mit einem DIN-A5-Zettel, den er zwischen zwei Fingern seiner Hände spannt. Mein Name steht drauf. Er trägt meinen Koffer zum Auto der Agentur. Als ich ihm meine letzten fünf Mark in die Hand drücke, sagt er: only Centimes or Dollars. Dann nimmt er sie doch, weil es besser ist als gar nichts. Die Luft ist schwer, feucht, aber erträglich.

Der Weg mit Adamo, dem Agenturangestellten, zum Seemannsheim, ruft schlagartig eine verdrängte Zeit in mir wach, die es eigentlich gar nicht mehr geben sollte für mich. Der chaotische Verkehr erinnert mich zuerst daran. Ziegen auf der Vorstadtstraße, abgerissene, sich balgende Kinder, Ochsenkarren, lastentragende Frauen, Basar am schmutzigen Straßenrand, laut zirpende Grillen, freche Blicke der vorbeiziehenden Frauen. Adamo sagt, die Regenzeit beginne jetzt. Mir ist das alles vollkommen egal, für mich zählt nur, dass sie vergeht, die Zeit. Dabei kommt mir ein Mann vor Augen: ein Albino. Weiß fast, mit strohgelben, gekräuselten Haaren. Er löst einen Verkehrsstau aus.

Ich übernachte im Seemannsheim, Zimmer Nummer zwei, mit Klimaanlage. Vergessene Zeiten werden in mir wach, die sich längst in der großen Kiste meiner Erfahrungen abgesetzt haben sollten. Die Hopfentor ist draußen, acht Stunden Fahrt von hier. Morgen früh, vielleicht, bringt mich ein Schnellboot raus, mal sehen. Der Seemannspastor stellt sich vor, groß, etwa 33 Jahre alt. Um 9 Uhr will ich telefonieren, mit dem geliebten Trinchen. In Deutschland ist es eine Stunde voraus, also Greenwich Mean Time GMT plus zwei Stunden. Ich trinke Bier, sitze im Garten, im Swimmingpool springen Seeleute herum, ein paar Palmen sind angestrahlt, Disco an der Bierbar, deutsche Stimmen ringsum und die ständig lärmenden Grillen!

29. April 1982

Habe gestern Abend mit Trinchen telefoniert. Ich glaube, wir haben uns beide wieder gefangen nach dem lähmenden Abschied; das Vier-Minuten-Gespräch hat 40 Mark gekostet. Habe die Nacht tief durchgeschlafen, wohl auch dank Ohropax gegen die Grillen und Geräusche aus der Klimaanlage. Der Seemannspastor und seine Frau sind das Informationszentrum in Sachen Seefahrt. Er kennt den aktuellen Stand, wer auf welchem Schiff ist. Dass ich dem Äquator nahe bin, aber gerade noch auf der Nordhalbkugel, merke ich zuerst am Stand der Sonne, die hier nicht die Runde zieht, sondern hochsteigt bis fast in den Zenit, mittags nur sehr wenig Schatten wirft und ihr Bestes dabei gibt. Es ist feucht und heiß, aber erträglich. Heute Morgen sollte ich eigentlich zur Hopfentor rausgebracht werden. Ist aber vieles nicht so organisiert, dass es auch klappen kann. Nun entweder um 16 Uhr oder morgen früh mit dem Schnellboot. Durch den Garten huschen Geckos, Bananen reifen an den Stauden, bunte Vögel piepsen, die schwarzen Bediensteten versorgen die trägen Weißen in ihren Stühlen mit kalten Getränken. Der Swimmingpool wird wenig genutzt, obwohl er kühl und sauber ist.

Heute Nacht sind wir zum ersten Mal in Douala eingelaufen, hurra, Deine Post war da! Gar nicht mit gerechnet, auch der Spiegel für 8,50 Mark Porto. Bis auf einen Sonnenbrand geht es mir psychisch und physisch prächtig, wie Du vielleicht aus meinen Zeilen herauslesen kannst. Die Zeit vergeht schnell, das Klima ist erträglich, die Hosen rutschen, also auch die Pfunde. Herrlich! Den Brief nimmt der Bootsmann von der Petriturm mit nach Deutschland, er fliegt heute. Tausend Grüße, meine Geliebste.

36

VON LAND – KATRINS II. BRIEF

Hamburg, 16. Mai 1982,
Sonntagmorgen,
7:25 Uhr
Die Sonne scheint, es ist warm,
ich sitze am Schreibtisch in der Hoffnung,
noch ein wenig Zeit zu haben.

Mein Geliebster, von Christel kommend, fand ich deinen langen, lieben und ausführlichen Brief vor. War das schön. Es tut so gut zu hören, dass es Dir einigermaßen gut geht. Ich kann Dir Ähnliches berichten. Freitag war ich, wie gesagt, bei Christel. Du hättest ihr Gesicht sehen sollen, als sie auf unser Klingeln hin die Tür öffnete und Englein und ich dastanden. Ich glaub, das war die größte Überraschung für sie.

Deine Wegbeschreibung, Geliebster, hab ich bestens nachvollzogen, habe mich kein einziges Mal verfahren. Ich hatte ja deine genaue Beschreibung mit der Skizze auf dem Lenkrad liegen und musste immer ein bisschen dabei weinen, denn ich dachte an Dich, wie Du sie geschrieben hast und dann gleich darauf losmusstest. Ich habe Dich übrigens nicht am Steppraum vorbeihuschen sehen, wie Du es vermutetest. Die Schüler machten das Fenster halb zu und daraufhin habe ich mich einfach kaum noch umgedreht.

Hugo hat einen wunderschönen Gutschein gemalt. Ich hab einen großen Bogen Japanpapier gekauft, auf den er Blumenranken gemalt hat. Ich hab dann die Köpfe der beteiligten Familien ausgeschnitten und aufgeklebt. Hab's fotografiert und schick Dir die Bilder, sowie sie fertig sind.

Der Tag war schön, Christel wirkte sehr glücklich und genoss alles offensichtlich. Nur schade, dass von ihren fünf Kindern nur eines tagsüber zu ihrem Geburtstag dort war. W. machte nur eine Stippvisite in der Mittagspause. Geliebster, Du siehst, ich schreib nun doch auf etwas dünnerem Papier und etwas kleiner, einfach deshalb, weil so mehr reingeht. Aber die Couverts bleiben gewichtig. Wohin auch immer ich schreiben werde in dieser Zeit, ich schreib nicht auf Luftpostpapier. Du sollst aus dem Posthaufen der Agenturen immer meine Briefe sofort herausragen sehen.

Nun über Marlene und Maximilian: Maximilian hat immer noch nicht die nächsten, die beiden oberen Zähne bekommen. Er quält sich ziemlich und es tut so weh, dass man so gar nicht helfen kann. Es ist so dick und geschwollen, man sieht richtig, wie es schmerzt. Aber offensichtlich kommen die Schmerzen nur in Intervallen, dazwischen ist er froh und lustig, krabbelt und robbt, was das Zeug hält. Einfach zauberhaft. Er kommt einem überall hinterher, er will immer dabei sein. Zu komisch.

Marlene hat sich inzwischen wieder gefangen. Sie hat diesmal doch sehr genau mitbekommen, dass Du wieder lange weg sein wirst. Die Reaktionen, die wir beim ersten Mal erwartet hatten, sind diesmal voll da. Sie weinte, quengelte viel, war unerträglich, sie wusste einfach nicht, was sie wollte, sie konnte das Loch, das durch Deine plötzliche Abwesenheit gerissen wurde, nicht stopfen. Inzwischen ist es besser.

Für Barbara, unser neues Kindermädchen, das Thoda ablöst, war die Zeit sehr schwer; sie war verzweifelt, dass sie trotz aller Bemühungen und Liebe von Englein einfach nicht angenommen wurde. Einmal brach sie in Tränen aus und meinte, es einfach nicht zu schaffen. Ich tröstete sie und sagte, dass ich am Wochenende ganz ähnliche Schwierigkeiten hatte und Englein sehr störrisch war. Aber wie gesagt, inzwischen ist es viel besser. Englein hängt zwar wie ein Klammeraffe an mir, so wie es zu Deiner Anwesenheit nie der Fall war, aber sie liebt Barbara doch inzwischen sehr, und die macht es wirklich prima. Ich versteh mich sehr gut mit ihr, wir duzen uns inzwischen, klar; Giselchen findet sie auch toll, und so ist dieses Problem wohl aus der Welt. Es scheint, wir haben einen guten Griff getan. Marlenes Lieblingswort im Moment: Mülleimermänner.

Letzten Montag hatte Barbara vergessen, die Sprossen wieder ans Kinderbett zu machen. Ich war in Giselchens Stunde – du weißt, die Montagsstunde – und sehe plötzlich, wie sich ein Türgriff bewegt. Ich sage Giselchen Bescheid, sie macht die Tür auf, und da steht unser Englein, strahlt uns an, noch eingehüllt in ihren Schlafsack, Teddy und Neng-Neng in der Hand, außerdem eine Scheibe Weißbrot, die sie auf ihrer Odyssee durchs Haus bei Hugo erbeutet hatte.

Wir haben sie dann mit viel Proviant in eine Ecke gesetzt, und sie hat uns recht lange beim Tanzen zugeschaut. Als sie unruhig wurde, brachte ich sie ins Bett. Aber denkste! Nach Stundenschluss hörte ich aus dem Kinderzimmer ein fürchterliches Geschrei. Ich holte also Englein und nahm sie mit zu Hugo in sein großes Zimmer im Parterre. Aber nun wollte Maximilian natürlich auch nicht alleine bleiben, also kam auch er mit nach unten. Den hättest Du sehen sollen. Von Schoß zu Schoß wandernd, genoss er seinen ersten Abend in der großen Gesellschaft. Es war natürlich kein Gespräch mehr möglich, aber ich glaube, meinen Schülerinnen hat es auch viel Spaß gemacht.

Marlene hat jetzt übrigens doch ein neues Bett bekommen. Trotz Deiner tollen Bastelei, Geliebster, war der Zusammenbruch nahe. Ich habe bei Karstadt ein recht günstiges gekauft. Ein Gitterbett, größer als das andere, das man, wenn die Zeit der Stäbe vorbei ist, in ein richtiges Kinderbett umfunktionieren kann. Wir werden es also noch sehr lange gebrauchen können.

Am 25. Juni, ein Samstag, fahr ich nach Büsum. Maximilian bring ich am 23. zu Christel. Ich bleibe 14 Tage und hoffe dann zu wissen, wann Du kommst. Davon hängt dann ab, ob ich noch eine Woche bei Christel bleibe. Sollten wir noch nichts von Dir wissen, fahr ich einfach los, und Du rufst dann bei Christel an. Ach, Geliebster, wenn's doch erst so weit wäre. Die Zeit zieht sich ganz schön hin. Wenn doch erst einmal Bergfest wäre. Aber selbst das ist noch ziemlich weit entfernt. Der schlimmste Monat ist der Mai – man nennt ihn Wonnemonat – der ist so lang. Der Juni ist schon viel besser, am 17. gibt es Ferien, das unterbricht die Zeit so schön. Aber was soll's, heute ist schließlich schon der 16. In drei Tagen, Mittwoch, steht ein großes Ereignis an: Deine Tochter wird zwei Jahre alt. Wir werden natürlich richtig schön Geburtstag feiern. Ich hab erst um 18 Uhr Unterricht, kann also schön mit ihr zusammen sein und wir können ordentlich einen draufmachen, denn am nächsten Tag ist ja frei, Himmelfahrt. Im Kinderzimmer tut sich was, ich muss hin. Aber es ist jetzt immerhin eine ganze Stunde später, nämlich 18:25 Uhr. Gut, nich?

Geliebster, morgen stecke ich wieder meine beiden Sendungen an Dich ein, den Spiegel und diesen Brief. Wie ärgerlich, dass ich nicht auch so wie Du die Sache durch einen Kurier beschleunigen kann. So müssen meine Briefe leider immer den postüblichen Weg gehen. Giselchen und Hugo sind wohlauf und lassen Dich von ganzem Herzen grüßen. Sie sind in Gedanken viel bei Dir, Du fehlst ihnen sehr.

Geliebster, der Protest von Maximilian wird lauter, er hat morgens immer großen Hunger und bekommt nun auch eine ganze Flasche Milch. Er sitzt nun auch im Hochstuhl, ich werd's fotografieren. Ich liebe Dich, Dein Trinchen.

37

VON SEE – HAGENS 8. BRIEF

Mittwoch, 19. Mai 1982
Die Hopfentor liegt vor Doualas
Küste im Kole-Field vor Anker.

Geliebstes Trinchen, mehr als ein Drittel meiner Zeit hier ist schon um, wenn Du diesen Brief bekommen hast. Und dann ist schon bald Bergfest. Dabei vergeht die Zeit recht schnell, wirklich, zumal die Nächte lang und ungestört sind und dank der Klimaanlage auch erholsam. Du fragst so besorgt, ob es mir denn auch wirklich gut geht oder ob ich es nur zu Deiner Beruhigung schreibe. Liebste, ich leide hier wirklich nicht, habe mich der Situation angepasst wie ein Chamäleon seiner Umwelt – psychisch wie physisch. Wenn ich allein sein will oder für meine seelische Ausgeglichenheit allein sein muss: für den Freiraum meiner Fantasie, für meine Gedanken an Dich, dann tue ich das, ziehe mich zurück, egal, wann immer das sein mag. Der Job hier erlaubt fast alles in dieser Beziehung. Wenn man sich einen Traumjob bei der Seefahrt vorstellt, dann ist man hier sehr nahe dran. Dass sich mein dringender Wunsch, bei Dir zu sein, nicht erfüllt, also zurückgestellt werden muss, das habe ich, das haben wir ja gewusst und innere Vorsorge getroffen. Und ich bin mir ganz sicher, dass die Dämme auch halten.

AUS DEM PRIVATEN LOGBUCH VON BORD

Wo sonst leben Menschen hautnaher zusammen als auf einem Schiff? Gezwungenermaßen. Jeder hört oder sieht, was der andere gerade tut – Zähneputzen, rasieren, umblättern einer Seite beim Lesen; jeder bekommt unmittelbar mit, was der andere gerade vorhat, wo er hin will, sei es essen gehen, urinieren (hört auch jeder), schnäuzen, räuspern. Nur die Illusion, für Augenblicke von den anderen nicht wahrgenommen zu werden, vermittelt mir die Hoffnung oder den Wunsch auf ein Tun, das der andere nicht sieht, hört oder vermutet. Bis auf den Beischlaf kann eigentlich nichts totaler sein als die menschliche Gemeinschaft auf Schiffen – zumal auf kleinen. Das auf Dauer ertragen zu müssen, mit Männern, die mir gleichgültig, widerlich, unangenehm sind, erzeugt in mir eine Perspektive der Finsternis. Nur der Gedanke an ein baldiges Ende lässt mich den Zustand gelassen ertragen. Dann mag ich aber auch nicht mehr.

Das Wetter ist erträglich, mein Sonnenbrand hat sich nicht als so schwer herausgestellt. Inzwischen bin ich bronze-braun und kann über mich als Bleichgesicht der letzten Jahre nur noch schmunzeln. Deine erste Spiegel-Sendung habe ich prompt erhalten und die zweite auch; er ist eine wirkliche Bereicherung und es ist abwechslungsreich, so mit Nachrichten versorgt zu werden.

Du siehst, Dein Brief vom 7. Mai, als Maximilian ein dreiviertel Jahr alt wurde, ist samt Bildern gut bei mir gelandet. Danke, danke, danke. An U. werde ich schreiben und mich bedanken für die Patenschaft. Was soll eigentlich in Deinen neuen Füller graviert werden? Ich dachte so an Jahr der Seefahrt oder etwas ähnlich Hochromantisches? Nein, findest Du nicht so gut? Dann muss ich noch einmal überlegen!

Ich bin sehr gespannt auf den von Hugo gestalteten Gutschein, wie war denn der? Gut, ja, aber wie? Viele Fragen, Geliebste, die mir natürlich durch den Kopf gehen und mir erlauben, mit Dir zu sprechen, wenn ich auch diesmal abgenabelt bin von zu Hause wie nie. Ich werde Dich ab und zu anrufen vom Wohnzimmer des Pastors aus; aber so oft, wie ich Dich von Schottland aus anrufen konnte, wird es schon wegen unseres doch recht unregelmäßigen Landgangs nicht werden.

Im Augenblick bin ich begeisterter Leser der Familienkonferenz von Thomas Gordon, der über die Konfliktbewältigung zwischen Eltern und Kindern schreibt. Ich bin wirklich glücklich, dieses Buch zu haben. Es ist so unendlich hilfreich und kommt obendrein unserer Lebensart – tolerant, kooperativ, familiär – so sehr entgegen. Ich meine, auch Du solltest es unbedingt lesen.

Und wenn um 7 Uhr die Sonne fast ohne Dämmerung hastig im bleischweren Meer verglüht, dann setzen sich Kapitän, Chefingenieur und Steuermann an einen Tisch und spielen Skat, trinken kalten Rotwein dazu und haben ihren Spaß dabei; wir werden unsere Worte los und vertragen uns gut. Gegen 10 Uhr geht's dann in die Koje, und der neue Tag beginnt dann so gegen acht. Ab und zu hören wir Nachrichten über die Deutsche Welle, bekakeln die Bundesligaergebnisse und sind genügsame Seeleute, die ihre Zeit nun eben in Afrika abreißen müssen. Du glaubst ja gar nicht, Geliebste, wie weit entfernt ich von diesem Beruf bin.

Heute hat Marlene Geburtstag, unsere große Tochter, ein Kind der Liebe, des Glücks, Dein Kind, Geliebste, mein Kind, unseres. Du glaubst nicht, welches tiefe Gefühl in mir war, als Du Marlene trugst, wie Du sie geboren hast und mit welcher Großartigkeit und wie sehr das alles auf den Vater überging, der mit seinem dummen Stolz herumläuft und jubelt. Ich werde Dir immer danken, Trinchen, für das große Gefühl, das Du mir geschenkt hast: Mann und Vater zu sein, Geliebter und freier Geist. Auch bei Maximilians Geburt war es so und es hat bis heute nicht an Stärke, Kraft verloren. – Marlene wird zwei Jahre alt, sicher habt Ihr Euch etwas einfallen lassen. Du wirst es mir schreiben. Ich küsse Dich! Ich liebe Dich!

Erst heute Nacht geht es zurück nach Douala, zum zweiten Mal erst ist das passiert während meiner Zeit hier, nicht häufiger. Fünf Flaschen Champagner gab es für eine gute Arbeit, die wir für eine Bohrinsel erledigt haben.

Du glaubst nicht, wie ich Dich liebe, mein Kopf und mein Herz, alles ist voll von Dir, immer, immer, immer! Welch ein Gefühl! Tränen habe ich in den Augen, mein Mund sehnt sich nach Deinem Kuss, nach Deiner Haut, Deinem Körper, nach Deinem Gesicht, nach Deiner Liebe. Liebstes Trinchen, Du bist alles, was ich habe. Du! Und morgen früh, wenn ich aufwache, bist Du der erste Gedanke. Wie sehr ich Dich brauche, das habe ich nie für möglich gehalten. Bald, bald bin ich wieder bei Dir. Liebste Grüße an Giselchen, die Gute, an Hugo, den Weisen. Wie großartig, dass wir diese beiden Menschen haben! Umarme sie und sag' ihnen, wie gern ich sie hab'! Dein Hagen!

AUS DEM PRIVATEN LOGBUCH VON BORD

Das Kole-Field liegt in Westafrika in der Bucht von Biafra, zwischen Fernando Poo in Äquatorial-Guinea sowie Kamerun und Nigeria. Es wird vom Ölmulti ELF Serepca ausgebeutet, das Öl soll qualitativ hochwertig sein. Wenn wir bei Dunkelheit mit unseren Schiffen auf das Kole-Field zufahren, glüht der Horizont bereits zwanzig Meilen vorher vom Widerschein des abgefackelten Gases. Etwa 1.000 Männer arbeiten laufend auf den Plattformen, von denen ständig neue Bohrungen niedergebracht werden. Jede Ölplattform hat ihren eigenen Hubschrauberlandeplatz. Die Namen einzelner Plattformen sind Isle de Réunion, Navifor II, Polaris II, Trident VII, Ekoundon, Kole-Field, Besseke; Obernai heißt ein Storagetanker, Fako ein zweiter. Einmal die Woche kommt ein Supertanker vorbei und übernimmt das in den Storagetankern gelagerte Öl.

Versorgt werden die Rigs von diesen Schiffen: Aladin, Apsara, Red Hawk, Petriturm, Nobistor, Black Fish, White Fish, Point Dover, Friedensturm, OSA Osprey und unserer Hopfentor. Der Einsatz-Rhythmus läuft in etwa so ab: Ein Schiff bleibt vier oder fünf Tage draußen in der Nähe der Plattform, für die es zugeteilt wurde; danach fährt es in acht Stunden zurück nach Douala und bleibt anschließend für zwei bis drei Tage dort im Hafen liegen. Hier übernimmt

es Frischwasser, Drillwasser[18], Zement, Baryte, Chemika-
lien, Bohrmaterial, Casings und Proviant, um damit dann
wieder ins Kole-Field zurückzufahren. Es ist üblich, um
21 Uhr auszulaufen und morgens, nach ökonomischer Fahrt,
wie es heißt, gegen 6 Uhr dort einzutreffen. Das Wetter im
Mai-Juni-Juli: feuchte 28 Grad, südwestliche Winde mit
drei bis vier Windstärken, ruhige See.

AUS DEM PRIVATEN LOGBUCH VON BORD

Während des Vietnam-Krieges liegt im Hafen von Pusan
ein mit Munition beladenes Schiff, sie soll gegen den Viet-
cong eingesetzt werden. Das Hafengebiet wird von ame-
rikanischen Soldaten bewacht; dennoch versucht ein Viet-
cong, ein Taucher – ohne Sauerstoffgerät – an dem
Munitionsschiff Haftminen anzubringen. Beim Auftauchen
wird er schließlich entdeckt. Seine einzige Chance, so denkt
er, ist, an die Pier zu schwimmen, um die Flucht über Land
anzutreten.

Als er auf der Pier steht, sieht er einen Soldaten mit einem
Maschinengewehr vor sich, der ihn einfach nur angrinst,
die Waffe im Anschlag, Kaugummi zwischen den Zähnen.
Der Taucher erwartet die Salve, doch nichts geschieht. Bis
aus dem nahen Lagerhaus zwei Gabelstapler auf ihn zurol-
len. Zuerst versteht er nicht, doch dann blitzt es in seinem
Gehirn auf. Er sucht noch einen Ausweg, läuft plötzlich los,
ahnend, dass das MG nicht losgehen wird. Es bleibt ruhig.
Die Gabelstapler, gelbe Ungetüme, rasen auf ihn zu. Er

---

18 *Spezielles Kühlwasser während der Bohrungen*

weicht aus, Haken schlagend, doch wirklich ausweichen kann er nicht, wegen der hohen Einzäunungen. Die Gabelstaplerfahrer, zwei amerikanische Soldaten, haben System. Zuerst jagen sie ihr Opfer nur, machen es müde, verletzen es am Arm, an Beinen, am Rücken. Der Taucher hat keine Chance. Eine weiße Fahne holt er vergebens aus der Tasche. Eine Zinke durchbohrt die Eingeweide, eine andere die Brust, der Rest wird zermalmt. Zuletzt kommt der Mann mit dem Maschinengewehr und leert sein Magazin auf dem Toten.

Ein Albtraum, abermals.

38

VON LAND – KATRINS 12. BRIEF

Hamburg,
Montag, 24. Mai 1982,
7:55 Uhr

Mein Hagen, ich sitze wieder am Schreibtisch, draußen ist alles grau und nass, und bei mir kullern auch grad ein paar Tränen. Komischerweise sind die Wochenanfänge immer am schlimmsten. Die Wochenenden bin ich durch die Kinder so beschäftigt, dass ich nicht viel Zeit zum Heulen hab, außerdem sind die Kinder so bombig, dass mir tatsächlich eigentlich mehr zum Lachen ist.

Nun will ich berichten, es ist ja viel passiert. Wichtige Nachricht: Maximilian sitzt. Ist bereits fotografiert. Auch seine Zähne sind nun endlich durch, Gott sei Dank, es war eine arge Quälerei. Ich liebe Dich so sehr.

Englein hat ihre Schwierigkeiten überwunden und ist wieder bezaubernd und lieb und ja, Du weißt ja, wie sie ist. Ein wichtiges Ereignis hatten wir ja letzte Woche: den 19. Mai, ihren zweiten Geburtstag. Ach, Geliebster, die Kastanien haben geblüht, und wie hab ich an Dich gedacht. Marlene hat den Tag sehr genossen. Zum Frühstück hab ich den alten Kerzenkranz aus Giselchens Kindheit mit zwei! Kerzen bestückt, ein Lebenslicht in der Mitte, dann standen da ein Kuchen und ein Strauß Blümchen, außerdem ein Päckchen von Christel. Es war für Englein alles sehr besonders an diesem Morgen. Dann durfte sie mit Giselchen und mir durch Eppendorf laufen, und was das war! In jedem Laden hat sie gesagt, dass sie Geburtstag hat, zum Schluss ging Englein nur noch rein in den Laden und rief laut: sswei. Die Ausbeute:

Von Kiosk Lehning – 1 Tafel Kinderschokolade

Von Gemüse-Martens – 1 Strauß Maiglöckchen

Von Maragogype – 1 kleines Vogelnest mit Schokolade

Vom Modeladen Klopsch + Koller – 1 weißes Halstuch

Von Fischmeyers, begrüßt mit hallo Meyer – 1 Frikadelle

Von Fleischerei Beisser – 1 Wiener Würstchen

Du siehst, es hat sich gelohnt. Mittags haben wir eine kleine Bescherung gemacht. Von Hugo gab's ein Planschbecken, leider können wir's bei dem miesen Wetter noch nicht nutzen. Außerdem von Mimi eine Sandkistengarnitur mit Eimer, Schaufel und so weiter. Von Mami einen neuen Ball, nachmittags habe ich mit ihr eine Radtour gemacht, denn mittwochs habe ich momentan erst um 18 Uhr Unterricht. Dann kam M. mit einer Ente in Schwimmgürtelform fürs Planschbecken. Außerdem niedliche Knickerbocker und ein T-Shirt mit Donald Duck drauf. Englein sieht bombig darin aus. A. kam auch noch mit Hemd und Söckchen vorbei. Englein konnte also richtig Hof halten.

Geliebster, ich freue mich auf den nächsten 19. Mai mit Dir und auf unseren Besuch bei unseren beiden Eichen am Senatorenstieg im Wohldorfer Wald und auf die kleine Kindergesellschaft. Neueste Wortschöpfung deiner Tochter? Amapu, was gleichbedeutend ist mit ihrer augenblicklichen Lieblingsspeise, Apfelmus. Niedlich, nich?

Mein geliebster Mann, ich warte sehr auf Deinen nächsten Brief. Ist es noch erträglich für Dich? Hast Du schon wieder abgenommen? Nicht übertreiben, sonst passt Du nachher nicht mehr zu mir. Ist der Bart noch dran? Hoffentlich. Geliebster, im Kinderzimmer wird schon protestiert. Es geht also wieder los. Ich umarme Dich, ich schmieg mich an Dich, ich küsse Dich, ich bin voller Sehnsucht, Dein Trinchen

39

VON SEE – HAGENS 9. BRIEF

Freitag, 28. Mai 1982,
Douala,
MS HOPFENTOR,
per Kurier

Liebstes Trinchen, gerade ist Dein Brief mit den Bildern von Christels Geburtstag, von Maximilian und natürlich von Dir hier eingetroffen. Ich bin begeistert! Ausgetrocknet, wie ich das hier nun einmal, was Informationen betrifft, bin, ich sauge alles begierig auf und danke Dir; Du bist wirklich toll, Liebste, wie Du mich versorgst, und Du weißt, wie sehr ich danach hungere.

Deine Idee mit dem japanischen Papier, den Bildern von den schenkenden Familien, Hugos Blumenornamente – ich glaube, Christel hat sich sehr, sehr gefreut! Und Du, Geliebte, das Bild von Dir, niedlich siehst du aus. Ich bin ganz schön verliebt in meine Frau. Dein Brief vom 24. Mai ist ja vollgespickt mit Informationen von Marlenes Geburtstag und ihrer großen Geburtstagssammelaktion auf dem Eppendorfer Baum. Und mit ihrem stolzen Ausruf sswei. Du schreibst es und ich bin voll mit dabei! Mülleimermänner und Amapu, ihre neuesten Sprachkreationen, ich flippe noch aus. Und Maximilian sitzt schon! Und die Kastanien blühen …

Mein Brief muss heute eigentlich auch wieder eingetrudelt sein, per Kurier, wie gehabt. Ja, recht hast Du, zwei Monate sind lang, drei haben es in sich, aber der Mai ist um. Das Bergfest rückt näher, am 2. Juni wird der Kapitän abgelöst. Ich kann zu Dir hindenken, wenn Du nach Büsum fährst. So hangele ich mich durch, denke an meine Geliebste und wünsche, dass wir alle diese Zeit gut durchstehen.

Dieses Wochenende liegen wir im Hafen, drei volle Tage. Mit dem Seemannspastor werde ich eine Spritztour ins Land machen, bei ihm abends ein Bier trinken und vielleicht ins L'Auberge gehen, wenn es nicht allzu teuer ist. Der Bart wächst sehr gut, ich habe mich dran gewöhnt und bin jetzt ganz der Meinung meiner Frau – er steht mir. Bis auf einen schmalen Streifen bin ich bronze-braun wie nie, die Haare ausgebleicht, der Bart rostrot. Ja, ich höre ja schon auf mit dem Eigenlob. An manchen Tagen lese ich bis zu sechs Stunden, lasse den Laden so laufen und er läuft. Eigentlich kümmere ich mich ein bisschen wenig um alles, aber ich habe keinerlei Ambitionen und keine Lust, basta. Auch wenn ich mich wiederholen sollte, Liebste, ich sehne mich nach Dir, ich liebe Dich sehr, Trinchen, und ich bin so sehr sicher, die schönste, liebste Frau der Welt zu haben: Dich!!

30. Mai 1982,
Pfingsten

Gestern haben wir die angekündigte Spritztour mit dem Seemanns-pastor gemacht, zu einer alten Ölmühle, die die Deutschen damals während ihrer Kolonialzeit betrieben. Das Gebäude mit Schorn-stein ist total verfallen, dient aber noch als Bahnhof. Es kam sogar ein Zug angefahren. Abenteuerlich! Vielleicht sind die Bilder ja etwas geworden. Wir waren insgesamt acht Personen, eineinhalb Stunden Fahrt durch den Urwald mit dem VW-Bus des Pastors. Es war eine richtig ausgelassene und erfrischende Tour, wir hatten unheimlich Spaß. Mit von der Partie waren die Nautiker und Tech-niker von den Schiffen Nobistor und Petriturm, mit denen wir das Kole-Field versorgen, mit denen sind wir also ständig zusammen.

Vorgestern hat mein Kapitän ein Telex von der Reederei bekom-men, in dem sie eine besondere Beurteilung von mir anfordert. Es sieht also so aus, als ob sie mich schon nächste Reise zum Kapitän machen wollen. Sollen sie man, das tut dem Konto besonders gut und dem Image auch ein wenig. Vor allem aber wird es leichter, ein steuerfreies Schiff zu bekommen. Und was die mir dann für eine Gurke anbieten, kann mir egal sein.

Geliebste, ins L'Auberge werde ich nicht gehen, die wollen so um die 160 bis 200 Mark pro Mahlzeit und Person haben. Das können wir beide wohl einmal machen, aber hier allein, ohne Dich, ein No-Go. Apropos essen: Auf der Waage hier werden bei mir nur noch 80 Kilo angezeigt, vor zehn Tagen waren's noch 83, bin mal gespannt, ob das wirklich so stimmt, wenn Du die Angelegenheit kontrollierst.

Heute, Pfingstsonntag, wird bei uns gegrillt – tolle Würstchen, Koteletts, Hammel, Kaninchen, Bier, Whisky. Die anderen Schiffe kommen auch zu uns herüber. Als einzige Frau wird eine Deutsche dabei sein, Hertha, vom Dienst in Übersee[19] aus Stuttgart, die den Frauen im Busch das Nähen beibringt. Der Alte von der Petriturm hatte sich der Dame bemächtigt. Bei dem, was sich hier so abspielt, wird eine so grenzenlose Einsamkeit sichtbar und eine tiefe Verlassenheit, damit müssen die ständig fahrenden Seeleute fertig werden: vergeblich! Nur gut, dass ich mit der Seefahrt, mit ihrem psychischen Elend nichts mehr zu tun habe. Geliebste, tausend liebe Grüße und Küsse von Deinem Hagen!

40

VON LAND – KATRINS 13. BRIEF

Hamburg,
Dienstag, 1. Juni 1982,
7:12 Uhr
Im Kinderzimmer erste Töne von Maximilian,
mal sehen, wie weit ich komme.

Hagen, mein über alles Geliebster, der lange Mai ist zu Ende, Gott sei Dank. Der Juni, denk ich, wird durch die am 17. beginnenden

---

19 Stuttgarter Verein für die Vermittlung von Entwicklungshelfern in Übersee

Ferien ein wenig schneller vergehen. Am Ende dieses Monats telefoniere ich mit Kapitän Haase. Wir wollen hoffen. Wenn's mit der Ablösung nicht klappt, dann eben nicht. Wir werden die Zeit auch voll genießen, die wir zusammen haben werden. Auch ohne Ferien. Nich? Ich hab Dich so unendlich lieb, Geliebster, und das ist so schön.

Unsere Kinder sind einfach eine Wucht, wenn auch ein wenig mühsam im Augenblick. Marlene ist manchmal schon ganz schön eifersüchtig. Natürlich vor allem am Wochenende, wenn ich mit den Kindern allein bin. Am niedlichsten ist sie immer, wenn Maximilian im Bad ist. Der Schlingel. Mit Vorliebe stippt sie ihn auch um, wenn er sitzt. Einen kleinen Stipp vor die Brust, Maximilian kippt um und Englein konstatiert au. Auf der anderen Seite findet sie ihren Bruder aber auch ganz toll, versorgt ihn mit Spielzeug, mit Essen, man muss höllisch aufpassen und lacht sich oft schief über ihn, vor allem, wenn er hinter uns her ins Bad gekrabbelt kommt. Immer, wenn wir morgens zum Gesichtwaschen gehen, kommt Maximilian hinterher.

Er lässt alles stehen und liegen, sogar die Milchflasche, um uns hinterherzukommen. Englein begrüßt ihn dann regelmäßig mit Hallo Baby, und Maximilian lacht sich kringelig.

Ja, dein Sohn: Seine Haare sprießen wie das Gras im Frühling. Strohblond, manchmal, so glauben wir, doch mit einem Hauch von rot. Auf dem Spielplatz ist er berühmt als Punker. Barbara streicht ihm die Haare zurück, sie stehen senkrecht in die Höhe und dann eben die Farbe! Zauberhaft! Aber auch er ist im Moment ein wenig nervig. Erstens die Zähne. Stell Dir bitte vor, ich schau ihm neulich in den Mund und stelle fest, statt der beiden oberen Schneidezähne, die jetzt dran sind, kommen gleich vier!!! auf einmal. Das muss ja Schwierigkeiten machen. Hinzu kommt seine Unzufriedenheit, dass er noch nicht stehen und laufen kann. Man merkt richtig, wie er sich ärgert, wenn er versucht, sich irgendwo hochzuziehen, und es klappt einfach nicht.

Bei Englein war's damals ja das Gleiche. Aber ansonsten steht er seiner Schwester an Charme und Schönheit in nichts nach. Er lacht die Leute fröhlich aus seiner Karre an, erzählt ne Menge und Giselchen findet ihn sogar noch schöner als Marlene in dem Alter. Was sagst Du nun? Und der kleine Kuschelhase ist seine wichtigste nächtliche Bezugsperson geworden. Wenn er nachts plötzlich schreit, kann man mit ziemlicher Sicherheit an sein Bett gehen und seinen Hasi suchen. Der ist dann meist runtergefallen. Hat er ihn wieder, schläft er auch gleich wieder ein. Süß, nich? Als wenn er ahnte, dass ich grad über ihn schreibe, kommt jetzt sein lauter Kommentar aus dem Kinderzimmer. Wenn ich ihn abends ins Bett bringe, schreit er meist unzufrieden und nörgelt rum. Kommt Marlene dann auch ins Bett, lacht er, freut sich und ist dann eigentlich immer ruhig.

Lenchen fängt mächtig mit dem Sprechen an. Eigentlich versteht man alles, selten nichts. Wir üben immer gemeinsam die Aussprache, und wenn's klappt und ich sie lobe, freut sie sich wie ein Schneekönig. Vor allem kann sie jetzt bitte sagen, kann richtig das T aussprechen und nutzt das mit dem entsprechenden Augenaufschlag auch weidlich aus. Widersteh mal, wenn dies Gör ein Mimz, Pfefferminz, haben will, Dich von unten anguckt und sagt: Bitte, Mami. Ganz schön schwer.

Pfingsten hatten wir sehr schönes Wetter und waren natürlich viel im Garten. Die Sandkiste ist herrlich und wird ordentlich genutzt. Auch das Rad ist jetzt unten. Ach Geliebster, wie wär es schön mit Dir zusammen! Ich freu mich so unendlich auf unsere Zeit zusammen.

Wie viele Spiegel hast du schon bekommen? Zwölf werden es sein, wenn Du bis zuletzt bleiben musst. Am 12. Juni ist Bergfest, und ich bin auch davon ausgegangen, dass Kapitän Haase kein Erbarmen kennt. Geliebster, Dein Anruf hat mich beruhigt, ich weiß nun, dass es Dir dort wohl ganz gut geht, auch Dein letzter Brief sagt es mir. Deine Briefe sind immer Feste für mich. Ist einer angekommen, lauere ich begierig auf eine stille Stunde und versenke mich in sie, Geliebster. Damit wir wissen, ob alle Briefe von mir auch angekommen sind: Zu jedem Spiegel geht parallel auch ein Brief an Dich raus. Nur getrennt, weil's billiger ist. Dies ist also der fünfte Afrikabrief, diesmal mit Bildern von Lenchens zweitem Geburtstag. Sind schön geworden, nich?

Geliebster, ich muss jetzt wieder schließen. Unsere beiden Zauberschätze verlangen nach mir. Die liebsten Grüße von Giselchen und Hugo. Sie lieben Dich sehr und vermissen Dich fast so sehr wie ich Dich. – Es geht ihnen gut, sie freuen sich auf die Ferien. Geliebster Hagen, ich liebe Dich, ich liebe Dich, ich liebe Dich, Dein Trinchen. Ich hätte nie geglaubt, dass ich einmal einen Menschen so lieben würde wie Dich.

41

VON LAND – KATRINS 14. BRIEF

Hamburg,
Montag, 7. Juni 1982,
7:45 Uhr
Erste Laute von Maximilian, dem Geburtstagskind,
er wird heute 10 Monate.

Hagen, mein Geliebster, wir haben eine tropische Woche hinter uns, ungefähr 33 Grad im Schatten. Für den Unterricht war das natürlich mühsam, aber am Wochenende haben wir ordentlich den Garten genutzt. Ach, wenn Du es doch sehen könntest: Maximilian in der Sandkiste, wahnsinnig; oder beide Kinder im Planschbecken, manchmal ich dazwischen. Aber der August wird hoffentlich schön werden, und so wirst Du es dann auch erleben.

Geliebster, hier hat sich nichts getan, was zu berichten wäre, es tut sich nur was in der Entwicklung der Kinder, speziell bei Maximilian, und das ist allerdings eine Menge. Sein Krabbel-, Kriech- und Turnrevier ist das Gelände unter dem runden Tisch. Über die Fußbänke rüber, mit Fläschchen in der Hand, wieder zurück, meist bäuchlings, selten mit Geschrei, er manövriert sich aus den verrücktesten Lagen eigentlich immer wieder selbst heraus.

Im Bett ist sein Schlafsack nicht mehr locker angeschnallt, er empfängt mich also auch schon sitzend. Im nächsten Brief kommen die Gartenbilder vom Wochenende. Bei Englein tut sich auch viel, nur kann man schwerer von Woche zu Woche berichten, weil es kontinuierlicher, schleichender vor sich geht. Sprachlich baut sie drei bis vier Worte zusammen, manchmal auch recht lange Sätze, nur sind die wiederum schwer zu verstehen.

Geliebster, mein Brief wird heute kürzer, denn Maximilian wird intensiver mit seinem Geschrei und ich möchte den Brief unbedingt abschicken, damit auch wirklich immer parallel zum Spiegel ein Brief rausgeht. Fast hätte ich's vergessen, wir hatten gestern Bürgerschaftswahl in Hamburg. Sieht nicht gut aus für uns. In fünf Minuten sind Nachrichten, ich schreib dir die genauen Prozente noch in diesem Brief. SPD viel verloren, CDU gewonnen, die Grünen wohl im Parlament, FDP wohl nicht. Nun schreit Englein auch schon.

Noch schnell die Sommerdaten, weil ich nicht weiß, wann Dich meine Briefe erreichen: Am 26. Juni fahr ich für zwei Wochen, bei tollem Wetter zwei bis drei Tage länger, nach Büsum, bis zum 10. Juli. Du weißt jetzt, wo Du mich erreichen kannst, Geliebster. Ich werde ganz zittrig, wenn ich ans Wiedersehen denke. Gehe jetzt Nachrichten hören …

Bin wieder da. Also:

Bürgerschaftswahl in Hamburg, 1982
CDU 43,2 Prozent, 56 Mandate,
SPD 42,8 Prozent, 55 Mandate
Grüne Alternative Liste 7,7 Prozent, 9 Mandate
FDP 4,9 Prozent, ausgeschieden

Es wird über Neuwahlen gesprochen, vielleicht sind die im August, und Du kannst das Wahlergebnis durch Deine Wahl dann ändern. Ich küsse Dich nun bis zum nächsten Montagsbrief. Ich liebe Dich so sehr, dass ich es manchmal kaum aushalten kann, an Dich zu denken und gleichzeitig zu wissen, dass es noch so lang hin ist, bis ich in Deine Arme laufen kann. Dein geliebstes Trinchen.

PS: M. ist auf dem Weg zur Nichtraucherin, also keine Dunhill aus dem Duty Free-Shop mitbringen; entweder R6 oder für Hugo eine Flasche Bourbon.

42

VON LAND – KATRINS 15. BRIEF

Hamburg,
Montag, 14. Juni 1982,
7:10 Uhr
Im Kinderzimmer Stille,
ich hoffe auf eine ungestörte Stunde.

Geliebster Hagen, ein stürmisches Wochenende mit viel Regen ist vorbei, die Sonne scheint wieder, der Wind ist nur noch eine schwache Brise, die letzten drei Arbeitstage liegen vor uns.

Endlich Urlaub! Bei unserem letzten Telefongespräch hast Du so deprimiert geklungen, Du warst so traurig, mein Geliebster. Ja, es ist sehr schwer, besonders für Dich. Gut, Du wirst abgelenkt von Deiner Sehnsucht und Deinem Heimweh, aber das Alleinsein und das Wissen um die Kinder – nein nein, da hilft eben manchmal auch keine Ablenkung mehr, Geliebster. Aber die Zeit geht um, schneller als man denkt, und plötzlich steht man da und sagt dann: Weißt Du noch?

Ich hab noch einmal den Kinderarzt gewechselt. Diesmal endgültig. Der ehemalige schien uns doch ein wenig tüttelig und unfähig. Ich kann Dir das hier nicht so erklären. Aber nun haben wir einen tollen Arzt, Dr. G. in Niendorf, er ist sehr gut zu erreichen. Auch die Türk-Kinder und die vier Zahnarztkinder sind dort. So stellt man sich halt einen guten Kinderarzt vor. Am 5. August ist Maximilian zur Vorsorge bei ihm angemeldet. Du wirst ihn dann kennenlernen und genauso angetan von ihm sein wie ich.

Gestern Abend hat mich der Teufel geritten, und ich hab' mir die Haare abgeschnitten. Ich fühl mich sauwohl, muss aber wohl noch mal zum Nachschneiden zum Friseur. Ich hoffe nur, Deiner Liebe zu mir wird es nicht schaden, als Trost sei Dir gesagt, meine Haare wachsen recht schnell. Meine Lust auf kurze Haare musste einfach einmal befriedigt werden. Du hättest mich gestern sehen sollen. Wie eine Furie habe ich gewirkt, die Haare flogen nur so. Leider fehlte mir ein dreiseitiger Klappspiegel, das hätte die Sache erheblich vereinfacht. Ein Foto schaff' ich wohl nicht mehr, aber so ist die Überraschung umso größer.

Apropos Fotos, ich fahr, bevor ich diesen Brief einstecke, ins Labor und hole die neusten ab, ich hoffe, es sind schöne dabei. Geliebster, da ich nicht weiß, wann Du endgültig kommst und wie lange die Briefe auf Reisen sind, werde ich keine mehr schicken. Siehst Du, ich plane schon Deine Ankunft hier bei uns. Das Buch, das wir für Maximilian herstellen lassen, habe ich nicht vergessen, bin heute mit dem Buchhersteller verabredet.

Morgen liefere ich unsere Ente in der Werkstatt ab, um einen Kindersitz einbauen zu lassen. Am 24. Juni bring ich ja Maximilian zur Omi Christel nach Lachendorf, Kindermädchen Barbara kommt mit, so ist es für mich bequemer, falls die Kinder quengeln. Ich komme mit ihr übrigens weiterhin fabelhaft klar. Wir haben an Deinem Rad nun auch einen Sitz für Maximilian und haben bereits unsere erste Radtour zu viert hinter uns. Wie schön wird es erst mit Dir zusammen, Geliebster.

Marlenes Lieblingsbeschäftigung ist augenblicklich, das Klo bei Giselchen zu putzen. Ist es abgeschlossen, kommt sie an, sagt Ata, und wehe, wir schließen es ihr nicht auf. Ohne etwas zu verschütten, wird also Ata ins Klo geschüttet und mit der Klobürste gescheuert. Wir versuchen ihr gerade klarzumachen, dass es reicht, wenn man ein Klo einmal am Tag putzt. Ihre Lieblingsworte sind *siehst du* oder *besser*. Wenn man ihr einen Vorschlag macht, etwas anders zu tun oder zu machen, nickt sie verständnisvoll und sagt: besser. Sie ist zu niedlich und sieht Dir immer ähnlicher. Aber von ihrem Temperament und ihrer Unruhe, fürcht ich, hat sie mehr von mir abbekommen. Genau das Gegenteil von Maximilian. Alle sagen, er hätte große Ähnlichkeit mit mir. Aber in seiner Veranlagung ist er mehr Dein Sohn, glaub ich. Er ist irgendwie ausgeglichener als Marlene. Sie sind beide eine tolle Mischung.

Maximilian übt schon das Stehen. An jedem Stuhl, an der Spielkiste, am Bett, er zieht sich immer auf seine Beine. Ich glaub, wenn Du kommst, steht er schon, ohne sich festzuhalten. Sein schönstes Spielzeug ist die Musikrolle. Oder habe ich das schon geschrieben?

Ach, mein Geliebster, Marlene ruft schon: Hallo Mami, ich muss gleich hin. Gestern hat sie übrigens rausgekriegt, dass ich das Wort Mama nicht so mag. Mit spitzbübischem Gesicht hat sie mich geärgert und immer wieder Mama gesagt. Giselchen konnte sich vor Lachen kaum halten. Hagen, Geliebster, ich sehne mich so sehr nach Dir, Deiner Liebe, Deinem Körper, Deinen Küssen, Deiner Zärtlichkeit, Deiner Stimme – wie herrlich, wenn Du wieder bei uns bist. Ich küsse Dich, mein Geliebster, ich drücke mich ganz fest an Dich, Dein Trinchen.

43

VON LAND – KATRINS 16. BRIEF

Hamburg,
Dienstag, 22. Juni 1982,
7:35 Uhr
Im Kinderzimmer noch tiefe Stille.

Geliebster Hagen, nun reicht's aber wirklich bald! Ich will Dich endlich küssen! Zum ersten Mal hab ich den Montagsbrief verpasst, es wird ein Dienstagsbrief. Der Spiegel musste seine Reise gestern allein antreten. Ich schaffte es einfach nicht.

Nun haben wir richtige Ferien. Ich bin sehr froh. Übermorgen bringen wir Maximilian zu Kickel, Samstag fahr ich mit Englein nach Büsum ins Hotel Seegarten, unser Stammquartier. Sie ist augenblicklich das süßeste Kind auf Erden, sie wird auch richtig schmusig. Neueste Wortkreation ist *Hallo Meyer*, gemeint ist natürlich Frau Meyer vom gleichnamigen Fischgeschäft. Schon 20 Meter vor dem Laden geht's los, immer *Hallo Meyer*, im Laden dann lautstark *Delle*, und prompt bekommt sie ihre Fischfrikadelle. – Gestern war ich mit ihr in der Stadt, wir haben Hemden für Hugo gekauft und Schwimmflügel für Marlene. Sehr aufregend. Nun zum Sohn: Sein großes Lebensbuch ist am 1. August fertig, wir haben dann schön Zeit, die beiden voluminösen Erinnerungsbücher mit allen gesammelten Zutaten für die Kinder zu bekleben. Gut, nich? Maximilian trainiert eisern das Stehen. Wo immer es eine Gelegenheit gibt, zieht er sich empor. Irre. Er ist sehr geschickt dabei.

Vorgestern hab ich nachmittags im großen Zimmer Deutschland gegen Chile[20] gesehen. Zeitweilig saß Maximilian auf meinem Schoß und schaute etwas verwundert in die Glotze. Ich dachte, wie viele Weltmeisterschaften noch, und er sitzt mit Dir davor und schreit Tor? Ich denke, bei der übernächsten wird es so weit sein. Am Sonntag jedenfalls war's für Marlene das Größte, die Torergebnisse zu Mimi nach unten in den ersten Stock zu schreien. Bei jedem Tor lief sie an die Treppe und rief: Tor, Mimi. Gott sei Dank gab es davon fünf. Das Spiel endete 4:1 für uns. Seht Ihr denn auch Fußball? Kamerun hält sich ja bravourös. Man tippt hier schon aufs Endspiel Kamerun:Peru …

Ach Geliebster, wie schön wär's gewesen, wenn wir gemeinsam unserer Fußballleidenschaft hätten frönen können. Ich bin auf diesem Gebiet, aber auch nur auf diesem, sowieso nur alle vier Jahre leidenschaftlich. Übrigens, ich glaub, Maximilian kriegt doch noch rötliche Haare. Sein strohblond weicht zusehends einem rötlichen Schimmer. Es steht ihm ausgezeichnet, auf dem Spielplatz heißt er nur der Schönling.

Geliebster, vielleicht wiederhole ich mich manchmal, aber es kommt vor, dass ich nicht mehr weiß, ob ich etwas schon geschrieben habe oder ob ich es nur vorhatte. Ich hab am Spiegel an meinem Schreibtisch zwar einen Zettel kleben mit den neusten Ereignissen und Ergüssen unserer Kinder, aber wie gesagt, manchmal double ich wohl doch. Verzeih!

Dies ist der vorletzte Brief. Ich schick noch einen nächste Woche aus Büsum, aber dann wohl nicht mehr. Ich hab Angst, dass Du ihn nicht mehr bekommst. Auch wird Spiegel Nr. 26 der letzte sein. Ich hoff ja sehr, dass Kapitän Haase meine Entscheidung richtig sein lässt. Ich telefoniere nachher mit

---

20 Fußball-WM 1982

ihm, und ich werde Dir das Ergebnis in diesem Brief noch mitteilen.

Aber auch wenn's schiefgeht, Geliebster und Du kommst erst, wenn meine Ferien zu Ende sind, wir werden eine herrliche Zeit miteinander verbringen. So bewusst, so intensiv, wie es eben nur zwei Menschen können, die sich so lieben wie wir und die plötzlich eine solche Trennung durchmachen müssen. Nur so erkennt man dann wirklich, was der andere für einen bedeutet, wie er ein Teil des Ichs geworden ist. In ewiger Liebe, Deine Frau Trinchen

PS: Kapitän Haase sagt, es sieht schlecht aus, Deine Ablösung kann wohl erst am 19. Juli fahren. Naja, dann wird's wohl doch erst Ende Juli werden. Ich soll ihn Anfang Juli noch einmal anrufen, ich tu es aus Büsum. Geliebster, macht alles nichts, siehe oben. Trinchen.

44

VON SEE - HAGENS IO. BRIEF

Samstag, 3. Juli 1982,
Douala,
MS HOPFENTOR
per Kurier

Geliebste, geliebtes Trinchen, jetzt kann ich, jetzt kannst Du endlich Licht im Tunnel sehen; es wird zusehends größer, heller und somit rückt mein Ablösedatum endlich näher. Seit unserem letzten Telefonat, am Tag vor Deiner Abreise nach Büsum und auch schon ein bisschen vorher, eilt die Zeit im Sauseschritt. Das tut gut. Wie es dann hinkommt mit dem Datum, das hast Du ja richtig gesagt: Völlig egal. Auf jeden Fall kann ich hier gleich los, wenn der Ablöser hier angekommen ist. Wie es dann tatsächlich mit meiner Ankunft in Deutschland aussieht, entscheidet sich dann mit den Flügen. Während der Ferienzeit fliegen sie hier täglich ab. Du wirst die Woche vor meiner Ankunft ja bei Christel sein, so dass ich Dich von Paris aus dort anrufe und Dir meine genaue Ankunft durchgebe. Ich schätze, es wird so der Mittwoch oder Donnerstag, 21. oder 22. Juli werden. Wie ich mich auf Dich freue, Geliebste!! –

Seit dem 26. Juni höre ich immer schon den Wetterbericht im Deutschlandfunk und begleite Euch auf Schritt und Tritt in Büsum. Ich stelle mir dann bild- und lebhaft vor, wie Ihr am Strand rumpaddelt, im Hotel, im Bett; ja meine Fantasie schießt da ins Kraut und Du kannst sie ja dann wieder zurechtrücken und kanalisieren. Geliebste Frau, und unser kleiner Maximilian, den man auf dem Spielplatz den Schönling nennt – bei Kickel ganz allein. Mein Herz ist so bei Euch, Geliebste. Hoffentlich erholst Du Dich ein wenig! Schöpft Giselchen neue Kraft? Gewinnt Hugo neue Erkenntnisse über das Meer im Besonderen und über die Menschen ganz allgemein? Die beiden Guten.

Deine Post kommt immer außergewöhnlich schnell an. Deine Briefe waren manchmal schon nach drei Tagen hier, meistens vier; der Spiegel dauert im Allgemeinen eine Woche; die Idee, ihn zu schicken, war sehr gut, der Alte bekommt den stern.

Und wir, sagst du? Oder fragst du? Oder wünschst du? Wollen wir noch einen kleinen Maximilian? Trinchen! Trinchen! Trinchen! Geliebste, wir wollen noch mal ganz lange darüber reden, ja!!?? Oh, wie lieb ich Dich habe!

So, Du kleine kurzhaarige Schönheit, das hier ist der letzte Gruß von dieser Reise und geht direkt nach Büsum, per Kurier, wie ge-

habt. Ob ich mich wohl auf mein Geburtstagsgeschenk freue!!
Wahnsinnig! Und erst auf Dich, so mit allem drum und dran!!
Danke für den Reisepass. Tausend Küsse und Zärtlichkeiten von
Deinem Geliebsten!! – Schade, dass die Deutschen bei der WM
nicht früh rausgeflogen sind!

PS: Geliebste, jede Blüte meines Fleuropgrußes soll eine Träne
trocknen, die Farben der Blumen Deine Augen erfreuen und dieser fröhliche Gruß Deine Schmerzen lindern! Dein Geliebster. Ich
liebe Dich!!
Sehr!

AUS DEM PRIVATEN LOGBUCH VON BORD

Ob diese Idee zu einer reifen Idee wachsen kann? Wir wollen ein Abkommen mit der Zeit treffen. Sie soll eine Weile
– wie lange, das soll noch im Ungefähren bleiben – stille
stehen, damit wir länger jung bleiben dürfen. Erstens: Welchen Preis will die Zeit dafür haben? Zweitens: Welchen
Preis würden wir dafür zahlen? Drittens: Wie wollen wir es
vor der Welt verheimlichen, wenn die Zeit uns diese Son-
derbehandlung erlauben sollte? Viertens: Wie können wir
unser Geheimnis hüten? Fünftens: Was geschieht mit dem
Spion, der die beiden belauscht? Von der Beantwortung
dieser Fragen hängt es ab, ob wir diesen Versuch wagen
wollen.

Katrins Antwort:
Wenn ich diese Wahl tatsächlich treffen dürfte, ich würde sie
energisch zurückweisen: Ich will doch meine Kinder nicht ster-
ben sehen.

AUS DEM PRIVATEN LOGBUCH VON BORD

Der alte Tierfänger, den ich gestern im Seemannsclub von
Douala getroffen habe, mit seinen feuchten, kalten Fingern, mit denen er mich ständig antippte, war mir unangenehm. Seit fünfzehn Jahren strolcht der 65-jährige Deutsche durch den Busch und jagt vor allem Gorillas – pro
Stück bekommt er angeblich 50.000 D-Mark – und Grau-
papageien, 300 D-Mark, für skandinavische Abnehmer.
Das Geschäft ist vorbei, sagt er, der Tierschutzverein in
Deutschland, der Frankfurter Zoo und jetzt auch noch die
Schwarzen hier haben mir das Geschäft versaut. Den Zeigefinger seiner linken Hand habe ihm ein Gorilla halb
abgebissen, von der Hälfte wollte eine Schlange später ihr
Stück. Das verkrüppelte Ende sah ekelhaft aus wie der Typ
allgemein, bei dem ich nur zufällig am Tisch gelandet war;
dann lief der Film Cartouche mit Jean-Paul Belmondo
und Claudia Cardinale an.

AUS DEM PRIVATEN LOGBUCH VON BORD

Wir versorgen die Bohrinsel Trident 7, die seit Kurzem
nördlich vom Kole-Field nach Öl bohrt. Sie steht auf nur
vier Beinen aus Stahl, die aus unendlich vielen scharfen,
nasenförmigen Kanten bestehen. Starke Strömung stößt
uns mehrere Male gegen das vordere linke Bein, während
eine unserer Leinen an der Plattform befestigt ist. Erst
später entdecken wir, dass in Tank sechs an Steuerbord,
dem Brennstofftank, mehrere wenigstens faustgroße Löcher unter der Wasseroberfläche geschlagen wurden. Der

Tank war leer. Später muss in Douala ein zwei Quadratmeter großes Stück Bordwand herausgeschweißt und neu
eingesetzt werden.

Es folgen mehrere Urlaubswochen mit der Familie.

45

VON LAND – KATRINS I7. BRIEF

Hamburg,
Dienstag, 10. August 1982,
10:45 Uhr
Allein; draußen der Himmel grau,
Straßenlärm; macht nichts.

Geliebster, wieder Dienstag, wieder ist eine Woche um, eine Woche weiter weg von unserem letzten Kuss, eine Woche näher dran
an unserem nächsten ersten. Gestern endlich brachte M. mir das
Telex mit, das Du ihr für mich geschickt hattest. Ich konnte also
alles noch einmal nachlesen. Ich lieb Dich so.

Eben war ich noch schnell im Labor beim Fotografen in der
Hoffnung, die Bilder mitschicken zu können. Leider waren sie
noch nicht fertig, ich werde morgen früh noch einmal nachfra-
gen und diesen Brief dann einen Tag später einstecken. Ach, Geliebster, hast Du Dich wieder an Bord eingelebt? Kommst Du
wirklich mit allen gut klar? Ich hoffe es so sehr. Hier geht alles
seinen Gang. Beide Kindermädchen sind prima, jede auf ihre

Weise. Maximilian trainiert eisern das Laufen, bis zu Deiner Ankunft, denk ich, wird es klappen.

Neuestes von Marlene: Letzten Dienstag habe ich in meiner Baby-Stunde ein neues Lied begonnen – Brüderchen, komm tanz mit uns. Nun stell Dir vor, ich hab's mit meiner Tochter zusammen den anderen vorgemacht! Beigebracht hat's ihr natürlich Mimi. Aber ist das nicht toll? Mein Herz hat vor Freude wie wild geklopft. Ich freu mich heute richtig auf den Nachmittag, wenn Englein wieder in die Stunde kommt.

Sie redet viel, sagt inzwischen auch Maximilian. Dann bringt sie auch so etwas: Letzten Samstag sitze ich beim Frühstück im Kinderzimmer auf Papis Hocker und erzähle, dass wir heute in die Eppendorfer Landstraße aufs Straßenfest gehen. Ich zähle alle auf. Marlene: Mami auch. Ich: Ja, natürlich, Mami auch. Marlene: Natürlich, ohne Mami geht's nicht. Du kannst dir vorstellen, wie mir zumute war. Gestern saßen wir mittags bei Mimi, ich musste heulen, Englein krabbelt auf meinen Schoß, nimmt mich in ihre kleinen Arme und sagt: Nicht weinen, Mami. Mann, Mann, Mann!

Unser Jour fixe war toll. Nun ist es endlich so, wie wir uns es immer vorgestellt hatten. Marlene und Maria, sie hat einen Riesensprung nach vorn gemacht, spielen miteinander, machen sich gegenseitig nach, spaßen miteinander, und die entzückten Mütter betrachten mit verklärten Blicken das Spiel, unterbrechen andauernd ihre Unterhaltung, weil eine der beiden Alten wieder so etwas Reizendes an den beiden Kleinen beobachtet hat. Zu komisch!

Nächsten Sonntagmorgen wollen wir, wenn das Wetter einigermaßen ist, zu Hagenbeck. Giselchen übernimmt Maximilian, denn der hat wirklich noch nichts davon, und wir können dann alles richtig in Ruhe genießen. Ich freu mich sehr darauf. – Ich mach jetzt eine Pause.

Zwischenbericht um 22:20 Uhr: Bin schrecklich müde, hoffentlich morgen mehr, hab viel zu erzählen, ich liebe Dich. Pause! Kuss! Mehr Kuss! Trinchen! Kuss!

12. August
Nun ist es doch Donnerstag geworden.
Die Kinder sind gerade mit Thoda weg, 9 Uhr.

Mein Geliebster, da Marlene mich morgens regelmäßig besucht, komme ich nicht mehr zum Schreiben. Sie taucht gegen 7 Uhr auf, legt sich aber auf deine Bettseite und harrt dann einigermaßen ruhig bis etwa viertel vor acht aus. Es ist sehr süß, aber auch ein wenig mühsam. Hinzu kommt, ich entwickle mich zusehends zu einem Morgenmuffel. Ich mag einfach nicht mehr aufstehen. Hoffentlich gibt sich das bald wieder. Ihr neustes Wort ist `türlich. Mit verständnisvollem Blick.

Gestern waren die Bilder immer noch nicht fertig, heut hab ich kein Auto. Ich schicke sie Dir im nächsten Brief. Ich werde aber sofort wieder Kodak-Filme kaufen. Diese Agfa-Filme, die wir neulich in der Metro gekauft haben, verknipsen wir lieber, wenn Du hier bist und es auf die Zeit nicht ankommt. Oh mein Hagen, ich hör für heute auf und will diesen Brief nun endlich losschicken. Mir tut die Verzögerung so leid, aber es wird wahrscheinlich öfter passieren. Alle sind gesund, grüßen Dich, haben Dich lieb. Ich denk immer an Dich, bin ständig mit allem, was ich fühle, bei Dir, meinem geliebten Mann. Ich küsse Dich, Geliebster, ich liebe Dich, Dein Trinchen.

AUS DEM PRIVATEN LOGBUCH VON BORD

Widerlich! Denn es ist wieder so weit. Paralysiert, wie immer nach meinem Abschied, sitze ich im Flughafen Fuhlsbüttel in Hamburg, 20 Minuten vor drei. Als wäre der Zeiger nur um eine Stunde weitergewandert und nicht um einen ganzen Urlaubsmonat. 14 Tage vor dem eigentlichen Urlaubsende steige ich wieder ein. Es geht nicht anders, hat Kapitän Haase gesagt. Hamburg – Amsterdam – Port Harcourt/Nigeria.

Aber, ein Glück oder sogar doppeltes Glück: Ich fahre jetzt steuerfrei und bin Ende November wieder zu Hause, also über Weihnachten und Neujahr. Dann sollen Marlene und Maximilian in der St. Nikolaikirche am Klosterstern von unserem Pastor getauft werden, am 2. Advent. – Wie oft wir uns auch trennen werden, Trinchen und ich, wir werden das Abschiednehmen niemals lernen, auch wenn die innere Vorbereitungszeit dafür zehn Tage dauerte.

Maximilian ist jetzt ein Jahr und vierzehn Tage alt, Lenchen, wie sie sich selbst nennt, zwei Jahre, drei Monate und vier Tage. Sie explodiert gerade, spricht alles nach, sagt mein, dein, unser, kann alles selbst, Lenchen kann, rennt durch die Wohnung, schläft seit ein paar Tagen nicht mehr im Gitterbett, sondern kann in ihrem Schlafsack aus dem Bett krabbeln. Das nutzt sie manchmal aus, aber im Großen und Ganzen schläft sie auch nachts durch und wartet dann morgens ab acht auf der Bank vor unserem Schlafzimmer, bis wir uns melden. Buch lesen, sagt sie ständig und kann gar nicht genug davon bekommen.

Maximilian steht gerade, wenn auch nicht so oft. Ein fröhlicher, ausgeglichener Junge, der wegen seiner schlohweißen, zu Berge stehenden Haare und den strohgelben Streifen darin der Pampers-Punker genannt wird. Auch er meldet sich die ganze Nacht nicht, von 20 Uhr bis morgens acht kann er's dann vor Schmacht, vor Hunger nicht mehr aushalten und zittert vor Entbehrung, Sekunden, bevor der erste Happen Honigbrot in seinem Mund verschwindet. Wie gut, dass wir die richtigen Kindermädchen gefunden haben: vormittags Thoda von neun bis zwölf, Italienerin, und nachmittags von halb drei bis halb acht Christina, Stina, die Schwedin. Hoffentlich bleiben die beiden recht lange.

Meine silberne Taschenuhr und den silbernen Kugelschreiber habe ich zu Haus gelassen. Nigeria gilt als Land der Korruption und offener Willkür. Kapitän Haase von der VTG-Reederei hat mir geraten, genügend US-Dollars als Schmiergeld mitzunehmen, 52 Dollar habe ich privat mit, außerdem 10.000 Dollar für die Schiffskasse, mit denen die Besatzungsmitglieder ausgezahlt werden sollen. Mein neues Schiff heißt Wendentor.

Jetzt muss Trinchen bald die zwanzig roten Rosen und die Karte von mir bekommen haben. Hoffentlich weint sie nicht zu viel. Ob sie noch weiß, was in großen Lettern hinter dem Küchenschrank steht? Der Himmel weint und mein Herz auch.

Ich musste erneut meinen Urlaub vorzeitig abbrechen und wieder zurück auf mein Schiff.

AUS DEM PRIVATEN LOGBUCH VON BORD

Erfahre heute über die reedereiinterne OSA-Kurzwelle von meiner Ablösung, die in Douala sein soll. Die Bestätigung des Termins löst keine Euphorie aus. Ich stelle nur jeden Tag erneut fest, wie dumpf und eintönig und ohne aktives Tun hier die Zeit vertrieben, mit Ruten geschlagen wird wie ein bockiger Esel. Verschärft wird dieses Bewusstsein von Rudolf Wendorffs Werk *Zeit und Kultur. Das Drama des begabten Kindes* von Alice Miller, Familienkonferenz von Thomas Gordon und *Die Geschichte der Physik* von Enrico Fermi sind lange gelesen, danach kommen *Grenzüberschreitungen* von Carol Oates an die Reihe, *Poetische Reiseerzählungen* von Horst Krüger und die Rabbi-Krimis Montag und Dienstag von Harry Kemelman. Im Augenblick liegt *Die unendliche Geschichte* von Michael Ende auf dem Tisch, genau das Richtige für meine Lage. Ich inhaliere diese Literatur, verarbeite sie aber nicht so, wie das in tiefen, von mir sehr vermissten Gesprächen ersehnt wird.

Wir reden hier fast nur unwesentliches, abgegriffenes Zeugs, das nie einen neuen Gedanken hat. Nichts ist kreativ, ideenreich. Alles führt darauf hinaus, einer Funktion gerecht zu werden, die meiner Vorstellung von Leben so sehr widerspricht wie ein Diktator einem guten Demokraten. Ich will keinem der Männer Vorwürfe machen, sie kennen es nicht anders, wagen es aber wohl nicht mehr, Dinge neu zu betrachten, anders zu belegen, weil sie Angst um – ja, um was? – um ihren eigenen Standpunkt haben und der könnte ja Widerspruch auslösen. Die fast ausschließliche Fäkalsprache und ihre schmutzigen Fantasien vergiften Ohren und Hirn. Beim Kapitän dudelt die Deutsche Welle, der Erste Ingenieur liest *Der rote Schal* von Wilkie Collins.

46

VON SEE – HAGENS II. BRIEF

Dienstag, 24. August 1982,
Port Harcourt,
Motorschiff WENDENTOR

Geliebstes Trinchen! Wie Du siehst, bin ich gut an Bord gelandet.
In der Innenstadt von Amsterdam habe ich mich ein wenig um-
gesehen, ein paar Bier getrunken, eine Tüte Pommes gegessen, und
ab ging's über Paris nach Port Harcourt, wo wir heute Morgen um
fünf gelandet sind. Für 50 Dollar Schmiergeld bekamen wir unsere Einreise, in der total von Autos verstopften Stadt Port Harcourt
dauerte es schließlich noch drei Stunden, bis wir an Bord waren.
Wir, das sind der Zweite Ingenieur, der mit mir im Flugzeug saß,
und eben ich.

Mein Herz ist so schwer wie Deines, Geliebste, aber bald ist es
geschafft, wenn auch diese Zeit die schwerste werden wird, für
Dich und Euch, und wohl auch für mich. Aber dann wird alles
besser. Wie ich Dich liebe! Mit dem Telefonieren wird es sicher
nicht so gut klappen und wenn, dann wohl nur über Bern Radio
oder Norddeich Radio. Die Schiffe in unserer Nähe können dann
aber alles mithören, was wir uns zu erzählen haben, wenn sie auf
die uns zugewiesene neue Frequenz wechseln. Ich werde es einmal
versuchen und dann wollen wir weitersehen. Der Bord-Spiegel
kommt schon drei oder vier Tage nach Erscheinen zu uns. Ich denke, wir können uns unseren eigenen Spiegel dann sparen. Dass es
nicht so gut klappen wird wie in Douala, das ist wohl sicher.

AUS DEM PRIVATEN LOGBUCH VON BORD

Ich habe an keinem Abend, in keinem Augenblick das Gefühl, irgendetwas geleistet zu haben. Kein Gedanke von innerer Zufriedenheit über eine Tat oder einen gelungenen Gedanken bemächtigt sich meiner. Alles ist Durchschnitt, Ruhigstellung wie nach einer schweren Verletzung. Keine fruchtbare Auseinandersetzung motiviert mich zu Gedanken, die der Rede wert wären. Eine ständige Nullstellung auf der Koordinatenachse bemächtigt sich des Körpers und des Geists. Ziele sind nie meine von mir selbst vorgegebenen, sie sind – müssen – immer von anderen sein. Umgang im mittelmäßigen Niveau hat allenfalls Mittelmaß zur Folge, meistens weniger. Kreativität fleucht den Geist, Aktivität ist schädlich. So stell ich mir das vor, wenn man als Post- oder Bahnobersekretär auf seine Rente wartet und zwischendurch nur seine Notdurft verrichtet. Wehe, diese Zeiten hielten an: Irgendetwas in mir müsste sich da wieder anpassen. Das wäre mein seelischer Tod, das wäre ein verkorkstes Leben.

Mit der Besatzung muss ich sehen, wie ich mit ihr auskomme, im nächsten Brief sage ich mehr. Du weißt, ich kann auf stur schalten, hier jedenfalls. Mit dem Telex komme ich klar, muss noch ein bisschen üben. Sei stark, Geliebste, wir schaffen es und sind dann wieder glücklich mit unserer Situation. Ich bin in Eile, wie Du siehst. Umarme Dich und die Kinder. Für jede Träne eine Rosenblüte, Geliebste. Wie ich Dich brauche, mein Alles! Dein Geliebster. Dein Hagen!
Diesen Brief soll wieder ein Kurier mitnehmen.

47

VON LAND – KATRINS I8. BRIEF

Hamburg,
Dienstag, 31. August 1982,
10:40 Uhr
Am Schreibtisch, die Kinder sind mit Thoda zum Schaukeln

Hagen, mein Geliebster, es ist schon Dienstag, die Zeiteinteilung wird schwieriger, denn Englein lässt mich morgens leider nicht mehr so lang in Ruhe wie beim letzten Mal; ich werde umdisponieren und Dir nicht mehr in der Früh, sondern vormittags schreiben.

Ach, mein Geliebster, gestern Abend Dein Anruf! Ich habe kaum etwas verstanden, nur so viel, dass es Dir gut geht und dass ein Brief unterwegs ist. Heute Morgen bin ich also schleunigst runtergelaufen, der Brief war da. Wie schön, von Dir zu hören, den Kontakt wieder hergestellt zu haben.

Geliebster, die erste Woche ohne Dich ist wohl immer die schlimmste. Jeden Tag kann man an eine Woche vorher denken und sich sagen: Letzten Mittwoch war Hagen noch hier, und da haben wir das und das gemacht. Aber diese Woche ist nun überstanden, und so wird sich die Gewohnheit hoffentlich wieder einstellen. So ganz ist sie allerdings noch nicht da.

Geliebster, wie hat es mich gefreut und berührt, als am Tag Deiner Abfahrt der wunderschöne Rosenstrauß eintraf. Und Dein Brief dazu! Ich liebe Dich ja so sehr. Die Rosen hängen in Giselchens Kabäuschen, ich hoffe es gelingt mir, sie zu trocknen.

Zu den Kindern: große Fortschritte! Maximilian hab ich Sonntag das erste Mal eine ganze Banane in die Hand gegeben. Das Gesicht voller Seligkeit hättest Du sehen müssen! Ohne Schmiererei hat er sie verspeist. Zauberhaft. Auch fängt er oft an, freihändig zu stehen, macht einen Schritt und plumpst wieder auf den Hosenboden. Aber von Tag zu Tag wird's besser.

Marlene hat einen neuen Freund entdeckt. Sonntagabend war sie noch recht lang bei Giselchen. Ich glotzte im großen Zimmer und rief gegen 21 Uhr unten an und bat, Englein schon mal innerlich aufs Bett vorzubereiten. Nach fünf Minuten dachte ich, mich tritt ein Pferd. Englein kam allein und freiwillig nach oben. Ich bin ihr entgegengegangen, sie schaute mich mit ganz großen, ganz ernsten Augen an und sagte mit sehr tiefer Stimme: Der Sandmann kommt. Ich war von ihrer Ernsthaftigkeit ganz getroffen, und mir schossen die Tränen in die Augen. Sie sprach es so, als wenn sie ihn schon an der Haustür hat stehen sehen. Sie stellte dann noch fest: Kommt spät, und ließ sich dann ohne ein Widerwort ins Bett legen. Und so gut geht's eigentlich immer, auch mittags. Morgens kommt sie mir leider manchmal zu früh, bringt es dann aber fertig, sich eine halbe Stunde leise in meinem Schlafzimmer zu beschäftigen, und sie legt sich zu mir ins Bett auf Deine Seite. Das ist für mich sehr schön. Oft sagt sie: Papi weggefahren, Papi Afrika, Mami weint. Dies ist so ein Standardsatz von ihr.

Geliebster, nächsten Sonntag ist mal wieder Jour fixe. Ich freu mich drauf. Am Samstagvormittag geh ich mit M. und den Kindern in die Eppendorfer Landstraße, dort ist ein Stadtteilfest mit Flohmarkt und so weiter. Siehst Du, ich werde geradezu aktiv. Letzten Freitagabend saßen wir ja mit Freundinnen zusammen, um Anregungen zu sammeln. Es war sehr informativ, ich konnte eine ganze Menge lernen; am Wochenende habe ich auch schon wieder viel neue Musik aufgenommen.

Am Wochenende hab ich den Film zu Ende geknipst, den ich mit Dir noch angefangen hatte. Teilweise mit Selbstauslöser. Bin sehr gespannt, was daraus wird. Morgen bring ich ihn weg zum Entwickeln, Du wirst die Bilder also im nächsten Brief bekommen. Mein Geliebster, ich hab gestern bereits den ersten Spiegel losgeschickt. Soll ich ihn nicht trotzdem schicken, dann kannst Du ihn gründlich und ohne Zeitdruck lesen und bekommst ihn auch als Erster? Oder möchtest Du den stern oder noch eine andere Zeitschrift? Gib mir Nachricht. Wahrscheinlich erreicht Euch der Bord-Spiegel ja viel früher als meiner. Bis ich was von Dir gehört hab, schick ich ihn noch ab. Inzwischen ist es 11:10 Uhr. Thoda und Kinder sind zum Einkaufen. Es ist schwer was los. Thoda ist herrlich, Stina auch, ich bin sehr zufrieden darüber. Tolle Kinderfrauen.

Oh Gott, jetzt hätt ich das Wichtigste beinahe vergessen, Geliebster. Seit Sonnabend, also seit vier Tagen, geht Englein aufs Klo! Ist das nicht toll? Sie läuft ohne Pampers, sogar auf dem Spielplatz! Wenn sie muss, sagt sie Bescheid. Nur zum Schlafen mittags und abends nehmen wir noch eine Windel. Wir werden groß.

Mein Geliebster, ich hoffe, ich hab nichts Wichtiges vergessen. Hugo und Giselchen unten geht es gut, sie denken viel an Dich. Ich selber bin stark, mach täglich meine roten Kreuze, freu mich, dass morgen der September beginnt, freue mich noch mehr, wenn er endlich vorüber ist, bin in meinen Gedanken, mit meinem Herzen, meinem Körper, meiner Seele immer bei Dir. Du bist mein Mann, ich liebe Dich über alles in der Welt und ich sehne mich unendlich nach Dir, Deinem Lächeln, Deinem Verständnis, Deinen Worten, Deinem Körper, Deiner Liebe. Dein Trinchen

48

VON SEE - HAGENS 12. BRIEF

Sonntag, 5. September 1982,
Port Harcourt, Nigeria,
MS WENDENTOR

Geliebstes Trinchen, mir geht es jetzt an Wochenenden auch so wie Dir: Die Woche schießt vorüber, gleichsam, als zöge ein starker Magnet sie zum Sonntag hin, und wenn der Sonnabend und Sonntag dann da sind, dann stockt das Ganze und die Gedanken werden gedrückter. Im Großen und Ganzen aber, Geliebste, halte ich mich bestens, bin stark und ausgeglichen, finde, dass alles ganz schön fortgeschritten ist und dass das dickste Ende hinter uns liegt. Du wirst Dich auch wieder gefangen haben, und wenn Du sagst, Marlene ist mühsam, dieser Schlingel, dann triffst Du auf meine offenen Ohren. Ich glaube, die zehn Tage Vorbereitungszeit auf meine Abreise haben mir auf lange Sicht geholfen, leichter über die Amputation von Dir hinwegzukommen. Diese Sollbruchstelle hatte etwas für sich, zumal ich ja das Fahrtgebiet und auch das Schiff kannte und nicht wieder in eine unbekannte Zukunft auf einem neuen Schiff und in ein neues Fahrtgebiet springen musste.

Dass ich trotzdem ganz schön in Tüddel war, zeigt dieses Beispiel: In Fuhlsbüttel ist mein Ticket am Lufthansaschalter hinterlegt. Die freundliche Stewardess bittet darum, mich auszuweisen und den Empfang des Tickets zu quittieren. Deswegen reicht sie mir ihren Kuli. Völlig verdattert greife ich zu – und erwische ihren Daumen, an dem ich dann ordentlich gezogen habe, weil ich glaubte, den Kuli zwischen den Fingern zu haben. Wir belachten die Situation beide, ich gluckste noch Stunden später herum. In Amsterdam bin ich mit Zug und Straßenbahn in die Innenstadt gefahren, um die Zeit nicht zu lang werden zu lassen. Aber das habe ich ja in meinem ersten, schnell geschriebenen Brief erzählt, der Dich hoffentlich erreicht hat.

AUS DEM PRIVATEN LOGBUCH VON BORD

Ein Tag wie jeder andere an Bord. Nur die Gedanken sind auf den Feiertag ausgerichtet. Sie fliegen zu Trinchen und den Kindern, nach Hause, stellen sich vor, wie es dort aussieht, was dort gerade geschieht, nehmen teil.

Seit 8 Uhr liegen wir wieder auf dem Bonny River vor Anker, gegenüber von Bonny Town. Seit Tagen und Wochen dringt Wasser durch die Backbord-Stopfbuchse[21] ein, also dort, wo die Antriebswelle nach draußen ins Wasser übergeht. Chefingenieur und Zweiter Ingenieur sind sich nicht einig, wie viele Tonnen pro Tag da eindringen. Vermutlich 30 bis 40 innerhalb von 24 Stunden. Eine Lenzpumpe[22] befördert das unwillkommene Nass wieder außenbords. Vor ein paar Monaten, in Douala, schoss ein Versorger rote Rettungsraketen, weil die Situation bei ihm ähnlich war, seine Lenzpumpe dann aber versagte und das Schiff langsam volllief. Als die Schalttafel im Maschinenraum fast unter Wasser stand, sprang die Lenzpumpe wieder an. So weit kann es bei uns wohl nicht kommen, da die Dichtung heute ausgewechselt wird und der Schaden damit behoben

---

21 Die Stopfbuchse verschließt den Austritt der Schraubenwelle vom Schiffsinneren nach außen wasserdicht.

22 Lenzen bedeutet, einen Tank mithilfe einer Pumpe zu leeren.

sein wird. Wir haben für die Aktion das Schiff so getrimmt, dass alle vorderen Tanks geflutet wurden und das Heck weit in den Himmel ragte.

Mittlerweile habe ich alles im Griff hier, weiß also, wie der Hase läuft. Das heißt vor allem, dass ich mit dem Telexapparat klarkomme, wenn die Verbindung zu Bern Radio manchmal recht mühsam herzustellen ist und Stunden dauern kann. Auf der anderen Seite macht es schon Spaß, mit jemandem zu reden und zu schreiben, der Tausende von Kilometern entfernt ebenso am Pult sitzt wie du, und mit ihm zu schnacken.

Das zweite Problem hat sich von alleine gelöst, die Schwierigkeit mit den schwarzen Matrosen. Das Thema war, dass mein Vorgänger sie nicht anders zu behandeln wusste, als sie täglich mit Cocksucker, Bastard oder Motherfucker zu beleidigen. Klar, dass sie nichts mehr taten, alles boykottierten und böse wurden. Und nun? Alles läuft bestens, ich komme bestens mit ihnen zurecht und alle notwendigen Arbeiten werden artig und lächelnd erledigt. Mein Vorgänger hat fluchtartig das Schiff verlassen, als ich gerade an Bord gestiegen war, als hätte er Angst, ich könnte es mir noch anders überlegen. Er ist auch mit dem Alten und den anderen nicht klargekommen, muss eine schlimme Zeit für alle gewesen sein. Der Alte sieht nicht besonders vorteilhaft aus, im Gegenteil; sein Gesicht muss so hässlich geworden sein, weil seine Gedanken so sind: schmutzig, ekelerregend, worüber und was er redet. Dir Einzelheiten zu schildern, würde Dich entsetzen. Indem ich mich von ihm zurückziehe, wenn er redet, schütze ich mich, anders geht's nicht.

Abwechslung habe ich ja zahllos, wie Du weißt. Mit Hermann Hesse bin ich beinah durch, also mit Josef Knecht als seinen Magister Ludi und auch mit Siddhartha. Für mich sind meine ausgesuchten Bücher ganz ganz wichtig, eine Art Rettungsring, weißt du? – Ich denke so oft an die schönen Sommerabende vor unserem Fenster auf der Bank und wie versonnen Dein Blick zu Deinen Pappeln ging. Ein Abend, der schließlich zu Purpur wurde: mit unseren beiden Altvorderen unten im Garten in Hugos Entenhausen, das er sich dort gebaut hat und unsere beiden Kinder nebenan in tiefen Träumen: Sommer 1982.

Und wenn Du mich fragst, was sich in dieser Zeit in mein Gemüt eingegraben hat? Meine Vorliebe für Kastanien anlässlich von Lenchens Geburt, die geboren wurde, als die Kastanien blühten. Und weiße Schönwetterwolken unter hohem, blauem Himmel in warmer Sommerluft, was für Maximilians Geburt steht. Empfindungen, die sich in meiner Seele niedergelassen haben. Und Du natürlich, Geliebste, ganz groß über allem, in allem. Wie tief und zärtlich ich Dich liebe. Und wie ich es gewusst! habe, dass ich Dich finden würde, das ist schon wunderbar. Wie schön, dass ich nie daran gezweifelt habe! Schön, nich!? Glaubst Du, ich schaff' das, bis zum 21. November hier wegzukommen? Na, mal sehen, sonst muss ich mir was einfallen lassen. Und nun ein paar Fragen:

Ist mein Telex via M. bei Dir angekommen? Gar nicht so einfach, unverschlüsselt Liebeserklärungen zu machen, von denen die Öffentlichkeit keine Notiz nehmen sollte. Erzähl mir doch, wie M. bei der ganzen Sache ausgesehen hat. Wie erfolgreich war die Anzeige im Stadtmagazin Szene? Schreib' mir bitte ein wenig darüber, ich will doch wissen, wie es Dir damit ergangen ist, um jedenfalls in Gedanken einiges nachvollziehen zu können. Wart ihr schon mit Marlene und/oder Maximilian bei Hagenbeck? Was macht der Jour fixe? Was macht die Lady für die Skigymnastik? Ist die Rechnung von Christels Amerikaflug schon eingetrudelt? Ja, Geliebste, Du wirst mir sicher alles schreiben, aber ich muss einfach danach fragen.

Heute, zwei Tage später, am 7. September, kam Dein sehnlich erwarteter Brief. Ja, Liebste, schick doch den Spiegel wieder her, ist doch besser, denn noch ist keiner da. Dieser Brief geht wieder mit einem Kurier/Ablöser weg. Ist mein Telex bei Dir angekommen?

Sei geküsst und umarmt, liebstes Trinchen, von Deinem Hagen.

49

VON SEE – HAGENS 13. BRIEF

Dienstag, 14. September 1982,
Port Harcourt, 19 Uhr,
MS WENDENTOR

Geliebstes Trinchen, Du hast wieder Deinen anstrengenden Dienstag hinter Dir, sitzt genügsam und gelassen unten bei Giselchen und Hugo, während sich dein Ohr ab und zu nach oben hin ins Kinderzimmer orientiert. Mein Tag war nur anstrengend, was die Lektüre des Spiegels betraf, den ich gestern erhielt und der für mich keinerlei Höhepunkte enthielt. Das gibt es ja auch einmal. Du weißt, dass ich hier rein gar nichts erwarte, nur dass die Tage und Wochen fliegend vergehen mögen – und das tun sie tatsächlich; hoffentlich geht es Dir ganz ähnlich, wenn Dir das Abstreichen der Tage auf dem großen Kalender bloß nicht zu langsam vorkommt. Dieses Dauerthema Zeit in unseren Briefen können wir nicht, wollen wir nicht vermeiden, denn nur sie allein ist so mächtig, uns voneinander fernzuhalten. Und bald schon klappt die Tür hinter dem September zu … hinter der des Oktobers … et cetera et cetera …

Das Essen hier ist nach wie vor schlicht und schlecht, weil der Koch nichts hat, womit er uns locken könnte, denn der Alte bestellt eben nichts nach; so soll er doch so hager und trinksüchtig bleiben, wie er es ist, mich lockt das nicht hinter dem Ofen hervor. Er fliegt am 21. oder 22. September nach Hause und nimmt auch diesen Brief mit. Peter M., den neuen Kapitän, kenne ich von der Seefahrtsschule in Elsfleth her. Feiner Kerl. Mal sehen, wie er das hier handhabt.

Die Möglichkeit, in einem Hotel an Land zu essen oder so, wie wir das in Douala beim Seemannspastor konnten, so etwas gibt es hier nicht. Ein elendes Kaff, dieses Port Harcourt, überschwemmte Straßen voller Schlaglöcher, autoverstopft, abstoßend. Ich kenne das alles nur von meiner Fahrt vom Flughafen in den nassen Hafen, muss aber selbst nicht drunter leiden; bisher war ich noch nicht ein einziges Mal an Land, nicht einmal zum Spazierengehen an der Pier, denn auch das geht hier nicht wegen des Drecks.

AUS DEM PRIVATEN LOGBUCH VON BORD

Habe mich entschlossen, die beiden Resochintabletten gegen Malaria nicht mehr zu nehmen. Ich habe Angst vor den Nebenwirkungen: Leberschäden, schlechte Augen, Haarausfall und so weiter; ich habe mehr Angst davor als vor einer möglichen Malaria; die beiden Tabletten, jeden Dienstag eingenommen, seit ich auf der Hopfentor war, haben schon für Kopfschmerzen gesorgt, schmerzenden Druck auf der Stirn und ich glaubte manchmal, durch eine regen-

nasse Fensterscheibe mit vielen Schlieren zu sehen. Das
geht mir, schon nach so kurzer Zeit, zu weit. Der Kapitän
der Friedensturm klagte, dass seine Leber hin sei und seine
Augen auch. Seit fünf Jahren nimmt er das Zeug.

Geliebste, du weißt, dass ich mir hier meine eigene Welt schaffe, und
die Bücher helfen mir sehr, meinen Bedarf an Schöngeistigkeit und
Poesie zu decken, wenn sie das Erwünschte auch bei Weitem nicht
ersetzen können. Als vor ein paar Tagen die Augen vom Lesen über-
anstrengt waren und ich ihnen eine Pause gönnte und sie schloss,
sprangen plötzlich Bilder von Dir vor mein inneres Auge; Bilder, die
Dich in Schlüsselerlebnissen zeigten. Das erste Bild, na, was meinst
Du? Wie Du, wie wir bei unserer Tichy sitzen und Hamburger Aalsuppe essen; ziemlich schweigsam bist Du, sehr schön, recht weit
entfernt, ernst und für mich leider unerreichbar.

Vor meinem geistigen Auge erscheint mir diese Szene jetzt so,
dass ich dich ziemlich großäugig angestarrt haben muss, was wohl
nur aus einer Art von Erkenntnisblitz heraus zu verstehen ist: Das
ist sie! Das also ist sie, die so lange Gesuchte! Was du anhattest,
weiß ich nicht mehr; deine Ellenbogen stütztest du auf eine Lehne,
die Hände ruhig, ab und zu am Kinn, den Rücken angelehnt. Schön.
Weit weg. Schade, dachte ich, nicht zu erreichen, nichts zu machen.

Ein zweites Bild, Marlenes Geburt, Kreißsaal, die Hebamme, die
forsche, sagt: Noch einmal ordentlich, dann ist es geschafft. Und
du, Geliebste, tust, als ob Du nicht schon acht anstrengende Stunden hinter Dir hättest, nimmst noch einmal alle Kräfte zusammen,
voller Inbrunst und hilfst Marlenchen auf die Welt. Viel später,
oben am Fenster des Uniklinikums Eppendorf, sehe ich Dich von
unten, wie wir uns zuwinken.

Und noch ein Bild: Auf unserer Hochzeit, abends, sehe ich Dich
als geschmücktes Hippieweib entschweben. Auf allen meinen in-

neren Bildern hast Du lange, wunderschöne Haare. Aber sie wachsen ja schon wieder ... Schön, nich?! Liebste, Du weißt, Deine jetzige Frisur mag ich auch, ehrlich, aber die andere ... Du hast ja auch gesagt, als wir uns zusammen Fotos anguckten, dass lange Haare doch etwas für sich hätten. Haben sie auch.

AUS DEM PRIVATEN LOGBUCH VON BORD

Ich merke, dass ich ungeduldiger werde, reizbarer, nicht mehr gelassen bin. Ob es der faule Matrose, der säumige Schiffshändler oder der dumme Zweite Ingenieur ist, ich bringe ihnen nicht länger die Ruhe und Ausgeglichenheit entgegen, mit denen ich ihnen zuerst begegnet war. Vielleicht liegt es daran, dass ich mich engagiere, etwas schaffen will, was ich eigentlich überhaupt nicht vorhatte. Aber zusammen mit dem neuen Alten wollen wir ein bisschen Grund reinbringen in das Schiff, und da muss jeder Handgriff den Matrosen gezeigt werden, immer noch einmal.

Die Resochin-Tabletten gegen Malaria nehme ich seit heute nicht mehr. Mir graut vor den Nebenwirkungen, die überall beschworen werden: Die Leber wird ruiniert, die Augen werden stark in Mitleidenschaft gezogen und noch einiges mehr, darunter auch Haarausfall. Ich gehe das Risiko ein, und ein- oder zweimal im Jahr ein paar Tage Malariaanfälle zu haben, muss ich dann vielleicht in Kauf nehmen. Aber Leber und Augen kaputt, das halte ich für schlimmer. Dass ein stern-Artikel darüber berichtet hat, habe ich gehört, aber ich bleibe jetzt bei meiner Entscheidung, andere halten es auch so. Na denn, für heute ist erst einmal Schluss, vielleicht kommt ja noch ein Brief, auf den ich antworten kann. Bis zum 21. ist ja noch Zeit.

50

VON LAND – KATRINS 19. BRIEF

Hamburg,
Mittwoch, 15. September 1982,
9:45 Uhr
Kinder sind mit Thoda zum Kastaniensammeln.

Mein geliebster Hagen, meine Sehnsucht ist so groß. Ich liebe Dich so sehr, ich bin so halbiert ohne Dich. Mein Geliebter, Dein Brief kam letzten Freitag. Es ist für mich wie ein Festtag, wenn Dein blauer Luftpostbrief aus dem Briefkastenschlitz leuchtet. Er ist da. Für Dich ist es sicher genauso, wenn ein Brief von mir ankommt. Wie gern würde ich Dir öfter schreiben, aber es ist wirklich ein wenig schwierig, denn ich schrieb Dir ja schon, meine ruhigen Morgen, an denen die Kinder noch im Bett waren, sind endgültig vorbei. Präzise um 6:45 Uhr kommt Englein ganz leise in unser Schlafzimmer, legt sich auf Deine Seite und sagt leise: Zudecken. Das mach ich wortlos, und sie bleibt dann sage und schreibe bis acht still neben mir liegen.

Dann allerdings merk ich, wie das Temperament anfängt zu brodeln. Wenn ich Glück habe, beginnt's mit einer Umarmung oder einem Kuss, hab ich Pech, kommt ein schallend lautes *Hallo Mami* an meine müden Ohren. Aber ich genieße die Wärme, die neben mir dieser kleine Körper ausstrahlt, sehr. Ansonsten entwickelt sich unsere Tochter augenblicklich zur Malerin. Nicht nur, dass sie den ganzen Tag auf Jagd nach einem Kuli und einem Zettel ist, auch sie selbst nimmt zu gern ein Vollbad in der Farbe. Es gibt Tage, da sind nicht nur die Hände bunt wie ein Papagei, auch ihr pampersfreier Po erfreut sich der

Farbe. Köstlich! Unsere Tapeten sind noch verschont geblieben. Toi, toi, toi!

Apropos Papagei. Am Sonntag waren wir nun bei Hagenbeck. Es war herrlich! Erstens war's ein Traumtag. Der Himmel strahlend blau, es war herrlich warm, aber nicht heiß, unsere Kinder zauberhaft. Damit mein ich Marlene und Maria – Maximilian blieb ja, wie gesagt, bei Mimi Giselchen. Es war sehr aufregend, die Kinder zu beobachten. Lenchen versuchte, die Elefanten zu futtern, machte dann aber im letzten Moment einen Rückzieher und sagte nur: Angst. Am tollsten fand sie die Seehunde. Sie befinden sich ja am Ende direkt am Ausgang, und wir hatten das Glück, zehn Minuten vor der Fütterung dort zu sein. Es war Zufall, und wir warteten diese Zeit ab, und das hat sich dann gelohnt! Unsere schon etwas müden Kinder erwachten noch einmal zu Hochtouren und schrien und glucksten wie verrückt.

Zum Abschluss nahmen die drei Alten noch einen Sherry zu Hause am großen, runden Tisch. Lenchen war natürlich total wach. Arme Mutter. – Klein-Maximilian übt weiter eifrig das Gehen. Thoda erzählt, Marlene hätte im Park im Buggy gesessen und Maximilian hätte sie geschoben. Na, das werd ich natürlich fotografieren. Von ihm gibt's sonst nicht viel zu erzählen. Ich glaube aber, es gibt neue Zähne. Er schnupft, sabbert wieder sehr und quengelt relativ viel. Ansonsten ist er aber toll, wie immer. Sein großes Bild auf dem Flur, es ist fertig.

Zu Deinem Brief mit den Notizen auf dem Flughafen, Geliebster. Das war ja eine Sache mit der Dame am Lufthansaschalter. Ich hab' sehr gelacht. Ja, ja, die Abschiede würfeln uns schon ganz schön durcheinander. Was bin ich froh, dass Du mit der Besatzung so gut klarkommst. Aber ich kann es mir schon ganz gut vorstellen. Auch in Afrika wird der Spruch Geltung haben: Wie man in den Wald hineinruft, so schallt es heraus. Na, und den Alten musst Du halt nehmen, was macht's, er ist halt nur eine Begegnung mehr während Deines Intermezzos. Zu Deinen Fragen zu den Steppschülern: Bis heut sind etwa 30 neue gekommen, das ist eine prima Basis. Die Anzeige in der Szene für die Skigymnastik hat noch nicht viel gebracht. Wir inserieren noch einmal im Oktober, und wenn's dann nichts bringt, soll's eben nicht sein.

Das zu Deinen Fragen. Ich hoffe, dass Du aus meinen Briefen so viel erfährst, dass Du Dir ein Bild von allem, was passiert, machen kannst. Wie sieht's denn mit den Büchern aus, kommst Du aus? Deinem Brief nach kommst Du ja schnell voran. Hoffentlich reicht es.

Mein Geliebster, ich bin so froh, dass ich Dich habe, ich danke Dir für Deine Ausdauer damals. Ich liebe Dich, Hagen, ich küsse Dich, Dein Trinchen. (Die Hagenbeck-Bilder kommen nach).

AUS DEM PRIVATEN LOGBUCH VON BORD

In einem ostfriesischen Dorf feiern die Leute ihr größtes Jahresfest. Die Polizei ist wachsam und liegt auf der Lauer, sie will Alkoholsünder ertappen, sie steht auch an den Schleichwegen. Hinten im Kombi sitzt Schäferhund Senta. Der Schlossergeselle Okken Remmers hat ordentlich einen geladen, will trotzdem mit seinem Auto nach Hause fahren; es ist morgens gegen 11 Uhr. Seit 5 Uhr feiert er, weil ein alter Brauch in diesem Ort es so will.

Plötzlich sieht er den Wagen der Polizei, stoppt, hält an, wendet und fährt zurück. Die Polizei nimmt's gelassen, fährt hinterher. Okken Remmers denkt: nur nicht erwischen lassen; er braucht seinen Führerschein für die Fahrt zur Arbeit.

Fährt über die Feldmark, bis ein Gatter ihm den Weg versperrt. Im Rückspiegel sieht er die Bullen noch weit hinter sich, selbstgefällig ihren Auftrag ausführend. Okken verlässt fluchtartig seinen Opel Kadett, springt über den Graben, hastet über die Wiesen, der Abstand zu dem Polizeiauto wird immer größer. Gott sei Dank, gleich ist es geschafft.

Jetzt steigt ein Polizist auf der Beifahrerseite aus, geht zur Heckklappe des Wagens, öffnet sie, zeigt auf den flüchten Mann und sagt kurz und scharf: Fass, Senta. Die Schäferhündin setzt über den Graben und jagt hinter Okken Remmers her, der sich schon in Sicherheit glaubte. Als er den Hund heranhechten sieht, fängt er an zu schreien: Nein, nein, ihr Schweine, ihr Bullen. Mit dem einen Polizisten, dem Fahrer, ist er zusammen zur Schule gegangen. Senta ist nur noch fünf Meter von Okken entfernt. Er stolpert mehr, als dass er läuft, ist völlig außer Atem, völlig fertig.

Da setzt die schwarz-gelbe Hündin an, springt dem schreienden Mann auf den Rücken; abwehrend und instinktiv hat Okken sich auf den Rücken geworfen, die Hände und Füße in Panik von sich gestreckt, sein Gesicht ist vor Angst und Anstrengung hochrot, die blauen Augen quellen angstvoll hervor. Senta steht jetzt auf der Brust des Mannes, knurrt leise und drohend, tut sonst aber nichts. Okkens Schulfreund sagt: So, nun woll'n wa mal. Die beiden Menschenjäger schwingen sich aus dem Wagen, ziehen die Uniform stramm, schreiten über die Wiesen, um den Alkoholverdächtigen dingfest zu machen.

Aus dem Maul der Schäferhündin tropft es in Okkens Gesicht, der starr vor Angst ist. Einer der Polizisten steht jetzt links von Okken, der andere rechts, sie blicken auf ihn runter. Senta hockt noch immer auf Okken, sie macht nichts ohne Befehl. Wir haben unsere Methoden, sagt der Schulfreund. Der andere sagt scharf: Ab, Senta! Sie kuscht, legt sich. Die beiden Beamten packen Okken an den Kleidern, ziehen ihn hoch, Hände auf den Rücken, Handschellen klicken. Die drei stampfen über die grünen Wiesen, die Sonne scheint. Okken wird abgeführt. Die Blutprobe ergibt 2,0 Promille. Okken Remmers wird seinen Führerschein los und seinen Job.

Die beiden Polizisten sind von ihrem Vorgesetzten gelobt worden. Sieben Mann haben sie heute erwischt. Abends trinken sie sehr viel, schwitzen, tanzen mit ihren Frauen. War ein verdammt guter Tag heute.

Ein Albtraum, der mir sehr zugesetzt hat.

51

VON SEE – HAGENS 14. BRIEF

Sonnabend, 18. September 1982,
10 Uhr,
MS WENDENTOR

Geliebste, da bin ich aber neugierig, wie es Euch bei Hagenbeck ergangen ist. Ja, Du siehst, ich habe Deinen Brief, den zweiten, noch zehn Minuten vor dem Auslaufen erhalten, gerade richtig, um ihn intensiv genießen zu können. Zu schön, Deine Briefe! Und dass Christel ab 20. Dezember über Weihnachten bei uns ist. Ich finde es prima und richtig, was Du als Argumentation gegen Lachendorf angeführt hast. Und dass die Stühle so toll geworden sind! Ja, ja, so geschmackssicher wie Du müsste man sein, hurra!

Und Maximilian trainiert eisern das Laufen, schreibst Du, Liebste, ein zu schöner Satz, weil ich darin alles sehe, wie er das macht. Und Lenchen hat Dich getröstet und in die Arme genommen, weil Du geweint hast? Trinchen, musst nicht weinen, bald haben wir die Zeit hinter uns, na ja, beinah bald.

Gerade höre ich, dass die FDP-Mannschaft unter Hans- Dietrich Genscher geschlossen zurückgetreten ist. Nun gibt es wohl eine Minderheitsregierung, die dann durch ein konstruktives Misstrauensvotum gestürzt wird. Und Helmut Kohl, bekommt der jetzt seine Chance? Franz Josef Strauß grollt gewiss schon in Bayern und macht sich reisefertig für Bonn. Was sich da wohl entwickelt!?

Trinchen, Du bekommst immer von mir Post, Marlene und Maximilian dagegen nie. Ich finde, ich sollte das ändern. Wie? Es gibt da so selbstklebende, bunte Aufkleber mit Motiven von Micky Maus, die gerade telefoniert, beim Trinken und viele andere Motive. Ob Du mir davon welche schicken kannst für M. + M.? Ich glaube, die freuen sich, wenn sie etwas von Papi an die Pinnwand heften können. – Noch ein Gedanke, der das grüne Zimmer betrifft. Ob ich da nicht meinen Schreibtisch reinstellen kann, um dort zu arbeiten? Im Souterrain bin ich abends so isoliert, komme mir jedenfalls so vor. Was meinst Du? Oder wird die Intimität des Zimmers zerstört? Ob Du Dir bitte etwas ausdenkst?! Wäre schon schön.

Sonntag, 19. September,
15 Uhr

Geliebste. Sehr liebe Grüße an Giselchen und Hugo und auch an Stina und Thoda natürlich. Ich küsse Dich, liebstes Trinchen, ich liebe Dich. Und viel Schokolade wollen wir noch zusammen essen, nicht? Dein Hagen!!!

Ihr sollt so einen schönen September haben?! Hier: Regen, Regen, sehr viel Regen. Wohl erst um den 12. Oktober wird wieder jemand hier abgelöst. Mit ihm geht der nächste Brief an Dich raus. Der neue Kapitän ist endlich da, die Luft ist wieder zum Atmen! Kuss, Kuss, Kuss, nun ist aber Schluss! Dein Ehegatte.

52

VON LAND – KATRINS 20. BRIEF

Hamburg,
Montag, 20. September 1982,
9:20 Uhr
Kinder im Park, die Sonne scheint,
wie immer in der letzten Zeit

Mein geliebster Hagen, heut schreib ich nun endlich mal wieder an einem Montag, so wie ich es mir eigentlich vorgenommen habe. Vor ein paar Tagen rief M. an und ließ mir einen Gruß von Dir bestellen. Ich hab richtig ein bisschen geschluckt: dass Du einem Kurier einen Brief mitgegeben hast und mir nicht auch jedenfalls einen ganz kleinen geschrieben hast. Meiner war schon fast eine Woche alt. Du brauchst ja nur, wenn Du hörst, es fährt wieder jemand nach Haus, auf einen ganz kleinen Zettel zu schreiben: Trinchen, ich hab Dich lieb. Ist ja ein bisschen doof von mir, aber diese 14 Tage von Brief zu Brief sind wirklich manchmal sehr lang.

Geliebster, dies soll keine Beschwerde sein, eher ein kleiner Vorschlag. Meine Sehnsucht ist halt so groß.

Neuestes von Maximilian. Inzwischen werden es drei bis vier Schritte bis zum Umkippen. Gestern Morgen hab ich gebügelt. Marlene unten bei Mimi, und ich hab Maximilian zur großen Bank geschickt, weil er dort zu gerne die Kissen runterschmeißt und ich so Ruhe beim Bügeln hatte. Plötzlich fiel mir auf, dass es schon eine ganze Weile sehr still war. Ich dreh mich um und sehe unseren Herrn Sohn, wie einen Alten ganz gemütlich auf dem Deckchair sitzen, richtig wie es sich gehört. Seinen Nuckel-Hasi in der Hand und grinst seine Mutter triumphierend an. Ich habe so gelacht. Ich werd's demnächst fotografieren, damit auch Du dieses Bild vor Dir hast, Geliebster. Ich denk so viel in solchen Momenten an Dich. Gestern hab ich Deine Rosen mit Klarlack eingesprüht und mit anderen getrockneten Blättern in den Sektkühler getan. Es sieht wunderschön aus. Auch hiervon bald ein Foto.

Oder doch? Als ich im Zeitungskiosk gegenüber war, fiel mir ein, dass doch 'ne ganze Menge passiert ist, denn so, wie es aussieht, haben wir demnächst wohl einen Kanzler namens Kohl. Aber diese ganze Geschichte wirst du sicherlich im Spiegel nachlesen können. Mein Geliebster, ich denke immer an Dich, ich warte so auf Dich, ich sehne Ende November herbei. Dein Trinchen.

AUS DEM PRIVATEN LOGBUCH VON BORD

Wie ein Junge mit dem Knüppel auf das Rad eindrischt, um es voranzutreiben, so gehe ich mit der Zeit um. Allgegenwärtig und bewusst ist sie mir, ständig im Nacken, argwöh-

nisch beobachtet, ob sie sich nicht Zicken erlaubt, um mich
zu narren. Ich bin zufrieden mit ihr: Sie lässt sich zwar nicht
knebeln, um sich zu sputen, hält aber das Tempo durch, das
mir Vergänglichkeit erkenntlich macht. Ich halte ständig
Kontakt zu Trinchen, bin aus dem Konzept, wenn irgendetwas dazwischenzutreten beginnt. Auf nichts bin ich mehr
fixiert, mehr gebannt, als auf das Verrinnen von Tagen und
Wochen, die noch so inhaltlos, gleichförmig, stupide sein
können: Ihr Wert allein ist bestimmt durch ihre von mir
bemessene Vergänglichkeit. Nur das zählt.

Gestern habe ich mit Trinchen telefoniert via Norddeich
Radio; es geht der Geliebsten gut, ihre Stimme war fröhlich
und stark. Maximilian läuft, ein ausgeglichener, fröhlicher
Junge. Wie ich mich auf ihn freue, auf seine Besetzung des
Vaters, auf seine behutsame Gesellschaft. Wie lang können
die Monate sein, wie anhaltend grausam die Trennung von
der Frau, die ich liebe, von den Menschen, die zu meinem
Lebensinhalt geworden, herangewachsen sind; eine be-
fremdliche Einsamkeit, Eisigkeit baut sich dann wie eine
kalte Mauer auf. Erst Trinchens Anblick und die Rückkehr
und Wiederaufnahme in die von uns erstrebten Lebensge-
wohnheiten werden diese Kälte zum Tauen bringen. Das
Ende der drei Monate ist jeden Tag aufs Neue so weit entfernt wie der Horizont nach langer Wanderung. Dieser
Widerspruch lässt sich nicht auflösen, er ist in der Schnel-
ligkeit des zeitlichen Vergehens und dem dennoch nicht
näher rückenden Horizont begründet.

53

VON LAND – KATRINS 21. BRIEF

Hamburg,
Montag, 27. September 1982,
9:12 Uhr
Die Sonne scheint immer noch, das heißt schon wieder,
wir haben wirklich einen herrlichen Herbst.
Die Kinder sammeln im Park Kastanien.

Mein Geliebster, war das eine Freude. Zuerst das Telefonat, wenn auch über Radio Norddeich, aber immerhin. Außerdem konnt ich Dich diesmal besser verstehen, auch wenn Deine Stimme etwas verzerrt klang. Meine auch? Dann Dein lieber langer Brief, dann rief noch Deine Reederei aus Bremen an und ließ mich grüßen. Sie wollte etwas von mir zurücktelexen. Ist es angekommen? Ich hab geschrieben: Küsschen von Marlene, Maximilian und Trinchen. Wir haben Dich lieb.

Geliebster, bevor ich von hier erzähle, erst mal zu Deinem Brief: Ich mach mir ein bisschen Sorgen wegen der Malariapillen. Da Du sie ja nicht mehr lang brauchst, wär's da nicht doch besser, kein Risiko einzugehen. Bedenke, Malaria kommt das ganze Leben wieder und ist die Hölle. Ich weiß es von Hugo. Es wäre was anderes, wenn du die Pillen über Jahre schlucken müsstest. Aber diese paar Monate noch, meinst Du, sie können in dieser Zeit viel Schaden anrichten? Aber Du kannst das natürlich besser beurteilen, denn Du hast ja mit den Leuten gesprochen.

Der Malve geht es gut, sie verliert zwar ein paar Blätter, aber es kommen auch schon wieder ordentlich neue. Und was meine Haare angeht, siehe Anlage. Ich wünschte, durch kräftiges Ziehen könnt ich ihr Wachstum beschleunigen. – Über den Schreibtisch im grünen Zimmer denke ich nach, Du hast auf jeden Fall recht, im Keller bist Du mir auch viel zu weit weg. Mir fällt bestimmt was ein, nur Deiner ist vielleicht ein wenig zu monströs. –

Nun zu uns. Von Samstag auf Sonntag wurde die Sommerzeit beendet, die Uhren eine Stunde zurückgestellt. Leider hat Englein diese Sache nicht berücksichtigt. Sie stand diesmal statt um sieben präzise um sechs an meinem Bett. Sie ist immer sehr pünktlich, du kannst die Uhr nach ihr stellen. Giselchen erzählte mir, es sei auch meine Uhrzeit gewesen. Immer um 6 Uhr morgens stand ich auf der Matte. Ich hab's mit Marlene jetzt so eingerichtet, dass wir am Wochenende dann morgens schnell in die Küche gehen, uns Kaffee und Kakao machen und dann wieder husch ins Bett marschieren, sie mit ihren Büchern, ich mit meiner Zeitung, und dann wird erst noch mal eine Stunde in Ruhe gelesen. Es ist sehr gemütlich, und wir genießen es sehr. Ach, wie wird das bloß schön, wenn Du auch mit im Bett bist und Marlene zwischen uns! Ich denk da sooft dran.

Sag mal, Geliebster, kannst Du meine Schrift eigentlich immer entziffern? Ich schreib so schnell, weil ich Dir so viel auf einmal sagen will, dass die einzelnen Buchstaben dabei wohl etwas zu kurz kommen. Hoffentlich verstehst Du auch alles. Da ich außerdem meine Briefe nie noch einmal durchlese, ist es natürlich gut möglich, dass ab und zu im Eifer des Erzählens ein paar Worte ausgelassen werden. Du musst dann halt ein wenig kombinieren. –

Nach meiner Rechnung haben wir, wenn Du absolut nach Plan weg bist, nächste Woche, nämlich am Montag, dem 4. Oktober, unser Bergfest! Wenn das erst einmal erreicht ist, wird die Zeit hoffentlich noch schneller verstreichen. Ach, wie recht Du hattest, schon wieder ist von der Zeit die Rede. Aber sie bestimmt unser

Leben im Augenblick ja auch. Wie schön, dass der neue Alte in Ordnung ist. Kommst Du mit den Schwarzen weiterhin gut klar? Wenn das Essen so schlecht ist, hast Du etwa abgenommen? Nicht zu dünn wiederkommen, dann krieg ich Komplexe! Ich hab Dich so lieb, Hagen, ich freu mich so wahnsinnig auf den ersten Kuss beim Wiedersehen. Hoffentlich kommst Du so an, dass ich Dich vom Flughafen abholen kann. Oh Gott, ich denk schon an die Ankunft. Ach, wär's doch schon so weit.

Maximilian läuft jetzt drei bis vier Schritte, wie viele werden es bis dahin sein? Marlene redet ganze Sätze mit Zwischen- und Bindewörtern. Was wird sie Dir beim Wiedersehen alles erzählen. Ich grüße Dich von ganzem Herzen von Giselchen und Hugo, ein Brief ist in Arbeit, er liegt auf Hugos Schreibtisch und verspricht, wieder ein gewaltig schöner zu werden. – Ich mach die Augen zu und seh Dich, mein Geliebster, kommst auf mich zu, sagst zärtlich Trinchen und küsst mich lang und innig. Ich liebe Dich, Trinchen.

PS: Ich sitze jetzt in der Post, habe eben im Schreibwarenladen Aufkleber gekauft, andere Bilder haben sie leider nicht. Aber vielleicht kannst du ja mit Bussy etc. etwas anfangen. Ich find die Idee, den Kindern, sprich Marlene zu schreiben, sehr gut; alles kommt an die Pinnwand.

54

VON SEE – HAGENS 15. BRIEF

Donnerstag, 30. September 1982,
Port Harcourt, Nigeria,
MS WENDENTOR,
10 Uhr

Kleinstes Trinchen, gerade überlege ich, womit ich heute denn mal anfangen soll und da fällt mir schon – weit vor allen anderen natürlich auch sehr guten Einfällen – der allerbeste ein. Sag's doch gleich einmal am Anfang eines Briefes: Hagen liebt das Trinchen sehr! So ist das nun einmal und so soll es für immer bleiben. Punktum. Was Schöneres konnte mir gar nicht passieren: dass Ordnung in mein Leben kommt; einen Mittelpunkt habe ich gesucht und siehe da, Du bist es sofort geworden. Seither zieht mein Fühlen, zieht mein Denken seine Bahnen um die Sonne, mondengleich, stetig, und der Mond, das bin ich, fühlt sich wohl, und die Sonne, das bist du, und wärmst und strahlst. Und als diese Ordnung gerade hergestellt war, da sind da auch schon zwei kleine Nebenmonde, nennen wir sie mal Mars und Jupiter, besser bekannt unter den Namen Marlene und Maximilian, die wiederum die Sonne und den Mond umkreisen. Dass der Mond nun mal für eine Weile außer Funktion gesetzt ist, das ist ja schlimm genug, aber bald ist er wieder da und die familiäre, die kosmische Ordnung wird dann wieder in ihren vorgesehenen Stand gesetzt sein! Der Mond ruft der Sonne zu: Du bist Du, Dich liebe ich, Du bist mein Mittelpunkt, Du bist meine Harmonie, meine Atemluft, weil Du, Geliebste, einfach bist, so wie Du bist, und das lässt mich sein, wie ich bin. Ich liebe Dich, wie gut das ist! (Lange Pause, erst jetzt umblättern).

Kurz bevor wir am 21. September ausliefen, um eine große Bohrinsel den Bonny River hinaufzuschleppen, habe ich deine Briefe bekommen, sechs Minuten vor Auslaufen den einen und den anderen gestern, als wir zurückkamen.

Wenn auch Deine neuen Bilder nicht der große Knaller waren, so habe ich doch nach Deiner Schilderung immerhin alles sehr schön nachvollziehen können, was bei Euch so los war. Meine entwöhnten Augen haben gierig alles aufgesaugt, den schönen Park, euch fünf, die bunte Welt. Hier ist es ja, wie du weißt, trist und eintönig, aber jedenfalls stimmt jetzt, mit dem neuen Kommandanten, die Atmosphäre. Ja, das tut gut; er wohnt in Oldenburg, hat einen Sohn, neun Jahre alt, eine Frau, ein eigenes Häuschen, er kommt auch aus der großen Fahrt der Hansa-Reederei; wir kommen glänzend miteinander aus; von mir, von uns, erzähle ich sehr wenig, weil ihm das alles zu ungewöhnlich erscheinen würde, zu atypisch, da will ich mich nicht in der Situation des Besonderen sehen, das könnte unnötig Distanz schaffen.

Inzwischen ist es, mit großen Pausen, 20 Uhr geworden, Proviant – Schwarzbrot, Salami, Rotwein, Käse, Milch und Fleisch und Äpfel aus Neuseeland – 1 Kiste kostet 500 Mark – wurde aus Douala von der Krantor für uns herangeschafft und auf See übernommen. Gleich werde ich mit Dir sprechen, so gegen 21 Uhr, dann weiß ich Dich unten, zum Wochenende; ich freue mich auf Deine Stimme, auf Deine spontane Reaktion, wenn ich sage: Hagen ist hier.

Liebste, Geliebste, musst doch nicht traurig sein, was unsere Briefe angeht. Für M. habe ich einen Brief geschrieben und natürlich auch für Dich. Immer, wenn Gelegenheit besteht, geht auch ein Brief für Trinchen raus. Dieser zum Beispiel wird von einem Weatherford-Mann aus Port Harcourt mitgenommen und dann, so um den 12. Oktober herum, nimmt unser Erster Ingenieur wieder einen Brief für dich mit.

Bislang haben wir in unseren Briefen das Thema Finanzen wohlweislich ausgeklammert, wenn es aber sehr erfreulich wird, will ich doch einmal darüber sprechen. Also: Für meine Arbeit mit dem Telex hier bekomme ich 250 Mark monatlich extra; und nun geht's los. Nach Ablauf der 183 Tage unter Liberiaflagge, das ist Ende Oktober so weit, überweist mir die VTG-Reederei die bisher einbehaltenen Steuern, die Lohn- und Kirchensteuern. Für sechs Monate sind das etwa 8.000 Mark. Das Novembergehalt beträgt um die 5.200 Mark. Und das Weihnachtsgeld, das auch im November kommt, es sollen 3.500 Mark sein, wird auch steuerfrei ausgezahlt, weil ja alles auch in die steuerfreie Zeit unter Liberiaflagge fällt. Bis zum 25. November gehen also etwa 18.000 Mark bei der Hamburger Sparkasse ein. Mein Depositenkassenvorsteher, Herr Köhler, wird sich freuen.

Und noch etwas, das sollst Du aber mitentscheiden. Wenn ich mir die Urlaubstage auszahlen lasse, die ich unter Schmerzen wieder früher an Bord gehen musste, dann bekomme ich diese Tage, ich glaube es sind 14, auch steuerfrei ausgezahlt, etwa 2.500 Mark. Das betrifft natürlich nicht die jetzt noch kommenden Urlaubstage. Aber das können wir ja bereden, wenn ich wieder zu Hause bin, das hat so lange Zeit.

Tue doch bitte eines, Liebste, und rufe Kapitän Haase an, dass er mich auf keinen Fall zu früh ablösen lassen soll, denn dann bräche unsere gesamte Planung zusammen. Wenn Du das jetzt schon einmal tun würdest, wäre das prima; ich werde ihm in vierzehn Tagen auch noch ein Telex schicken, dass der 23. November der Stichtag ist. Sonst holt der Mann mich – Lieber Herr Deecke, es geht nicht anders – noch zwei Tage vor Neujahr von zu Hause weg. Nun aber kommt hier und heute mein allerletzter Satz über Geld. Hochverehrte Pekunia: Bitte überweise kräftig, damit meine schlampige Finanzvergangenheit endlich gelöscht wird.

Geliebstes Trinchen, gerade haben wir miteinander telefoniert, ganze vier Minuten von Bord aus, 28,40 Mark, Du warst oben in unserer Wohnung gerade am Bügeln, ich glaubte Dich unten bei Giselchen. Wir werden bei diesen komischen Gesprächen – empfindest Du das auch so stark? – gar nicht so richtig warm. Ob das daran liegt, dass Du meinst, alle Schiffe könnten mithören? Über diese Frequenzen hören aber nur einige professionelle Funker mit, die darauf warten, nach unserem Gesprächsende ein neues Gespräch vermitteln zu wollen. Du wirkst auf mich auch immer ein wenig überrascht, wenn ich plötzlich dran bin, während ich mich ja auf das Gespräch vorher schon einstimmen kann. Oder sollen wir das Telefonieren lieber ganz lassen, was meinst Du? Ach Liebste, die Entfernung ist so groß, wir können uns nicht berühren, nicht zärtlich sein. Unsere Gefühle werden über das Telefon so kanalisiert, entfremdet, geht Dir das auch so? Es ist schrecklich, so weit weg zu sein, mir ist ganz dumpf im Kopf, im Bauch. Vielleicht sollten wir lieber nur schreiben und auf die so irreführende Vertrautheit unserer Stimmen verzichten. Ich weiß es auch nicht. Hast Du geweint, Geliebste?

AUS DEM PRIVATEN LOGBUCH VON BORD

Versuch, eine Woche an Bord festzuhalten.

Donnerstag:
Gegen 7 Uhr weckt mich der Alte, ich solle ein dringendes Telex von Norddeich aufnehmen. Es ist für den Reedereipräsentanten in Port Harcourt bestimmt, der heute in wichtige Verhandlungen tritt, die unsere nigerianische Besatzung und ihre Bezahlung betrifft. Telex-Aufnahme klappt. Gegen

acht geben wir das Telex an die Simonsturm per Grenzwelle durch. Repräsentant holt es sich dort ab.

Frühstück um halb neun. Der Koch kommt zu mir, er braucht ein Medikament aus der Apotheke. Ein Matrose hat Brustschmerzen. Bekommt Tabletten. Zwei Stunden später geht's ihm schon besser, sagt er. 9 Uhr OSA-Welle[23]. Alle Reedereischiffe in Westafrika melden sich bei dieser Zentrale in Point Noire und teilen mit, ob es ihnen gut geht, etwas Bestimmtes anliegt und wo sie gerade was tun.

Teile danach die wöchentliche Ration für die Matrosen aus: Jeder erhält ein Stück Seife, Lux, Seifenpulver. Spülmittel für den Koch. Was sie ihren Verwandten und der Familie davon mitbringen, geht mich nichts an. Teile danach die Matrosen zu Decksarbeiten ein.

11 Uhr: Versuch, mit Bern Radio Telexverkehr aufzunehmen. Vergebens. Über Norddeich werde ich meine Telexe los, endlich, aber erst gegen 12:40 Uhr. Unser Schiff, die Wendentor, sendet und empfängt Telexe für etwa zehn andere Schiffe. Mittagessen: Rinderbraten, Röstkartoffeln, Brechbohnen. Gehe danach auf die klimatisierte Brücke.

16:10 Uhr: Das Rig Dixilyn ruft uns. Sollen den vorderen Anker Steuerbord aufnehmen und 100 Mcter weiter südwestlich ziehen. Machen wir.

17:10 Uhr: wieder vor Anker.

18 Uhr: Abendbrot. Kalt. Beim Abendbrot schweinigeln die drei anderen Deutschen, Kapitän, Erster und Zweiter Ingenieur, dermaßen widerlich über Frauen, dass ich den Tisch verlasse. Sie wissen natürlich nicht, dass das der Grund ist. Danach gehe ich zum Duschen, es ist etwa 19 Uhr.

23 Reedereiinterner Kommunikationskanal

Das Schiff rollt in südwestlichem Schwell[24], so an die acht bis zehn Grad Schlagseite jedes Mal. Um viertel vor acht will ich über Norddeich Radio mit Trinchen telefonieren. In Hamburg ist es eine Stunde später, viertel vor neun, Trinchen ist mit dem Tanzen fertig. Nach zweimal Klingeln: Ja, Katrin. Trinchen ist da. Ich bin unberührt, weil ihre rauchige Stimme merkwürdig verstellt ist. Ich verstehe nur, dass mein Brief noch nicht angekommen ist und dass Marlene wieder aus dem Bett gehüpft ist und noch nicht schläft. Vielleicht schicke ich morgen ein Telex via beste Freundin. Berechnete Dauer des Gesprächs: eine Minute. Eigentlich wollte ich lesen, Glasperlenspiel. Aber ich werde zum Kartenspielen genötigt, Mau-Mau soll es sein, es geht um eine Runde Becks, eine Runde verlier ich, eine so plus-minus. Ekelhaft – die Karten sind Pornobilder. Zitat Kapitän: Solche Karten zu Hause und unsere Gören würden jeden Abend zum Skatspielen bei uns bleiben.

Freitag
Werde gegen 7 Uhr vom Rumpeln der Ankerkette geweckt. Der Alte ist schon auf und hat wohl Order gekriegt, irgendwo hinzufahren, er hievt den Anker. Da er die 6-bis-12-Wache hat, ist er mit Fahren dran, ich von 12 bis 6 Uhr. Gegen acht guckt der Chief bei mir rein und sagt die Uhrzeit an. Meine wertvolle Taschenuhr habe ich zu Hause gelassen, weil ich Angst hatte, dass sie mir gestohlen wird.

Ich stehe auf, frühstücke, nehme meine beiden wöchentlichen Malariatabletten. Das Tropeninstitut hat mir auf An-

---

24 *Wellen, die von Seegang herrühren und in flachen Gewässern Küsten und Häfen erreichen*

frage geraten, nur die Chinintabletten zu nehmen, nichts Zusätzliches wie etwa eine Tablette Fansidar oder so. Gebe ab 9 Uhr über Norddeich ein Telex für Trinchen auf. Text: Für das kleine Trinchen. Bin gesund und munter in Port Harcourt angekommen. Komme wirklich gut klar mit Black and White, bevorzuge aber Hesse, der ist sensibler. Hoffe, dass es Dir (Euch) gut geht. Marlene ist ein Schlingel. Das Gespräch über Norddeich gestern war seltsam, nich? Brief eins müsste unterwegs sein, zwei kommt bald. Lieben Gruß, Dein Hagen. Norddeich klappt viel besser als Bern Radio, über die wir eigentlich den Verkehr abwickeln sollen.

Es regnet den ganzen Tag in Strömen. Die Wendentor liegt mittlerweile vor einer Plattform, die Wasser an uns abgibt, also etwas wie ein Brunnen auf hoher See. Als wir den Frischwassertank Nummer zwei gerade voll haben und wegen des Schwells eine Leine gebrochen ist, bekommen wir Order, nach Port Harcourt zurückzufahren.

Während der achtstündigen Rückfahrt, vier Stunden auf See, vier Stunden Revierfahrt[25], lese ich *Das Glasperlenspiel*, das mich immer mehr gefangen nimmt. Manchmal finde ich mich in dem Protagonisten Josef Knecht wieder, der in so einem seltsamen und krassen Widerspruch zu meiner jetzigen Umwelt steht.

Ein Matrose hat meine Koje gebaut, einem habe ich Bettzeug und Öljacke ausgegeben, dem Zweiten Ingenieur die Hand verbunden, in die er sich eine Krampe[26] gejagt hat. Abends noch ein Gespräch mit Norddeich für den Port-

---

25 *Fahrtgebiete, in denen Lotsendienste vorgeschrieben sind, insbesondere auf Flüssen*

26 *U-förmig gebogenes und angespitztes Befestigungsmittel aus Eisen oder Metall*

Captain, der morgen nach Hause fliegen will und seine Frau darüber informieren wollte. Duschen und ab ins Bett und noch ein paar Seiten Hesse. Gott sei Dank habe ich genug gute Bücher mit. Sonst wäre es elendig. Einen Kasten Becks habe ich mir noch genehmigt.

Sonnabend
John, der Repräsentant von Mobil, klopft mich aus dem Schlaf. Er will Papiere, die ich noch nicht fertig habe. Wir frühstücken gemach, machen dann Papiere fertig, alles in Ruhe. Dann ist es 10 Uhr. Peter, der schwarze Schmierer[27], kommt und will zum Arzt: Fieber und Schlaflosigkeit plagen ihn seit April, sagt er. Ich schicke ihn zum Arzt. Der Koch klagt nun über sein Knie, aber er hat kein Vertrauen zum Arzt. Also benutzt er weiter die Rheumasalbe, die ihm ein kluger Seemann verschrieben hat.

Endlich einwandfreie Verbindung mit Bern Radio, die für die von uns versorgten Schiffe insgesamt fünf Telexe haben. Um halb eins bin ich damit durch. Der Koch hat schon wieder Gulasch mit Nudeln und Kartoffeln gemacht, zum dritten Mal in zehn Tagen. Der Alte hat ihn deshalb angemosert. Cookie ist traurig und will sich demnächst überlegen, was er besser machen kann.

In der Mittagspause, während wir Wasser und 750 Kubikfuß Zement laden, ein paar Seiten Glasperlenspiel gelesen. Ich brauche das ganz dringend und erhole mich dabei. Fühle mich wohl. Um 15:10 Uhr Order, nach Wimpey zu fahren, das noch mal 1,5 Stunden flussaufwärts liegt, vorbei am Elf Terminal, durch dicksten Urwald. Ein

27 *Technischer Ausbildungsberuf für die Maschinenanlage eines Schiffes*

weißer Fischreiher im Baumwipfel lässt grüßen. In Wimpey liegen wir als drittes Boot im Päckchen, drei Versorger nebeneinander. Die Olympic Service liegt neben uns. Der Alte wird mit Whisky herübergelockt, er muss nur Verdünnung mitbringen.

Die beiden von der Olympic, Kapitän und Steuermann, sehen aus wie echte Galgenvögel. Der Ältere, der Kapitän, ist etwa 45, der Jüngere etwa 30. Dem Alten ist vor einiger Zeit ein Zahn, ein Schneidezahn, verlustig gegangen. Seine Wangen sind hohl, die Haare fettig und strähnig. Nach zehn Minuten muss ich unseren Alten schon wieder zurückholen: Ein Reedereiagent der Klassifikationsgesellschaft Germanischer Lloyd ist an Bord gekommen; er will die Papiere überprüfen und eventuell. verlängern. Er wird vertröstet, mit Bier, er will wiederkommen.

Nach dem Abendbrot, Schnitzel und herrliche Karotten, ist alles bei John verabredet. John ist der Keeper in der Bar an der Pier, 200 Meter entfernt in einem weiß gestrichenen, flachen Gebäude. Bei ihm kauft man einen Block Tickets für 10 Neiras (etwa 35 DM), schreibt seinen Namen drauf, und wenn man was trinkt, reißt er eine Karte ab. Beim nächsten Mal geht das so weiter.

Der Innenraum bei John ist mit Nationalflaggen ausgeschlagen. Klimaanlage läuft. Dort sitzen zehn Männer, alle gar abenteuerlich anzusehen und erzählen, was sie in der Welt erlebt haben, trinken Bier oder Wein. Bis um sieben zwei Schwarze in die Tür kommen und sagen, dass wir an die Pier sollen und Pipes[28] laden sollen. Zuerst hieß es, Kurt, der Österreicher, Kapitän von der San Mateo Seahorse, wol-

---

28 Röhren für den Öldurchfluss

le auslaufen. Eine wilde Wettfahrt der drei Schiffe um den besten Liegeplatz an der neuen Ladepier, die glimpflich endet. Nüchtern ist nur Kurt, der Österreicher. Kurt, mit dem ich vor 14 Jahren auf dem gleichen Tanker fuhr, ich als Zweiter Offizier, Kurt als Matrose; ich weiß nur noch von ihm, dass er ein linker Typ und stets allein auf seinen Vorteil bedacht war. Unser Alter und der Chief gehen noch an Land in die Bush Bar, wo sie sich streicheln lassen wollen.

Sonntag
Gegen 7 weckt mich Geklapper auf dem Gang. Gestern Abend hatte der Zweite Ingenieur noch einen Matrosen losgeschickt, der ihm eine Frau besorgen sollte. Gegen neun kommt sie hier an, schwarz, der Zweite nimmt sie mit in seine Kammer, die direkt neben meiner liegt; natürlich muss ich alles mit anhören, widerlich, ich bin angeekelt von der Verlogenheit, mit welcher Widerwärtigkeit sie reden und, schlimmer noch, denken.

Sie, das sind sie alle drei, der Alte an der Spitze, der genauso widerlich stinkend aussieht, wie er redet, denkt, handelt; der Chief, ein großer, grober Handwerker, der sich ihm anschließt und glaubt, die Weisheit mit Löffeln gefressen zu haben, und der Zweite Ingenieur, ein tumber, kleinhirniger Provinzler, der sich hier in seiner Primitivität voll entfalten kann. Seine Frau bekommt im Dezember das vierte Kind. Ich distanziere mich mehr und mehr, schlage die Einladung zum Kartenspiel aus, nehme an keiner Unterhaltung teil, weil ihr Vokabular vor Ekel tropft, so dass ich mich zwingen muss, an anderes zu denken, um mich nicht besudeln zu lassen. Nach und nach werde ich wohl auch dahin kommen, allein zu essen. Nachmittags mache ich die

Funkabrechnung fertig, die sicher nicht genau stimmt, ich habe erst jetzt den richtigen Umgang mit den Sachen. Ab 14 Uhr werden wir weiter mit Pipes beladen, die für die Bohrungen bestimmt sind. Wir sollten eigentlich noch raus heute, aber der Alte hat abgelehnt, weil der Fluss abends auf dieser Strecke nicht befahrbar ist und weil es wieder regnet, regnet, regnet. Josef Knecht wächst mir immer mehr ans Herz. Auch den Sicherheitsbericht, berühmt als Lügenbericht, für August habe ich heute fertiggestellt und die Proviantabrechnung. Der Alte: tut nichts. Ich bin's zufrieden, wenn er mich sonst in Ruhe lässt. Aber was könnte er mir denn schon wollen? Pah! – Und abends spielen wir Mau-Mau, mit Pornokarten.

Montag
Ich bin dort, wo ich nicht sein will. Lassen uns um 6:15 Uhr wecken, weil wir mit dem ersten Hochwasser von Wimpey, wo wir Rohre geladen haben, nach Port Harcourt wollen. Ein weicher milder Morgen, der Hochgefühl aufkommen lässt. Erst der schwere süße Geruch, der uns bald überweht, lässt das zerbrechliche Licht verschwinden, verdrängen, stimmt mich um, weil dieser Geruch mir signalisiert, dass ich dort bin, wo ich nicht sein möchte. Um 8 Uhr machen wir in Magcobar/Port Harcourt fest. Von Norddeich Radio erfahren wir, aus der Liste (Sammelanruf), dass etwas für uns vorliegt: ein Gespräch für den Alten von zu Hause aus Hemmoor.

Seine Frau teilt ihm mit, dass er schon am 21. September abgelöst wird, also 14 Tage vor Termin. Ich bin darüber wohl mehr beglückt als er, muss ich doch dieses von widerlichen Gedanken entstellte Gesicht und sein ekelhaftes Reden nicht länger hören. Am zweiten oder dritten Tag, nachdem ich an Bord gekommen war, hatte er mich morgens einmal geweckt und dabei entschuldigend gelächelt. Dieses Lächeln zeigte mir, wie gutaussehend dieser Mann einst gewesen sein mag.

Heute habe ich zum zweiten Mal meinen mitgebrachten Kräutertee aufgebrüht, der gegen Prostataleiden vorbeugen soll. Hab da so eine Anzeige gelesen und habe mir nun 200 Gramm Weidenröschentee gekauft, der immerhin 25 DM gekostet hat und nur in Norwegen gefunden wird, wie die Verkäuferin im Kräuterhaus, vormals Kräuter-Mayer, in der Langen Reihe in Hamburg stolz erläuterte. Schaden kann das sicher nicht.

Josef Knecht, inzwischen Magister Ludi geworden, beginnt zu zweifeln, ob das, was sie in Kastalien mit dem Glasperlenspiel treiben, das Richtige ist. Diese Sensibilität von Hesse und die Ausführlichkeit seiner Empfindungen, sie helfen mir, mich von den Holzfällergedanken und der Primitivität an Bord abzuschirmen. Gut, so viele Bücher mitzuhaben.

Abends sind wir am Sedneth I gegen 19 Uhr und löschen die Rohre. Mühsam, Bern zu kriegen. Lag aber nichts für uns vor.

Dienstag
Ich fahre steuerfrei unter Liberiaflagge. Geschafft.

Liegen Längsseite Sedneth I, dem Halbtaucher[29] aus den USA. Ich bin seit 0 Uhr auf den Beinen, weil wir Wasser,

29 *Schiffe oder Plattformen, deren Auftriebskörper größtenteils weit unter Wasser liegt*

Brennstoff und Trinkwasser abgeben. Mit dem Heck liegen wir an der Plattform, an ihren Beinen ist rechts und links je eine starke Leine festgemacht. Vorne liegt unser Anker aus, so dass wir im rechten Winkel zu der quadratischen Bohrinsel liegen. Auch die 130 Drillrohre werden im Laufe der Nacht gelöscht. 50 Tonnen Brennstoff werden hochgepumpt, 220 Tonnen Drillwasser, 760 Kubikfuß Zement; um 17:30 Uhr sind wir fertig und fahren zurück nach Port Harcourt, acht Stunden Fahrt etwa, je nach Tide, 80 Seemeilen insgesamt.

Müde bin ich heute, abgespannt, Schlaf fehlt mir, zumal ich morgens ab 6 Uhr nur maximal bis halb neun schlafen kann. Außerdem bin ich mitgenommen vom Tod des Glasperlenspielers Josef Knecht. Mein Kreislauf ist auch ein bisschen runter, muss mehr Kreislauftee trinken. Ich denke viel an Trinchen, an das Wochenende zu Hause; eigentlich fühle ich mich ganz schön stark und ausgeglichen, aber manchmal sacke ich eben ein. Das Wetter ist bedeckt, SW-Wind Stärke 4, 26 Grad am Tage, wenig drunter nachts. Wir ankern draußen auf Reede[30], um den Tag abzuwarten. Zitat aus *Der göttliche Funke* von Arthur Koestler: Wahrscheinlich gibt es kein formales Denken ohne ein gewisses Gefühlskolorit.

30 *Geschützter Ankerplatz außerhalb eines Hafens*

55

VON LAND – KATRINS 22. BRIEF

Hamburg,
Montag, 4. Oktober 1982,
20:20 Uhr
Giselchen und Hugo unten beim Finale;
ich in der Küche, vor mir eine Kerze, ein Sekt; und um die
Ecke auf dem Flaschenregal liegt mein Jahreskalender
mit den vielen roten Kreuzen, auf dem ich heute das
Bergfest angekreuzt habe.

Mein Geliebster, mein Hagen, ja, heut ist endlich Bergfest, ich gehe davon aus, dass Du die Zeit bis zu Ende abreiten musst. In Hamburg war heute der erste Ferientag von drei Wochen Herbstferien. Wir haben die mittlere Woche geschlossen, die erste und letzte aber reduzierten Unterricht, also recht gemütlich. Heute hatte ich zum Beispiel nur eine Stunde. Darum schreib ich Dir auch abends, morgens hab ich diese Woche die Kinder, denn Thoda ist verreist, gottlob nur eine Woche.

Geliebster, es kann sein, dass ich nächste Woche nicht zum Schreiben komme. Wenn also nach diesem Brief eine Pause eintritt, weißt Du, warum. Aber vielleicht klappt es ja trotzdem. Ich werd alles fotografieren, damit Du einen genauen Eindruck von allem hast, wie's war, wie das mit der Fußbodenabschleiferei gelaufen ist. Zum Ende der Ferien kommt Kickel, am 22. Oktober, und dann ist es nur noch ein Monat! Nicht auszudenken. Stell dir das doch einmal vor! Wir wieder zusammen!

Und die Gören! Maximilian läuft! Seit drei Tagen! Heute das erste Mal die Treppe rückwärts hinunter! Rauf schon seit 14 Tagen! Er hat tolle O-Beine! Trainiert schon das Autofahren. Lenchen hängt sich Spangen ins Haar, weil wir beide für Papi die Haare wachsen lassen! Hat sie was in der Hand, was sie nicht haben soll, und du willst es ihr wegnehmen, sagt sie: Das brauch ich. Ihr schönster Satz der letzten Woche: Ich sage: Mami muss jetzt tanzen. Sie: Nein. Ich: Doch, Englein, ich muss jetzt arbeiten. Sie: Lenchen sagt nein! – Auch telefoniert sie gern und viel, am liebsten mit Papi. Dann hält sie den Hörer in der Hand und erzählt Dir, dass Thoda gleich kommt und was sie dann alles machen will. Zauberhaft!

Ach Geliebster, Du siehst, Du bist ständig um uns. Was freu ich mich auf die Weihnachtszeit! Noch mal zu Christel: Sie hat inzwischen das Ticket, freut sich wahnsinnig auf Amerika. Sie hat gerad eine dicke Erkältung, ist aber froh, dass das nicht 14 Tage später geschieht. Sie hat Dir auch einen Brief geschrieben, den ich wohl morgen haben werde, um ihn Dir nachzusenden. Warum hast Du ihr nicht die Adresse gegeben? Traust Deiner Mutter mal wieder nichts zu. Schäm' Dich. Ich telefoniere regelmäßig mit ihr, wir freuen uns auf das Wiedersehen am 22. Oktober. Dann hat Hugo ja auch schon bald Geburtstag, der letzte Meilenstein für mich vor Deiner Ankunft.

Über alles Geliebster, ich schick heut die angekündigten Bilder vom letzten Jour fixe, leider sind die meisten verwackelt, ich schick sie trotzdem. Lenchen würde sagen: Macht nichts. Ich wollt Dir noch eines sagen zu unseren Telefonaten. Immer wenn Du anrufst, denke ich ganz spontan, und ohne es zu wollen, an eine Schilderung aus einem Deiner ersten Briefe aus Aberdeen über Norddeich Radio. Dort stand der Satz: Und die ganze Nordsee lacht mit! Wenn ich also etwas verklemmt wirke, liegt das an diesem Brief von Dir.

Mein geliebster Mann, ich habe alles erzählt, nur nichts über unseren Bundeskanzler, darauf hab ich auch keine Lust. Geliebster, ich liebe Dich, ich soll von Giselchen und Hugo liebste Grüße bestellen. Eine Idee von mir: Schreib doch deiner Schwiegermutter mal. Geliebster, ich geh jetzt runter zu den beiden. Ich küsse Dich, mein geliebster Mann, in Liebe, Dein Trinchen, die sich unendlich nach Dir sehnt.

56

VON SEE – HAGENS 16. BRIEF

Freitag, 1. Oktober 1982,
MS WENDENTOR
vor Anker

Meine Geliebste, habe wunderbar geschlafen, gut gefrühstückt: Schwarzbrot, Salami, Milch, Weißbrot, Apfel, Gesundheitstee. Voller Saft und Kraft und guter Laune, wie meistens; heute ist schon Oktober und Montag, hast Du am Telefon gesagt, ist Bergfest, das dritte schon. Hier bahnt sich, das sind die letzten Informationen, mit der Wendentor eine Veränderung an, beinah hätte ich gesagt, eine Wende steht bevor. Die Mobil-Gesellschaft ist mit unserem Schiff nicht zufrieden und will es deshalb nicht länger chartern. Als Grund wird genannt, dass immer irgendwas nicht in Ordnung war.

AUS DEM PRIVATEN LOGBUCH VON BORD

Mir ist, als wären tausend Jahre schon vergangen,
als hätt ich dich vor Ewigkeit gesehn.
Mir ist, als tät mein Herz sehr bangen
In dieser Zeit, als wollt sie ewig stillestehn.

So muss ich wartend hier den Tag verbringen,
Nur Fantasie darf hell entflammt erblühn.
So darf ich dich von fern nur stumm ansingen,
Bis tausend weitere Wochen wund vorüberziehn.

Erst an dem heiß ersehnten Tage wird es licht,
als würden Schmerz und Einsamkeit woanders weilen.
Nun scheint die Zeit als armer Wicht!
Jetzt können wir uns endlich wieder teilen.

„Wie mir heute ist", nannte ich dieses Gedicht für Katrin, geschrieben im westafrikanischen Golf von Biafra.

Aber ausschlaggebend war wohl, dass das Schiff unter dem letzten Kapitän, kurz bevor ich an Bord kam, bei sehr starkem Sturm gegen die Plattform gedrückt worden war und aufgrund der starken Erschütterungen oben auf der Plattform Angst und Schrecken ausgelöst hat, Angst vorm Kentern. Wenn es dabei bleibt, dann werden wir Port Harcourt/Nigeria verlassen und Ende Oktober eine neue Charter im westafrikanischen Land Benin, ehemals Dahomey, bekommen. Der Ausgangshafen wird dann Cotonou sein, vielleicht 600 Kilometer weiter westlich. Es scheint so, als ob wir schon am 6. Oktober nach Abidjan fahren werden, das liegt in Elfenbeinküste. Die Zeit hier geht wohl zu Ende. Sowie etwas entschieden ist und ich Genaues weiß, lasse ich Dir alle Einzelheiten zukommen. Das westafrikanische Land liegt zwei Tagesreisen von hier entfernt, westlich von Nigeria. Mal sehen, welche Veränderungen das so mit sich bringen wird. Mir ist es recht, meine Steuerfreiheit wird nicht angetastet, anstelle der Schwarzen kämen aber Philippiner an Bord. Und die Zeit verginge durch die Veränderungen noch viel schneller.

Liebste, wenn wir mal irgendwo hinfliegen wollen, zum Beispiel nach Miami: Unsere Agentur Panalpina, die weltweit vertreten ist, nimmt auf ihren Flügen, mit denen sie Ladung in alle Welt verteilt, auch bis zu 20 Passagiere mit. Preisbeispiel: Luxemburg – Miami = 300 Mark pro Person. Ich bin gerade dabei, die Verbindung herzustellen, weil persönliche Bekanntschaft wichtig sein soll. –

Nun noch ein paar Fragen: Wie bekommt Dir denn die pillenlose Zeit? Hat Hugo noch immer nicht im Lotto gewonnen? Wie geht es Giselchen mit ihrem Problem? Ich denke so oft an das Schwiegermütterlein, vielleicht schaff ich ja noch einen Brief an sie, die Liebe. – Toll, Dein Stepp-Boom, da kann ich nur gratulieren zu Deinem Erfolg. Vielleicht wird's ja mit der Skigymnastik doch noch etwas.

Die Rabbi-Krimis sind prima, wenn ich das gewusst hätte. Mit meinen Büchern komme ich wohl gerade so hin. Deine Unterschrift mit uns vieren, dargestellt als symbolische Blumen, die musst Du immer beibehalten, nich!? Bitte.

AUS DEM PRIVATEN LOGBUCH VON BORD

In der Angelegenheit, in der Wendentor statt der Pauliturm auf dringlichen Wunsch von Mobil aus Nigeria abgezogen werden soll, scheint sich eine Wende anzubahnen. Die OSA Offshore Supply Association, Eigentümerin der Wendentor, will sie unbedingt in Port Harcourt halten, auch wenn sie eine OFM Offshore Flying Maintenance einsetzen muss; darunter versteht man technische Fachkräfte, die das Schiff wieder auf Vordermann bringen sollen. Quelle dieser Nachricht ist der Kapitän der Pauliturm, ein kleiner, bissiger Mann; er hatte die Reederei in Bremen angerufen, dort diese Einzelheiten erfahren und sie hier in Umlauf gebracht, wie er einem Kapitänskollegen erzählte. Gut für uns, denn so jedenfalls kommt Abidjan oder auch Douala für uns nicht in Frage. – Meinen langen Brief und das Gedicht für Katrin gebe ich dem Kapitän eines fremden Schiffes mit, der früher einmal bei der OSA fuhr und uns gut bekannt ist; er wird Schrott-Schmidt genannt (ein gutes Zeichen?).

AUS DEM PRIVATEN LOGBUCH VON BORD

Heute haben wir einen Schwergutkolli[31] an das Rig Dixilyn abgegeben, 15 Tonnen schwer, ein sechsfach geschorener Block, massiv und mit einem Haken versehen. Erfahre von Erik dem Bargecaptain[32] auf Dixilyn, dass sie eigentlich nur den viel leichteren Haken angefordert haben, nicht den ganzen Block. Da alles very urgent (sehr dringend) war, wurde das Ersatzteil aus England per Luftfracht nach Port Harcourt bestellt. Die Kosten dafür laut Erik: 210.000 US-Dollar. Warum nicht der Haken allein, sondern auch der Block mitgeschickt wurde, das führt Erik auf no good management zurück. Das sei ein weiteres Beispiel dafür, wie mit dem Geld hier rumgeaast werde und dass viele unfähige Köpfe hier säßen. Heute Abend nehmen wir den Block, von dem der Haken erst noch abgebaut werden muss, wieder zurück nach Port Harcourt. Neues Beispiel: In Aberdeen überlegte das Management der Ölgesellschaft Union Oil, ob sie für den Transport eines Gasabscheiders die Falderntor chartern sollte, die 130.000 Mark Miete pro Tag kostet. Oder lieber einen Schwimmkran, für den pro

31 Einzelnes Frachtstück, das 15 Tonnen wiegt oder mehr
32 Kommandant einer Ölplattform

Tag 100.000 Pfund anfallen. Schließlich wählte man doch die Falderntor. Immerhin.

Telex von gestern:
Unsere Wendentor bleibt endgültig in Port Harcourt, wir werden also nicht nach Elfenbeinküste verlegt.

AUS DEM PRIVATEN LOGBUCH VON BORD

Sehr geehrte Mitarbeiter,
wir wenden uns heute mit einem persönlichen Schreiben an alle unsere Mitarbeiter, da wir Ihre Unterstützung in einer wichtigen Angelegenheit brauchen:

Nach nunmehr fast drei Jahren aufstrebender Marktverhältnisse, die uns Vollbeschäftigung für unsere Flotte und ein starkes Anheben der Charterraten ermöglicht haben, ist die Lage der Offshore-Märkte merklich schwieriger geworden. Die Gründe für diese veränderte Situation sind im Wesentlichen die tiefe wirtschaftliche Rezession in allen Ländern und das damit zusammenhängende Überangebot an Erdöl und Erdgas. Wegen des starken Verbrauchsrückgangs dieser Energiearten, wegen der unverändert hohen Besteuerung seitens der Produktionsländer und wegen des Preisrückganges beim Erdöl sind die Erträge unserer Kunden, der Ölgesellschaften, rückläufig. Sie reagieren darauf mit Rationalisierungs- und Sparmaßnahmen auf verschiedenen Gebieten. Unter anderem hat dies dazu geführt, dass sich der Zuwachs der Bohrtätigkeit merklich verlangsamt hat.

70 Bohrinseln sind ohne Beschäftigung

Zurzeit sind insgesamt 70 Bohrinseln ohne Beschäftigung, davon allein rund 40 im Golf von Mexiko. Im Golf von Mexiko sind daher rund 100 Versorger ohne Charter. Im Wesentlichen drückt die Situation im Golf von Mexiko aber auch auf sämtliche anderen Märkte, vor allen Dingen auf diejenigen, in denen Schiffe operieren können, die auch im Golf von Mexiko tätig sind. So spüren wir jetzt wachsenden Konkurrenzdruck in Brasilien, in Westafrika, im Mittelmeer, in Ägypten, im Arabischen Golf, in Indien und in Südostasien. Jeder Vertrag ist heiß umkämpft, und wir sind mehr und mehr gezwungen, uns an die Angebote unserer Konkurrenz anzunähern. Dabei ist es uns bisher noch immer gelungen, einen sogenannten OSA-Bonus dafür zu erhalten, dass wir eine angesehene Gesellschaft sind, auf deren Dienstleistungen man sich verlassen kann. Wir sind zuversichtlich, dass wir diesen Zuschlag auch weiterhin erhalten. Hierfür ist es allerdings erforderlich, dass unsere Charterer die Dienstleistungen, die wir ihnen anbieten, auch weiterhin als erstklassig ansehen können.

Kunden halten uns für den besten Operator am Markt

Bei einem kürzlichen Besuch in den Vereinigten Staaten haben wir erneut von verschiedenen Kunden gehört, dass sie uns für den besten Operator am Markt halten. Dies ist ein Kompliment, das wir sicherlich verdienen und an dessen Zustandekommen alle Mitarbeiter in unserer Organisation ihren Anteil haben. Die Stellung als Bester am Markt bedeutet für uns eine große Verpflichtung. Wir dürfen uns auf keinen Fall auf diesen Lorbeeren ausruhen. Gerade in der jetzt schwieriger werdenden Marktsituation ist das wichtig. Im Gegenteil, auch bei uns ist noch einiges zu verbessern.

Wir haben unsere Kunden aus den Augen verloren
Wenn wir in der heutigen Lage besser abschneiden wollen
als unsere Konkurrenten, müssen wir uns auf unsere eigentliche Aufgabe besinnen: Bohrinseln und Plattformen und
Konstruktionsfahrzeuge versorgen und unsere Kunden dabei
restlos zufriedenstellen. Wir haben diese Aufgabe möglicherweise in den letzten Jahren ein wenig aus den Augen verloren.
Wir haben uns sehr intensiv mit Kostensenkungen, mit Um-
strukturierungen, mit der Bewältigung organisatorischer
Probleme und mit Personalfragen beschäftigt. Dies ist alles
außerordentlich wichtig, denn wir können nur bestehen,
wenn wir konkurrenzfähig sind und unseren Kunden einen
preiswerten Service anbieten. Aber alle diese Überlegungen
und Maßnahmen waren nach innen gerichtet: Wir haben
uns mit unseren eigenen Problemen beschäftigt. Wir verdienen unser Geld aber draußen am Markt und daher müssen wir gerade jetzt, da der Markt schwieriger wird, unsere
ganze Aufmerksamkeit unseren Kunden zuwenden.

Wir bitten Sie um Ihren Rat
Wir bitten Sie ganz persönlich, an welcher Stelle in unserer
Organisation Sie auch stehen mögen, alles zu tun, damit wir
zufriedene Kunden haben und damit unsere Schiffe in Char-
ter bleiben. Wir wären Ihnen auch für Ihren Rat darüber
dankbar, was an unserem Service verbessert werden kann.
Denn was wir heute mehr denn je brauchen, sind zufriedene
Kunden! Das geht uns alle an, denn davon leben wir!

Mit freundlichen Grüßen,
VTG Vereinigte Tanklager und Transportmittel GmbH

57

VON SEE – HAGENS 17. BRIEF

Samstag, 9. Oktober 1982,
Port Harcourt,
MS WENDENTOR
20 Grad Schlagseite

Geliebste Frau, kleinstes Trinchen, wunderschön geträumt habe ich
von Dir, weite Reisen gemacht, Musik gehört und Farben gesehen,
dass meine Augen sie gar nicht so schnell trinken konnten. Ich war
zuerst mit der Unendlichen Geschichte von Michael Ende unterwegs; im Land Fantasia, das nur von einem Menschenkind gerettet
werden kann und dessen unendliches Reich immer kleiner wird,
weil die Menschen lügen. Jede Lüge reißt ein Stück Land aus Fantasia heraus, es entsteht ein grässlicher Wirbel, ein Sog, der nur das
Nichts hinterlässt. Aber Bastian Balthasar Bux, so heißt der Junge,
schafft das dann. Und dann bin ich auch mit Momo fort gewesen,
dort, wo die Zeit steht, wo Meister Hora den Menschen zugeteilt
wird – auch unsere Zeit muss von dort kommen. – Und in dem eisi-
gen Keller war ich, wo die Zeitblumen blühen, die die grauen Männer von der Zeit-Sparkasse den Menschen gestohlen haben. Momo,
dieses kleine Mädchen, das so unendlich geduldig zuhören kann,
siegte zwar, lässt uns aber allein mit der schnellen Zeit, sie macht
uns betroffen und mahnt uns, einzuschreiten. Und dann kam Dein
fünfter Brief in ungewohntem Umschlag, weil ja so viel mit einge-
packt war. Auch Spiegel mit Genscher auf dem Titel kam gleichzeitig und ein Brief von der guten Freundin. Sie hat auch von dem Jour
fixe bei Dir erzählt. Da muss ja richtig Rambazamba losgewesen
sein, herrlich, wie Du mir das Dabeisein vermittelst, Geliebste.

Und den kleinen Maxi sehe ich immerzu dazwischen, den Pfiffikus, wie er stillvergnügt so sein Tun hat und sich an lustiger Gesellschaft freut. Ja, auf die Bilder bin ich gespannt, das kannst Du glauben. (Hättest Du damals geglaubt, dass drei Monate so lang und sechs Wochen Urlaub so kurz sein können?) – Die ganze Zeit geht mir nicht aus dem Kopf, dass Du in diesen Tagen ja die Maler im Haus hast und bis zum Hals in der Arbeit steckst. Auch wenn ich so gar nichts tun kann von hier, wünschte ich doch, dass wir das zusammen getan hätten, während Giselchen und Hugo in Büsum wären. Kein Wort schreibst Du, dass Dir diese Zeit bevorsteht, wie Du sie schaffst, Geliebste. Ich weiß, wenn Du damit durch bist, dann jubelst Du; aber vorher: keine Klage. – Sind denn Giselchen und Hugo für eine Woche weggefahren während der Herbstferien? Was ist aus den Plänen im Sommer geworden? Na, im nächsten Brief hast Du sicher die Antwort parat.

Ja, dein Telex habe ich genau so erhalten, wie Du es aufgegeben hast, mit den Küssen von Dir und von Euch. Inzwischen hat Dich wohl auch mein alter Freund aus Nordenham, Kapitän bei der VTG, angerufen und alles klar gemeldet, ich hatte mit ihm über meine Ablösung telefoniert.

Bei unserem letzten Telefongespräch habe ich Dich eigentlich gut verstanden, auch nicht verzerrt; mal sehen, wann ich Dich wieder mal hören kann, vielleicht ja schon morgen früh! – Mit den Malariatabletten höre ich auf, Trinchen. Erstens bin ich nie an Land, hatte die anderen Male Augenschmerzen und überhaupt: Ich glaube, es ist richtig so, wie ich es mache. Die Verhältnismäßigkeit der Mittel scheint mir bei diesen Bomben von Tabletten einfach zu hoch. Wenn diese Malariamücke dann an mir vorüberfliegt, habe ich Glück gehabt. Seit Jahren haben die Weißen hier, von denen ich meine Informationen bekomme, keine Malaria mehr gekriegt. Ich kann nur sehr hoffen, dass meine Entscheidung richtig war.

Wie die Intensität der Sonne bei Euch jetzt langsam nachlässt, so meint sie es jetzt hier bei uns zunehmend besser. Erst um diese Zeit, gegen 21 Uhr, kühlt das Schiff nach und nach aus und lässt uns auf eine erträgliche Nacht vertrauen, auch wegen der Klimaanlage.

AUS DEM PRIVATEN LOGBUCH VON BORD

Der Sinn meines langen Wartens aber würde ja sein, von den künftigen Einsichten her das Frühere zu erklären, und vielleicht wäre es dann nicht einmal so wichtig, das damalige Ich zu verstehen, sondern dem, der sich besinnt, näher zu sein, denn dies ist ja das Wesen der Zeit, dass wir uns fortwährend entwerfen, aus den Augen verlieren, auf neue Art wiederfinden, ein Prozess, in dem uns die Untersuchung aller Einzelheiten auferlegt ist, und das Schreiben wäre die Tätigkeit, mit der ich dieser Aufgabe nachkommen könnte und mit der ich mich von den Praktikern unterschiede.

aus: Peter Weiss, Die Ästhetik des Widerstands, nach: Der Spiegel, 20/1982

Ich bin froh, dass trotz der erdrückend langweiligen Zeit hier sie selbst recht gut verrinnt; wenn ich so rekapituliere und mir klarmache, wie Tage, Monate, Jahre den Bach runtergehen können, ohne dass das Bewusstsein für das Zeitvergehen vorhanden wäre. Mit dem Phänomen Zeit bin ich noch lange nicht fertig: dieser einzigen Konstante in allen Menschenleben, und die doch so unterschiedlich wahrgenommen wird.

Mit den Schwarzen geht es ganz gut weiter, keine wirklichen Probleme, nur geringer Aufwand. Wie viel ich abgenommen habe, keine Ahnung, aber jetzt haben wir jedenfalls Schwarzbrot und Salami an Bord, einen ganzen Schinken, Käse und Wein, alles kommt aus Douala, ist gerade eingetroffen. Und Du, bist Du mit Dir zufrieden? Ich bin es wohl auch, sicher, mir wird ganz anders, wenn ich Dich wieder küssen, streicheln, lieben kann.

Sonntagmorgen, 10. Oktober 1982

Und nun gleich die Überraschung des Tages: Ichhichlefich liehilefie behelefe dichhichlefich! Das muss doch hin und wieder einmal gesagt werden, Geliebste, und wenn es in der Hühnersprache ist. Jede Silbe wird dort extra herausgearbeitet, es gilt letztlich aber immer nur die erste, und diese einzelnen Silben müssen dann aneinandergereiht werden. Na, jetzt hast Du es verstanden? Ja!!

Heute Morgen ist auf der Brücke viel los, viele wollen telefonieren, auch immer einmal Besucher von Land. In der Stadt soll es für viele so gut wie unmöglich sein, ins Ausland zu telefonieren, deshalb kommen sie an Bord.

Mit zwei Worten hatte ich bei Deiner Schrift Schwierigkeiten, aber spätestens beim dritten Lesen, wenn der erste Informationshunger gestillt ist, habe ich sie entschlüsselt. Aber sonst? Deine Schrift ist bestens zu lesen!

Weißt Du, was ich auch mal wieder richtig doll möchte? Richtig wild mit Dir tanzen! Nach Peters Auto-Rallye haben wir wie wild miteinander getanzt, auf unserer Hochzeit, ja, da auch, aber doch nicht so, wie wir beide das können. Und so vieles möchte ich mit Dir tun, Geliebste. In Bälde machen wir es wahr.

Wir sind mal wieder ganz schnell rausgefahren, um die einzige Plattform, die wir im Augenblick versorgen, aufzusuchen. Als ich heute Morgen mit dem neuen Logbuch, den Tagebucheintragungen des Schiffes, begann, hatte ich, als ich das Datum schrieb, für einen Moment die Illusion, dass heute schon der 11.11. sei, also der 11. November und nicht erst der 11. Oktober. Und diese Kraft, die mich eine Zehntelsekunde durchflutete und anzeigte, dass bald Schluss sein würde, hat mich über den Tag getragen, fröhlich, und Dich immer dabei.

Jetzt aber rollen wir gen Port Harcourt, die Damen der Telex-Zentrale der Reederei in Bremen habe ich gerade gebeten, Dich anzurufen. Die Botschaft heißt: Es bleibt alles beim Alten, die Wendentor bleibt in Port Harcourt, die Postanschrift und alles andere auch. – Vorhin habe ich den Spiegel, den von der Hessenwahl, noch einmal von vorn nach hinten und umgekehrt durchgeblättert und endlich auch Deine Liebesbotschaft auf der Reklameseite erspäht. DICH LIEBE ICH! steht da. Dankeschön für diese fein platzierte Überraschung.

Währenddessen war der Alte gerade bei mir auf der Brücke, blätterte den stern durch, in dem die neue Mode mit den Löchern in Pullovern vorgestellt wird. Guck dir das mal an, was die hier anziehen sollen, die Damen, sagte er. Und ich: Das wird meine Frau wohl auch tragen. Steht ihr bestimmt. Was der Blick des netten, angenehm-konservativen Oldenburgers verwundert zum Ausdruck bringen wollte, blieb dann aber ungesagt. Diplomatisch kriegte er die Kurve: Ich weiß nicht so richtig. Aber ich! Passen diese Pullover nun besser zu Deinen kurzen oder zu Deinen langen Haaren? Die Frisurenbeilage im letzten Brief, Geliebste: Ich seh dich wieder in lang.

AUS DEM PRIVATEN LOGBUCH VON BORD

Mit dem neuen Kapitän, der jetzt seit fünf Wochen an Bord ist, lerne ich einen recht konservativen Mann von der angenehmen Sorte kennen. Konservativ, was seine Einstellung angeht: pflichterfüllt, loyal gegenüber dem Arbeitgeber, aufrichtig. Bereits mit 34 Jahren wurde er bei der Bremer Hansa-Reederei Kapitän und nach deren Untergang von der VTG übernommen. In vielen Dingen sind wir nicht einig, haben aber im Umgang miteinander so viel Feingefühl, dass der andere nicht verletzt wird.

Was mich allerdings erschreckt, ist die Angst, die er in besonderen Situationen hat und die sich so stark äußert, dass Luft aus seinem Mund zischt, die Zähne dabei aufeinanderschlagen, Schweiß auf die Stirn tritt und seine Hände nass werden, die er ständig trocknet. Beispiel: Wir liegen mit unserem Heck, festgemacht an zwei Leinen, am Rig, das Schiff quer im starken Strom. Beim Loswerfen vom Rig kann, wenn man nicht höllisch aufpasst, das Heck gegen das Stahlbein des Rigs gedrückt werden. Gespannt wie ein Flitzebogen, mit eingeknickten Knien, zittert er das Manöver durch, für mich ein bedauernswertes Bild, weil es mit Ruhe und Übersicht zehnmal besser ginge. Schade, dass ihm das so abgeht. Was er von meiner relativen Gleichgültigkeit hält, weiß ich nicht. Gelegentlich bin ich geneigt, mich zu engagieren, beispielsweise beim Labsalben des Schleppdrahtes[33], aber dieser Anfall hält nur kurz bei mir an. Ich bin lieber in meiner Kammer oder auf der Brücke, lese, schreibe, anstatt mich an Deck oder in Tanks rumzu-

---

33 *Das Drahttauwerk wird mit Teer und Fetten geschmeidig gehalten*

treiben; außerdem brauche ich zu meinem Wohlbefinden die Klimaanlage. Was immer wieder durchkommt, auch bei Gesprächen auf anderen Schiffen: Die VTG Vereinigte Tanklager Gesellschaft, Tochter der Preussag AG, ist eine Firma, aber keine Reederei. Ein bedeutender Unterschied, denn eine Reederei denkt im Kontor wie ein Kapitän, eine Firma kann das nicht.

Mit dem neuen Chefingenieur, 40, der seit etwa 14 Tagen an Bord ist, habe ich nichts am Hut. Ein menschenverachtender, rechthaberischer Typ; intolerant, ein Mann, der die Antworten auf alle Fragen schon kennt. Dem aber, das merke ich manchmal, das Maul offen stehen bleibt, wenn ich mit Volldampf und Leidenschaft meinen Standpunkt vertrete. Er ist wohl der Mittelpunkt der Welt, scheint mir, kann nicht zuhören. Bei Blabla-Gesprächen, wie schrecklich viele das sind, lässt sich auch rein gar nichts von ihm übernehmen. Beruflich allerdings ist er top engagiert, er bringt den Dampfer wieder in Schuss, die Maschine, die Winden und die Tiefkühlanlage. Er bekomme immer die schlechten Schiffe, wie er sagt. Wohnt in der Eifel, eine Tochter ist sechs, ein Sohn 17. Sein Vater, sagt er stolz, war ein hoher SS Mann. Daher also seine Nazi-Ansichten.

Die Korken sollen knallen, und nur mit Dir allein will ich anstoßen, Dich wieder küssen und wieder küssen und wieder küssen. Manchmal schlaf ich mit Dir, küsse Dich, Schokolade und Pralinen wollen wir zusammen essen. Und ich mag so gern, wenn Du Deine Brüste in die Hände nimmst und wir dann miteinander spielen. Liebste, Liebste, Liebste … Wir können noch so viel zusammen machen! Wenn es doch bloß schon so weit wäre, Geliebste!

Grüße nun Giselchen und den guten Hugo sehr lieb; es tut mir gut, wenn ich die beiden aus der Ferne sehe. Jeder für sich, beide zusammen, das tut gut. Und aus der Nähe: Gut, daran teilhaben zu dürfen.

Liebstes Trinchen, bitte vergiss nie, was hinter dem Küchenschrank geschrieben steht, oder im Kreuzworträtsel oder in meinem Herzen: Ich liebe Dich! Dein Hagen!

Dienstag, 12. Oktober 1982; 13:10 Uhr

Toll, toll, toll, was da zu Hause so los ist. Habe gerade Deinen Brief erhalten und die wilden Jour-fixe-Bilder. Geliebste, ich gehe noch auf alles ein, für heute soll aber Schluss sein, denn sonst wird der Brief nie mehr fertig. Liebe Grüße an Giselchen und Hugo, einen großen Kuss für M. + M. und Grüße an alle guten Geister, wenn sie denn da sind. Dein Geliebster!

Diesen Brief nimmt der Erste Ingenieur mit nach Deutschland.

58

VON LAND – KATRINS 23. BRIEF

Hamburg,
Mittwoch, 13. Oktober 1982,
21:45 Uhr
Giselchen und Hugo glotzen im grünen Zimmer,
Marlene und Maximilian im Bett.
Trinchen ein wenig müde im Schlafzimmer am Schreibtisch,
an ihren Liebsten denkend. –

Hagen, mein über alles Geliebster, wie sehn ich mich nach Dir!

Ich bin ja so müd, um mich herum ein Chaos, doch ein paar Zeilen, wenn auch in Stichworten, will ich Dir schnell schreiben.

Über Maxi: Er kann wirklich laufen, will absolute Gleichberechtigung, wehe, wenn dem nicht so ist. Wie Marlene in besten Zeiten: Kopf in den Sand und losgeschrien! Einfach dufte. Er isst so gern! Alle können im Kinderzimmer intensiv spielen, wenn ich mich ganz leise in die Küche schleiche; aber Maximilian, der hört es ganz bestimmt. Er unterbricht sofort jedes Spiel, kommt ans Küchengitter und schreit wie ein junger Spatz. Zu komisch. – Er winkt auch schon durch den Spiegel in die untere Etage zu Giselchen, außerdem sieht er bezaubernd aus!

Über Englein: Ach Geliebster, Du wirst zusammenbrechen! Sie ist einfach zauberhaft. Ich brauche so dringend die starke Hand des Vaters. Mit großen Augen und unheimlich komplizierten Sätzen, die nur zur Hälfte zu verstehen sind, erzählt sie Dir die ungeheuerlichsten Geschichten. Eigentlich könnt ich Dir heute so viel erzählen wie noch nie, aber ich kann nicht mehr.

Giselchens Etage unten gleicht einem Erdbeben, ich hab einfach keine Zeit. Sei mir nicht bös, ich zähl die Wochen, die Tage, ich sehn mich so nach Dir. Jetzt muss ich schlafen. Oh Sch... Englein schreit … War eben bei ihr, sie wollt nur zugedeckt werden. Ich muss schlafen, morgen früh noch einen Gruß. – Ich küsse Dich und träum von Dir, Dein Trinchen.

Nächster Morgen, 9:10 Uhr

Geliebster, eben las ich, was ich gestern geschrieben habe und wollt's eigentlich wegschmeißen, da es eh kaum zu entziffern ist. Aber vielleicht steigst Du ja trotzdem durch und dann kannst Du Dir vorstellen, so chaotisch wie mein Brief ausschaut, so sieht's im ganzen Haus aus. Thoda und Stina sind 'ne Wucht, wir haben einen guten Griff getan, das ist die Hauptsache. Die Zeit verrinnt, bald ist Advent. – Ich schließe jetzt, bin mit Giselchen verabredet, wir kaufen einen neuen Gasherd für sie. Anfang nächster Woche ausführlicher Bericht. In großer Liebe, Dein kleines Trinchen

VON SEE – HAGENS 18. BRIEF

Donnerstag, 18. Oktober 1982,
WENDENTOR/Westafrika,
23 Uhr

Geliebste, ein schneller Brief wird das, weil wir wieder einmal unerwartet Gelegenheit haben, direkt nach Europa Post mitzugeben. Diesmal mit einem Franzosen, der abgelöst wird, weil seine Plattform keine Arbeit mehr für ihn hat. Überhaupt: Die Tendenz im Ölgeschäft zeigt nach unten, wie der Reedereibrief uns das erzählt hat; wir haben deshalb wohl einen ganz guten Zeitpunkt erwischt für unser Jahr der Seefahrt.

So weit meine Tagebuchexkursion über Kapitän und Chef-Ingenieur, (siehe Montag, 11. Oktober), Geliebste, wie so viele, die die Trennung von dir dokumentieren. Eigentlich wollte ich in diesem Brief Dir von meinen Gedanken erzählen, mich unfruchtbar machen zu lassen, wenn Du es möchtest. Der Gedanke ist ganz neu und mir auch noch nicht richtig vertraut. Natürlich müssen wir uns, vor allem ich, psychologische Beratung holen. Vor allem weiß ich aber schon eins, dass ich es wirklich nur wollte, wenn Du es willst und wenn nur wir beide, sonst absolut niemand, davon wüssten. Vielleicht finden wir wieder so eine lange Nacht, wie die, als wir auf der Bank saßen und deine Pappeln betrachteten, um darüber zu reden. Eigentliches Motiv ist, Dir das Pillenschlucken zu ersparen und Dir meine Liebe zu Dir zu zeigen. Lass uns drüber reden. Geliebste, ich liebe Dich sehr, ich brauche Dich sehr. Zärtlich streichelt Dich und küsst Dich Dein Hagen

60

VON LAND – KATRINS 24. BRIEF

Hamburg,
Donnerstag, 25. Oktober 1982,
9:13 Uhr
Sonne, blauer Himmel, aber schön frisch, 8 Grad;
Kinder auf dem Spielplatz

Mein Geliebster, mein Hagen, mein Mann, ich liebe dich! Vor etwa zwei Stunden haben wir telefoniert. Ein schöner Wochenanfang, ein schöner Endspurtstart. Ich schreibe heute mit Deinem Kuli, das geht noch schneller als mit meinem Füller, ich habe heute so viel zu erzählen. Ich habe ja eine Woche ausgelassen und dieser Brief Nummer sieben (hoffentlich bekommst du ihn überhaupt noch) ist nur ein ganz kurzer Lagebericht, geschrieben aus dem Chaos heraus.

Wie ich am Telefon schon sagte, der Jour fixe gestern fiel nicht ins Wasser, sondern ins Bett. Leider hatte ich so was wie eine Kurzgrippe, mit Fieber, Gliederschmerzen, Halswehwehchen und so weiter. Kurz, ich blieb im Bett, das Schlafzimmer wurde zum Spielzimmer umfunktioniert und so konnte ich mich ganz gut ausruhen.

Ach, mein Geliebster, Deine Briefe sind so schön. Du schreibst viel ausführlicher als auf den anderen Reisen. Liegt es daran, dass Du mehr Zeit hast? Ich freu mich schon so auf den nächsten Brief. Ich weiß, Dir geht es umgekehrt genauso, und deswegen hat es mich letzte Woche auch so belastet, dass ich nicht zum Schreiben kam. Aber nun kehrt ja wieder Ruhe ein, und die Briefe kommen wieder regelmäßig. Schreib mir doch mal, wie lange so ein Brief zu Dir ungefähr unterwegs ist, denn ich möchte nicht, dass Dich der letzte gar nicht mehr erreicht. Wer weiß, ob ihn jemand nachsendet. Es sind ja schließlich nur noch vier Wochen. Schön, nich?

Der Maler war da, die Küche sieht herrlich aus, die Farben sind quasi geblieben, nur die braune Wand ist jetzt etwas heller und leuchtender. Auch hängen dort nun die neuen Gardinen, leider hab ich mich beim ersten Mal vertan und musste zweimal welche nähen! Ich kann Dir sagen, das war vielleicht ein Ding. Giselchen wollte so gern dünnere als die alten, welche, die mehr fließen, wir hatten vor den roten schon mal welche in Gelb und an die dachte sie. Ich ging also ins Alsterhaus[34] und orientierte mich vor allem als Erstes an der Stoffqualität, fand dann auch ein wunderschönes Material, es fiel und floss genau nach Giselchens Vorstellung. War auch schön rot. Leider zu schön rot. Die ganze Wohnung leuchtete, M. kam abends hoch und begrüßte mich, nachdem sie die geschlossenen Gardinen bei Lampenlicht gesehen hatte, mit puhhh … Na danke! Aber sie hatte leider recht. Wir trugen die Sache mit Humor, es war leider ein etwas teurer Spaß, auch ein wenig mühsam für mich, aber es hat sich gelohnt, nun sieht's wirklich ganz entzückend aus. Lass dich überraschen. Giselchen ist in der ersten Zeit immer durch die renovierten Zimmer gegangen und sagte: Ich beschreite meine Wohnung. Sie ist sehr glücklich. Schön nich?

Zu Christel: Sie kam schon am Freitag und flog am Samstag. Ich war genauso verblüfft wie Du vorhin am Telefon. Ich wusste zwar immer, am 22. kommt sie zu uns und am 23. fliegt sie, aber ich dachte immer an Samstag und Sonntag. Aber ist ja auch egal. Am Freitagmorgen um 9:45 Uhr hab ich sie mit Marlene vom Bahnhof Dammtor abgeholt. Sie sah unheimlich fesch aus. In neuem olivfarbenen Trenchcoat, niedlichem Hütchen, sportlichen Schuhen, ganz toll. Giselchen meint, sie müsste sich immer

34 Kaufhaus am Jungfernstieg in Hamburg

so sportlich kleiden und nicht so wie sonst mit Pelzmütze et cetera. Recht hat sie, Christel sieht viel jünger aus.

Sie war von Maxi und Marlene sehr begeistert, kein Wunder, und wir hatten einen schönen Tag zusammen.

Am Samstag hab ich sie mit Englein zum Flughafen gebracht. Um Christel muss man sich wirklich keine Sorgen machen. Wie 'ne tolle Erfahrene in Sachen Weltreisen. Als wir zum Schalter gingen und sie ihre Unterlagen zeigte, sagte die Stewardess, für sie sei ein Rollstuhl bestellt! Ich bin fast geplatzt vor Lachen und hab grad noch sagen können, dies sei wohl ein Irrtum, meine Schwiegermutter könne nicht so gut sehen und deswegen hätten wir um eine Begleitung gebeten. Christel aber schaute erst mich, dann die Stewardess ganz ernst an und sagt im natürlichsten Ton: Nein, nein, ihr Sohn habe das sicherlich so beauftragt wegen ihrer Operation. Aber es sei nun alles schon viel besser und sie brauche den Rollstuhl nicht. Ich konnte mich kaum halten und wir haben hinterher ordentlich gelacht. Dann kam eine Schwester und sie spielte völlig natürlich die rührende Hilflose. Ich dachte immer, ich sei die Schauspielerin in der Familie! Ich mach mal einen Augenblick Pause, meine Hand ist ganz lahm.

Hier bin ich wieder, zehn Minuten später. Hab die Zeit genutzt und eine Scheibe Brot gegessen. Mit meiner Schwiegermutter habe ich übrigens das erste Weihnachtsgeschenk eingekauft. Zwar etwas früh, aber es ergab sich so. Und zwar eine tolle Wolldecke für Giselchen. Weißt Du, so was Ähnliches wie die in unserem grünen Zimmer auf dem rosa Sofa. Bei Hornburg, das sündhaft teure Möbelgeschäft neben Schlachter Beisser, lagen die Decken im Fenster und Giselchen hat auch schon überlegt, ob sie sich eine kaufen soll, hat dann aber wegen der ganzen Renovierung einen Rückzug gemacht. Die Decke ist beige und kostet 175 Mark. Wirklich nicht zu teuer, wir finden sie auch gut, und Du, Geliebster, bestimmt auch. Mehr Weihnachtsgeschenke kaufe ich auch nicht ohne Dich. Dieses war nur so günstig.

Apropos Weihnachtsgeschenke, ich war neulich bei Ikea, um für die Küche unten ein paar Sachen zu kaufen, und da standen dort kleine Tische und Stühle fürs Kinderzimmer. Ich dachte mir, dass wir den beiden so etwas zu Weihnachten schenken sollten, denn bei Marlene ist ein eigener kleiner Tisch akut und Maximilian folgt auf dem Fuße. Was meinst Du? Ach, ich seh uns schon bei Ikea, für unsere beiden kleine Tische und Stühle kaufen. Ich werde, wenn's so weit ist, an diesen Brief und meine augenblicklichen Gedanken denken und zu Dir sagen: Weißt du noch, als ich dir den Brief schrieb? Und nun ist die Zeit tatsächlich um und wir sind hier. Übrigens, weißt Du, was ich bei Ikea bekommen habe? Einen Kriechtunnel! In Rot! Ich hab' natürlich nicht widerstehen können. Und der ist eine Wucht. Marlene krabbelt rein, legt sich gemütlich hin und arbeitet mit ihrem Schrauber, wie die Handwerker ihr das vorgemacht haben. Oder sie und Maximilian treffen sich da mittendrin. Ich hab ihn aber wieder zusammengefaltet, damit er etwas Besonderes bleibt. Du wirst Deinen Spaß haben.

Und nun zu den beiden. Da ich von Marlene schon ein bisschen geredet habe, fange ich gerechterweise nun mit Maximilian an. Er küsst! Stina hat's ihm beigebracht. Wenn Du sagst, Maximilian, gib mir doch einen Kuss, kommt er sofort an und bietet Dir seinen weit aufgerissenen Mund dar. Marlene tat's zuerst ja auch mit offenem Mund. Ich würde sagen, sie war lasziver, er leidenschaftlicher. Ach, Hagen, er ist ein Zauberjunge. Wenn der auf seinen O-Beinen angezuckelt kommt, Flasche zwischen die Zähne geklemmt, bombig. Er reagiert auch inzwischen so toll und will vor allem Gleichberechtigung. Die Treppe rückwärts runter, hin zu Mimi, denn da gibt's Tick-Tack, er hat's genauso drauf wie Marlene. Ich hab' ihm auch eine kleine Kette machen lassen. Etwas kleiner als

die von Marlene, dafür etwas hübscher. Außerdem ist seine Lieblingsbeschäftigung das Telefonieren. Seine Haare wachsen, sind
noch immer falbenfarbig. Kickels erste Reaktion, als sie ihn sah:
Oh wie schade, seine Haare stehen ja gar nicht mehr hoch. Ja ja,
alles geht einmal vorbei. Auch Maximilian wächst. Er macht auch
Marlene alles nach, packt aus und ein und ein und aus. Wie gehabt.
Du wirst selig sein, Geliebster, wenn Du Deinen Sohn siehst.

Und Deine Tochter? Lenchen heißt Marlene! Marlene ist groß.
Marlene kommt bald Schule. Gut geschlafen? Mimi, ich komme.
Trinchen, musst nicht weinen. Tränen abwischen. Marlene geht
auf Eppendorfer Baum (dieses Wort klappt immer noch nicht).
Allein. Mimi hierbleiben.

Die Sätze laufen fließend, ihr Temperament bricht mit ihr durch,
neulich schlang sie ihre Arme um meinen Oberschenkel und biss
mit voller Wucht zu. Mir wurde schlecht vor Schmerz, Marlene
war ganz erstaunt ob meines Aufschreis. Es war einfach nur ein
Ausbruch. Sie singt die tollsten Lieder, läuft mit Pferdeschwanz (es
ist allerdings nur ein etwas fransiger Mäuseschwanz) herum, wirkt
fast wie ein Schulkind und alle Welt kann gar nicht glauben, dass
dieses Kind erst zweieinhalb ist, am 19. November.

Abends ist sie vor 9 Uhr nicht ins Bett zu bekommen, sie ist einfach nicht müde. Wir kriegen das aber irgendwie hin. Sie muss
eben manchmal eine halbe Stunde im Ballettsaal zuschauen. Morgens präzise zwischen halb sieben und sieben kommt sie in mein
Bett. Ich hole dann ihre Zudecke und wir beide liegen dann noch
eine halbe Stunde: Ausruhen, nicht schlafen.

Abends stellt sie uns die Gläser hin, holt die gewünschten Flaschen aus dem Eisschrank, stellt mir einen Hocker für die Beine
hin. Ohne Aufforderung. Morgens fliegt als Erstes die Pampers
weg mit dem Kommentar: Olle Pamper, hau ab. In den zwei Wochen der Renovierung lief ich natürlich viel mit Werkzeug herum,

und seitdem gibt's für Marlene nur eins: heil machen. Schlüssellöcher werden zugestopft, es wird gehämmert, geschraubt und ich weiß nicht was. Ich hab ihr extra Plastikwerkzeug gekauft, aber es geht halt besser mit dem echten.

Oh Hagen, komm endlich, ich will diese herrlichen Sachen, die herrlichen Beobachtungen und Erlebnisse mit Dir teilen. Geliebster, es schmerzt mich so, dass Du so viel versäumst. Aber es geht ja vorbei, mit riesigen Schritten inzwischen. Das Hauptbergfest liegt hinter uns, wir steuern auf das Ende zu. Die Zeit wird immer kürzer, meine Haare immer länger. Aber leider nicht so schnell, wie Du es wünschst. Du musst Dich schon etwas gedulden. Ich tröste mich damit, dass Du mich ja trotzdem liebst, wie Du mir heute Morgen gesagt hast. Ich kann's auch gar nicht ändern, daran zu ziehen, nützt nichts. Dafür sind Marlenes Haare schon ganz schön lang, es mag Dich trösten. Mein über alles geliebster Mann, meine Sehnsucht ist groß, so groß ... Ich bin immer bei Dir, meine Gedanken Tag und Nacht ... Ich liebe Dich, Hagen, Geliebster, Dein Trinchen.

61

VON SEE – HAGENS 19. BRIEF

Freitag, 29. Oktober 1982,
Port Harcourt, Nigeria,
MS WENDENTOR,
19:42 Uhr
Die Uhrzeit konnte ich leider nicht auf meiner Taschenuhr
ablesen, sie liegt ja zu Hause.

Geliebstes Trinchen, den ganzen Tag habe ich mir vorgestellt, was
Du gerade machst, wo Du bist und wie Du wohl aussiehst. Das ist
so eine Übung, die ich fast jeden Tag brauche, denn wenn ich mir
vorstelle, ich müsste ohne Dich sein, auch nur in Gedanken, in
Zukunft, ich könnte es nicht ertragen. Der tägliche gedankliche
Kontakt darf nicht abreißen, weißt Du; dann wäre ich plötzlich
furchtbar einsam und das könnte ich gar nicht mehr ertragen. –
Vielleicht haben Dich unsere Telex-Damen heute wieder angerufen und Dir einen Gruß bestellt? Gesagt haben sie es jedenfalls.

Vorgestern, am Mittwoch, habe ich ein Telegramm an Hugo
aufgegeben. Ja, es fällt mir sehr schwer, nicht bei seiner Geburts-
tagsfeier dabei zu sein, auch die bedeutet mir Geborgenheit und
ist ein Ausdruck von Heimatgefühl. Es soll nicht wieder vorkom-
men, ist ja bald Schluss hier. – Deinen Brief, den Übermüdungs-
brief, den Du in der Zeit der Küchen- und Etagenrenovierung geschrieben hast, habe ich auch erhalten. Liebste, nichts wegwerfen,
jedes Zeichen von Dir bedeutet Licht! Und lesen kann ich Deine
Schrift allemal. Du bist fleißig gewesen während der Ferien, und
ich konnte Dir überhaupt nicht helfen. Du glaubst ja nicht, wie viel
Christel von Dir hält, im letzten Brief hat sie es wieder zum Aus-

druck gebracht. Ich freue mich so für sie, dass ihr Besuch in New Orleans geklappt hat und sie glücklich gemacht hat. Schön, nich?!

Das Telex an Kapitän Haase, in dem ich ihn darum bitte, nicht vorzeitig abgelöst zu werden, ist bestätigt worden. Also werde ich in Port Harcourt Mittwochabend hier losfliegen und am Donnerstag, 25. November, gegen 10 Uhr am Flughafen Hamburg Fuhlsbüttel eintrudeln. Wie unendlich lange drei Monate dauern können, Geliebste, es ist bald nicht mehr zu fassen. – Meine Fantasie überschlägt sich, bricht zusammen, baut sich wieder auf, Fantasie jeglicher Art, auch sexuell. Geliebste, Geliebste, wie es Dir wohl geht, wie es Dir wohl ergehen mag, was Du wohl fühlen magst. Ich liebe Dich, ich liebe Dich! Ich brauche Dich, Dein Wesen, den Umgang mit Dir, alles an Dir, von Dir, mit Dir!

AUS DEM PRIVATEN LOGBUCH VON BORD

Während des Flugs: Ein alter Häuptling, ich nenne ihn nicht abschätzig so, fliegt mit uns. Ihn begleiten zwei junge Schwarze in europäischer Kleidung, er dagegen trägt Stammestracht – vermute ich. Das Einzige, was nicht dazupasst, sind seine schwarzen Halbschuhe, die er während des Wartens im Flughafen ausgezogen hatte, wohl weil sie drückten. Er war mir aufgefallen, weil er sehr stolz und würdig einherschritt und einen Schuhanzieher mit langem Stiel schwenkte, ein Alligatorkopf verzierte dessen Ende. Mit seinen Begleitern hatte er Economy gebucht wie ich, wollte aber gleich zu Beginn des knapp sechsstündigen Flugs in die First Class wechseln. Das wurde ihm verwehrt. Er nahm es gelassen, keine Miene verzog das alte, vielleicht 60 Jahre alte Gesicht.

In einer Stunde laufen wir in Port Harcourt ein, ich gehe erst einmal auf die Brücke und sehe nach meinem Kapitän; er trauert seinem alten Job auf einem richtig großen Schiff sehr nach. Er wirkt umgepflanzt, ohne neue Wurzeln treiben zu können; seit knapp vier Jahren ist er hier bei der VTG, weil seine Reederei mit den großen Schiffen damals pleiteging. Irgendwie kommt er hier nicht zurecht, kann es sich aber wohl nicht eingestehen. Er hat oft eine Höllenangst, wenn er das Schiff an eine Bohrinsel heranmanövrieren muss, schnaubt ganz fürchterlich dabei, seine Zähne klappern … Ich stehe dann daneben, gebe ein paar Tipps, entschärfe ein wenig die Situation, die oft gar nicht so dramatisch ist. Über viele Nichtigkeiten, Kleinigkeiten echauffiert er sich, und findet dann alles schlimm und deprimierend. Manchmal tut er mir mit seinem Engagement richtig leid. Am 11. November wird er abgelöst. Er wird in Port Harcourt wieder Reedereivertreter an Land werden. Seine Frau bleibt in Oldenburg. Keine Zustände, finde ich. Abgelöst wird er wieder von seinem Vorgänger, dem Unangenehmen, aber ich habe dann ja nur noch zehn Tage. Hurra, juchhe und juchheißa!!

Sonnabend, 30. Oktober 1982

Gestern Abend noch kam Hugos Brief an Bord, den Du bei unserem letzten Telefonat angekündigt hattest. Er ist ein Herz, ich werde darauf antworten und ihm etwas über Bohrinseln erzählen, während Hugo mir Schopenhauers Gedanken über Musik näherbrachte, danach Auerbachs Ansicht von Musik als Weltsprache und – wie schön – seine Eindrücke von Maxi und Marlenchen. Alles hat er farbenprächtig mit Schlössern und Burgen gerahmt, die Mona Lisa dutzendhaft und – ein Schwarz-Weiß-Foto von sich selbst. Der gute Hugo. Herrlich!

Spiegel und stern kommen regelmäßig an, so halte ich mich auf dem Laufenden. Mit dem Lesen von Büchern, ich habe sie bis auf drei Krimis des US-Schriftstellers Harry Kemelman alle durch, gehe ich es jetzt langsamer an. Ich kann mich nicht mehr richtig konzentrieren, werde unruhig. Und seit vorgestern: steuerfrei. Schön, nich!?

Sonntag, 31. Oktober 1982,
19:35 Uhr,
an der Plattform Dixilyn

Wenn ich mich ein wenig kritisch unter die Lupe nehmen will, dann merke ich, wie sich meine Gedanken im Kreise drehen, sich wiederholen; da ist kein frischer Wind mehr drin. Woher soll der denn auch kommen?! Aber bald schon ist ja der eigentliche Sinn meiner sonst sinnlosen Seefahrerei erfüllt und wir können wieder so leben, wie wir uns das vorstellen. Und das ist ja auch schon viel, sehr viel.

Gestern Abend haben wir bis um 24 Uhr im Kapitänssalon gesessen und dabei zwei Flaschen Krimsekt geköpft, leider nicht kalt genug. Der Anlass: Er hatte – wie Hugo heute – am 31. Oktober Geburtstag. So habe ich also im Geiste mit Hugo auf seinen Ehrentag angestoßen und ihm Gesundheit und Wohlergehen gewünscht. Ihr habt sicher in den Geburtstag hineingefeiert, in kleiner Runde, wie Du sagtest, und Hugo ordentlich hochleben lassen.

Noch einmal zu meiner Ablösung: Unser Fahrgebiet Westafrika ist ja nicht sehr beliebt, und so soll es gerade auch kurz vor Weihnachten gelegentlich immer mal wieder Krankmeldungen geben. Geliebste, es geht zwar jeden Tag ein Flug von Port Harcourt nach Europa, aber dazwischenkommen kann mir hier immer etwas. Ob Du Dich bitte ein wenig darauf einstellst? Über Telex nach Bremen werde ich dir die Flugdaten durchgeben lassen, mein Anruf von Paris oder Amsterdam wird Dich dann in den aktuellen Stand setzen.

Trinchen, Trinchen, Du hast noch gar keinen Weihnachtswunsch geäußert. Einen richtigen schönen Wunschzettel möchte ich auf jeden Fall von Dir haben, so einen mit Trinchens Originalideen! – Wann und mit wem dieser Brief weggeschickt wird, das kann ich noch nicht absehen. Wenn es zu spät wird, kann es schon der letzte sein; aber wir telefonieren ja noch miteinander.

Donnerstag, 4. November 1982

So, Geliebste, da bin ich wieder, frisch gestärkt und motiviert durch Deinen Brief, den Du am 25. Oktober hast abstempeln lassen. Gestern, am 3. November, kam er an Bord. Man kann also davon ausgehen, dass die Post etwa acht Tage braucht. Das geht dann ja noch.

Wenn Du M. + M. beschreibst, ihre Entwicklung, ihre Fortschritte, dann komme ich mir manchmal so vor, als wäre ich auf einem anderen Stern, ganz schrecklich. Ich versäume wirklich sehr viel, und dass mir das Herz dabei blutet, das wirst Du sicher verstehen. Solange es ihnen an nichts mangelt, bis auf den Vater, solange können wir das auch vertreten, hoffe ich. Anschließend müssen wir das dann wieder aufholen, wenn's geht. – Ja, die Christel, da habe ich genauso laut und spontan herausgelacht wie Du auf dem Flughafen. Ganz souverän und mit Übersicht, herrlich. –

Hier an Bord ist die Stimmung ziemlich gereizt; Ursache ist, dass die Firma Mobil schon seit vier, fünf Monaten mit uns, der Wendentor, unzufrieden ist und sie weghaben will. Wir, die wir jetzt an Bord sind, werden zum Abladeplatz all jener Fehler und Versäumnisse, die unsere Vorgänger haben durchgehen lassen. Die Reederei wollte die Wendentor zuvor so lange halten wie möglich, aber das ging nicht. Gestern kam zur Krönung der Schikane tatsächlich einer an Bord und hat die von uns angegebenen Brennstoff-(Diesel-)Bestände überprüft. Misstrauischer geht's nimmer. Ergebnis: Sie stimmten. Du musst nämlich wissen, dass Schiffsführungen durch Manipulation einen Haufen Geld machen können, indem sie auf dem Schwarzmarkt Brennstoff verkaufen. An Bord kommen oft dunkle Leute, die sich dafür anbieten. Wenn auch alles über Taxometer läuft, so gibt es von Bordseite genug Möglichkeiten, sich eine goldene Nase zu verdienen.

Die Wendentor ist also raus aus der Charter, am 25. November etwa wird sie durch ein anderes Schiff – die Schaartor – ersetzt werden. Ich fliege aber wohl vorher nach Hause oder aber von Douala aus, wo wir hinfahren sollen. Durch unausgesprochene Schuldzuweisungen, durch das Verhalten des Charterers Mobil uns gegenüber, fühlen wir uns also nicht ganz wohl in unserer Haut. Dabei spielt auch eine Rolle, dass unser Kapitän immer ziemlich viel Angst hat, leider – und oft einfach klare Entscheidungen vermissen lässt. Nicht die Contenance verlieren, sage ich nur, es lohnt nicht.

Der neue Chefingenieur, 40, aus einem kleinen Ort in der Eifel, ist fachlich zwar prima, aber menschlich unausstehlich. Er weiß alles, kann alles, redet unablässig, hasst alles, liebt nichts, träumt ständig und das auch noch schlecht; politisch rechtsradikal, Schwarzenhasser, dümmlich. ABER: Er hat zwei wirklich wichtige Sachen an Bord repariert und ist nun kompetent für alles, was es auf der Welt so gibt.

Gestern Abend schon wollte ich Dir schreiben, habe mich so drauf gefreut, mit Dir zu reden: Zwei Stunden lang saß der Kerl dann aber bei mir in meiner kleinen Kammer, redete pausenlos von der Seefahrt (!), auch das noch. Um halb elf reagierte er dann endlich auf meine immer häufiger werdenden Hinweise, ich hätte noch etwas zu tun. Na, ich werde das verkraften, Geliebste, ist ja alles nicht so schlimm, mit ein wenig Abstand kommt es einem manchmal nur so vor.

Als Weihnachtsgeld, das im November ausgezahlt wird, soll es für mich 3.500 oder 4.000 Mark geben. Warten wir's ab; warmer Regen wär's ja. Auf jeden Fall bin ich ganz schön fröhlich und motiviert, dass sich die Geldsache endlich aufzulösen beginnt. Schön nich?!

Und nun eine kleine Story, eine sehr dunkle, über das tiefste Afrika: Seit etwa 14 Tagen geht in Port Harcourt der Tod um. Ein Häuptling ist gestorben, ein wichtiger, und der Medizinmann hat über seine Verbindung zu den Geistern erfahren, dass – wie bei diesem Stamm üblich – 17 Köpfe zu Ehren des Verblichenen um den Toten aufgereiht werden müssen; die Zahl der Köpfe richtet sich nach der Popularität des Häuptlings und der war eben sehr beliebt. Also schleichen seine Häscher durch den Wald und suchen schwarze Menschen, keine Weißen, die sie dann kurzerhand umbringen. Das religiöse Motiv erspart ihnen Strafverfolgung. Erfahren haben wir vor einer Woche davon, ein schwarzer Matrose an Bord hatte mir davon erzählt; heute Morgen wurde es wieder aktuell, als ein schwarzer Reiniger von uns zu spät zurück an Bord kam. Grund: Sein Bruder wird vermisst. Und ein Matrose ist noch mal schnell an Land gegangen, um seine Familie noch einmal zu warnen. Hier ist was los, aber nicht das Beste. Fünf haben schon dran glauben müssen, heißt es, ein Dutzend ist – zu Ehren des Häuptlings – also noch dran. Mann gut, dass weiße Köpfe dem Geist des Manitus nicht genehm sind. Huhu!!

AUS DEM PRIVATEN LOGBUCH VON BORD

Telex an den stern:
Drei Schiffbrüchige aus Príncipe nahe Äquator nach sieben Tagen Seenot von Bohrinsel gerettet. Bringen die drei, einen Weißen und zwei Schwarze, gerade nach Fernando Po, von wo aus sie ihre Rückreise antreten wollen. Fotos vorhanden. Falls Interesse, bitte wenden an H. Deecke, TLX 24548 auf Wendentor, Rufzeichen D5RE, wiederhole D5RE über Norddeich Radio.

AUS DEM LOGBUCH DER WENDENTOR

3. November 1982
Attention VTG-Reederei,
betrifft: Schiffbrüchige

Auf Bitten des Charters übernahmen wir am 2.11. um 14.35 Uhr Ortszeit Längsseite von Rig Dixilyn drei Schiffbrüchige, keine Flüchtlinge, die 120 Seemeilen von der Insel Príncipe nach Norden vertrieben worden sind. Sie waren sechs Tage ohne Wasser und ohne Proviant und Rettungsmittel auf See; besaßen nicht die geringsten nautischen Kenntnisse. Es handelte sich um einen Weißen und zwei Schwarze. Sprachkenntnisse nur portugiesisch. Keinerlei Ausweispapiere an Bord. Wurden beim Rig Dixilyn angetrieben und dort aufgenommen. Vom Rig wurde der Außenbordmotor repariert. Nach Absprache mit dem Charterer wurde das Kanu an Deck der Wendentor gesetzt und vom Rig mit Wasser, Proviant und Schwimmwesten ausgerüstet.

Um 15:15 Uhr Ortszeit fahren wir auf Anweisung des Charterers in Richtung Fernando Poo, Distanz 56 Nautische Meilen; diese Location war den Schiffbrüchigen bekannt, um von dort die Weiterreise in ihre Heimat Príncipe fortzusetzen. Um 20:40 Uhr Ortszeit, vier Seemeilen vor der Küste, haben wir das Kanu mit den drei Männern zu Wasser gelassen. Um 21:05 Uhr Ortszeit setzten wir unsere Reise nach Port Harcourt fort. Ankunft Port Harcourt am 3. 11. 1982, 11:35 Uhr Ortszeit.

PS: Betrifft stern-Info
Habe meine Zustimmung gegeben, beim Magazin stern anzufragen. Interesse an Bericht vorhanden. Bei Zustimmung des stern würde ein Bericht natürlich nur mit Einverständnis der Reederei VTG in Bremen erfolgen.
MfG, Kapitän Wendentor

Zu den beiliegenden Telexen: Der stern ist an einer Story interessiert, wenn ich wieder in Hamburg bin und meine Bilder vorzeigen kann. Über Norddeich Radio habe ich mit einem Redakteur gesprochen. Ich zweifele allerdings ein wenig an seiner Ernsthaftigkeit, denn seine erste Frage war, ob es sich um deutsche Schiffbrüchige handele oder nicht. Wir haben einen Portugiesen und zwei Schwarze von den Kap Verden aus Seenot gerettet. Übelwollende Kollegen von anderen Schiffen hatten vor uns die Sache nach Bremen telefoniert und von Flüchtlingen fantasiert und nicht von Schiffbrüchigen. Jetzt sind die Wellen aber wieder geglättet. –
Geliebste, heute soll der Brief noch raus, vielleicht klappt's ja. Ich freue mich so auf die Weihnachtszeit, auf die Einkäufe, auf Dich; ich liebe Dich! Immer Dein Hagen!

62

VON LAND – KATRINS 25. BRIEF

Hamburg,
Mittwoch, 3. November 1982,
17:30 Uhr
In Giselchens neu gestrichenem Wohnzimmer

Ja, mein Geliebster, Du hast richtig gelesen, ich schreibe zu einer etwas ungewöhnlichen Stunde. Im letzten Brief schrieb ich doch, dass es mir am Wochenende nicht so gut gegangen sei. Daraus entwickelte sich eine richtig handfeste Sache: Mittelohrentzündung und Kiefernhöhlenvereiterung. Inzwischen geht's mir aber fast schon wieder bestens, nur bin ich von der Chefin diese Woche noch krankgeschrieben worden. M. gibt die Steppstunden, Giselchen übernimmt zwei Kinderstunden und die Erwachsenen werden von einer Vertretung unterrichtet. Ich verbringe die Tage hier auf dem Sofa, inhaliere, schwitze und mach viel gesunde Sachen. Wenn meine Schrift noch krakeliger als sonst wirkt, liegt das weder am schwachen Gesundheitszustand noch am niedrigen Wohnzimmertisch, sondern am rechten Zeigefinger. Ich hab ihn ordentlich bandagiert und eine Salbe gegen Entzündungen drauf. So wird dieser Brief auch nicht sehr lang, denn das Schreiben ist ein wenig mühsam. Ach Geliebster, heut hab ich wieder die erste Pille genommen, schön nicht? Wenn mich jemand fragt: Wann kommt dein Mann, sag ich: Diesen Monat. Und ab Montag sag ich: in 14 Tagen.

Ach mein Geliebster, Dein letzter Brief! Er war zauberhaft. Über die Sache mit der Pille wollen wir reden. Vergiss nicht, ich kann sie im Gegensatz zu vielen anderen Frauen sehr gut vertragen.

Du siehst auf dem Foto so dünn aus. Hast Du so viel abgenommen? Geht es Dir auch wirklich gut, mein geliebster Hagen? Ich freu mich so wahnsinnig auf Dich! Soll ich noch einen Brief schreiben? Kommt er noch an? Ich denk, einen schicke ich auf jeden Fall noch ab. Vielleicht höre ich ja inzwischen telefonisch, wann Du abgelöst wirst. Ich habe Dich diesmal mit Fotos so vernachlässigt; sei nicht bös, ich hab's nicht so gepackt. Ich habe ein paar geschossen, auch bei der Renovierung, aber der Film liegt noch immer nur halb abgeschossen im Apparat.

Zu den Kindern: Maximilian fängt an zu sprechen! Sagt zu jedem Hallo. Außerdem alle, wenn Flasche oder Teller leer sind, und tschüs. Zauberhaft, der kleine Mann. Du wirst überglücklich sein.

Und Marlene ist inzwischen mein Giftzwerg. Sie besteht aus lauter Opposition. Bringt Sätze wie: Ich bin ein böses Kind. Sagt, wenn man ihr sagt: Kickel, Stina oder Thoda kommen gleich, mit ernstem Gesicht: Die mag ich nicht leiden, und läuft in dem Moment, wo besagte Person, die sie nicht leiden mag, die Wohnung betritt, an deren Rockzipfel. Und die Liebe ist groß!

Wehe auch, wenn wir ihr berechtigterweise mal böse sind! Dann kommt sie an, tränenüberströmt und sagt: Wieder lieb. Auf Harmonie legt sie großen Wert, aber sie überschreitet ständig Grenzen. Sie ist eine Wucht!

Mein Geliebster, wir alle sind so voller Erwartung, auch Marlene hat kapiert, dass Du bald wieder da bist. Sie sagte, als ich es ihr erzählte: Mami lacht wieder. Ich war sehr gerührt.

Geliebster, gleich kommt meine Stepp-Vertretung, Giselchen präpariert sich auch schon wieder für den Ballettsaal, ich leg jetzt meine Beine hoch. Hagen, ich liebe Dich, ich krieg ganz schwache Knie, wenn ich an die Ankunft denke. Ich küsse Dich in tiefer Liebe, mein Mann. Deine Frau Trinchen

AUS DEM PRIVATEN LOGBUCH VON BORD

Vor zwei Stunden, um halb neun, habe ich mit Trinchen gesprochen. Frisch und motiviert hörte sie sich an, die Geliebte. Ja, noch vierzehn Tage. Trinchen holt heute die Karten für das Weihnachts-Oratorium ab. Oh, welche Aussichten. Marlene hat mir ein kleines Lied ins Telefon gesungen, ich hab rein gar nichts verstanden. Maximilian stand mit der Flasche im Mund im Bett und freute sich, erzählte Trinchen. Wie so ein Gespräch erfrischt! Und aufbaut. Auch wenn es nur fünf Minuten waren.

63

VON SEE – HAGENS 20. BRIEF

Freitag, 12. November 1982,
MS WENDENTOR, Westafrika,
Ölplattform Dixilyn

Geliebste, der neue Tag ist wenige Minuten alt, der erst dann ein schöner Tag war, wenn er vorüber, wenn er vergangen ist. Die Tage hier haben es so an sich, dass sie von mir erst dann gewürdigt werden, wenn sie hinüber sind, und nicht dann, wenn sie da sind. Wenn ich im Schiffstagebuch zurückblättere, zum Beispiel auf das Datum von vorgestern, dann kommt mir dieses Datum sehr, sehr alt vor. Sie wirken auf mich maskenhaft, diese Tage ohne dich, so als wären sie ohne Saft und Kraft, ohne Freude oder Trauer. Sie wirken auf mich, als wären sie nur Spreu, niemals Weizen. Doch in steter Regelmäßigkeit zieht das rote Rechteck bei Dir über den Kalender, Woche für Woche zeigt es Dir rot auf weiß an, wie die Tage schwinden; das muss die Endlichkeit sein oder die Ewigkeit (?), ein Gleichmaß, durch rein gar nichts zu erschüttern, nicht manipulierbar, nicht zu erschüttern. Freitag ist heute, ich frage mich, ob mir anders wäre, wenn Montag wäre, zum Beispiel. Ich glaube, ja.

AUS DEM PRIVATEN LOGBUCH VON BORD

Ich konnte nichts dafür. Es geschah ohne Vorbereitung, ohne zwingenden Anlass. Als ich einen Magazinartikel über den Florettfechter Matthias Behr las, der mit seiner abgebrochenen Waffe einen sportlichen Gegner versehentlich getötet hatte und nun von seinem Fechttrainer und Ersatzvater Emil Beck seelisch wieder aufgerichtet wurde, geschah es: Ein heftiges Schluchzen erschütterte mich, brach aus mir heraus. Tränen flossen in die Hände, die das Gesicht schützen und verbergen sollten. Ich war gerade auf der Brücke, während wir an der Plattform Sedneth 1 Rohre löschten. Meine Seele öffnete sich wie von selbst, obwohl ich es nicht zulassen wollte; sie drängte ans Licht, wollte väterliche Zuwendung, wie Fechter Behr sie von seinem Trainer und Ersatzvater Beck erhalten hatte.

Vermisste ich meinen Vater, einen Vater? Ich habe den hervorquellenden Schmerz weggestopft wie einen schmutzigen Lappen, weil ich mir die Blöße, zu weinen, nicht geben wollte. Die Tränen weggewischt, hastig die dunkle Sonnenbrille aufgesetzt. Denn jeden Moment konnte ja jemand auf die Brücke kommen und mich tränenbedeckt überraschen.

Mir ist nie richtig klar geworden, ob ich meinen Vater vermisse; er war alkoholkrank. Mit einer furchtbaren Tat an unserer Mutter hat er sich von uns allen abgewendet; ich war damals gerade 15 Jahre alt. Hatte der Magazinartikel, der hauptsächlich von der vertrauensvollen Vaterfigur Emil Beck handelte, hat der meinen unbewussten Wunsch, mein tiefes Verlangen nach einem guten Vater, freigesetzt und den Ausbruch veranlasst?

Der Himmel ist klar, es ist kurz nach Mitternacht, ich bin auf der Brücke, habe Nachtwache, sitze am Kartentisch; auf der Seekarte das Reale, Wirkliche: die Bucht von Biafra. Über mir der Himmel: der unendliche. Der große Kran der Plattform Dixilyn, an der wir festgemacht haben, packt uns mit langen Rohren voll. 2.000 bis 3.000 Meter tief waren sie unter der Erde, in der Erde drin und sollten das gesuchte Öl an die Oberfläche befördern, doch die Bohrung ist nicht fündig geworden. Die Ventilatoren der Klimaanlage summen, wir schaukeln sacht in langer Dünung, ein paar Matrosen angeln noch immer, der Tiefkühlraum wird mit prächtigen Fischen gefüllt.

Die Luft ist mild und warm, sehr weich und fühlbar, sinnlich vielleicht, wenn ich es fühlen wollte. Nicht meine Luft ist es, die ich hier atme. Die afrikanische Luft, ich habe nichts mit ihr vor, sie ist mir fremd wie alle Lüfte, die ich allein atmen muss. Nur wenig bewirkt diese Luft, hat nur geringen Nachhall, diese dralle und geruchsschwangere Luft: wenn sie zusammen mit Pastellfarben einen Tag verabschiedet, der für zarte Augenblicke in rosé oder lindgrün verweilt und dann schweigend ins Meer taucht. Diese Sinnlichkeit dringt mir nicht ins Gemüt. Ich erahne wohl, was sie bewirken könnte. Ich kann und will aber nur darauf reagieren, wenn ich es teilen – mitteilen – darf. Du bist der einzige Mensch, Geliebste, mit dem ich das teilen möchte. Warten wir, bis wir bei den karibischen Inseln unter dem Wind sind oder bis zum Sonnenuntergang bei Friedrichskoog, Geliebste. Nur dies: Zusammen müssen wir sein, dann ist schon alles gut!!

AUS DEM PRIVATEN LOGBUCH VON BORD

Endlich geht meine Zeit hier zu Ende. Offiziell sind es noch zwei Tage, am 23. November ist mein Dreimonatsvertrag erfüllt. Aber Gott sei Dank habe ich noch einmal nachgerechnet: Erst am 27. November habe ich die wichtigen 183 Tage Fahrzeit unter der erst dann steuerfreien Liberiaflagge voll, erst dann nämlich zählen die Tage zwischen den Einsätzen auf Hopfentor und jetzt Wendentor dazu. Das kommt gerade so hin. In Douala kann ich mit meinem Ablöser rechnen. Die Wendentor soll jetzt raus aus der Mobilcharter, wir werden von der Schaartor abgelöst, die am 25. November aus Abidjan hier eintreffen soll. Im Augenblick machen wir Anchor Handling[35] beim Rig Sedneth 1, ausgerechnet noch auf den letzten Drücker.

Die Gesellschaft der Männer, wie sie leben, wie sie denken, was sie tun, wird mir täglich unangenehmer. Kein Gespräch kann zu Ende gebracht werden, ja, kann überhaupt geführt werden, weil jeder Satz voller Vorurteile, Falschinformation und aus dem Bedürfnis heraus besteht, einfach nur zu reden. Diese Ziellosigkeit des Wortgeraschels lässt mich verstummen, ich nicke meistens und sage, wenn ich mich nicht sowieso zurückziehe, ach ja, aha. Es geht mir auf den Geist,

---

35 *Die Anker der Plattform aus dem Meeresboden brechen und diese auf eine neue Position schleppen*

wenn jeder dritte Satz anfängt: Auf der Sowieso (gemeint ist ein Schiffsname) hab ich das soundso erlebt. Zuhören, was der andere gesagt hat, gibt es nicht. Das aber ist wohl an Land auch nicht viel anders, hier fällt es mir nur auf.

Ganz schlimm und voller Vorurteile ist der Erste Ingenieur; ein kleiner Wichtigtuer aus der Eifel, der sehr schwer daran trägt, dass er sein 200.000-DM-Haus abbezahlen muss. Er hasst alle, die eine bessere Ausbildung haben als er, benutzt Fremdworte, die er nicht einzuordnen weiß, schimpft über die Reederei und seine Kollegen, die vorher auf dem Schiff waren. Da ist so viel Aggression, so viel Unzufriedenheit mit sich selbst drin, dass es beinahe unmöglich ist, nicht immer auf seine Tiraden anzuspringen. Dieser unerfreuliche Zeitgenosse hätte mir wirklich erspart bleiben können. Nur zwei Beispiele sollen genügen, ihn zu skizzieren, was eigentlich schon zu viel ist, aber sie sagen etwas über sein Mittelmaß, das schon wieder ein Kompliment für ihn wäre: Kurz vor einem Flugzeugunglück, sagt er, wenn er wüsste, dass die Maschine gleich abstürzen wird, würde er eine Stewardess vergewaltigen. Und dann schildert er den Hergang eines Autounfalls, den er in allen Einzelheiten auf sich zukommen sieht, und sein einziger Gedanke wäre: Hast du auch eine saubere Unterhose an? Ein kleiner Mann, dick, bärtig, aufgeplustert. Er versteht es aus dem Stand, Aggression, Hass und Abscheu zu produzieren und zu verspritzen. Seit knapp sechs Wochen ist er an Bord, Tür an Tür mit mir, auf Schritt und Tritt.

Ich fliege zu Dir, nachts um halb drei, husche zu Dir ins Körbchen und kraule Deinen Rücken, so, als wir Marlenchen erwarteten und Maxi; kraulend haben wir auf sie gewartet. Du hast dabei geschnurrt wie eine Katze am warmen Ofen. Trinchen, mein Kätzchen, das sich so unnachahmbar rekeln kann, dass mir ganz wohl dabei wird. Lebensfreude strahlst Du aus, Geliebste, Frische und Wohlbefinden! Das steckt an! Da fällt mir das kleine Standesamt in Lachendorf ein, unser Spaziergang daran vorbei, wie wir in Gedanken 100 Gäste auflisteten zu unserer Hochzeit am 4. Juli 1981, zu dem großen Fest bei Christel in Haus und Garten. Und wie aus den großartigen Plänen dann nichts wurde. Stattdessen wollten wir nun die Kurve kriegen. Amtlich mussten wir mit dem 21. November 1980 vorliebnehmen.

Was war denn da los? Der Brautstrauß, den ich Gott sei Dank nicht vergaß. Dann meine Kleiderprobe, ob mit oder ohne Lederjacke. Keine Krawatte, das war klar. Du, Braut, ganz in Seide, na klar. Und unsere beiden Mütter. Und auch Marlene – sechs Monate alt, als Engel in M.s Händen über uns schwebend – war bei der Standesamtszeremonie mit dabei. Blumen streuen. Die Fahrt mit unserer Ente nach Hause. Schließlich die schlichte Erhabenheit, mit der uns Hugo musikalisch am Flügel empfing.

Spielte Hugo Beethoven? Weißt Du noch, Geliebte, Vertraute, Freundin, Mutter, Geliebste?? Weißt Du noch? Du hast es wohl mit anderen Nuancen empfunden, erlebt. Wie die Wirklichkeit ja fast immer verschieden erfahren wird, obwohl doch nur eine ganz bestimmte Wirklichkeit abläuft. Welche Wirklichkeit ist denn nun wirklich? – Und am Abend des 21., – Trinchen, es macht so viel Spaß mit Dir zu plaudern – kam da nicht Peter mit Freundin Brigitte vorbei, einen ganzen Tag zu früh? Und ich ließ die beiden nicht wieder weg, weil alles so gemütlich war! Zu komisch!

Trinchen und Hagen haben Hochzeit gemacht, dass es eine Art hatte, so richtig durabel. Zu schön. Du dann bei der großen Feier am nächsten Tag im Hippiekleid, das wir auf dem Flohmarkt gekauft hatten, mit Blumen im Haar, wunderschön sahst Du aus, glücklich, lebenslustig, frisch, jung. Ich war mächtig stolz auf Dich wie ein Mann nur stolz sein kann, wenn er seine schöne Frau nach Haus holt. – Nächtliche Erinnerungen unter Afrikas sternenklarem Himmel: Gedanken an zwei Tage im böigen Hamburg anno November 1980. Gehegte Rückblicke, gepflegte Gedanken, wie der Hans die Grete nahm. Ich liebe Dich!

Wollen wir uns am 22. November um Punkt 21 Uhr (wir haben ja die gleiche Zeitzone), zum Rendezvous im Sternzeichen Großer Wagen zum Hochzeitsmeeting treffen, Du auf einer Achse, ich auf einer? Wir schauen beide in den Himmel und unsere Blicke berühren sich da oben und unsere Gedanken. Mehr geht doch nicht. Was wir dann dachten, wollten, wünschten, – es sollen nur zwei Minuten sein, – was wir dabei fühlten, das erzählen wir uns, ja?! Abgemacht! Treffen mit Trinchen im Kosmos! Fantastisch! Und das alles am zweiten Hochzeitstag.

Sturzflug zurück auf die Erde! Bumm.

Vorgestern hat Kapitän Haase mir ein Telex geschickt und mitgeteilt, dass mein Ablöser nach Douala kommt. Das ist prima, weil die Ausreise von dort keine Probleme mit sich bringt. Er spricht von Ende November, also zwischen dem 25. und 30. Das hängt aber schließlich davon ab, wann wir hier in Port Harcourt wegkommen. Die Reise nach Douala dauert nur zwölf Stunden. Der 25. November, den wir ja als Fixpunkt für meine Ankunft in Hamburg angepeilt hatten, driftet nun ein bisschen ab. Ich glaube, es wird zwei, drei Tage später, mehr wohl nicht. Sowie ich Genaueres weiß, rufe ich Dich an. Auf die paar Tage kommt es zwar an – und ich werde wohl das Hauskonzert bei den Freundinnen versäumen – doch so ist uns ein ungestörter Urlaub im Dezember und ein halber im Januar sicher. Nicht weinen, Trinchen, bald ist diese doofe, schreckliche Zeit vorbei. Ich machte mir Gedanken, wie ich einen Kuss – gut erhalten – zu Dir schicken kann: Mir ist nichts eingefallen. Alles, ja alles holen wir nach, Geliebste, ja.

Wann sollen denn Marlene und Maxi Schwedisch von Stina bzw. Italienisch von Thoda lernen? Die Gelegenheit ist gerade günstig, nur vernünftig muss sie sein. Wie froh ich bin, dass wir mit unserer Stina aus Stockholm und unserer Thoda aus Mailand den goldenen Griff getan haben. – Mit meinem Brief an Hugo: Ich weiß nicht, ob er mir noch gelingt, ob Du ihn bitte auf ein eventuelles Versagen von mir vorbereitest? – Unser Telefonat neulich hat mir richtig Spaß gemacht, Dir auch? Die Karten für das Weihnachtsoratorium haben meinen Gedanken eine neue Richtung gegeben. – Liebe Grüße an Giselchen und Hugo, an M. + M. Ich bin so froh, dass diese Zeit hier bald vorbei ist. Dein!! Hagen.

64

VON SEE – HAGENS 21. BRIEF

Dienstag, 16. November 1982,
Port Harcourt, Nigeria,
MS WENDENTOR

Liebstes Trinchen, wenn ich richtig gerechnet habe, dann musst Du heute den Brief bekommen haben, der unser Treffen auf dem Großen Wagen in Aussicht nimmt. Der Zweite Ingenieur, der mit mir hier eingestiegen war, nimmt diesen Brief aus Port Harcourt mit, morgen fliegt er nach Hause.

Ich finde es so schrecklich, Geliebste, dass ich überhaupt nichts machen konnte, als Du so krank warst. Scheußlich ist das, wie weit wir auseinander sind. Hoffentlich bist Du inzwischen wieder gesund und munter. Du siehst, Deinen Brief, in dem Du mir davon erzählst, habe ich erhalten. Neues in Hinsicht auf meine Ablösung gibt es nicht, da wir einfach auf die Schaartor warten müssen, die am 19. November aus Abidjan ausläuft und zweieinhalb Tage später hier eintrifft, also am 22. November. Dann klarieren wir hier aus; das bedeutet, dass die Ausreiseformalitäten erledigt werden müssen. Zur gleichen Zeit geht die schwarze Besatzung von Bord, in Douala werden statt ihrer dann Philippiner anmustern. Diese zeitliche Abfolge vorherbestimmen zu wollen, wäre vermessen, weil halt so viele Menschen und Faktoren daran beteiligt sind. Von der Wohnstube des Pastors in Douala aus werde ich dir endlich sagen können, wann ich in Hamburg eintreffen werde.

AUS DEM PRIVATEN LOGBUCH VON BORD

Die nigerianische Besatzung in Stichworten:
A B (able bodied = Matrose) Thompson: Halte ich für den Intelligentesten, ist willig, zuverlässig, denkt mit, kooperativ. Geboren in Ghana. Versteht Spaß.
A B Jumbo: Neben Thompson der beste beim Anchor Handling; macht Spezialaufgaben recht gut, zum Beispiel an der Winde. Trinkt ganz gern mal einen, aber ohne dabei aufzufallen.
A B Tony: Ist nicht der Schnellste, macht seine Sache aber im Allgemeinen gut. Geboren in Ghana. Muss bei Konservierungsarbeiten kontrolliert werden; mauschelt ganz gern mal, versteht Spaß.
A B Tolofari: Er macht so seinen Stremel weg, ohne sich groß zu engagieren. Ist Gewerkschaftssekretär bei der Gewerkschaft Nupeng, für die er öfter frei bekommt. Ist manch-

mal nervig und penetrant. Hält nicht so viel von der Arbeit, geht aber so lala.

A B Etim Akpan: Das kleine Troddeltier, das alles macht, auch wenn es keinen Zweck hat. Typisch für einen Mitläufer, ohne Pep. Tapsig, willig, aber wenig Ahnung.

Quartermaster[36] M. Bassuo: Ein frommer Mann, der immer Probleme mit seiner Familie hat; ist anstellig, versteht seinen Job; kennt das Revier aus dem Effeff; in allen Dingen verhalten; macht – wie alle anderen auch – alles nach bestem Wissen und Gewissen, aber eben auf seine Art.

Local Cook John David: Reinigt täglich – bis auf die Wochenenden – alle Kammern, Waschräume und Gänge! Seine Landsleute sind mit seiner Kochkunst zufrieden.

Unser Koch Sunday: Er hat auf Schiffen der deutschen Reedereien Woermann und Hansa gelernt, versteht sein Handwerk; mit der Sauberkeit hapert es ein bisschen, macht aber alles, wenn man ihn antippt. Listet zum Monatsende den Proviantbestand selbstständig auf! Ist aber trotz allem durchs Ohr gebrannt.

Die Deckscrew ist sicher im Anchor Handling und selbstständig mit allen dabei anfallenden Arbeiten. Zementtanks wurden bei uns nach jeder Zementabgabe besensauber gemacht. Die Seeleute sind auch in besonderen oder überraschenden Situationen schnell an Deck.

Was Du auf dem Foto von mir gesehen hast, das waren – glaube ich – wirklich so einige Pfunde weniger als vorher. Kürzlich habe ich mir den Bart ordentlich gestutzt. Ich glaube wirklich, dass sich

---

36 *Damit ist ein Rudergänger, ein Matrose gemeint, der am besten steuern kann.*

meine Gewichtsabnahme sogar in meinem Gesicht bemerkbar macht. Ich esse hier eben nur, um zu verbrennen. Wir vier werden uns das wieder schön gemütlich machen, nich?! Außerdem trinke ich hier so gut wie keinen Alkohol, ab und an mal ein Bier, das wär's dann auch schon.

Deine Schilderungen über Marlene und Maxi, ich habe sie immer verschlungen, Du beschreibst sie und mir läuft ihr Film vor meinen Augen ab. Danke, Geliebste. –

Ja, ich freue mich auch so sehr wie Du, mir wird ganz schwindelig. Der Schritt von dieser fremden, unansehnlichen Welt hier in die unsrige, mit all dem Schönen drum herum, das wird in mir wieder so dramatisch und tief erlebt festgehalten werden, wie die Male zuvor. Schon unsere Wohnung allein, die schöne.

Nichts in mir ist fester betoniert als der Antiseemann. Wenn ich so meine damaligen Seefahrtsjahre Revue passieren lasse, dann bin ich nie ein Seemann gewesen, auf den das Klischee eines Seemanns zutrifft. Tschüs nun, Dein Mann muss los. Ich küsse Dich, ich liebe Dich. Und wie ich mich auf Dich freue! Dein Hagen!

AUS DEM PRIVATEN LOGBUCH VON BORD

Ich habe das Gefühl, einen 5.000-Meter-Lauf hinter mir zu haben. Die letzten Meter lasse ich langsam auslaufen und verpuste mich: drei Monate Nigeria, Port Harcourt, Westafrika. Sie sind zwar relativ schnell vergangen, haben aber viel Kraft gekostet. Während meiner letzten Tage ist Besuch an Bord, ein Inspektor, der die West-Afrika-Schiffe inspizieren soll. Er präsentiert sich mir als ein Mann mit aufgeblähter Männlichkeit und hält sich nicht an die Usancen an Bord, dem Kapitän nur beratend zur Seite zu stehen; stattdessen macht er den Besserwisser und kehrt den Vorgesetzten heraus, der er offiziell ja auch ist.

Zum Schluss verschleppen wir noch eine Bohrinsel, die Sedneth 1, völlig überraschend. Kommen in arge Bedrängnis mit dem Zeitplan, da wir einen Anschlusscharter in Douala nicht mehr pünktlich erreichen. Beim Anchor Handling auf der neuen Sedneth-Position erleiden wir einen Schaden an der Rudermaschine. Die beiden Wettbewerber Point Dover und San Mateo Seahorse feixen sich eins, weil wir trotzdem den ganzen Job machen müssen. Die neue, uns mitgeteilte Location soll aber schon wieder nicht stimmen.

Habe Trinchen am Montag, 22. November, unserem zweiten Hochzeitstag, angerufen. Schön, wie immer. Habe mit ihr noch einmal über unser Rendezvous auf der Deichsel des Großen Wagens geredet, das ich ihr im Brief ankündigte. Ja, um 21 Uhr war alles bedeckt, aber fünf (!) Minuten lang haben wir uns gedanklich getroffen, lustig, vereinbart waren nur zwei Minuten. Meine Geliebste, du hast so prima reagiert, als ich sagte, ich käme erst verspätet zurück. Für deine Reaktion danke ich dir.

Hier herrscht jetzt einen Monat lang der Harmattan, ein trockener, von der Sahara zur atlantischen Küste Afrikas wehender Nordostwind, mit ihm zieht trockene Wüstenluft über Land und Meer; der mitgetragene Staub und die Sandpartikel binden sich in der feuchten Luft und decken alles mit einem weiß-gelben Schleier zu. Höchstens 100 Meter Sicht.

AUS DEM PRIVATEN LOGBUCH VON BORD

Richard von der Agentur S.A.M.O.A. kam gleich an Bord. Ich habe ihn gebeten, meinen für den 2. Dezember gebuchten Flug um einen Tag vorzuverlegen: Ich will nur noch weg! Vielleicht klappt es ja sogar noch morgen Abend um 23:30 Uhr. Gestern habe ich mit Trinchen via Norddeich Radio telefoniert, sie hat nichts verstanden, die Verbindung war katastrophal. Heute versuche ich es vom Seemannspastor aus noch einmal.

In Port Harcourt ist die nigerianische Besatzung auf die Schaartor umgestiegen, die ganz frisch aus der Werft in Abidjan kam. Die Männer haben gerade mal ihr Leben, die armen Hunde, und im Augenblick einen Job. Ein paar Pappkartons haben sie, darin haben sie ihre Hose und die alten Schuhe und ein bisschen Krimskrams verstaut und reichten es auf ihr neues Schiff hinüber, das Längsseite lag. Menschen doch auch, die lieben und leiden, die Ja und Nein sagen können, Hoffnung haben und Schwächen. Das Bild, wie sie auf das andere Schiff hinüberkrabbelten, dauerte mich.

Ganz anders, selbstbewusst und sofort aktiv, sind die Philippiner, die wir von der Schaartor übernahmen. Auch wenn Sonnabend war, putzten sie den Dampfer heraus und brachten seemännischen Grund hinein, Reinschiff, ohne dass nur ein einziges Wort gesagt werden musste. Gute Seeleute eben.

Meine Meinung über den Inspektor der VTG habe ich ein wenig revidiert. Ich mag zwar seine breite maskuline Art nicht – tief gehaltene Vorgesetztenstimme, hält sich möglicherweise für unfehlbar, Zweifel an ihm sind bitte nicht so recht genehm – habe aber die Gründlichkeit, mit der er seine Schiffe inspiziert, als richtig und notwendig angesehen. Mich hat er vorgeführt, weil ich die Sicherheitsrollen[37] nicht ins Tagebuch eingetragen habe (Versicherungsgründe). Er hatte recht.

Ich habe ihm allerdings vorgehalten, dass die Reederei es als gegeben hinnimmt, dass die Kapitäne sehr oft total übermüdet sind und deshalb zum echten Sicherheitsrisiko werden für das eigene Schiff und die der Plattform. Beim Rig Move der Sedneth 1 wäre mein Kapitän mit Volldampf unter das Rig gedonnert, wenn ich nicht in letzter Sekunde auf die Brücke gerast wäre und *Voll voraus, voll voraus* geschrien hätte. Er hat nur noch mechanisch reagiert und so kamen wir mit einer Armlänge Abstand gerade noch einmal klar. Das war nachts um halb drei. 24 Stunden Dauerstress. Der Kapitän rauchte während dieser 24 Stunden 300 Zigaretten, trank unzählige Tassen Kaffee, nichts gegessen. Der Mann ist völlig fertig, Alkohol und anderes mehr haben tiefe Spuren in seinem eingefallenen Gesicht hinterlassen. Er ist schlaff wie ein leerer Luftballon. Kein Feuer unter ganz viel Asche.

AUS DEM PRIVATEN LOGBUCH AN BORD (LETZTER EINTRAG)

23 Uhr. Ich sitze auf dem Flughafen in Douala. Es ist noch gar nicht so lange her, da saß ich schon einmal hier und hatte Herzklopfen, weil ich mich auf Trinchen freute. Heute ist es wieder so, vielleicht noch schlimmer. Die Trennung höhlt mich aus, lähmt mich, macht mich völlig wehrlos.

37 Aufgaben, die einzelne Besatzungsmitglieder im Notfall übernehmen

Um kurz nach 21 Uhr kam mein Ablöser endlich an Bord, seine Maschine hatte zwei Stunden Verspätung. Im Galopp habe ich ihm das Telex erklärt, das war auch schon alles. Die lange Mängelliste vom Inspektor bringt ihm der Alte näher, 84 dicke Punkte stehen drauf, genug für ein Jahr. Welch ein Glück, dass ich überhaupt noch von Bord kann. Unser Schiff sollte sofort nach Point Noire im Kongo weiter, um dort die Wassertor zu ersetzen, deren Winde ausgefallen war. Hick und hack und hin und her, dann aber blieb die Wendentor doch in Douala und wartet dort nun auf eine neue Charter.

Inzwischen war der Seemannspastor an Bord gewesen, um die Besatzung für den Seemanns-Club abzuholen. Weil ich nicht mehr dazu kam, bat ich ihn, Trinchen anzurufen, dass ich schon am 1. Dezember um 13:45 Uhr in Hamburg landen würde und nicht erst am 2. Dezember um 20:15 Uhr oder so. Am Sonntag wollen wir Marlene und Maximilian taufen lassen. Mein Gott, muss ein weiterer Einsatz wirklich noch sein? Ich könnte mich übergeben, wenn ich nur daran denke. – Weihnachtsgeld soll es für mich 3.800 oder 3.900 Mark geben, ganz schön, weil es auch steuerfrei ist. – In einer Stunde geht der Flug nach Paris Charles de Gaulle und von dort weiter nach Hamburg. Nach Hause. Was würde ich nur ohne Trinchen, ohne ihre Liebe sein. Maximilian und Marlene, wie ich sie vermisse.

Es kommt zu keinem weiteren Einsatz, weil ich den Dienst quittiert habe. Ab sofort bin ich schuldenfrei, habe darüber hinaus noch eine schöne Reserve anlegen können. Die Urlaubswochen mitgerechnet, verbrachte ich zehn Monate und drei Wochen an Bord.

Nicht nur an goldenen Tagen wie diesem stützen sie sich und sind gut miteinander: Katrin und der Autor an ihrem 20. Hochzeitstag. November 2000 in Hamburg.

Ruhige See am Kap der Guten Hoffnung, mit Löwenkopf und Tafelberg im Hintergrund. Auf dem maroden Tanker Wabash River fuhr Hagen 1968 als Zweiter Steuermann zur See.

Musikalische Früherziehung für Kinder ab drei Jahren. Im verspiegelten Ballettsaal der Schule machen die Mädchen Katrins Übungen nach, begleitet von rhythmischer Musik.

Hohe und weite Räume für hohe und weite Sprünge. Fortgeschrittene Tänzerinnen proben mit Katrin, vorne, ein hauseigenes Musical. Im Ernst Deutsch-Theater wird es inszeniert.

Von Douala aus, der größten Hafenstadt Kameruns, arbeitet der Autor auf der Hopfentor, mit der er im westafrikanischen Kole-Field mehrere Ölplattformen betreut.

An der Hochschule für Musik und Theater in Hannover studiert Katrin Tanz, kurz danach Schauspiel an der Universität Folkwang. Das Foto zeigt sie 1972 als junge Schauspielerin.

Der Weg auf die Kommandobrücke ist nicht mit Rosinen gepflastert. Nach harter Matrosenarbeit auf dem Schwergutschiff Neidenfels erholt sich der Autor gerade. 1965.

Hafen Decke, M.S. „Hopfentor"
Sodété Agence Maritime
de l'Ouest Africaine
(S. A. M. O. A.)
P. O. B. 1127
DOUALA / CAMEROUN

Fünf Tage dauerte so ein Luftpostbrief 1982 von Hamburg nach Douala in Kamerun, oft ergänzt mit Familienfotos. Briefe wurden dringend erwartet, sie waren lebenswichtig.

Unser letzter Urlaub führte uns im Herbst 2014 für eine Woche auf die Müritz, ein See innerhalb der Mecklenburgischen Seenplatte. Freunde hatten uns zu dieser Bootstour eingeladen.

Teil 2

Unser letztes Jahr
Logbuch einer Zerstörung

PROLOG

Das böse Wort beherrscht von Stund an alles, was ich denke oder fühle. Als es einschlägt, verletzt es Herz und Seele. Das böse Wort belegt jeden Gedanken, lässt mich vor der Zukunft frösteln. Mit diesem Wort verunglückt unser Leben, als hätte eine hohe Macht uns einen Stock zwischen die Speichen geworfen. Nie mehr wird unser Miteinander so sein, wie wir es liebgewonnen hatten.

Ärzte des Freien Krankenhauses in Hamburg erforschen Katrins Blut, untersuchen sie von Kopf bis Fuß. Sie wenden dabei die Hohe Schule ihrer medizinischen Kunst an. Und endlich, als sie Gewissheit haben, bitten sie uns zum Gespräch.

Jener Freitag im März 2015 endete mit diesem bösen Wort: Es ist Krebs, sagte die Ärztin, Bauspeicheldrüsenkrebs. Ihre Stimme verriet Mitgefühl, Katrin und sie mochten sich. Es tut mir sehr leid, fügte sie noch hinzu und legte eine Hand auf Katrins Arm. Wir verbargen die Gesichter an unseren Schultern, wischten uns Augen und Wangen, hielten uns die schwindeligen Köpfe.

Die Ärztin zeichnete blaue Kugelschreiberfäden auf ein weißes Blatt Papier, wollte uns wissen lassen, was sie in Katrins Bauchhöhle vorgefunden hatte. Wir aber sahen nur ein Wollknäuel, mit dem gerade eine Katze gespielt hatte. Wir erkannten Katrins Bauchspeicheldrüse und das böse Wort darin.

Freitag, 2. Januar bis Freitag, 13. März

Am 2. Januar 2015 wird bei Katrin eine Lungenentzündung diagnostiziert. Da sich ihr Zustand kaum bessert, finden weitere Untersuchungen statt, zuletzt eine Bronchioskopie. Die Blutwerte sind unauffällig. Keine Autoimmunkrankheit. Vermutlich handelt es sich um eine Sarkoidose, eine Entzündung des Lungengewebes. Sie muss vier Wochen lang Cortison nehmen. Am 5. März geht Katrin zu ihrer Hausärztin. Diese stellt fest, dass die Bauchspeicheldrüse nicht so ordentlich abfließt, wie es sein sollte. Sie überweist Katrin zum Kernspin ins Krankenhaus. Das Ergebnis: Kein Tumor, aber eine Verdickung beziehungsweise eine Verengung in der Bauchspeicheldrüse. Auch die Galle hat eine Verengung. Am 12. März werden eine Magenspiegelung und eine Ultraschalluntersuchung durchgeführt. Am nächsten Tag, Freitag, den 13. März, bekommen wir das Ergebnis: Bauspeicheldrüsenkrebs. Die Tragödie beginnt.

Während dieser Zeit arbeite ich an einem Buch über das Leben meiner Mutter; es soll 2017 erscheinen, sie wäre dann hundert Jahre alt geworden. Außerdem wird die Veröffentlichung meines Romans *Als Nichtschwimmer auf den Weltmeeren. Meine Seemannsjahre* im Rostocker Hinstorff Verlag für Frühjahr 2016 vorbereitet.

Wegen Polyneuropathie bin ich zur Behandlung in einer physio-energetischen Praxis. Die Physiotherapeutin spürt verborgene Themen in mir auf, Wut zum Beispiel.

Auf der Messe Aktivoli in der Hamburger Handelskammer lerne ich die Schülerstarthilfe MENTOR Lesen kennen. Hier will ich mich engagieren.

Unsere Kinder: Marlene arbeitet als Dramaturgin an einem Theater in Bremen. Noch in diesem Jahr wird sie an ein Theater in München wechseln.

Maximilian studiert im ersten Semester Psychologie in Heidelberg. Ein Studium der Philosophie und Religionswissenschaften hat er bereits abgeschlossen. Er lernt jetzt für das Rigorosum – die mündliche Prüfung in seinem Promotionsverfahren an der Universität Leipzig.

Politische Ereignisse in diesen ersten Wochen des Jahres 2015:

Am 6. Januar erschießen Terroristen zwölf Journalisten der Satirezeitschrift Charlie Hebdo in Paris. Viele Schwerverletzte. Am 9. Januar werden in Paris drei Terroristen erschossen, vier Geiseln kommen um. Ein Land im Ausnahmezustand.

Schicksalswahl in Griechenland am 25. Januar. Alexis Tsipras wird neuer Ministerpräsidenten. Die Europäische Zentralbank kündigt an, für 1,12 Billionen Euro Staatsanleihen zu kaufen. Die Schweiz koppelt den Franken vom Euro ab.

15. Februar: Wahl in Hamburg. Die bisher allein regierende SPD verliert ihre absolute Mehrheit, koaliert jetzt mit den Grünen.

Samstag, 14. März

Wir fahren zum Baumarkt, zum Fischladen und zur Drogerie. Katrin pflanzt die Azaleen um, wir essen Bratkartoffeln und Sülze. Wir sind verzweifelt! Nachmittags rufe ich meine Geschwister an. Anrufbeantworter. Ich sage nur: Keine gute Nachricht. Katrin meint, ihr Gesicht werde runder, voller und auch sonst. Das Kortison wirkt. Sie bezieht die Betten neu, legt Pullover zurecht, schneidet mir die Haare. Marlene ruft an, sie kommt heute Nacht.

In der Nacht kommt Marlene, sie bleibt ein paar Tage. Erleichterung.

Sonntag, 15. März

Morgens ganz früh krabbele ich zu Katrin ins Bett, wir kuscheln, schauen uns lange an und weinen, weinen. Mir ist das Herz so schwer, mein Gott, mein Gott. Wir frühstücken ausführlich von 11 bis 14 Uhr, heiter und gelöst, ganz komisch. Wir reden über Theater in Bremen und Theater in München, wo Marlene Mitte September anfängt. Wir reden nicht über das Krankenhaus, nicht über die OP. Katrins Schwester ruft an.

Ich erzähle Marlene von MENTOR Lesen. Nachmittags ruft Maximilian an, ich erzähle, was demnächst ansteht, OP und Bestrahlung. Dann reden Katrin und Maximilian miteinander. Es war ein gutes Gespräch, sagt sie, das hat mir noch sehr gefehlt.

Eine Freundin aus der Schweiz ruft an. Sie ist für uns da, will uns Schokolade bringen und Käse, was es nur in der Schweiz gibt. Sie will uns zurückgeben, was wir ihr damals gegeben haben, als sie eine Zeit lang bei uns lebte.

Montag, 16. März

Marlene nimmt mich in den Arm und sagt: Papi, lass dich nicht in Löcher fallen, die nicht vorhanden sind und andere mitreißen. Um 10 Uhr steigt Katrin vor dem Krankenhaus aus und sagt: Ich bin stark, wir schaffen das. Zielstrebig geht sie auf den Eingang zu, winkt mir noch mal zu und geht hinein. Um 13 Uhr ruft sie mich an und sagt, dass sie am Mittwoch operiert wird.

20 Uhr Anruf von Maximilian. Er hat vorher mit Katrin und Marlene telefoniert. Er kommt am Freitag aus Heidelberg. Mami ist tapfer, selbstbewusst und vernünftig, sagt er.

Katrin und ich haben in den letzten Tagen über alles gesprochen. Sie war davon ausgegangen, dass ich zuerst gehen und sie zurückbleiben würde. Sie schäkert, als sie sagt, ich sei alltagsuntauglich, was ich aufgreife und in haushaltsuntauglich ändere. Sie sagt, das Schlimmste wäre es, wenn ich mich von meinen Enkeln verabschieden müsste. Das jedenfalls bleibe ihr erspart, weil keine Enkel da seien. Abends sehe ich mit Marlene *Wer wird Millionär?*

Dienstag, 17. März

Ein sonniger Vorfrühlingstag, 9 Grad, umlaufende leichte Winde, spröde Märzsonne. Katrin ruft aus dem Krankenhaus an: Sie hat gerade gefrühstückt, danach gibt's nichts mehr. Ihr Bett wird heute ans Fenster gestellt mit Blick auf den Park, ihre Bettnachbarin wird heute entlassen. Sie bittet mich um eine Klemmleuchte statt E-Book, um Maggi und einen Wäschebeutel.

Heute steht bei ihr die Lungenfunktionsprüfung an. Ab 13 Uhr wird Abführmittel gereicht. Marlene bringt die erbetenen Sachen. Katrin hat mit der leitenden Oberärztin gesprochen, sie operiert Katrin morgen, und es bestünden gute Chancen, dass alle Krebszellen entfernt werden können. Wir sind froh. So jedenfalls sieht es heute aus. Morgen wird die Ärztin Marlene anrufen, ich könnte ihr gar nicht richtig zuhören.

Drei Liter Wasser muss Katrin noch trinken. Der Chefarzt schaut mit seiner Entourage bei ihr vorbei – groß, braungebrannt, weißes Haar und so weiter – alle Klischees sind erfüllt. Marlene und ich fahren jetzt zu Katrin, 17 Uhr. Morgen zwischen 9 und 10 Uhr wird sie operiert.

Wir sitzen im Krankenhaus-Café, Katrin erzählt. Wir drei sind nervös, unsicher und zukunftsscheu, haben Angst vor morgen. Ein Mann läuft vorbei, aus seiner Hose ragt ein Beutel heraus, in den Körperflüssigkeit aus einer frisch operierten Wunde tropft. Er findet das wohl chic und schlendert durch das Café, als ob er auf einer Strandpromenade stolzierte. Wir finden diese Szene ganz furcht-

bar. Ein anderer, ein sehr alter Mann, Dauergast in diesem Krankenhaus, wie wir erfahren, sitzt versunken an der Wand, schläft,
die Bild-Zeitung ist ihm auf den Schoß gesunken.

Wir bringen Katrin in den dritten Stock auf die OP-Station.
Sie begleitet uns später zum Auto. Ich werde nervös, finde das
Hin und Her albern. Katrin geht weg, Marlene hinterher, neue
Abschiedsumarmung. Ich hole das Auto, Marlene lehnt sich weit
aus dem Beifahrerfenster, weit übers Autodach hinaus, wir win-
ken und winken, Katrin winkt mit beiden Armen über ihrem
Kopf. Sie strahlt.

Marlene holt vom Buchhändler die DVD The Paradise und vom
Fischgeschäft zwei Portionen Sushi. Wir essen und sehen zwei
Folgen. Maximilian ruft noch mal an, mir sagt er: Papi, du hast die
Kraft, deine Gedanken zu führen, bitte führe sie. Um 21 Uhr liege
ich im Bett, die zweite Nacht ohne Katrin.

Mittwoch, 18. März

Heute wird Katrin operiert. Von Katrin eine SMS: An meine drei:
Hab gut geschlafen, bin guten Mutes und freu mich auf das Hinterher. In großer, großer Liebe. Meine Antwort: Meine Geliebste,
Du bist stark und wunderbar, dies ist Dein Tag heute. Ich freue
mich auf Dich. Ihre Antwort: Danke für Eure lieben Wünsche. Jetzt
kommt mein Handy in den Schrank, und dann bin ich erst hinterher wieder zu erreichen. Eure Lazarine.

Ich beginne meinen Morgen wie immer: dreißig Minuten Trai-
ning auf dem Hometrainer und dreißig Minuten Bodengymnas-
tik. Vier Zierananas auf vier Palmenblättern kommen von bloo-
my.de, filigrane Schönheiten alle acht. Um 12 Uhr ruft die
Chirurgin, die leitende Oberärztin an: Wir haben nicht alles

rausgekriegt! Marlene und ich eilen ins Krankenhaus. Die Chirurgin erklärt uns, dass der Pankreaskopf nicht entfernt wurde und der Tumor, das Gewächs, nicht normal, sondern nach hinten, Richtung Rücken, gewandert sei. Es gibt keine Metastasen in andere Organe. Aber: Am Verbindungsstück zwischen Pankreas und Dünndarm hätten sich Lymphknoten gebildet. Einer davon sei ins Labor gegeben worden mit dem Ergebnis POSITIV. Dieses Verbindungsstück aber sei lebensnotwendig für die Funktion des Dünndarms und könne nicht entfernt werden. Die Gallenblase sei herausoperiert und eine Umleitung geschaffen worden für den Abfluss der Leber in den Dünndarm. Die Bauchspeicheldrüse konnte nicht vollständig entfernt werden; die Chirurgin fertigt mit Kugelschreiber eine Skizze an, um sich verständlicher zu machen. Wir verstehen gar nichts.

Oben auf der Intensivstation liegt Katrin und weiß noch nichts vom Ausgang der Operation, sie schläft. Marlene und ich gehen in den Park, sitzen auf einer Bank im Sonnenschein und weinen. Dann fahren wir für eine Stunde Auto, wollen in den Hafen, entscheiden uns aber dann für den Innocentiapark, sitzen auf einer Bank und warten, bis es 15 Uhr wird. Zurück im Krankenhaus, erzählen wir Katrin alles, die Chirurgin kommt dazu.

Katrin nimmt das alles sehr gefasst auf. Worst case, sagt sie. Marlene wiegelt ab, sagt: Worst case light. Wir reden und schweigen, sind sehr bedacht und ruhig und sachlich. Keiner weint. Marlene und ich haben uns Pragmatismus verordnet: NUR über die unmittelbaren nächsten Schritte reden, KEIN WORT über das Morgen hinaus.

Katrin hat eine sehr raue Stimme. Mit einem feuchten Tupfer, festgehalten mit einer stumpfen Schere, darf sie ein paar Tröpfchen Wasser aus dem Tupfer saugen. Ab 18 Uhr einen kleinen Schnabelbecher mit Wasser, der drei Stunden reichen muss. Dann bekommt sie über die Vene ein Schlafmittel. Marlene führt mich durchs Programm mit aller Zartheit und Vorsicht.

Um 19 Uhr gehen wir, winken, keine Träne ist gefallen, wir drei waren locker und leicht ironisch, als könnten wir das alles hier nicht ganz ernst nehmen, was gerade mit Katrin passiert. Sie will sich ihre Haare ganz kurz schneiden lassen. Es kommt ein Onkologe aus der Praxis unserer Hausärztin und bespricht, wie es weitergeht. Acht bis zehn Tage muss Katrin im Krankenhaus bleiben, danach beginnt noch vor Ostern die Krebsbehandlung.

STARK und MUTIG und TAPFER wollen wir sein und PRAGMATISCH, wie wir Katrin führen und helfen wollen, kleine Schritte zu gehen, Freude an kleinen Erfolgen zu haben und nur an das Heute zu denken. Nur wenig an das Morgen und gar nicht an das Übermorgen!

Die Operation hat knapp drei Stunden gedauert. Weil der Pankreaskopf nicht entfernt worden ist, war die OP nicht sehr aufwendig. Auch künstliche Ausgänge wurden nur sehr kurzfristig gelegt. Katrin mag die Chirurgin gern, sie liegt ihr.

Donnerstag, 19. März

Dritte Nacht, Katrins Bett neben mir bleibt leer. Sonne über Hamburg, heller Himmel und kühle Luft. Es ist fast windstill hier in unserem Stadtteil Eppendorf, nur sanft umlaufende Winde. Katrins SMS sehr früh: Meine drei, die Nacht war ruhig, bisschen Isa gelesen – Buch von Wolfgang Herrndorf –, bisschen geschlafen, bisschen vor mich hingenusselt, wenig gegrübelt und wenig hässliche Gedanken an mich herangelassen. Meine Werte sind alle in Ordnung, sodass ich heute schon wieder auf die Station komme. Ach, wäre doch alles so gut wie meine Fitness!

Weiter schreibt sie: Gegen halb acht ist dann wieder ganz große Operette angesagt: Der Halbgott in Weiß ist angesagt, der Chefarzt. Hat doch ein bisschen was von Zeus, oder? Mein Herz schlägt schon jetzt in höchsten Tönen. Ich melde mich bei Euch, wenn ich weiß, wie mein Tag weitergehen wird. Eure Katrin und Mami.

Tiefe, doppelte Molltöne belagern mein Gemüt. Alles ist dunkel und bedrohlich ohne eine Zukunft mit Katrin. Wir haben alles, alles gemeinsam gemacht in unserem Leben, alles. Und nun ist unser Horizont verstellt und dunkel, weil der Krebs Katrins Pankreas bedrängt und frisst und nichts ihn zu stoppen vermag, vielleicht nur ein wenig aufhalten kann. Wir können noch so viel miteinander machen, war unser Wahlspruch, als wir vor 35 Jahren anfingen, unsere Leben zusammenzulegen. Kinder zu haben, Zukunft zu planen und alles, ja, alles zu teilen. Jetzt teilen wir auch das, was am 8. März 2015 begann, als Katrin sagte: Ich komme nicht mit nach Rostock, wo wir uns im Hinstorff Verlag mit der Verlagsleitung und dem Lektor treffen und den Autorenvertrag abholen wollten. Ich bin dann am 10. März allein hingefahren, mit der Bahn, ohne Katrin. Das ist doch erst gut eine Woche her!

Was wir Wahrheit nennen, ist stärker, ist gewaltiger als jeder Traum und schärfer als jedes Chirurgenmesser. Katrin ruft Marlene an, sie zieht von der Intensivstation ins Zimmer 316 um. Sie ist gefasst. Marlene fährt zu ihr. Ich rufe meine Geschwister an.

Marlene und ich kommen gerade nach Hause zurück. Heute tagte die Tumorkonferenz, da dürfte auch Katrins Fall besprochen werden. Mit dabei ist auch der Onkologe aus unserer Hausarztpraxis. Marlene und ich, wir reden über alles. Morgen ist Sonnenfinsternis. Marlene und ich bereiten uns darauf vor, wollen um 10 Uhr bei Katrin sein, mit den uralten Dunkelgläsern von

Uropi. Beim Optiker sind alle Dunkelgläser ausverkauft. Marlene und ich gucken heute zum dritten Mal die DVD The Paradise.

Es ist Abend, 22 Uhr. Ich bin verzweifelt, weine aufs Heftigste, rufe um Trost, wer hört mir zu, wer versteht mich? Wie nur kann es sein, dass so plötzlich – vom blauen Himmel bis in die tiefsten schwarzen Gewitterwolken – die Blitze und der Donner krachend bei Katrin und bei mir einschlagen, bei Marlene und bei Maximilian und alles, rein ALLES vernichten wollen? Ich bin heute Abend ohne jede Hoffnung, weine laute Tränen und rufe nach meinem Gott, rufe meinen inneren Begleiter an und höre keine Antwort. Marlene steht bei mir im Flur, ich finde nur langsam zurück in meine Beherrschung. Marlene tröstet mich und steht mir bei. Erst im Bett versiegen meine Tränen, die Ohnmacht fällt von mir ab.

Freitag, 20. März
Um 7 Uhr ihre SMS: Guten Morgen, mein Geliebster, hattest Du eine gute Nacht? Ich freu mich auf Euch. Deine Katrin. Meine Antwort: Ja, meine Geliebste, es ging so. Marlene hat mit einer Freundin gesprochen, die Ärztin ist. Sie ist des Lobes voll über das Freie Krankenhaus. Ich denke Tag und Nacht an Dich, Geliebste, wir sind beide stark und Du erst recht, wir können noch so viel miteinander machen; bis nachher, meine Geliebste. Die Sonnengläser von Deinem Uropi bringen wir gleich mit. Ti amo. Dein Held.

Wir fahren um 10 Uhr zu ihr, heute ist Sonnenfinsternis. Es wird langsam dunkler, verhangener; der Mond schiebt sich sachte vor die Sonnenscheibe, wir können ihn gerade noch so als Schatten wahrnehmen, schauen nicht direkt hin, weil alle uns vor der Sonne gewarnt haben. Katrin liegt in ihrem Krankenhausbett, die Dame mit ihr im Zimmer wurde gerade auf die Intensiv verlegt, wir sind allein. Die alten Sonnengläser taugen nichts mehr, sie sind brüchig geworden, unbenutzbar.

Katrin erinnert uns daran, dass wir schon einmal eine Sonnenfinsternis im Krankenhaus verbracht haben. 1999, am 11. August, ich lag im Uniklinikum Eppendorf mit einem Bandscheibenvorfall und wurde im Rollstuhl gefahren, um die Sonnenfinsternis vom Garten aus zu beobachten.

Marlene und ich sitzen jetzt an Katrins Bett und halten uns die Hände. Lennart, der Schnellsprechpfleger, versorgt Katrin; wir erzählen Alltägliches, reden über Bücher wie Tschick, Kruso von Lutz Seiler und solche Sachen. Katrin geht mit Lennart ein paar Schritte auf dem Gang, kommt erschöpft zurück. Mein Gesicht wird schon merklich dicker, das Kortison, sagt sie, sie hat sich im Spiegel gesehen. Ihre Haare sind verknuddelt vom vielen Liegen. An der Bettseite hängt der Beutel mit Körperflüssigkeit, die aus ihrer OP-Wunde kommt. Sie hat noch ziemliche Schmerzen, aber abnehmende Tendenz. Sie inhaliert mit einem Apparat, in dem drei Plastikbälle hochgezogen werden müssen. Sie schafft zwei Bälle ganz kurz, nur der dritte will noch nicht.

Sie hatte, bevor Marlene und ich zu ihr kamen, einen behandelnden Arzt zu sich gebeten. Will wissen, wie es um sie steht. Er sagt, die Erkrankung sei lebensbedrohlich, aber ein wenig verzögerbar. Es werde keine neue OP geben, die den Krebs entfernen könnte. Wohl aber kann der Krebs im Pankreaskopf mit einer Chemotherapie behandelt werden, damit er nicht weiterwächst; vielleicht könne der Tumor auch reduziert werden, das hänge immer von der Individualität des Patienten ab. Ganz weg gehe der Tumor aber auf keinen Fall, sagt er. Katrin fragt ihn: Wie lange noch?

Es werden auf jeden Fall weniger als fünf Jahre sein, sagt der Arzt. Die Endlichkeit hat einen Namen.

Aber die Zeit, die ihr noch bleibt, wird wohl viel geringer sein. Dann sagt der Arzt noch, die Wundflüssigkeit im Beutel sei zu dunkel, das neu verlegte Verbindungstück zwischen Galle und Dünndarm sei undicht, das müsse behoben werden. Heute noch. Es ist 11:30 Uhr.

Katrin und Marlene und ich, wir weinen leise vor uns hin. Wir können noch so viel miteinander machen, sage ich und meine damit unsere alte Absprache zwischen Katrin und mir. Wir wollen noch nach Amsterdam ins Rijksmuseum und mit dem Schiff nach Finnland und mit dem Auto nach Görlitz, das so gelungen restauriert sein soll. Katrin reagiert nicht darauf, sie glaubt es fast schon nicht mehr. Von ihrer Schwester kommt eine SMS, sie möchte mit Katrin nach Rom in die Oper und nach Bayreuth zu den Richard-Wagner-Festspielen.

Wir drei sind allein, weinen. Katrins Wangen sind fahl geworden, ihre Züge resignieren, sie legt den Kopf auf die Seite, drückt ihre Wangen in die Kissen. Ich wollte doch, dass ich übrig bleibe und dich versorgen kann, sagt sie zu mir, nun ist es umgekehrt gekommen. Wir sind so verzweifelt und wimmern, halten uns überkreuz an den Händen, streicheln Katrins Wangen, die Arme und die Beine mit den weißen Stützstrümpfen. Ich will jedenfalls älter werden als Giselchen. Ihre Mutter ist 69 geworden, Katrin ist jetzt 67, im April wird sie 68.

Die Sonne bleibt lange hinter einer dicken Dunstschicht verschwunden, um 15 Uhr ist sie wieder da, graue Luft fließt durch die großen Krankenhausfenster. Der Himmel erholt sich nicht von der Sonnenfinsternis, bleibt grau wie unsere Seelen. Unten auf dem Rasen grasen zwei Gänse, ein Gänseehepaar. Gänse sind Katrins Lieblingsvögel, sie hat sie in Rüxbüll, unserem Rückzugsort in Nordfriesland, lieben gelernt, wenn sie in V-Form über unser Haus segelten, ordentlich Geschrei machten und nach Kating ins Watt flogen, um ihr Gefieder mit Süßwasser salzfrei zu waschen. Die Minuten verrinnen, wir drei sind zeitlos in unserer Ohnmacht versunken.

Es kommen eine Assistenzärztin und ein Anästhesist, sie waren angekündigt. Katrin wird darauf vorbereitet, noch heute nachoperiert zu werden. Man will nicht warten, gemacht werden muss es ohnehin, die Leckage im Verbindungsstück muss geschlossen werden. Heute noch, fragt Katrin.

Ja, jetzt gleich. Die Schwestern kommen, Katrin darf nichts mehr trinken, keine Bonbons mehr lutschen. Muss eine Tablette schlucken.

Marlene und ich sitzen auf der breiten Fensterbank, halten uns die Hände, als Katrin im Bett hinausgerollt wird. Marlene hat Katrins Schmuck und Uhr entgegengenommen. Die Nach-OP wird wieder von der ersten Chirurgin vorgenommen, soll eine Stunde dauern oder neunzig Minuten. Um 16 Uhr können wir zu Katrin in den Aufwachraum, wo sie mit vier weiteren Patientinnen liegt. Wenn die Zeit so begrenzt ist, sagt sie, will ich sie mir doch noch ein wenig schön machen mit euch, Theaterpremieren in München und so. Marlene arbeitet an einem Theater in München, dort will Katrin unbedingt hin.

Wir haben eine große Sehnsucht, zu teilen, Schönes zu teilen und miteinander zu sein. Alles, was uns wertvoll, schön und ein bisschen heilig war, zerbricht, zerspringt. Katrin, Maximilian, Marlene und ich: Unsere Welt zerspringt wie kostbares Porzellan, es gibt sie nur noch in der Erinnerung. Wir bleiben noch zwei Stunden, fahren nach Hause, essen Salat, Käse, Sirup und Sylter Weißbrot, sehen im TV zwei Episoden aus The Paradise.

Heute Morgen hatte Marlene unsere Hausärztin angerufen und sie nach jemandem gefragt, dem ich mich anvertrauen könnte, mit dem ich reden könnte und weinen. Schließlich treffe ich auf eine

Psychotherapeutin, die mir liegt, die mich versteht, der ich mich anvertrauen kann und zu der ich regelmäßig gehen werde.

Bedecktes und regnerisches Wetter. Bis dass der Tod euch scheidet, zu dieser Formel stehe ich wie nie zuvor, gerade jetzt. Mir macht aber zu schaffen, weil die Zeit so schnell gekommen ist und doch so unendlich weit weg war, als wir diesen Satz damals hörten, in guten wie in schlechten Zeiten. Jetzt sind sie also da, die schlechten Zeiten.

Marlene hat vier Bücher mit ins Krankenhaus gebracht, aber im Augenblick ist keine Zeit dafür: Eine Motte an der Wand irritiert Katrin, mit einem leeren Wasserglas und einem Stück Papier wird sie eingefangen und an die Luft gesetzt. Katrin sagt: Was ist mit mir geschehen? Was hat man mit mir gemacht? Und keine Aussicht auf Heilung! Resignation. Katrin ist schwach heute, hat wenig geschlafen, Schmerzen.

Der HSV hat gestern 1:0 gegen Hertha verloren. Katrin: Mich interessiert nur Dortmund. Blumensträuße im Krankenzimmer, Bücher. Abends die letzte Episode von The Paradise. Und weinen, weinen.

Sonntag, 22. März

Fingerballett an Katrins Bett: Marlene trommelt den ersten Takt (die ersten vier Noten) von Beethovens Fünfter Sinfonie (da da da daaaa) auf Katrins Handrücken, sie soll herausfinden, was das ist. Sie schafft das leicht. Auch die Noten von Alle meine Entchen schafft sie beim ersten Versuch. Wir jubeln.

Marlene war bei Katrins bester Freundin. Sie steht bereit, will unbedingt helfen, versorgen, Verantwortung übernehmen. Wenn Marlene heute nicht gekommen wäre, wäre sie ins Krankenhaus gefahren, sie hat Blumen für Katrin. Wir weinen. Katrin: Und jetzt fängt für dich München an, und ich liege hier krank. Die Ricola-Bonbons nehmen wir wieder mit, sie sind Katrin zu groß, sie verschluckt sich daran.

Marlene und ich fahren jeden Tag zweimal zu Katrin, bleiben jeweils sechzig bis neunzig Minuten oder länger. Katrin zeigt uns, wie gut sie schon Luft ziehen kann, Luft ansaugen: Drei farblich verschiedene Kügelchen – blau ist schwer, hellblau mittelschwer, weiß leicht – muss sie mit Hilfe eines Mundstücks in drei kleinen Zylindern nach oben ziehen, danach fallen sie gleich wieder auf den Boden des Plastikzylinders. Katrin: Vorhin habe ich die drei Kugeln ganz kurz alle drei nach oben gezogen. Beifall von uns.

Marlene fährt ins Kellinghusenbad zum Schwimmen. Ich lese Kruso von Lutz Seiler. Im TV sehen wir heute Abend Madmen, die Geschichte eines New Yorker Werbers in den 50er-Jahren.

Montag, 23. März
Marlene meldet mich bei einer Therapeutenhilfe an. Vormittags sind wir bei Katrin, dann fährt Marlene nach Bremen ins Theater, sie hat heute Abend Dienst. Um 22:30 Uhr ist sie zurück. Sie hat mir in Bremen ein neues Handy gekauft.

Von 17 bis 19 Uhr bin ich bei Katrin. Sie ist etwas fröhlicher und aufgeräumter. Wir gehen eine Runde auf dem Gang, es geht schon einigermaßen. Sie isst eine Tomatensuppe und eine viertel Scheibe Brot. Frau Müller, 80, die Mitpatientin im Zimmer, muss auf die

Intensivstation. Beim Spaziergang auf dem Flur hatte ganz plötzlich ihr Kreislauf versagt, Ärzteauflauf, große Aufregung.

Ich frage Katrin, ob sie viel an Mimi denkt. Nein, hier nicht, aber sonst ganz viel. Ich habe Kopfschmerzen, bin zerfahren und völlig unkonzentriert. Und doch beobachte ich an mir, dass sich mit mir etwas tut, sich etwas in mir verändert. Versteht mein Unterbewusstsein, was in den letzten Tagen passiert ist? Was wird mit uns passieren? Ich werde merkwürdig ruhiger. Marlene hört eine Oper.

24. März

Marlene erklärt mir das neue Handy Emporio von O2. Sie hat mit Katrin telefoniert. Heute um 17 Uhr kommt die Onkologin zu Katrin, Marlene möchte dabei sein, wenn die Onkologin mit Katrin spricht. Katrin hat Angst vor dem Termin.

Flugzeugunglück in den französischen Alpen. 150 Tote.

Bin um 10 Uhr bei Katrin, sie wünscht sich so sehr die Zweisamkeit, die Marlene und ich jetzt zu Hause haben, meine Zweisamkeit mit Marlene. Katrin weint. Katrin will wissen, wie aggressiv der Krebs ist, sie will das heute Abend von der Onkologin wissen. Sie sagt: Wie lange noch? Ich glaube, mein Krebs ist aggressiv, und ich habe nur noch wenig Zeit.

Die wunderbare alte Frau Müller ist in ein anderes Krankenhaus verlegt worden. Zum Sterben? In der Lobby unten im Krankenhaus treffen wir eine Freundin, Marlene erzählt ihr, was mit Katrin los ist. Katrin schafft beim Luftholen alle drei Kugeln, weiß, hellblau, dunkelblau, zweimal vollständig für ganz kurz nach oben.

Katrin kann nicht mehr auf dem Rücken liegen, sie möchte schreien. Maximilian ruft an, er kommt übermorgen.

Katrin hat das entmutigende Gefühl, jetzt nicht mehr zu unserer Familiengemeinschaft zu gehören, zu der Gesellschaft draußen auch nicht, weil sie sterbenskrank ist.

Marlene führt mich, führt uns alle durch diese Tage und Wochen. Sie ist ausgeglichen, freundlich, zugewandt, liebevoll, denkt an alles und jeden. Wenn ich jetzt auch noch verliebt wäre, sagt sie, dann wären die Gegensätze und Kontraste nicht zu überbieten. Ich sage zu mir selbst: Marlene, liebste Marlene, wo weinst du deine bitteren Tränen? Wo? Wann? Mit wem? Irgendwann wirst du es mir sagen, ja?

Die Onkologin aus der Hausarztpraxis besucht Katrin gegen 18:30 Uhr. Es gebe neue Hoffnung, neue Perspektiven, sagt die kleine und sehr zarte Medizinerin. Drei gute Gründe gebe es als Voraussetzung dafür: keine Metastasen, Katrins gute körperlicher Zustand und kein Gewichtsverlust. Nach Ostern beginne sie mit der Standard-Chemotherapie, bei der versucht werde, häufig mit Erfolg, die wuchernden Krebszellen absterben zu lassen, eine gute Chance, und diese dann nach vier Monaten mit einer erneuten OP abzuschaben, second look. Bringt die dritte OP in vier Monaten Heilung oder Aufschub? Die Chemo dauere acht Wochen einmal wöchentlich, danach acht Wochen Pause und dann folge die OP, second look. Es gebe eine neue Chemo-Methode, die seit zwei Jahren zugelassen sei. Hoffnung!

Bevor Katrin entlassen wird, wird eine CT gemacht, wann, das wird übermorgen festgelegt. Nach der OP Ende Juli etwa werde geprüft, wie die Chemo angeschlagen hat und ob gegebenenfalls eine schärfere Chemo notwendig wird. Wie verträglich die Chemo ist, sei individuell verschieden, die Haare fallen in jedem Fall aus. Maximilian ruft an, während wir bei Katrin sind.

Marlene fährt heute Nacht zurück nach Bremen, kommt morgen wieder. Sie sagt mir noch, wenn Maximilian frage, dann solle er Mami gegenüber nur Trost spenden und Mitgefühl zeigen und sich defensiv verhalten, nur das helfe Mami weiter.

Mein Gott, was für ein Tag, was für eine Woche. Als wir spät aus dem Krankenhaus kommen, strahlt ein einzelner Stern ganz hell vom nachtschwarzen Himmel herab, der Hoffnungsstern! Und der Halbmond lächelt dazu.

Mittwoch, 25. März

Heute Morgen CT der Lunge, Ergebnisse nachmittags. Ich bringe Katrin Tomaten, ihre Lieblingsspeise, und Weintrauben. Eine Freundin bringt mir Mittagessen nach Hause: Tomatensuppe, Salate, Ragout fin, Hühnersuppe.

Donnerstag, 26. März

Um 7:30 Uhr fahre ich Marlene zum Dammtorbahnhof, sie fährt heute nach Berlin und fliegt morgen weiter nach Lyon im Auftrag ihres Theaters. Samstag spät wird sie zurück sein. Um 10 Uhr hole ich Maximilian vom Dammtor ab, wir fahren direkt zu Katrin. Ich finde ihn sehr ruhig, eher zurückhaltend und formelhaft, er redet nur wenig.

Um 16 Uhr ruft Katrin an: Ihre Chirurgin habe ihr mitgeteilt, der Tumor sei operativ, sei mit dem second look nicht zu entfernen. Es habe unter den Ärzten einen Kommunikationsfehler gegeben. Allein die Chemotherapie könne noch helfen. Nachmittags sind

Maximilian und ich in einem Gesprächszimmer des Krankenhauses, wo Katrin und ein Krebsarzt sitzen und Einzelheiten über die Chemo bereden. Wie wird sie ausgehen? Alle Hoffnungen auf die OP sind verschwunden. Ich rufe Marlene in Berlin an, sie kann es nicht glauben, sie weint und ich weine mit ihr.

Katrin hat gesagt, Verzweiflung in den Augen und ohne Hoffnung: Ich mag gar nicht daran denken, was das alles für Konsequenzen hat. Und immer wieder sagt sie: Schade, schade, schade. Und dann: Viele Kinder und junge Menschen mussten vorgestern bei dem Flugzeugunglück in den französischen Alpen sterben und ich durfte 67 werden.

Maximilian und ich, wir müssen uns ablenken, sehen abends im TV Madmen.

Freitag, 27. März

Marlene fliegt heute für ihr Theater nach Lyon. Sie ruft von Frankfurt aus an, will über Katrins Krankheit eine zweite Meinung einholen, unser Vertrauen sei zerstört. Wen können wir bitten, wie man dabei vorgehen soll? Ärzte um Rat zu fragen, zum Beispiel unsere Hausärztin, wäre nicht gut, weil die Praxis enge Verbindungen zum Krankenhaus hat und die Onkologen aus dem Krankenhaus aus unserer Hausarztpraxis kommen und mit denen kooperieren. Besser sei ein befreundetes Ehepaar, die beide Mediziner sind.

Um 10 Uhr sind Maximilian und ich bei Katrin, sie findet es auch gut, eine zweite Meinung einzuholen, aber erst, wenn sie morgen den Arztbrief bekommen hat und wir erneut alles besprochen haben, wie wir vorgehen wollen.

Marlene fragt mich nach Maximilian. Er ist anders als sonst, sagt sie. Er hat wohl den Beobachterstatus eingenommen. Sehr kontrolliert und distanziert, vielleicht auch kontemplativ. Hat das mit seinem bevorstehenden Rigorosum im April in Leipzig zu tun? Er lernt hier jeden Tag.

Katrin empfängt mich in ihrem grauen Morgenmantel, ich bin so froh, sie dort zu sehen. Wir sitzen am Tisch, wechseln ins Café am Park, trinken Cappuccino und Wasser. Sie hat meine dicke Joppe an, weil ihr kalt ist. Vor dem Caféfenster wackeln die beiden Gänse vorbei, die Katrin Frida und Fridolin getauft hat. Ob es ein Gänsepaar ist oder zwei Gänsemänner? Wer weiß das schon? Verhangener Himmel. Ein Tulpenbaum blüht. Ein grell-grüner Gartenschlauch liegt auf dem Rasen.

Wir gehen nach oben ins Krankenzimmer und überlegen, was wir morgen machen wollen. Vitello tonnato will Katrin morgen essen und Bismarckhering und Schampus trinken, wir wollen das Leben feiern, wie sie sagt, dabei weint und lacht sie, beides zusammen. Ich telefoniere mit unseren beiden Freundinnen.

Maximilian und ich essen zu Hause, was eine Freundin uns gekocht hat. Er feudelt die Küche und wäscht ab.

Heute beginnt der letzte Teil unseres langen, gemeinsamen Weges. Möge er für uns nicht allzu steinig, nicht allzu brutal sein. Möge er ein wenig gnädig sein. Immer sind wir zwei gegangen, setzten stets den gleichen Schritt. Möge meine Liebe zu Katrin mir Stärke und Kraft geben, die ich, die wir für diesen Weg brauchen. Mein Herz ist so schwer, meine Seele taumelt.

Marlene wünscht mir von Lyon aus Langmut mit unseren beiden Familienfreaks. Heute wird Katrin entlassen, sie nimmt Abschied von ihrer Mitpatientin, einer Russin, die beiden waren sich sehr nahe. Die Mitpatientin nennt Katrin mein Mädchen, Abschied unter Tränen.

Die Sonne scheint, die Krokusse blühen auf dem grünen Rasen, der Tulpenbaum im Park des Freien Krankenhauses an der Straße Langer Steg treibt mächtig aus. Die beiden Gänse, Frieda und Fridolin, sind heute nicht da, weggeflogen, als wollten sie nicht Zeugen bleiben eines missglückten Krankenhausaufenthalts.

Katrin und ich sind wieder zu Hause. Ich kaufe beim Fischmann Lachskaviar und im Supermarkt Vitello tonnato, Schampus und im Blumenladen gefüllte Tulpen. Währenddessen sprechen Katrin und Maximilian miteinander. Er hat von sich erzählt, sagt Katrin mir später, unglaublich. Mittagsruhe. Katrin sieht sich anschließend The Paradise an, ich lese Kruso. Unterwegs beim Einkauf hatte es in mir gesagt: Wir sind weidwund und verletzt. Wir sind nicht länger gesellschaftsfähig. Heute Nacht kommt Marlene aus Lyon zurück, sie fährt direkt nach Bremen. Die Uhr wird eine Stunde zurückgestellt, Sommerzeit, von 2 auf 3 Uhr. Oder? Ist doch eh egal.

Katrin sagt: Es war ganz anders geplant von mir, ganz anders gedacht. Erst du, dann ich, und nun ist es umgekehrt. Du sollst es schön haben, wenn ich nicht mehr da bin, mein Geliebster. Wir machen alles schön, damit es dir danach, später, gut geht. Sie sieht sich zwei Folgen von The Paradise an. Wir sind beide bettfertig, warten. Wir gucken TV, ein Quiz mit Prominenten. Ich stelle unsere Glasenuhr[38] eine Stunde zurück. Natürlich weiß ich, dass die Uhr vorgestellt werden muss, ich bin durcheinander, innerlich, es stimmt nicht mehr mit mir. Mein Fundament ist weggebrochen, unsere Gemeinsamkeit. Ich stehe plötzlich allein da, während in Katrins Bauch etwas Böses heranwächst, das alles zum Einsturz

38 *Ein Glas ist ein Zeitmaß; es entspricht einer halben Stunde.*

bringen wird oder gerade dabei ist. Wir gucken Fußball, Georgien gegen Deutschland, 0:2. Katrin ist müde, lustlos, traurig. Ihr Bauch ist dick und gespannt, als hätte sie viel zu viel, ganz viel gegessen. Alle Regeln und alle unsere Gewohnheiten sind außer Kraft gesetzt.

Montag, 30. März

Katrin hat mit Marlene verabredet, erst nächsten Donnerstag einen Termin mit der Onkologin aus der Hausarztpraxis zu machen, weil Marlene dann bei dem Gespräch dabei sein kann.

Der Sturm Mike wütet, neun Tote allein in Deutschland. Bahn- und Fernverkehr erheblich beeinträchtigt. Unsere beiden Freundinnen sind da, sie sind furchtbar betroffen, sind sprachlos, wollen helfen. Wie immer laden sie uns zu Ostern auf ihren Bauernhof in Nordfriesland ein.

Dienstag, 31. März

Ich hole noch ein weiteres Gänseei aus einem Eierladen und male es an, für Marlene zu Ostern. Katrins Schwester Christine ruft aus Berlin an und schickt einen Link zum DKFZ Deutsches Krebsforschungszentrum Heidelberg. Eine Fülle von Infos dort, auch darüber, dass das Universitätsklinikum Eppendorf ein genetisches Profil jedes einzelnen Patienten erstellt. Man geht in die Krebsstruktur und fahndet nach gewissen Mutationen und da setzt man an, um den Krebs zu stoppen, schreibt Christine. Ich lese dort alles nach.

Katrin hat einen Termin bei der Onkologin aus unserer Hausarztpraxis bekommen, weil sie zu dem später anberaumten Termin im Freien Krankenhaus nicht wollte: aus Ressentiment gegenüber dem Chefarzt, der sie bei seiner Visite nicht gegrüßt hatte. Hier bricht Katrins väterliche Belastung wieder hervor. Der Vater wollte sie zerbrechen, wollte ihren Willen brechen. Nach langen Einwänden von mir versucht Katrin aber morgen, nun doch den Termin mit mehr Zeit im Krankenhaus zu bekommen und nicht den kürzeren in der Eppendorfer Landstraße. Auf Sturm Mike folgt Orkan Niklas, der alles umweht, Menschen, Autos, Bäume, Schiffe. Ein heftiger Frühjahrssturm.

Mittwoch, 1. April:
Ich kaufe für Ostern ein. Maximilian schickt einen großen Tulpenstrauß. Ich bin so glücklich, glücklich. Danke, Maxi, weint Katrin und schickt ihm eine SMS, auf die er auch gleich antwortet.

Katrins beste Freundin ist heute Nachmittag für zwei Stunden bei ihr, sie hilft ihr in allen Dingen. Für eine Minute war alles wieder wie früher, eine Minute lang waren Leichtigkeit und Frohsinn wieder da, doch alles war gleich wieder zerstoben, als wir die Wirklichkeit nicht länger ausschließen konnten.

Nein, wir machen unser Schicksal nicht selbst, wir haben nur mit dem täglichen Allerlei zu tun, die Weichen stellen andere, ein anderer. Wir aber dürfen unser Fatum beweinen wie heute wieder, als die Freundin wieder abgefahren war. Doch müssen wir unser Schicksal nicht lieben, wie ein Philosoph es wollte, wenn er von amor fati sprach?

Meine drei Ostereier sind fertig verziert, Ostern 15 steht auf den großen Gänseeiern und ein M für Marlene, ein K für Katrin und ein H für mich. Sie werden auf dem Bauernhof unserer Freundinnen an einem knospenden Kirschblütenzweig hängen. Maximilian ruft an.

Vollmond, helle Wolkengeschwader, dunkle Wolkengardinen. Drohend? Hell? Was kündigt uns dieses Auge am Himmel an, das uns beobachtet und schaut, was wir tun? Was passiert mit Katrin?

Marlene begleitet Katrin um 12:30 Uhr zur Onkologin. Um 14 Uhr sind sie noch nicht zurück. Die Onkologin aus der Hausarztpraxis war in Eile, sie musste ins Krankenhaus. Sie zitiert Statistik: Bei 50 Prozent der Patienten schlägt die Chemo zu 30 Prozent an, und es komme sehr drauf an, wie Katrin auf die Chemo reagiere, das ist immer höchst individuell. Es gebe Hoffnung. Der Krebs kann sich verkleinern oder so groß bleiben wie jetzt. Bei 30 Prozent der Patienten gehe der Krebs um die Hälfte zurück, bei den verbleibenden 20 Prozent verringere sich der Krebs. Bei den zweiten 50 Prozent sei der Krebs nach der Chemo nicht kleiner geworden, aber zum Stillstand gekommen. Wir sind verwirrt.

Der erste Chemotermin findet am Mittwoch nach Ostern statt, dann jeden Mittwoch um 12 Uhr, drei Wochen lang. Dann eine Woche Pause, dann wieder drei Wochen, jeweils mittwochs um 12 Uhr. Danach kommt die erste CT, um den Krebs zu überprüfen.

Marlene sagt: Mami muss begreifen, dass sie ganz schwer krank ist, dass es sie erwischt hat. Sie allein. Mit aller Wucht und endgültig und auf das Heftigste erwischt hat. Ausgang ungewiss. Sie spricht aus, was ist. Mir ist das Herz so schwer.

Dieses Gedicht von Joachim Ringelnatz kommt mir in den Sinn:

An uns vorbei

O wie viel Menschen mögen jetzt,
Um diese Stunde – bitter weinen!?
Es wär ein Strom in Gang gesetzt,
Wenn diese Tränen sich vereinen.

Von allen Tiefen sanft gezogen,
Von allen Höhen abgelehnt,
Trägt er sein Fluten und sein Wogen,
Zum Meer, das gar nichts mehr ersehnt.

Doch blanke Fische seh ich schwimmen.
Stromaufwärts dampft die Kauffahrtei.
Am Ufer lachen helle Stimmen.
An mir vorbei. An uns vorbei.

Auch wir gehören zu den bitter Weinenden, Katrin, Marlene, Maximilian, ich. Wir.

Julika, die uns im Haushalt hilft, bringt Katrin Blumen. Marlene ist im Kellinghusenbad, schickt mir eine SMS, ich solle doch öfter mal schwimmen gehen.

Ich denke nur an Chemo, Haarausfall, Perücke, Krankheit, Sterben. Dieser Gedanke, dass wir beide krank sind – Katrin akut und weit mehr als ich mit der Polyneuropathie und meinen burning feet. Als hätten wir das schon gewusst. Von wem? Eine Ahnung, die uns unsere innere Stimme eingeflüstert haben muss: Katrin im Sommer 2014, als sie von ihrer empfindlichen Bauchspeicheldrüse sprach. Vielleicht bin ich krank, dachte sie damals. Und meine Ahnung? Unbestimmt. Wir hörten unserer inneren Stimme nicht zu, glaubten nicht an so was. Wir konnten uns dieser Stimme und dem, was sie uns sagen wollte, nicht anvertrauen. Wie denn auch?

Ostersamstag, 4. April
Katrin: Ich bin so schwach wie nie zuvor. Mein Wulst macht mir zu schaffen. Erst nach der zweiten OP kam der hinzu. Ihr Gewicht hat sie gehalten, es liegt jetzt bei 59,5 Kilo.

Heute beginnt unsere Balkonsaison mit den roten und weißen Kissen auf den Stühlen. Schöner Frühlingstag, Sonne. Katrin: Im Sommer wollen wir wieder mal Campari mit Bitter Lemmon trinken, das war immer so schön. Aus den großen Gläsern, die uns immer so ein schönes Lebensgefühl vermittelt haben.

Ja, antworte ich, wir wollen noch mal auf unsere goldenen Jahre anstoßen.

Katrin: Ich will doch nur noch ein paar silberne Jahre erleben.

Marlene und Katrin gucken zusammen Downton Abbey, eine britische TV-Serie. Ich rufe unsere Freundinnen in Nordfriesland an. Ja, Marlene und ich fahren am Ostermontag zu ihnen, nur für ein paar Stunden; Katrin mag nicht.

Ostersonntag, 5. April

Strahlend blauer Osterhimmel, windstill in Eppendorf. Ein Bruder ruft mich an. Nachmittags kommen Freunde, sie bringen selbstgebackenen Himbeerkuchen mit und Sahne. Für ein paar Momente war alles wie immer, wie schon vor einiger Zeit, als Katrins beste Freundin hier war: normal, heile, unverwundet und zukunftsfreudig. Ich fahre unsere Freunde nach Hause ins Schanzenviertel; zerstoben sind die Momente vergangenen Glücks.

Ostermontag, 6. April

Blauer Osterhimmel. Marlene und ich fahren nach Nordfriesland, ohne Katrin; der Vorschlag war von ihr gekommen. Himmelswetter, warm, sonnig und zugewandt; kein Windchen, kein Wölkchen. Wir kommen gut durch, setzen uns direkt an den prächtigen Osterfrühstückstisch. Eines ist heute anders als sonst zu Ostern in Nordfriesland: Das Osterfeuer gestern sei sehr schwierig gewesen, wollte nicht brennen. Sonst alles wie immer, nur ohne Katrin. Wir sitzen vor dem alten Bauernhaus, erzählen von früher.

Und wieder scheinen es nur Augenblicke zu sein, so kommen sie mir vor – ohne Katrin, ohne Osterspaziergang, ohne selbstgemachten Eierlikör; wie immer gab es die selbstgemachte, traditionelle Osterspeise, die unvergleichlich frugale. Lammbraten zu Mittag. Schwere Gedanken: nie wieder Ostern in Nordfriesland mit Katrin? Nach Hamburg zurück.

Dienstag, 7. April

59,5 Kilo, alles unverändert. Wir sehen uns Websites für Perücken, Augenbrauen und Wimpern an, alles wird ausfallen. Morgen geht Katrin in die erste Chemo. Mein Gott! Eine Freundin bringt Lesestoff vorbei, Schmöker. Maximilians Tulpenstrauß steht immer noch in voller Blüte. HAARE. Katrin will keine Typveränderung durch die Haare, nicht kurz und knackig, sondern nur kürzer und typentsprechend. Die beste Freundin geht über die Straße zu einem Laden, der einen Frauennamen trägt, sieht ihn sich näher an und findet ihn okay. Katrin: Mir graut vor morgen, vor meinem neuen Leben mit der Chemo.

Mittwoch, 8. April

Ein zweiter Blumenstrauß von Maximilian, herrlich. Julika kommt, unsere Haushaltshilfe. Katrin macht einen Termin beim Perückenmacher für Freitag 11 Uhr, mit Marlene. Die ist souverän und einfach tough! Dann wird mein Herz so schwer, so klamm: Ich bringe Katrin zur ersten Chemo in unsere Hausarzt- und Onkologiepraxis. Nichts ist mehr so, wie es einmal war. Unser Abschied beginnt heute. Der Wind fährt Katrin ins Haar, ihr Gesicht ist voller Schmerz, unsere Gesichter sind voller Schmerz. Ich liebe dich, sagt sie.

Ich dich auch. Unsere allerschwerste, unsere Bleizeit beginnt heute.

Nach neunzig Minuten hole ich Katrin ab, jeden Mittwoch jetzt, um 12 Uhr. Mir graut vor der Chemozeit, sagt Katrin, Tränen in der Stimme, im Antlitz, in der Haltung. Ihr graut vor morgen, wiederholt sie ihren Schmerz von gestern.

Katrin kommt von der Chemo zurück, unbeeindruckt, wie mir scheint. Sie ist wie immer. Ich hole noch Tabletten von der Apotheke, falls ihr schlecht wird. Sie braucht sie nicht.

HEUTE. Was weiß ich denn von meinem Heute und wie dieses Heute in einem Jahr aussieht. Ist es noch unser Heute? Hat es noch etwas mit uns zu tun? Alles verschiebt sich in eine Richtung: weg vom WIR, hin zum ICH? Alle Fragen offen. Wie immer, wenn sie denn überhaupt gestellt werden.

Freitag, 10. April
60 Kilo – 0,5 Kilo zugenommen. Katrin ist matt, ziemlich schlaff. Trotzdem kommt sie mit zum Termin beim Perückenmacher im Mittelweg, ohne sie geht es ja auch nicht. Marlene erwartet uns dort. Katrin sucht sich eine Echthaarperücke aus, indische Haare, sagt der Chef. Morgen Termin beim Friseur, die Perücke muss angepasst werden. Kosten etwa 1.500 Euro. Maximilian ruft an. Früh ins Bett.

Samstag, 11. April
Katrin wiegt heute 59,9 Kilo. Ich will aber wieder eine 6 vorne, sagt sie. Um 13 Uhr zur Perückenmanufaktur. Nach einer Stunde kommen Marlene und Katrin zurück, es gab die Schwierigkeit, sich zwischen zwei Perücken zu entscheiden: Marlene und der Chef auf der einen und Katrin auf der anderen Seite. Fotos zeigen: Katrin lag meiner Meinung nach richtig, ihre Perücke soll Montag fertig sein.

Wir fahren nach Hause, parken vor der Tür. Dann mit dem Rad ins Eiscafé Dante im Eppendorfer Weg. Eine Bekannte spricht Katrin an. Es geht mir gut, sagt Katrin, kurzes Gespräch über Kinder und Bekannte.

Um 17 Uhr kommt Christine, die Schwester, sehr entspannte und angenehme Atmosphäre. Wir reden, Katrin redet. Um 19 Uhr wechseln wir ins Restaurant Chez Bernard. Christine erzählt von ihrer Art, mit Problemen, Menschen und Krankheiten umzugehen. Und überträgt dieses Verhalten auch auf Katrin, die oft sehr unzugänglich ist, wenn wir, Marlene, Maximilian und ich, auf sie einwirken wollen, was praktisch und theoretisch aber nicht möglich ist. Christine findet, dass Katrins Art, sich gegen Fremdeinflüsse zu wehren, gebieterisch sei. Das sei abweisend und stur. Ich finde keine richtige Position dazu.

Ich führe dieses Verhalten auf ihren Vater zurück, der sie schlug, der sie und ihren Willen brechen wollte, was ihm aber nicht gelang. Katrin ist da einfach beratungsresistent, auch jetzt nach der furchtbaren Krebsdiagnose. Diese Art macht Katrin in diesen Tagen wenig zugänglich für Erleichterungen, die wir ihr vorschlagen. Sie ist trotzig, bockig und krass abschirmend gegenüber fast jedermann. Marlene als große Ausnahme.

Sonntag, 12. April
59,7 Kilo. Wir lesen die Sonntagszeitung aus Frankfurt. Katrin geht es besser. Ein alter Freund aus meiner Seefahrtszeit ruft an, ich erzähle es ihm. Katrin und ich denken über eine Neugestaltung des Wohnzimmers nach, ein neues Bücherbord, die Bücher werden immer mehr. Wir wollen es doch schön haben, sagt sie. Meint aber: Du sollst es einmal schön haben, mein Geliebster, wenn ich nicht mehr bei dir bin. Alles, was wir tun, ist auf Abschied eingestimmt,

auf unwiderruflichen Abschied. Es lastet so schwer. Es weint in mir. Katrin sagt: Ich will ab heute nicht mehr stöhnen, ich will es mir abgewöhnen. Christine fährt nach Berlin zurück.

Montag, 13. April

59,4 Kilo. Der Maler kommt, streicht das Wohnzimmer. Ein Firmenvertreter kommt und nimmt Maß für ein neues Bücherbord. 11 Uhr Anprobe der Perücke, Marlene ist dabei. Katrin ist nicht ganz zufrieden. Sie hat einen großen Kopf, deshalb auch ist alles ein wenig schwieriger. Marlene zum Dammtorbahnhof gebracht.

Katrin kauft ein und trifft im Supermarkt eine Freundin, die eine Bauchspeicheldrüsenentzündung hat, sie sieht elend aus, Katrin hat sie fast gar nicht erkannt. Eine andere Freundin kriegt eine neue Hüfte.

Dienstag, 14. April

Bereits um 7 Uhr fahre ich Katrin zu einem Facharzt; Verdacht auf Lungenentzündung. Der überweist Katrin zu einem Lungenfacharzt. Kortison soll helfen, vierzehn Tage lang 30 Milligramm täglich und dann vierzehn Tage lang 25 Milligramm pro Tag.

Anruf von Marlene: Wir besprechen, wie wir Katrin dazu bringen können, einer Schiffsreise nach New York zuzustimmen, Freiheitsstatue, Manhattan etc. und mit dem Flugzeug wieder zurück. Marlene spricht deshalb die beste Freundin an, die wird es Katrin am besten von uns allen verkaufen können.

Der Hinstorff Verlag kontaktet mich, er braucht Fotos und Bildunterschriften.

Mittwoch, 15. April

59,8 Kilo. Um 8 Uhr ist Katrin beim Röntgen. Verdacht auf Lungenentzündung, sagt die diagnostische Röntgenologin später am

Telefon. Sie schickt die Unterlagen an andere Ärzte weiter. Blut- und andere Laborwerte müssen abgewartet werden. Falls es eine Lungenentzündung ist, muss die Chemo ausgesetzt werden. Mein Gott: Verzögerung. Katrin geht danach zur Hausärztin, um das dort zu klären, und fragt: Chemo ja oder nein. Ja: heute im Anschluss Chemo. Während der Chemo bin ich bei ihr, sie sagt: Schade, dass es schon so früh zu Ende geht. Die Seitenstiche sind immer noch da, ein Antibiotikum soll bei Lungenentzündung eingesetzt werden. Ihre Qualen nehmen kein Ende. Bislang war von Sarkoidose ausgegangen worden, nicht von Lungenentzündung. Zur Klärung muss sie zwei Tage ins Freie Krankenhaus oder nach Großhansdorf in eine Klinik. Dort soll ausgeschlossen werden, dass es in der Lunge bereits Metastasen gibt.

Marlene ruft an und fragt mich, ob wir darüber sprechen wollen, was ist, wenn Mami nicht mehr da ist. Ich sage, das sei mir noch zu früh. Im Herbst oder so. Wir suchen jetzt eine Schiffsreise mit der Queen Elizabeth 2 oder mit der Queen Mary nach New York. Katrin hat heute ihre zweite Chemositzung. Um 17 Uhr bin ich das erste Mal bei einer Psychotherapeutin. Abends Fußball im TV, Porto gegen Bayern 3:1.

Donnerstag, 16. April
59,8 Kilo. Ich gehe zum Bäcker und bestelle eine 6 und eine 8 in Form von Laugengebäck, die Zahl 68 für Katrins 68. Geburtstag in acht Tagen. Eine Freundin ist da, ein herzliches Gespräch zwischen Katrin und ihr, sie ist Ärztin. Ich begleite sie vor die Tür, sie sagt zu mir: Wir dürfen die Trauer nicht vorwegnehmen. Welch ein Satz.

Freitag, 17. April
60,3 Kilo, Katrin hat's geschafft, sie wollte vorne eine 6. Mein Bild von mir selbst muss ich dringend korrigieren – ich bin richtig an-

geschlagen, sollte mich nicht länger als Handelnden, als Vollwertigen sehen, sondern mich überall zurücknehmen. Der Grund: Als ich auswärts einmal aufs Klo musste, bekam ich den Reißverschluss der Hose nur in allerletzter Sekunde auf, meine Daumen sind nur noch Anhängsel, ihre Muskulatur hat sich aufgrund meiner Polyneuropathie nach und nach vollständig zurückgebildet. Keine Kraft mehr. Meinen Hosenstall bekam ich auch nicht mehr zu, allein der Gürtel hielt meine Hose. Ich habe immer kalte Finger.

Der Malermeister kommt erst Montag und macht alles fein.

Samstag, 18. April

Katrin sträubt sich dagegen, dass ich ein paar Vorbereitungen treffe für ihren Geburtstag in einer Woche. Dann aber kommt sie zu mir und sagt: Ich war doof. Heute glaubt sie zum ersten Mal, Haarausfall festgestellt zu haben, mehr als sonst. Sie ist richtig aufgedreht heute, gut drauf. Wir bringen leere Flaschen weg, gehen zur Apotheke, zum Baumarkt Holzleisten kaufen, Knöpfe am Jungfernstieg, schwarze Strümpfe im Kaufhof, im Lampenladen einen Dimmer für die Stehlampe, im Schuhladen ein Paar Schuhe und im Supermarkt Lebensmittel. Katrin ist nach der zweiten Chemo aufgekratzt und ohne jede Übelkeit.

Abends TV: erst Sportclub, dann die Wallensteins. Katrin wäscht nebenbei Wäsche, trocknet sie im Trockner und über Tisch und Stühlen; um 21:30 Uhr liegt sie im Bett. Lass bitte die Tür ein Stückchen auf, dann hör ich noch ein wenig mit. Sie schläft sofort ein. Marlene ist diese Woche in München auf Wohnungssuche.

Sonntag, 19. April

Um 8 Uhr kommt Katrin aus dem Bad zu mir ins Wohnzimmer und weint. Jetzt geht es los, sagt sie, schluchzt und zeigt mir ein ganzes Haarbüschel in ihrer Hand. Ich tröste sie. Jetzt hoffen wir beide inständig, dass ihre Haare noch bis zu ihrem Geburtstag in fünf Tagen halten, am 24. April, bevor die Perücke kommt. Sie fährt mit Daumen und Zeigefinger durch ihre Haarpracht, um den Haarausfall zu überprüfen, es bleibt kein Haar drin hängen. Dienstag sind wir beim Friseur verabredet. Wir lesen Zeitung, Brötchen sind geholt, hören Beethovens Symphonien von der CD. Es ist warm, Gutwetter, sonnig, Wolken. Katrin macht mir zu Mittag Schollenfilet und Kartoffeln. Sie räumt auf, ordnet ihre ärztlichen Dokumente und Röntgen-CDs; ich habe das Gefühl, sie bestellt ihr Haus. Ich lese Vaterjahre von Michael Kleeberg. Werder Bremen gegen HSV 1:0.

Montag, 20. April

Die Bäckerei sagt Bescheid, dass sie die 68 backen wird. Wir wechseln die Glühbirnen im Bad aus, ziemlich aufwendig, und auch die in der Küche. Katrin ist sehr aktiv. Sie ruft unsere Hausmeisterin an, bittet sie zu sich und erzählt ihr vom Krebs. Sie möchte nicht, dass getratscht wird, wenn sie Haare verliert und ihr Aussehen verändert. Heute fallen doppelt so viele Haare aus wie gestern, hat sie bestürzt festgestellt.

Donnerstag, 21. April

Katrin hat Rückenschmerzen, da, wo das Hohlkreuz ist. Ich gebe ihr eine Tablette mit Ibuprofen; jetzt macht sie Rückenübungen, um die Muskeln zu stärken. Als die Arztfreundin hier war, hatte sie erklärt, die Bauchspeicheldrüse liege in der Bauchhöhle ganz hinten am Rücken, und dass dort die Schmerzen beginnen. Ist es das schon? Bitte nein, nein!

Mir glühen die Füße wie Feuer. Ich kaufe ein. Wir füllen einen medizinischen Fragebogen aus, in dem es um die Lebenssituation von Pankreaspatienten geht. Ich schicke Maximilian eine SMS wegen seines Rigorosums morgen in Leipzig. Die beste Freundin besucht Katrin und dann eine weitere Freundin, die nur fünf Minuten bleibt. Eine ihrer Schwestern sei gestorben, eine andere Schwester in einem Heim. Komischer Besuch. Bayern München gegen Porto 6:1.

Mittwoch, 22. April

Alles gut gelaufen bei der zweiten Reifeprüfung, schreibt Maximilian per SMS aus Leipzig. Ich beglückwünsche ihn und schreibe zurück: Es waren echt harte Jahre und Du hast Dir intellektuelle Höchstleistungen abgefordert. Aber jetzt warten über viele Dezennien die verdienten Belohnungen auf den kreativen Geist. Tosender Beifall und Ovationen! Dein Papi.

Sehr warmes Frühlingswetter, blauer Himmel. Katrin zur dritten Chemo. Ich bin das zweite Mal bei der Therapeutin, bin ihr gegenüber ziemlich reserviert. Danach bestellen wir Pizza und sehen fern, ohne etwas zu sehen. Katrin isst Backpflaumen, sollen gut sein für die Verdauung.

Donnerstag, 23. April

Katrin steht um 5 Uhr auf, die Backpflaumen wirken. Oh wie schön. Um kurz vor 8 Uhr sitzen wir im Auto, fahren nach Harburg in eine Spezialklinik, kommen gut durch. Aus der Lunge sollen Gewebeproben entnommen und untersucht werden.

Katrin: Hoffentlich finden die hier nichts Schlimmes. Wir weinen beide, dann geht sie ins Krankenhaus in ihrer lässigen Kleidung, sportlich. Ich mag nicht hingehen, sagt sie, ihre Stimme erstickt, dann geht sie doch hinein.

Um 14 Uhr eine SMS, dass sie gerade zurück ist von der Behandlung und sich nachher meldet. Der Eingriff hat zwei Stunden gedauert; sie liegt in einem Dreibettzimmer, in der Mitte. Sie ist tapfer, bleibt über Nacht.

Ich fahre zurück und hole die 68 vom Bäcker, riesengroß sind die Laugenstücke geworden. Gut, dann eben riesengroß – 40 Zentimeter hoch, 15 Zentimeter breit. Ich dekoriere den Geburtstagstisch, auch wenn Katrin das bestimmt nicht will. Ich kann aber nicht anders. An die Kirschblütenzweige hänge ich dreizehn Geburtstagsfotos von früheren Jahren.

Marlene leitet mir ein altes Gedicht weiter, das ihr Partner ihr geschickt hat:

> *O Röschen roth,*
> *Der Mensch liegt in gröster Noth,*
> *Der Mensch liegt in gröster Pein,*
> *Je lieber mögt ich im Himmel seyn.*
> *Da kam ich auf einen breiten Weg,*
> *Da kam ein Engellein und wollt mich abweisen,*
> *Ach nein ich ließ mich nicht abweisen.*
> *Ich bin von Gott, ich will wieder zu Gott,*
> *Der liebe Gott wird mir ein Lichtlein geben,.*
> *Wird leuchten mir bis in das ewig selig Leben.*
>
> *Aus: Achim von Arnim, Clemens Brentano, Des Knaben Wunderhorn, vertont von Gustav Mahler in seiner 2. Sinfonie Urlicht*

Freitag, 24. April

Katrin wird heute 68. Ich hole Marlene vom Dammtorbahnhof ab, wir fahren nach Harburg in die Klinik und holen Katrin ab. Marlene mit einem Strauß lila Tulpen. In drei Tagen soll das Ergebnis der Gewebeproben kommen.

Dann zu Hause Geburtstagstisch mit der 68 aus Teig. Dreizehn Geburtstagsbilder aus unseren fünfunddreißig Jahren hängen an einem blühenden Kirschblütenzweig. Wunderbares Wetter. Alle rufen an. Freunde kommen, wir essen die 6 halb auf. Ein Tolino

für Katrin von Marlene. Von Maximilian ein herrlicher Rosenstrauß. Er hat sein Rigorosum mit einer Eins bestanden, mit ma-
gna cum laude, opus valde laudabile, wie die Leipziger Uni das
Prüfungsergebnis nennt. Geschenke: Schuhe in der Farbe Taupe.
Ein Gutschein für einen gemeinsamen Restaurantbesuch. Wir
trinken Crémont und Sekt auf dem Balkon.

Samstag, 25. April
61,0 Kilo. Katrin weint. Beim Auskämmen hat sie die Hand voller
Haare, sie glaubt nicht mehr daran, bis Montag zu kommen, wenn
der Friseur ihr die Haare kurz schneiden soll. Auch morgen will
sie nicht auf den Balkon der beiden Freundinnen, um von dort den
Hanse-Marathon zu beobachten. Ich sage ihr: Die Haare werden
weniger, aber dein schönes Gesicht bleibt schön. Katrin hat 38 Grad
Fieber. Das Wetter trübt ein.

Ich treffe eine lange nicht gesehene Freundin und erzähle ihr
vom Blitzeinschlag bei uns. HSV gegen Augsburg 3:2. Schweres
Erdbeben in Nepal, etwas 9.000 Menschen sterben. Wir lesen die
Anzeige einer Reederei: eine Mini-Kreuzfahrt von Kiel nach Oslo
und zurück. Die beste Freundin und Marlene sollen Katrin diese
Reise vorschlagen.

Vorgestern habe ich ein Gespräch zwischen Katrin und Marlene
mitgekriegt. Ich frage Marlene, ob sie Mami nicht einfach gewäh-
ren lassen kann, ihr nicht widersprechen, einfach duldsam hinnehmen, was Mami macht und sagt.

Manchmal mache ich das, sagt Marlene, aber nicht immer. Ich
muss dem widersprechen, was Mami sagt, Widerstand leisten,
kann nicht alles hinnehmen. Mami hat mich entscheidend geprägt, da kann ich nicht einfach zusehen, wie sie zu mir ist, wie
sie zu uns ist, da muss ich gegenreden, um mich zu behaupten.

Anders verliere ich mich. Ich kann Mami das nicht immer so durchgehen lassen.

Sonntag, 26. April

61,9 Kilo. Heute startet der dreißigste Hanse-Marathon in Hamburg. Die Sportler laufen wie immer direkt an unserem Haus vorbei. Früher waren wir begeisterte passive Mitmacher am Straßenrand. Heute schauen wir nur noch aus dem Fenster, die aktive Begeisterung ist dahin. Katrin geht nicht zu unseren beiden Freundinnen auf den Balkon. Ich mag nicht, sagt sie.

Der Husten ist heute Morgen weniger geworden, leiser, nicht mehr so hart rasselnd, wie wenn Schottersteine in einer Holzkiste hin und hergeworfen werden. Mit dem starken Haarausfall gestern und auch vorgestern ändert sich Katrins Selbstbildnis, sie sieht sich mit blanken Stellen und mit blanker Kopfhaut. Mein Bild von mir als Frau ändert sich, sagt sie und ihre Augen sind voller Tränen, ihr Gesicht entmutigt und schwer.

Sie sieht in den Spiegel und sagt: Ich sehe richtig krank aus. Ihr Unterbauch ist wieder angespannt. Ihre Haare hat sie heute gar nicht erst gekämmt, nur zusammengebunden, es fallen ja zu viele aus. Sie meint, auch so fertig und schlapp zu sein, weil sie nun letzten Donnerstag, am Tag vor ihrem Geburtstag, die dritte Vollnarkose innerhalb von fünf Wochen bekommen hat. Wir wollen auch heute Abend nicht essen gehen. Anrufe von Freunden.
Morgen, die Perücke, steht mir so sehr bevor. Mir ist ganz blümerant heute, ich bin völlig daneben, sagt sie, aber keine Bange, Geliebster, ich krieg mich wieder in den Griff. Tränen, immer Tränen. Katrins Knie ziehen Wasser. Ich kenne meinen Körper nicht wieder! Was ist bloß mit mir passiert?

Katrin klaubt ihre Haare vom Kopfkissen, sitzt auf der Bettkante, in sich versunken. Mir steht der Friseurbesuch heute sehr bevor, sagt sie. Sie ist blass und still. Ich fahre sie zum Mittelweg, wir sind zehn Minuten zu früh. Marlene begleitet Katrin auf den vielen schweren Wegen, viel besser, als ich das könnte. Anschließend fährt Marlene nach Bremen und interviewt heute Abend einen ZEIT-Journalisten für das Theater Bremen.

Ich hole Katrin ab, jetzt mit Langhaarperücke aus Echthaar, die später kurz geschnitten werden kann. Ich sage ihr noch: Du kriegst die schönste Perücke von ganz Hamburg. Nein, die Perücke wird Katrins schönes Haar nicht eins zu eins ersetzen können, aber jedenfalls weitgehend. Da sind wir sicher.

Während Katrin und Marlene beim Perückenmacher sind, baue ich den Geburtstagstisch ab. Zum letzten Mal? Mein Gott, mein Gott. Ich baue die 68 ab, den Kirschblütenzweig, die dreizehn Geburtstagsbilder, die Luftballons, Maximilians Rosenstrauß, die lila Tulpen, den Tolino, den Restaurantgutschein, die taupen Schuhe, Briefe von Freunden, Maximilians vier Blümchensymbole in Holz von uns vieren, mit denen Katrin immer ihre Notizen, Briefe und Nachrichten an uns unterschrieben hat.

Drei Stunden hat die Perückenanprobe gedauert. Heute ist ihr erster Perückentag. Die Perücke, die Mütze, wie sie sie nennt, steht ihr sehr gut, mit ihr sieht sie ein wenig aus wie die britische Schauspielerin Judy Dench.

Katrins Gesicht ist zart und filigran, verletzlich und sehr schön. Wir überlegen zusammen, ob der Friseur Katrins Haare nicht ganz abschneiden soll. Um 18 Uhr sind alle Haare ab. Am Ende habe ich das gemacht. Zuerst das Grobe mit der Schere, dann das Feine mit meinem Rasierer. Katrin hat einen so schönen Kopf. Wir spaßen. Wir liegen uns in den Armen. Wir weinen lange. All die schönen Haare, die Katrin geschmückt und verziert haben. Mein Bild von mir als Frau ist zerstört, sagt sie. Ihre Wangen zittern wie Herbstlaub. Wir liegen uns in den Armen, die letzten Haare im Waschbecken. Katrin saugt das Badezimmer. Hinter uns liegen verschiedene Bilder: Katrins Bilder von sich selbst. Meine Bilder von der Geliebsten, die nie wieder so sein wird, wie sie einmal war. Die Vergänglichkeit – unsere Vergänglichkeit – schmerzt, der Schmerz will nicht weichen. Katrin trägt jetzt eine elegante graue Hausmütze, wie eine Figur aus der Dreigroschenoper von Bertolt Brecht, sie sieht sehr schön aus damit. Nachts hat sie jetzt meine graue Wintermütze auf. Morgen gibt es den Befund aus dem Krankenhaus. Heute endlich schicken wir die Patientenbefragung *Leben mit Pankreaskarzinom* ab. Bayern München gegen Dortmund 1:3.

Mittwoch, 29. April
Der behandelnde Krankenausarzt ruft an: Der Befund in der Lunge ist bösartig! In der Lunge fanden wir Metastasen.

Kirschblütenfest vor den Fenstern, hinten und vorn, überall frisches Grün. Die Sonne scheint, es ist kühl, im Wohnzimmer blühen lila Tulpen und rote Rosen. Was nur sollen wir tun? Wie noch reagieren auf eine Hiobsbotschaft nach der anderen?

Heute bei der Hausärztin: Was wird ihr dort als Befund mitgeteilt? Wasser in Beinen und Füßen, Katrin bekommt den linken Schuh nicht mehr an. Die Hausärztin sagt: Es muss erst noch festgestellt werden, ob das Lungenkarzinom von der Bauchspeicheldrüse herrührt oder ob es eine eigene Krebsart ist. Wenn das tatsächlich so ist, sagt sie, dann verschlechtern sich die Chancen erheblich.

Katrin ruft unsere Kinder an, ihre Schwester, Freunde. Ich bin chancenlos, sagt sie, kann keine Entscheidungen mehr treffen, alles wird mit mir gemacht. Per Boten kommen unvergleichlich schöne Blumen: langstielige hellrote Rosen mit viel Blattwerk. Tränen. Ich habe mich wahnsinnig über diese Blumen gefreut, über den ganz besonderen Brief, der mit „liebe, liebe Katrin" begann. Sie bedankt sich am Telefon bei den Absendern, zwei Schwestern; sie tauschen Erinnerungen aus.

Freitag, 1. Mai

Katrin ist enorm schlapp, obwohl sie keine Chemo hatte. Wie soll das nur weitergehen? Alles hört sich so endgültig, so abgeschlossen und fertig an.

Samstag, 2. Mai

60,1 Kilo. Wir lesen Zeitung, finden dort die Todesanzeige von Monika, unserer guten Bekannten. Ihr einstiger Arbeitgeber, ein großer Verlag, hat sie aufgegeben. Sie hatte Pankreaskrebs wie Katrin. Wir kommen unserer Endlichkeit näher. Mit klaren Worten und aufgeklärtem Bewusstsein reden Katrin und ich über Monikas Tod, sie wurde 73 Jahre alt. Vor zehn Jahren hatte ich sie während meiner Reha in Mölln kennen und schätzen gelernt. Wir reden darüber, wie schnell es bei Monika gegangen ist. Katrin kannte Monika auch, hatte ihr im Februar erst in der Praxis unserer gemeinsamen Hausärztin geraten, die Haare ganz abzuschneiden. Und dass es nun auch bei Katrin ganz schnell gehen kann, wenn die Chemo nicht wirken sollte.

Katrin: Ich bin so gern auf dieser Welt. Nichts habe sie zuvor von diesem Krebs gemerkt, nichts war abzusehen, nichts hat sich angekündigt. Sie war so tapfer bei der OP, bei beiden OPs, wie andere es nie sein könnten. Und nun schaffe ich es nicht einmal, Giselchen und Lenchen altersmäßig zu toppen. Sie spricht von ihrer Mutter und Großmutter. Und sagt: Marlene und Maximilian müssen regelmäßig Vorsorgeuntersuchungen zur Krebsfrüherkennung machen.

Sie gibt sich geschäftsmäßig, klar in der Stimme. Und nimmt doch Abschied mit jeder Geste und jeder kleinen Aktion, ganz bewusst. Als gestern eine Freundin sagte, sie würde ganz neue Erfahrungen machen, hat Katrin das zutiefst getroffen, wie sie mir heute sagte, sie ist voller Tränen und Verzweiflung. Sie weiß, dass es kein Morgen gibt.

Heute kommt die Postkarte einer Freundin aus der Reha mit dem Motiv Krise eines Engels von Paul Klee. Sie schreibt: Ach mein kleines, zerrissenes, ganz und gar unzusammenhängendes Katrinchen, wir weinen mit den Engeln. Und wie sollte es anders sein, wenn jede Nachricht wieder eine schlechte Nachricht ist. Und keine Hoffnung und kein Erbarmen. Wundert es uns da, wenn es den Wunsch und die Hoffnung auf eine andere Dimension gibt? Damit es wieder leichter wird. Und wenn uns der Glaube fehlt, schaffen es unsere Gedanken? Ich schicke Dir kraftvolle.

Katrin – und längst auch ich – reagieren auf jedes einzelne Wort höchst sensibel, extrem verletzlich. Jedes Wort wird analysiert und auf die Zukunft hin projiziert, die gar keine Zukunft mehr ist, seziert und ausgelegt. Blumen, überall stehen Abschiedsblumen, überall von überall her.

Sonntag, 3. Mai

Katrin wirft alle ihre Haarbänder in den Müll. Die brauche ich nie wieder. HSV gegen Mainz 1:2.

Montag, 4. Mai

60,9 Kilo. Die beste Freundin holt Katrin ab, sie fahren zum Perückenschneiden, sie soll gekürzt werden und weniger Volumen haben, nicht so aufgeplustert wirken. Sie wird kürzer und frischer. Aber dennoch ist Katrin nicht zufrieden damit.

Nach der Zeitungslektüre liegt Katrin gleich wieder auf der Couch und wäre am liebsten gleich wieder eingeschlafen. Sie ist gleichbleibend kraftlos, müde und traurig. Ich habe lange kein Lächeln von ihr gesehen. Heute kommen die Maler.

Dienstag, 5. Mai

Katrin hustet immerzu. Ich habe kein gutes Gefühl mit meiner Lunge, sagt sie. Abgeschlafft. Trotzdem kaufen wir gemeinsam ein. Heftiger Gewittersturm über Eppendorf.

Mittwoch, 6. Mai

Katrin vor der vierten Chemo: Ich bin überzeugt davon, dass ich gleich ganz schlechte Nachrichten bekomme von meiner Ärztin. Eine Stunde später Nachricht aus einem Krankenhaus in Harburg: Es ist ein Lungenkarzinom! Der Pankreaskrebs hat Metastasen in die Lunge gestreut. Erst in vier Wochen kann man erkennen, ob die Chemo anschlägt oder nicht. Katrin bekommt endlich Tabletten gegen ihren Dauerhusten.

Mein Lektor bittet mich, ein paar Texte im Nichtschwimmer zu glätten. Es macht Spaß, das Buch zu lesen, sagt er am Telefon. Die Bildunterschriften werden erst in der zweiten Layoutrunde gemacht.

Donnerstag, 7. Mai

Katrin kommt an die Tür meines Büros. Sie lehnt die Tür an und geht in die Küche, steht dort und weint herzzerreißend. Hält sich die Hände vors Gesicht und schluchzt in sich hinein, tränenüberströmt. Ich gehe zu ihr, nehme sie in die Arme. Ich musste einfach mal weinen, entschuldigt sie sich. Auf den kahlen Kopf hat sie den Turban gesetzt – so nennt sie ihre graue Mütze, in der hinten eine Frottiersocke steckt, um eine gewisse Haarfülle vorzugeben.

Maximilian erzählt vom wissenschaftlichen Netzwerk, das er sich gerade aufbaut. Er hat gerade einen Vortrag über Gandhi gehalten. Er schreibt diese Nachricht, während er als Rettungssanitäter unterwegs ist.

Pressekonferenz von Marlene im Theater Bremen.

Freitag, 8. Mai

70 Jahre nach der deutschen Kapitulation am 8. Mai 1945. Es ist nicht Katrins Tag heute, sie ist kraftlos und hustet immer. Ein Friseur in der Waitzstraße kann Perücken nachschneiden. Ich fahre Katrin hin, warte im Garten dort. Sonnenschein, ein paar Wolken, Schiffstyphone[39] auf der Elbe, der 826. Hafengeburtstag beginnt heute. Einlaufende Schiffe grüßen die Zuschauer an den Elbhängen und -ufern.

Die Perücke sieht jetzt viel besser aus, muss aber noch mal nachgeschnitten werden, sie ist immer noch zu voluminös. Katrin ist fix und fertig, nicht mehr bei der Sache, sie hört nicht mehr richtig zu, sie ist ganz nach innen gekehrt, alles andere ist ausgeblendet. Wir trinken Kaffee und Tee im Garten ihrer besten Freundin, dazu buntes Gebäck.

Auf der Elbchaussee zurück, von dort nach Neumühlen, um ein wenig vom Hafengeburtstag zu sehen: Segelschiffe mit großen weißen und braunen Segeln, die mir wunderschön erscheinen, die Cap San Diego weiß wie immer, schön wie der Weiße Schwan des Nordatlantiks damals in meiner aktiven Fahrt bis 1962. Es folgt die Einlaufparade zum Geburtstag, ein Bild zum Herzerweichen. Katrin bleibt zuerst im Auto sitzen, mag nicht. Dann doch: nur fünf Minuten.

39 Schallsignalgerät

Freitags nach der Mittwoch-Chemo war es immer am schlimmsten, der schwerste Tag, heute besonders, sie muss sich sehr zusammenreißen. Als wir auf die Elbe gucken, aufs belebte Wasser, weint Katrin. Weil das für sie alles wohl das letzte Mal sein könnte. Ich habe endlich verstanden, wie es meinem Trinchen innerlich geht. Sie ist ganz woanders. Ich werde mich ganz aufgeben und alles verstehen. Ja, so wird es sein, so wird es gemacht. HSV gegen Freiburg 1:1.

Samstag, 9. Mai

61,1 Kilo. Katrin ist schlapp, müde, kaputt, ohne Hunger. Freunde helfen dabei, nach dem Maler die Wohnung zu putzen und aufzuräumen. Katrin sei hektisch, sagt jemand.

Katrin will eine neue Perücke, die alte ist verschnitten. Weinen. Sie schmeckt nichts mehr, kein Brötchen, keinen Aufschnitt, nichts Süßes, nichts mehr.

Sonntag, 10. Mai

61,2 Kilo. Katrin nimmt keine Wassertabletten mehr. Sie will alles organisieren, was es gibt. Sie sitzt auf der Couch, ich stehe in der Wohnzimmertür. Wenn du rausgehst, kannst du schon mal den Wasserkocher anmachen?

Warum?

Weil ich Wasser kochen will.

Das dauert doch noch.

Ich wollte das alles nur vorher gut organisieren.

Immer schon. Alles. Immer. Der Hafengeburtstag endet mit der Auslaufparade. Erhebend. Katrin will alles an sich ziehen, will wichtig bleiben, mag nichts abgeben, will sich behaupten, kontrollieren.

Eine SMS von Marlene. Wann wollen wir telefonieren?, fragt sie.

Jetzt, sage ich. Marlene sagt, dass ich mich nicht aufgeben darf, dass ich mich öffnen soll, aber auch verschließen. Sonst verliere ich mich und gebe mich auf. Ich soll die Quadratur des Kreises versuchen, soll Ja und Nein sagen, verbindlich bleiben, aber mich selbst behaupten. Soll ins Café gehen, in den Park. Raus.

Um 14 Uhr sind Katrin und ich einem Perückengeschäft. Prima. Zwei Stunden später ist die Perücke bei uns, die NEUE. Muss noch nachgeschnitten werden, ist aber super. Damit sieht Katrin ein bisschen aus wie Gitte. Die beiden Freundinnen mit dem Bauernhaus in Eiderstedt kommen für hundert Minuten auf den Balkon. Ein Foto für Marlene mit neuer Perücke, die Katrin jetzt gut findet. Sie fragt die Freundinnen wie wir es mit unserem Baum halten wollen. Es geht um den Friedwald, in dem unsere beiden Freundinnen aus Eiderstedt und wir beide beerdigt werden wollen.

Ich gehe jetzt das dritte Mal zu meiner Therapeutin. Sie gähnt viel, gibt mir wenig an die Hand, wie ich mich verhalten soll, verwechselt mich mit anderen Patienten. Am Ende der Stunde sage ich ihr, dass ich aufhören will. Schade, sagt sie, vielleicht ist ein Gesprächskreis in Hamburg für Sie besser. Und dann: Es stirbt in Hamburg ja nicht nur Ihnen die Frau weg! Ich bin getroffen. Ich hatte von ihr Instrumente für die Bewältigung meiner Situation erwartet. Das kommt später, wenn ich Sie besser kenne, sagt sie. Für mich kam sehr wenig von ihr, von ihr kam keine Anleitung. Sie saß auch immer nur in Freizeitklamotten da. Nix für mich.

Ich erzähle Katrin davon. Sie meint, ich solle zu Herrn B. gehen, der Freund eines Freundes hatte ihn für mich vorgeschlagen. Ich will nicht, will einen Profi. Von den Freundinnenschwestern kommt per Boten wieder ein sehr persönlicher Brief und wieder zwei wunderbare und einzigartig schöne Rosen!

Per Bote kommt ein riesiger Geschenkekorb ins Haus, dort liegt viel mehr drin als bei Rotkäppchen und dem Wolf. Zwei Kilo Spargel, eine Flasche Weißburgunder, ein Pfund Erdbeeren, Schokolade Labooko, Aprikosen, Ginger, Chashewkerne, Lachsklößchen, Weinbeeren, Walnusskerne, Fischklößchen, Salzmandeln, Mandelplätzchen, Pinienkerne, Dinkelkerzen, Gulasch Stroganoff. Die Köstlichkeiten sind eingewickelt in ein edles Tuch und überreicht wird es in einer Tragetasche aus Stroh. Wir sind überwältigt.

Nachmittags lässt Katrin sich die Perücke kürzer schneiden. Sie kommt mit einer wirklich schönen Perücke wieder: süß, kurz und frech, sie steht ihr sehr gut. Sie sagt: Ich werde so schnell schlapp, die Lunge lässt mich im Stich. Bayern gegen Barcelona im Endspiel in Berlin 3:2.

Mittwoch, 13. Mai

Fünfte Chemo heute, 12 bis 16 Uhr. Es dauert lange heute. Verdacht auf Thrombose wegen der dicken Wasserbeine. Als ob jetzt alles auf einmal auf Katrin niederstürzt. Einkauf. Abends TV.

Donnerstag, 14. Mai, Christi Himmelfahrt

63,3 Kilo. Ein Notarzt kommt wegen Thrombosegefahr zu uns. Ab sofort spritze ich Katrin jeden Morgen gegen Thrombose, heute das erste Mal.

Sie lässt den Ring mit dem Saphir erneuern, den Verlobungsring ihrer Großmutter anno 1924, ich bringe ihn zum Juwelier. Ich will den Ring ordentlich hinterlassen, sagt sie.

Freitag, 15. Mai

Katrin schläft die ganze Nacht nicht, hustet viel, zieht um ins Wohnzimmer. Stiche oben links. Thrombosespritze. Katrin geht es den ganzen Tag sehr schlecht, nicht geschlafen, viel Husten, sie hält sich gerade mal auf den Beinen. Abends sehe ich allein den TV-Film *Letzte Ausfahrt Sauerland*, darin sagt der Vater einmal zur Tochter: Ich wollte es richtig machen. Mehr will ich auch nicht.

Samstag, 16. Mai

Heute wasche ich zum ersten Mal mit der Maschine, dunkel, 40 Grad. Katrin sagt: Nach jeder Chemo wird es schlechter. Jeder Schritt fällt ihr schwer. Nachher kommt Marlene zum Spargelessen. Ich kann den Spargel gar nicht schälen, bin viel zu schwach dazu. Sie tut es dennoch. Spargelessen mit Schinken. Abends spielen wir Stadt, Land, Fluss. Marlene gewinnt. Katrin ist zweite. Stuttgart gegen HSV 2:1.

Sonntag, 17. Mai

61,0 Kilo. Mein Herz ist mir so tränenschwer, so mutlos und voller Trauer über unser zu Ende gehendes gemeinsames Leben im Gleichschritt, als Partner, einer als Teil des anderen. Mich bedrückt es, Katrins angstvolle Augen, ihre Verzweiflung zu spüren, wie ihre Kräfte jeden Tag weiter nachlassen. Heute fällt es ihr schwer, aufstehen zu müssen, Weintrauben und Vanillequark herzurichten. Wir beide weinen im Wohnzimmer auf der Couch, sie beklagt ihre Schwäche, ihr Unwohlsein, ihre Mutlosigkeit, und dass dieser Krebs kein Erbarmen hat, dass die Chemo niemals aufhört und sie immer weiter niederdrücken wird. Hoffnungslose Hoffnung.

Mein älterer Bruder ist mit seinem selbstgebauten Boot die Flüsse hoch nach Rüdesheim gefahren zu einem zweiten Bruder und ruft von dort an. Die machen so schöne Sachen, sagt Katrin, und ich hier? Ich sehe täglich meine Kräfte schwinden.

Ich sage ihr: in hellen und in dunklen Tagen.

Katrin sagt: Ja, Geliebster, aber diese Gewitterfront zieht nicht mehr weiter und zieht nicht an uns vorbei. Du tust mir so leid, mein Geliebster.

Und ich sage ihr: Es ist so schön, mit dir zusammen zu sein. Die Sonne bricht durch dunkle Wolken, bestrahlt die Marlene-Blume von gestern. Schwer, alles ist so schwer!

Im Radio NDR Kultur höre ich die Sendung Glaubenssachen und hier den Essay *Leben ist Einsamsein. Zwischen Verzweiflung und dem Gewinn innerer Freiheit* des Theologen Stephan Lüttich. Vom Schriftsteller Anselm Grün *Stille im Rhythmus des Lebens. Von der Kunst, allein zu sein.*

Montag, 18. Mai

Katrin sagt: Ich wäre so gerne alt geworden und ein bisschen weise, ich habe mir das so schön vorgestellt. Um 14 Uhr bei der Hausärztin wegen der Thrombose, dickes linkes Bein, gerötet und unter Spannung. Was essen wir, was vor allem isst Katrin? Eine Freundin bringt Suppe, eine andere ruft an. Eine Freundin bringt Hühnchenkeule mit Kartoffeln und sechs Eiern, aber Katrin mag gar nichts, sie weint, weil jemand für sie kocht und sie's nicht essen mag. Unsere Ärztin stellt eine Thrombose fest. Wir lassen elastische Stützstrümpfe herstellen. Katrin weint und ist verzweifelt, was da alles auf sie zukommt.

Dienstag, 19. Mai

Marlenes fünfunddreißigster Geburtstag. Wir singen unser Familiengeburtstagslied und hinterher: Tralalalalala. Katrin sagt: Vielleicht habe ich das heute zum letzten Mal gesungen zum fünfunddreißigsten Geburtstag unserer Tochter. Wir waren damals so gespannt, wie sie wohl mit fünfunddreißig aussehen würde. Mir ist so weh ums Herz, mein Mut, meine Lebensfreude verrinnt. Ich täusche Aktivität und Frische vor, dabei mag ich nicht einmal eine Woche in die Zukunft sehen, geschweige denn zwei oder drei Monate.

Wir probieren die Stützstrümpfe an, es dauert nur zehn Minuten, sie passen. Katrin ist aufgekratzt. Super Laden, sagt sie, heute ist sie munter und gut drauf, obwohl ihr Bein dick ist wie das eines Elefanten, dick und geschwollen. Beängstigend.

Freunde kommen, alle wollen helfen, wollen Marlenes Geburtstag nicht einfach so verstreichen lassen, sondern Katrin feiern. Aufgrund eines Briefes unserer Hausärztin entlässt das benachbarte Sportstudio Katrin aus ihrem Jahresvertrag wegen fortschreitender Tumorerkrankung. Die heutige Chemo ist auf morgen vertagt wegen der Thrombose. Antibiotikum und Chemo vertragen sich wohl nicht. Katrin hat ihr kleines Portemonnaie verloren: mit Personalausweis, Krankenkassenkarte und 100 Euro. Jetzt ist es wieder da, es lag bei den Kochlöffeln.

Die Onkologin ist verzweifelt, Katrin sei ein besonders schwerer Fall. Sie sieht keine Lösung in Sichtweite. Der eine Tumormarker für die Lunge sei stark angestiegen, einer für die Bauchspeicheldrüse gesunken. Das alles sei äußerst selten und sehr merkwürdig, sagt sie. Heute war sie sehr nett zu Katrin, Katrin ist froh, bei ihr zu sein. Katrin und ich weinen zusammen. Ich will nicht vor dir weggehen, weint sie, ich will noch leben. Alles scheint sich gegen sie, gegen uns gewendet zu haben.

Zwanzig rote Rosen von Maximilian, Katrin weint.

Ich bin sehr viel unterwegs, sehr viel. Immer ist was, einkaufen, hinfahren, abholen, hinbringen, Ärzte, Müll, immer ist was. Mir brennen die Füße seit Tagen, seit Wochen, sie kommen gar nicht mehr zur Ruhe, der Schmerz wird ständig neu entfacht. Es ist, als wenn jemand ein sehr heißes Bügeleisen gegen meine Fußsohlen presst. Burning feet. Unerbittlich.

Katrin findet etwas, was sie sehr gerne mag und lange nicht mehr gegessen hat: Käsetoast! Wunderbar.

Donnerstag, 21. Mai
So fühlen wir uns: Wie zwei ineinander verwachsene alte Bäume, deren Wurzelwerk und Kronen miteinander verwoben sind. Die lassen sich nicht mehr trennen. Auf Katrins Nachtschrank liegt Susan Sontags *Krankheit als Metapher*. Sechste Chemo heute. Die Onkologin sprach von einem kleinen Erfolg und sagte Stagnation; die Hausärztin sagte, es sei besser geworden. Was das bedeutet, werden wir am 26. Mai erfahren, wenn im Freien Krankenhaus die CT gemacht wird und überprüft wird, ob die Chemo Wirkung zeigt.

Eine Freundin bringt einen Topf mit Hühnersuppe.

Katrin ist blass und fahl, schon lange nicht mehr habe ich sie lachen, geschweige denn fröhlich gesehen. Vieles fällt ihr schwer, am liebsten sieht sie fern, liest Zeitung; kein Lächeln mehr, kein frohes Wort, rein alles dreht sich für sie ins Negative, grundsätzlich. Skepsis in jeder Phase. Ich hole petit four für Katrin, Feingebäck mit Zuckerguss, ohne Schokolade.

Freitag, 22. Mai
Die Stützstrümpfe klemmen oben, hin zum Sanitätshaus, wird geändert. Überall Blumen, überall Blumen. Ein alter Freund und Wegbereiter von Katrin, Schauspieler, Sänger und Regisseur, steht ganz groß in der Zeitung. Er weiß noch nichts von Katrins Krankheit. Sie will es ihm erst nach der Premiere von *Das Narrenhaus* am 24. Mai sagen.

Ich bin im Eichenpark, füttere Schwäne und Blesshühner. Ich fühle mich beschwert, tief traurig und zukunftsmüde. Was treibt auf mich zu, wohin treibe ich? Jeder Blick nach vorn ist schwer.

Katrin hustet. Sie opponiert gegen jeden Satz, den ich sage. Alles, was sie anfängt, ist auf den ersten Blick schlecht, dann erst erkennt sie, dass etwas auch gut sein kann.

Anruf von Maximilian aus Heidelberg. Er wartet auf seinen Onkel, der heute mit seinem selbstgebauten Boot ankommen soll.

Pfingstsamstag, 23. Mai

Katrin: Glücklich bin ich mit den Stützstrümpfen nicht. Treffen mit Marlene beim Handyladen. Sie kommt extra aus Bremen, um für mich ein Handy zu kaufen. Dann kaufen wir mir eine Jeans. Vor dem Levantehaus trinken wir Kaffee, essen Tonno. Marlene fährt nach Bremen zurück.

Pfingstsonntag, 24. Mai

Sonnenschein pur. Katrin ist schwach, hustet viel, zwingt sich, Frühstück zu machen. Zeitung lesen. Ein Bruder ruft an, fünfunddreißig Minuten. Ich sitze gegen 14 Uhr allein im Auto und fahre nach Bremen ins Theater, wo Marlene für das Stück Oreste arbeitet. Sie hat viel Zeit für mich. Katrin hatte sich so auf das Theater gefreut, aber sie kann nicht mit, liegt weinend auf dem Sofa.

Pfingstmontag, 25. Mai

Es geht Katrin auch heute wieder schlecht, sie verbringt den Tag auf der Couch mit Decke, TV läuft. Ich weine allein für mich, meine Seele ist dunkel. Katrin sagt: Es tut mir so leid um dich. Es ist mein dunkelstes Pfingstfest. Ich bin deprimiert und mutlos. Was erfahren wir morgen von der CT im Krankenhaus?

An wen kann ich mich wenden? Wer hört mir zu, wer hört meiner verzweifelten Seele zu? Katrin liegt auf dem Sterbebett, das muss jetzt das Sterbebett sein. So schnell? So rigoros und gründlich. Meine Seele braucht einen Rettungsring. Ich weiß wirklich nicht, wie es weitergeht. Meine Füße lassen nicht viele Möglichkeiten zu, sie schmerzen an jedem Tag, an dem ich rumlaufe. Und ich laufe viel, das muss ich doch.

Katrin: Der Husten wird schlimmer, die Luft wird schlechter. Ich wüsste gar nicht, warum ich morgen bei der CT ein gutes Ergebnis erwarten sollte.

Dienstag, 26. Mai

10 Uhr Termin im Freien Krankenhaus zur CT. Marlene kommt extra aus Bremen. Sie geht mit Katrin mit, jeden Schritt. Um 12 Uhr das (vorläufige) Ergebnis: Der Pankreastumor ist nicht gewachsen, aber das Lungenkarzinom hat sich verdichtet. Ob das Lungenkarzinom ein eigenes ist oder eine Metastase vom Pankreastumor, weiß man noch nicht. Was aber heißt das? Am Donnerstag bei der Onkologin erfahren wir Einzelheiten.

Marlene schlägt vor, uns einen Schüler zu suchen, der für uns einkauft, damit wir den Tag besser gestalten können. Katrin hustet auch nachts so viel, weil sie nicht durchatmen kann. Manchmal aber muss sie tief durchatmen, dann bricht das Hustengewitter los, minutenlang, es beruhigt sich nur sehr langsam. Katrin erwähnt immer häufiger Giselchen, ihre Mutter, aber einen handlichen Sauerstoffgeber, der ihre Atemnot lindert wie der bei ihrer Mutter, den will sie nicht. Noch nicht.

Donnerstag, 28. Mai

Der neue Stützstrumpf sitzt gut. Katrin bei der Onkologin: Der Pankreastumor ist kleiner geworden, der Lungentumor aber erheblich gewachsen, von einer zweifachen Größe auf eine fünffache Größe. Nun beginnt der neue Chemozyklus: drei Wochen lang eine veränderte Chemo, dann wieder eine CT bis Ende Juli, um zu sehen, wie die Tumore auf die neue Chemozusammensetzung reagieren.

Marlene und ich treffen uns in einem Café in der Hegestraße, wir checken die Reaktionen auf die Schülerjobanzeige. Fünf kommen in die engere Wahl. Marlene fragt mich, ob ich später zu ihr nach München ziehen möchte. Ich sage: Entweder gehe ich in ein Kloster, auf einen Bauernhof im Norden oder ich bleibe in meinem Zuhause. Weil ich, wenn ich ein weiteres Buch schreibe, den Norden und seine Menschen brauche und nicht eine fremde Umgebung. Um 16 Uhr kommen Freundinnen, sie wollen die CT-Ergebnisse hören.

Freitag, 29. Mai
Katrin wehrt sich vehement gegen die Schüler-Einkaufshilfe. Will sie noch selbst machen.

Mittwoch, 3. Juni
Heute beginnt die neue Chemo, die den Tumor im Pankreas und auch in der Lunge bekämpfen soll. Wie aber verträgt Katrin diese neue Therapie?
Ihre Schwester ruft an wegen der Oper Simone Boccanegra.
Bisher konnte bei den Laboruntersuchungen nicht festgestellt werden, ob das Lungenkarzinom seinen Ursprung aus der Pankreas hat. Das Labor konnte das genetisch nicht eindeutig zuordnen. Heute jedenfalls verträgt Katrin die neue Chemo relativ gut. Sie geht in die Drogerie, danach zum Supermarkt, dann zum Juwelier im Eppendorfer Weg, wo wir einen Saphir für den Ring aussuchen und einarbeiten lassen. Die Geliebste bestellt ihr Haus. Wir holen Eis aus einem Café und gehen nach Hause. Katrin wirkt immer sehr aufgeregt, als müsse sie die Welt noch neu ordnen. Und ist doch so sehr schnell erschöpft. Sie telefoniert heute lange mit einer Freundin.

Donnerstag, 4. Juni, Fronleichnam

Katrins Tag beginnt positiv, ohne Husten, optimistisch, aktiv. Zwei Stunden später klagt sie über Übelkeit. Kommt die vom Codein? Oder vom Abführwürfel, der mit viel Wasser eingenommen werden soll? Oder von der neuen Chemo? Ich hatte einen Besuch von Willkommhöft in Wedel vorgeschlagen. Dort werden nach Hamburg einlaufende Schiffe musikalisch begrüßt und auslaufende Schiffe verabschiedet. Jetzt aber ist ihr Optimismus eingeknickt, vielleicht bringen wir nur die Silberschalen in die Silberschmiede, um sie neu versilbern zu lassen, Katrins Wunsch.

Mein Lektor schickt mir das ganze lektorierte Manuskript zu, das ich mir mit seinen Korrekturen einmal ansehen soll. Der Nichtschwimmer erscheint im Frühjahr 2016, ich suche dafür Schiffsfotos aus.

Samstag, 6. Juni

Ich schlage Katrin heute vor, bei diesem schönen Wetter in ein Café nach Teufelsbrück an die Elbe zu fahren. Aber im Laufe des Vormittags wird schon klar, dass es dazu nicht kommen wird. Katrin liest Zeitung, schläft dabei ein, müde und kraftlos. Mir scheint, es wird immer weniger. Postkarte einer Freundin, Katrin freut sich sehr darüber. Mir werden Schiffsfotos für den Nichtschwimmer zugeschickt.

Mich beschleicht immer wieder ein Schmerz, der sich wie eine graue bleierne Decke auf mein Naturell legt. Als lege sich eine Bleidecke auf eine bunte Sommerwiese, die meine innere Heiterkeit, meine Lebensfreude und Ironie erstickt. Immer mal wieder kann ich die Bleidecke ein wenig anheben, lüften und mein altes Ego darunter finden. Aber Katrins langsames Dämmern und ihre verzweifelte Bedrücktheit halten mich immer öfter davon ab. Ein gelungenes Leben bedarf auch der Last, schreibt Klaus Dörner, Philosoph und Soziologe.

Sonntag, 7. Juni

60,0 Kilo. Katrin bleibt lange im Bett. Vierzehn Stunden Übelkeit. Eine Tablette hilft endlich. Katrins Schwester hat sie in die Oper Simon Boccanegra eingeladen, Claus Guth inszeniert; Katrin kann nicht, der Husten quält sie, ich springe ein. Ein schöner Abend. Christine und ich haben heute wieder Normalität zwischen uns hergestellt, sie war ein wenig abhanden gekommen. Straßenfest auf der Eppendorfer Landstraße; ein jegliches hat seine Zeit, ich denke an diesen Bibelspruch, als ich dort vorbeifahre, um Brötchen zu holen. Auch wir waren immer dabei, nun sind es andere, Jüngere, Gesunde. Alles hat eben seine Zeit und ich freue mich über den Wahrheitsgehalt dieses berühmten Satzes und wie er auf mich einwirkt.

Montag, 8. Juni

60,6 Kilo. Christine bringt Katrin Blumen, sie bleibt eine halbe Stunde, will weiter nach Bobsin zur ehemaligen Familienvilla in Mecklenburg-Vorpommern. Katrin gibt ihr ein Foto mit, wir waren 1997 dort. Heute ist der fünfte Tag nach der neuen Chemo, ihr ist übel.

Mittwoch, 10. Juni

Zweite Chemositzung der neuen Art: Pankreas und Lunge. Es geht doch nicht um meine Übelkeit, sagt Katrin, es geht um meine beiden Krebse. Vielleicht muss ich mehr Humor entwickeln. Die Arztfreundin ist für zwei Stunden da.

Donnerstag, 11. Juni

Katrin bei der Chemo, ich bin fast immer bei ihr und leiste ihr Gesellschaft. Das Lungenkarzinom ist sehr aggressiv. Ein befreundetes Ehepaar kommt vorbei, bevor sie für drei Monate in der Bretagne untertauchen. Ein paar Sekunden lang schien mir alles wieder wie vor dem Krebs, ein paar Sekunden Normalität, ein sehr schöner Besuch war das von den beiden. Als wäre nichts gewesen, keine Krebs, keine Todesdrohung, kein Ende unserer Zweisamkeit.

Freitag, 12. Juni

61,9 Kilo. Wir kaufen ein, das heißt: Ich bin Chauffeur und Katrin geht in die Läden. Gestern hat Maximilian sich mit einer SMS angekündigt, um 18 Uhr erwarten wir ihn zum Spargelessen. Er bleibt zwei Stunden. Maximilian wirkt ernst, ist aufgeschlossen. Katrin hält gut durch. Ein sehr heißer Tag. Marlene ist derweil auf einem Theatertreffen.

Samstag, 13. Juni

Mit Maximilian reden wir über Irvin Yaloms *Das Spinoza-Problem*, über Xenophanes, 570 – 470 v. Chr., über seine Arbeit als Rettungssanitäter – neunmal im Monat Nachtschicht von 19 bis 7 Uhr –, über sein Treffen mit meinem Bruder, der mit einem selbstgebautem Boot in Heidelberg gelandet war. Zum Schluss spricht Katrin ihre Patientenverfügung an, überreicht ihm ein Exemplar, damit auch er Bescheid weiß. Katrin spricht auch über ärztliche Hilfe, die ihr eventuell beim Freitod helfen soll. Ein dickes Gewitter direkt über uns entlädt sich.

Sonntag, 14. Juni

Marlene ist wieder da, es ist eine Wohltat mit ihr, auch weil sie Katrin zu nehmen weiß. Katrin geht es nicht gut, ihr ist übel. Als die Kinder wieder weg sind, geht sie ins Bett. Per SMS frage ich Maximilian nach dem Gedicht Goethes über die Philosophie Baruch de Spinozas:

Was wär' ein Gott, der nur von außen stieße,
Im Kreis das All am Finger laufen ließe!
Ihm ziemt's, die Welt im Innern zu bewegen,
Natur in Sich, Sich in Natur zu hegen,
So daß, was in Ihm lebt und webt und ist,
Nie Seine Kraft, nie Seinen Geist vermisst.

Katrin muss das Bett hüten, sie beklagt ihr dickes Bein, das sie sehr beunruhigt. Christine ruft an, sie macht sich auf zu ihrer kulturellen Sommertour: nach Köln zu Neil Diamond, nach Braunschweig, nach Essen ins Museum Folkwang und nach Bielefeld. Ich habe Sehnsucht nach Verständnis, Liebe und Harmonie. Jeder sei zuletzt eine Insel, las ich vor Kurzem; fängt das jetzt an bei mir mit dem Inseldasein? Marlene ist mir so nahe wie selten. Maximilians Verhalten gegenüber Katrin und auch gegenüber Marlene verstehe ich den ganzen Tag nicht. Wenn wir beide allein sind und Maximilian beschlossen hat, aufgeschlossen zu sein, dann ist es ein bisschen wie früher. Ein bisschen.

Mittwoch, 17. Juni
61,9 Kilo. Katrin zur dritten Chemo innerhalb der zweiten Staffel. Wir holen die neu versilberten Sachen von der Silberschmiede ab: das große Silbertablett, Zuckertopf, Sahnekännchen und weitere Kleinteile. Katrin will alles schön hinterlassen, wieder bestellt sie ihr Haus. Im Bettenladen kaufen wir vier große Handtücher, Katrin immer mit ihrem Turban auf dem Kopf, sie sieht chic und selbstbewusst damit aus; ihr schmeckt es ein wenig besser, Giros und Krautsalat, Nüsse und noch einiges mehr.

Freitag, 19. Juni

62,5 Kilo. Ich lasse auf Katrins Wunsch ihren Konfirmationsring beim Juwelier schätzen, einen Ring hole ich ab.

Ein prächtiger Rosenstrauß von Freunden, die gerade in Frankreich sind.

Sonntag, 21. Juni

Alle reden vom Grexit, über den Austritt Griechenlands aus der EU, seit Wochen.

Ich danke Katrin für das schöne Zuhause, das sie uns geschaffen hat.

Freitag, 24. Juni

Kalt, Regen, hässlich. Katrin hat heute wieder chemofrei, ist aber trotzdem bei der Hausärztin wegen der Thrombose. Ich spritze täglich. Das linke Bein ist prall, rot und auch der Fuß ist geschwollen. Keine Besserung trotz Antibiotika. Große Sorgen, auch deshalb. Termin beim Hautarzt. Er hält die Thrombose für gefährlich, völlig ungewöhnlich, dieses stramme Bein. Katrin soll ins Freie Krankenhaus, sie weint und weint und weint. Schade, sagt sie, auch das noch. Wir nehmen uns lange in den Arm.

Ich habe große Angst um Katrin, sie sieht so entsetzlich traurig aus, verunsichert und verzweifelt. Wir sitzen uns in der kleinen Halle gegenüber, reden mit tränenerstickter Stimme über uns und wissen nicht, was wird. Wann? Wo? Wie? Geht es weiter? Sie bereitet sich darauf vor, morgen ins Krankenhaus zu gehen, jetzt droht also auch noch eine lebensbedrohliche Lungenembolie. Ist es mit den beiden Krebsen nicht schon genug?

Die britische Königin ist noch in Deutschland, sie besucht gerade das KZ Bergen-Belsen.

Samstag/Sonntag, 27./28. Juni
Ich fahre allein für zwei Tage zu den beiden Freundinnen auf den
Bauernhof, Katrin hat mir sehr zugeraten, sie käme gut auch allein
zurecht. Das Biskayahoch bringt Traumwetter, nicht etwa das Azo-
renhoch. Sonne pur. Wir fahren nach Vollerwiek an den Deich
und reden vertrauensvoll. Ich halte Kontakt zu Katrin, zu Marlene
und Maximilian per SMS.

Montag, 29. Juni
62,5 Kilo. Beide Chemos parallel, gegen das Lungen- und gegen
das Pankreas-Karzinom. Katrin weint während der Zeitungslektüre heute Morgen plötzlich sehr heftig. Ist gleich wieder gut, sagt
sie. Heiß diese Woche, 30 Grad und mehr.

Donnerstag, 2. Juli
Heiße Tage, warme Nächte. Ich spritze gegen Thrombose. Katrin
übergibt sich, hat noch nichts gefrühstückt, es ist noch vor acht.
Ich fühle mich einsam und als ohnmächtiger Begleiter meiner
Partnerin, die nur noch sehr wenig Hoffnung haben kann. Eigentlich keine. Ich lenke mich ab, redigiere Briefe für ein Familienbuch.
Ich lese ein bisschen Yalom *Denn alles ist vergänglich.* Schnell so
gesagt. Der Sommer geht an mir, an uns vorbei. Ich bin bedrückt
von Katrins Zustand und fühle mich alleingelassen, niemand kann
etwas tun. Wenn die Hoffnung schwindet, wird auch die Zukunft
dunkler und mutloser in mir. Ich schwanke zwischen: Das Leben
geht weiter und Stillstand, halte die Luft an und sehe alles perspek-
tivlos. Dabei fängt doch alles erst an.
    Seit Tagen versuche ich, das Autograph von Friedrich Hölderlins
Gedicht Lebenslauf zu bekommen, für Maximilian zur Promotion.
Jetzt studiert er in Heidelberg noch Psychologie, fährt jede dritte
Nacht als Rettungssanitäter. Hochachtung!

Marlenes Proben für die Entführung aus dem Serail gehen in die letzte Phase, es ist auch ihr Stück, übermorgen ist Premiere. Wir fahren, wenn wir denn können, hin.

Ich hole Katrins Ring vom Juwelier ab. Er ist nicht in Ordnung, es gibt heftige Kritik daran: nicht das richtige Grün der Turmaline; alle Steine wurden ausgewechselt, nicht nur einer. Immer Kritik, ganz selten Freude, die spontan und einfach da ist, weil etwas gelungen ist. Der Ring, den Katrin von ihrer Mutter zur Konfirmation bekommen hat, ist sehr schön geworden, finde ich.

Freitag, 3. Juli
59,1 Kilo. Ich treffe eine der beiden Schwestern an der Shell-Tankstelle in der Hegestraße. Vom Kassen- und Verkaufsraum gehen wir ein Stück Richtung Autowaschanlage. Nach zwei Schritten treffen sich unsere Hände, wir gehen Hand in Hand zehn Schritte in zehn Sekunden und sind vertraut und zugewandt.

Meine Antwort auf Marlenes SMS: Immer wenn ich an dich denke, fühle ich mich gestützt und getragen, liebste Marlene.

Mir ist so furchtbar flau zumute, so bedrückt bin ich, weil Katrin mir große Sorgen macht. Sie hat heute fast nichts gegessen, sich zweimal übergeben, macht einen apathischen Eindruck, lässt sich aber nicht helfen. Ich kraule ihren Rücken, was sie gleich ablehnt, ein anderes Mal. Sie ist leise, wollte einen Einkaufszettel für morgen machen, schafft das aber nicht mehr. Um 20 Uhr geht sie langsam und schwer ins Bett, heute Morgen vom Bett auf die Couch. Sie hat Rückenschmerzen, ich gebe ihr Ibuprofen, sie wirkt mutlos, antriebslos, hofft auf morgen und übermorgen.

Samstag, 4. Juli
58,3 Kilo. 40 Grad, es soll der heißeste Tag des Jahres werden. Um 6 Uhr schon singt Katrin mir unser altgeliebtes Geburtstagslied.

Sie singt es leis und zart und sehr klar und ausdrücklich mit süßer Stimme, die ein bisschen zittert. Ich bin sehr berührt und habe gar nicht damit gerechnet. Vielleicht hat sie es heute zum letzten Mal gesungen. Katrin ist schwach, hat nicht geschlafen, ihr ist übel, sie liegt jetzt da wie Schneewittchen mit ihrem Turban auf dem Kopf. Sie meint, sich übergeben zu müssen, aber es kommt nichts. Sie hat mir einen schönen kleinen Geburtstagstisch herrichten lassen, auch die 71 aus Schokolinsen und einen Schokoladenkuchen und in der Mitte eine Kerze, das Lebenslicht. Ein gelber Blumenstrauß. Danke, mein Trinchen.

Ein paar Freunde kommen mit Piper-Heidsieck-Champagner, Sloterdijk-Buch, Keksen, Rosen, Blechkästchen mit HH-Motiven. Marlenes Theater hat heute Premiere, ihre letzte. Saisonschluss, Spielzeitende. Morgen fahren wir hin, aber ohne Katrin. Sie meint, dass sie Montag, übermorgen, in die Klinik muss, mit der Chemo werde es wohl nichts.

Sonntag, 5. Juli
57,3 Kilo. Um 12 Uhr bringe ich Katrin zur Pankreas-Chemo in die Eppendorfer Landstraße. Katrin ist völlig entkräftet, ich bringe sie in den zweiten Stock, den Rest will sie unbedingt allein gehen.

Grexit? Griechenland stimmt darüber per Volksabstimmung ab und über neue Verhandlungen mit der EU, 61,3 Prozent sind dagegen, der Rest dafür. Und nun? Es wird wieder kühler.

Montag, 6. Juli
Die Chemomarker für beide Tumore sind etwas besser geworden.

Dienstag, 7. Juli

58,4 Kilo. Katrin redet mit ein wenig kräftigerer Stimme. Sie ist wacher, liest Zeitung. Die Sommersonne scheint, wunderschön; sie kocht für mich: Bratkartoffeln, Sülze, Mayonnaise.

Mittwoch, 8. Juli

Katrin geht es wieder schlechter. Sie weint: Ich bin auf der anderen Seite des Flusses, bin nicht da, wo ihr alle seid. Ich bin ganz allein.

Montag, 13. Juli

Katrin um 12 Uhr zur dritten Chemo, ihre Stimme ist stärker, aber nicht stark. Körperlich ist sie zwar etwas kräftiger, aber sie ist schnell erschöpft und wenig aktiv. Trotzdem: Sie kauft bei der Drogerie ein, geht zur Apotheke, wir kaufen ein Handtuch.

Habe bei der Württembergischen Landesbibliothek nachgefragt, im Archiv. Sie haben Hölderlins Ode Lebenslauf, vier Strophen, handgeschrieben von Hölderlin, zwei auf der Vorderseite, zwei auf der Rückseite, für uns vorbereitet.

Dienstag, 14. Juli

Katrin ist aufgedreht und sehr geschäftig, wie oft am ersten Tag nach der Chemo. Ich bin betrübt, untätig, mich geht diese Zeit hart an, zerfahren und down, voller Melancholie. Mit Christine wollen wir uns nächste Woche in Schwerin treffen und zwei Nächte dort im Hotel verbringen.

Mittwoch, 15. Juli

Ich fange an, *Wer die Nachtigall stört* zu hören, Eva Mattes liest.

Donnerstag, 16. Juli
Die Karaffe mit dem silbernen Band von der Silberschmiede in der Feldstraße abgeholt. Zum Friseur. Katrin hustet wieder mehr, legt oft ihren Kopf auf meine Schulter oder den Arm, ist viel schwächer und verletzlicher als sonst.

Freitag, 17. Juli
58,5 Kilo. Täglich die Spritze in den Bauch. Katrins Augenbrauen sind seit ein paar Tagen nicht mehr da, ausgefallen. Wir fahren heute zu den beiden Freundinnen auf den Bauernhof.

Samstag, 18. Juli
Nordseewetter, stürmisch. Katrin ist ganz gut drauf, so la-la.

Sonntag, 19. Juli
Um 14 Uhr zurück. Katrin hustet heute wieder mehr als sonst. Bein ist dick. Regen beim Abschied vom Land, auch in Hamburg.

Montag, 20. Juli
Um 11 Uhr Termin im Freien Krankenhaus beim Radiologen. Meine Katrin sitzt inmitten des vollen Wartezimmers unter Patienten, denen die Angst ins Gesicht geschrieben steht. Angst aus den Augen in den meist hageren Gesichtern. Alle warten sie auf Erlösung, auf die CT der Ärzte. Ist der Krebs kleiner geworden? Hat er sich gehalten? Oder ist er gewachsen? Ich warte draußen auf dem Parkplatz. Katrin muss sehr viel reden, ist sehr schnell aufgebracht und hat keinerlei Verständnis für fremde Argumente, Einstellungen oder Meinungen. Im Wartezimmer ist jeder Platz besetzt, ein Montag, ein Hamburger Montag im Juli.

Diagnose nach zwei Stunden: Der Pankreas-Tumor ist nicht gewachsen und auch nicht kleiner geworden. Aber man sieht ihn nicht wirklich, er hat sich versteckt. Wie er wirklich aussieht, weiß nur die Chirurgin, heißt es kryptisch. Der Lungentumor ist auch nicht kleiner geworden, er hat sich verdichtet, was immer das heißen mag. Am Freitag soll eine Blutuntersuchung Klärung bringen. Schade, sagt Katrin und weint.

Morgen wollen wir nach Plau am See mit Katrins Schwester Christine. Katrin ruft die Kinder an. Ich hole uns ein Hähnchen vom Grill und zwei Portionen Pommes. Die Sonne scheint, als wenn nichts geschehen wäre. Ein Hoffnungsschimmer wäre schön, Katrin weint, aber so ist es ein hoffnungsloser Kampf. Was soll ich bloß machen? Sie telefoniert mit ihrer Schwester in Berlin und sagt zu ihr: Ich bin kurzatmig und nur noch ein Schatten meiner selbst. Marlene hatte angeboten, zu kommen, aber Katrin wollte das auf keinen Fall.

Nachgefragt beim Württembergischen Archiv wegen des Hölderlin-Gedichts: Morgen geht der Lebenslauf an mich raus.

Donnerstag, 23. Juli

Gerade kommen wir aus Lübz und Plau am See zurück, haben dort im Hotel geschlafen. Mir ist das Herz so zentnerschwer. Katrin hat keine Luft mehr, atmet schwer nach drei Schritten, es gibt keine Perspektive. Heute ist auch der Befund der Klinik eingetroffen, von Verdichtung des Lungenkarzinoms ist die Rede, aber wir können nichts von Entzündung lesen.

Wir waren in Lübz, haben tief in Katrins Familienhistorie gestöbert, es war alles schön dort mit der Schwester und doch ist alles in mir untröstlich, bitter und dunkel. Ich tue so routiniert, doch Katrins wieder zunehmender Husten erinnert mich ständig an den Weg, den sie noch vor sich hat und ich mit ihr an ihrer Seite.

60,6 Kilo. Ich hole ein neues Rezept für Lymph-Drainage für das kranke Bein. Um 10:45 Uhr hole ich Maximilian von der Bahn ab, er kommt aus Heidelberg. Maximilian hat uns in seine Wissenschaftsseele gucken lassen. Er schläft bei Freunden. Der Bruder mit seinem selbstgebauten Boot kommt demnächst nach Hamburg.

Marlene hat sich für morgen angemeldet. Maximilian fährt bald mit seiner Freundin nach Litauen zum Rainbow Gathering, sie wollen vierzehn Tage bleiben; Mitte August werden sie zurück sein.

Kommt für mich Betreutes Wohnen im Kloster in Frage? Soll es der Friedwald werden?

Montag, 27. Juli
Kalt, regnerisch, Herbstwetter. Um 10 Uhr zum Lungenfacharzt nach Wandsbek zur Lungenfunktionsprüfung: Es ist viel schlechter geworden im Vergleich zu März. Die Röntgenaufnahme sieht schrecklich aus, sagt der Arzt, viele große helle Flecken. Mittwoch wird Biopsie gemacht, Montag liegt das Ergebnis vor. Katrin: Ich kann mir gar nicht vorstellen, dass mein Leben so schnell zu Ende gehen würde. Ich tröste sie während der Rückfahrt. Sie weint, wir weinen, Katrin sieht eingefallen und schmal und ganz zart aus. Dann sagt sie: Ich muss mich mehr zusammenreißen.

Wir müssen die Laborergebnisse abwarten. Wir können nur von Tag zu Tag schauen, sage ich, wir können keine Prognosen machen oder Pläne. Um 17 Uhr fahre ich Katrin zur Lymphdrüsen-Drainage in die Robert-Koch-Straße.

Es waren nur wenige Sekunden, in denen sich Katrins ganze Verzweiflung und ihre große Not in ihren grünen Augen spiegelten, in ihrem ganzen Gesicht. In diesen Augenblicken sah sie das Ende ihrer Zeit gekommen, ihre tiefste Traurigkeit und Vergeblichkeit, gegen diese schwelende Krankheit und ihre Heimtücke anzugehen. Ihre Augen, ihr Gesicht waren ein einziger Schrei, ein Flehen nach ein bisschen mehr Lebenszeit, nach Gesundheit, nach Liebe und Freiheit und Zukunft.

Tiefe Not, Abschied nehmen zu müssen und nichts, rein gar nichts aufhalten zu können, zeigt sich in ihren Trauer- und Ohnmachtsaugen. Es war ein stummer Hilfeschrei, den nur ich hörte, aber nichts tun konnte oder kann. Ich streichelte weinend ihr Gesicht und den kahlen schönen Kopf, die Wangen und die Schläfen. Bald fand Katrin ihre Fassung wieder, immer wieder entschuldigt sie sich bei mir, weil ihr Kopf kahl ist, ohne Turban und ohne Perücke, denn sie entsetzt sich vor sich selbst, sieht sich nicht länger als die Frau, die sie einmal war, ganz ohne Persönlichkeit.

Sie sieht sich als vom Krebs entwürdigte Frau, die vom Schicksal keine zweite Chance erhielt. Ich sage ihr gern und wiederhole es auch oft, wie schön ihr Kopf sei, dass ich nie einen schöneren Kopf gesehen und geliebt habe. Aber sie glaubt mir das nicht mehr, glaubt nur noch, was sie selbst fühlt und sieht und was sie ahnt.

Dienstag, 28. Juli

Mit Katrin zur Lymphdrainage. Unsere Hausärztin empfiehlt mir eine Psychotherapeutin. Ich spreche mit Katrin über MENTOR Lesen, den Leselernhelfer für Kinder, wo ich mich engagieren will. Sie rät mir zu.

Mittwoch, 29. Juli

60,9 Kilo. Um 11 Uhr in einem Krankenhaus zur Bronchioskopie. Was ist mit der Lunge los? Was hat sich da entwickelt? Eine Lungenentzündung oder ein Tumor? Ich warte vor der Tür, und wir fahren wieder nach Hause. Katrin ist schwach, hat sich noch nie so schwach und angreifbar gefühlt. Sie hat nicht geglaubt, dass sie den Weg über den Parkplatz bis zur Station schaffen würde. Sie ist auch noch geröntgt worden. Anschließend holen wir Kaviar, Brötchen, rosa Schweinebraten und schönes Mett vom Fleischermeister am Eppendorfer Baum.

Ich danke Katrin jeden Tag dafür, dass sie da ist, jeden Abend. Sie ist da, das allein zählt. Sie liegt viel, hustet viel. Ich bin jeden Tag etwas schwächer, sagt sie. Ihre Stimme ist kräftig, stark und trotzig, man merkt ihr die Krankheit nicht an, niemand. Kein Jammern. Noch ist ihre Stimme voller Kraft, ganz im Gegensatz zu ihrem zerbrechlichen Zustand. Ein Heizkissen liegt auf ihrem Schoß, sie trägt einen grauen Pullover und das lange grüne Nachthemd und fragt immer, ob sie das zu dieser Tageszeit schon darf. Es schmeckt ihr kein Wein mehr, kein Sekt, kein Schampus oder Sherry.

Donnerstag, 30. Juli
Handwerker im Haus, Risse in den Hauswänden. Das Hölderlin-Autograph wurde zugeschickt, es sei aber leider das falsche, sagt eine Dame aus dem Archiv. Ein neues werde mir zugeschickt werden.

Freitag, 31. Juli
61,0 Kilo. Bei der Lymphdrainage, Katrin hat alles selbst organisiert, das ganze Drumherum, was die Ärzte angeht. Sie hält die Fäden zusammen. Weiß immer, wer angerufen hat oder wer informiert werden muss, sie ist dabei ausgeglichen und kompetent. Dennoch ist sie schnell erschöpft, will aber alles selbst erledigen. Morgen kommen Gäste, das bereitet sie vor.

59,7 Kilo. Ich gleite manchmal in Opposition zu Katrin, ohne es zu wollen und kritisiere sie. Ich muss das ändern. Besuch von Freunden.

Katrins Rasselhusten mit harten Anschlägen. Marlene besucht uns, sie lebt jetzt in München. Frühstück auf dem Balkon.

Marlene und ich kommen von einem Markt zurück. Uns empfängt eine weinende Katrin, Anruf vom Lungenspezialisten: Es ist Lungenkrebs, weit ausgebreitet, keine Lungenentzündung, wie erhofft. Jetzt ist alle Hoffnung weg! Wir drei stehen im Wohnzimmer, halten uns gegenseitig umklammert und weinen. Wie lange noch? Das, was auf der ersten CT-Aufnahme noch dunkel war, also gut, hat sich auf der zweiten CT-Aufnahme jetzt hell gezeigt, eine ziemlich große Fläche: Das ist der Krebs, der sich rasend schnell ausgebreitet haben muss.

Wir stehen so zusammen vielleicht fünfzehn Minuten, setzen uns endlich nebeneinander, Katrin in der Mitte. Wir halten sie in unseren Armen, unsere Hände liegen auf ihren Händen auf dem Schoß. Wir schweigen und warten. Marlene fragt ganz leise: Hast du Angst vor dem Tod?

Katrin: Ihr wisst ja, ich glaube nicht an einen Gott. Für mich kommen wir aus dem Dunkel, gehen ins Helle für ein Leben und verschwinden wieder im Dunkel. Ich habe Angst vor den Schmerzen, nicht vor dem Tod. Dass alles vorbei ist, ist für mich unfassbar. Ich wollte gern noch sehen, wie meine Kinder 40 werden. Und was soll aus Papi werden, der hier dann allein in der Wohnung ist? Die Kinder sind weit weg.

Ich sage: Ich werde ganz viel arbeiten, jeden Tag mit dir einschlafen und immer alles genau so machen, wie du es gemacht hast.

Dann gehen wir auf den Balkon, es ist heiß, Katrin macht sich einen Espresso. Wir schweigen, reden ein bisschen, bis es 14 Uhr geworden ist. Um 14:30 Uhr fahre ich Katrin und Marlene zur Hausärztin. Später sitzen Katrin und ich noch in der kleinen Halle und reden darüber, wie das angefangen hat mit dem Husten, mit dem Zweiten Advent bei Freundinnen, mit dem Husten und Unwohlsein bis Weihnachten 2014, das wir mit Marlene in einem Hotel verbrachten, und dann die Monate bis zum 18. März zur OP im Freien Krankenhaus. Katrin hustet sehr viel, Rasselhusten. Sie traut sich keinen Gang mehr zu. Spätnachmittags und abends sitzen Katrin und Marlene auf der Couch und gucken sich alte Fotoalben an. Katrin macht auf den Fotos mit ihrer Mutter ein Kreuz hinter sich selbst, weil man, so denkt sie wohl, sonst gar nicht mehr erkennen könnte, wer sie ist.

Letzter Abend mit Marlene. Weil ich einmal den Wein nach seinem Preis pro Flasche ausgewählt habe und nicht zuerst nach seiner Qualität, machen wir eine Weinprobe.

Dienstag, 4. August

Ich fahre Marlene zum Bahnhof; sie regt an, darüber zu sprechen, was ich machen soll/werde, wenn Mami nicht mehr da ist. Sie sieht mich nicht allein in unserer Wohnung. Ich sage, dass ich an Betreutes Wohnen in einem Kloster denke oder an einen Bauernhof in Nordfriesland. Vielleicht kann mir ein Freund, Bauer und Freund dort oben einen Vorschlag machen, wenn er so einen Hof kennt. Alles ist sehr vage.

Ich erzähle Marlene von einem Friedwald, wo die Kirche solche Bäume auf dem Friedhof anbietet. Abschied. Ich sage zu Marlene: Zieh nur und juble in den Morgen. Sie schickt mir eine SMS zurück: Sieh den Morgen und jubele, das mach ich, liebster Papi. Und halte auch Du Dein Gesicht in die Sonne und spür all die Liebe, die in Dir ist. Meine Antwort darauf: Gib Freund die Hand und fahre, vergiss die Brüder nicht, was kommen mag. So beginnt ein altes Reiselied, das wir im Seemannschor während meines Seefahrtsstudiums gesungen haben. Die letzte Zeile eines Verses heißt: Zieh nur und juble in den Morgen. Juble, liebste Marlene, wenn Du in die Morgensonne fährst. P.

Meine Therapeutin vom Psychologischen Dienst ruft an: Mein erster Termin ist in zehn Tagen in der Psychoonkologischen Ambulanz.

Um 11 Uhr legt Katrin sich hin, sie geht mit Turban ins Bett. Eine Freundin schaut vorbei, mit ihr habe ich vor der Tür kurz allein über den Friedwald gesprochen, Katrin macht mir heftigste Vorwürfe. Ich bin ein Vollidiot. Unverzeihlich. Lass mich in Ruh, sagt sie. Ich gehe in den Park auf die Bank, bin komplett geschafft. Tiefes Schweigen zwischen uns.

Um 18 Uhr ruft die Hausärztin an: Die Biopsieprobe werde neu auf eine Mutation hin untersucht. Ist der Lungenkrebs eine Mutation? Die normale Chemo ist ausgesetzt.

Mittwoch, 5. August
59,0 Kilo. Ein wunderbarer, warmer Sommertag mit leichtem Wind. Mit Katrin wieder vertragen. Katrin ist stark, ihre Stimme unbeugsam, mir gegenüber ist sie aggressiv eingestellt. Die beiden Freundinnen sind für zwei Stunden bei uns. Wir reden über den Friedwald und stellen gerade, was gestern falsch verstanden worden ist. Ihr linker Fuß und Unterschenkel sind hart wie Stein, trotz Massage dreimal die Woche. Es ist alles furchtbar, ohne ein Ende.

59,8 Kilo. Katrin zur Reha, danach kaufen wir ein. Katrin heute
das fünfte Mal zur Lymphdrainage, bringt aber nichts. Ihr Bein ist
hart und rotbraun gefärbt, sieht gefährlich aus, die Ärzte wissen
keinen Rat. Ich habe ein Hochtongerät gegen meine Fußschmerzen
bestellt, bringt auch nichts.

Freitag, 7. August
Maximilian wird heute 34. Er verbringt ihn in Litauen. Blumen für
Katrin von Freunden.

Samstag, 8. August
60,4 Kilo. Katrin ordnet unsere elektronischen Fotos aus Lübz und
Gut Kreien. Der Geist, der stets verneint.

Luftnot, Atemnot, Aggression in der Stimme. Habe ich die auch?
Muss sie deshalb meine inneren Widerstände überwinden oder es
jedenfalls versuchen? Ich weiß es nicht. Bei jedem Wort, bei allem,
was ich tue, gibt es Widerstand. So lange schon bei jedem Detail.
Woher kommt das? Woher? Was kann ich bloß noch tun? Immer
Kritik. Immer! Warum? Heute war es der Kleberoller, mit dem wir
Bilder in ein Familienbuch kleben wollten. Was für eine Tortur.
Heute, wo ich dieses schreibe, am 9. August, hat sich Katrin dafür
entschuldigt. Jeder Hauch von Lebensfreude, den ich immer noch
habe, jedes kleine Alltagsglück verschwindet und verblasst. Was
ich heute nur wieder gelaufen, gelaufen, gelaufen bin …

Montag, 10. August
Schwarzer Nebel lastet auf meiner Seele, feucht und schwer, hüllt
mein Gemüt ein, versperrt jede Lebensfreude. Mit jedem Atemzug
werden bei Katrin die Seitenstiche heftiger, der Husten schmerzt,
das linke Bein, es wird immer härter, violetter, bräunlich, rot. Viel-

leicht müssen sie mir das Bein amputieren, befürchtet Katrin. Wir suchen einen Lymphologen. Katrin sagt: Ich muss dringend wieder Chemo haben. Um 9 Uhr in einem Sanitätshaus, neue Stützstrümpfe. Anruf von der Hausärztin: Neue CT morgen im Freien Krankenhaus. Wir weinen. Was ist falsch? Ist denn alles krank, falsch, kaputt? Ich traue den Onkologen nicht mehr.

Herrlicher Lilienstrauß von Marlene aus Frankreich, Riesenfreude von Katrin. Sie sagt: Ich will noch bei euch bleiben, bei Marlene und Maximilian und bei Papi. Ich will noch nicht weg, und weint bittere Tränen. Es fällt ihr alles so schwer, sie organisiert sich, hat alle Arzttermine im Kopf, weiß immer, was heute und morgen und übermorgen zu tun ist.

Dienstag, 11. August
12 Uhr heute CT beim Facharzt für Diagnostische Radiologie. Um 13 Uhr alles fertig. Ergebnis: Das CT zeigt ein völlig untypisches Bild, das Krebsbilder sonst zeigen. Katrins Tumore fallen völlig raus aus jeder Statistik. Die Ärzte stehen vor einem Rätsel, sie können keinen deutlichen Befund benennen. Fast der ganze linke Lungenflügel wird nicht mit Sauerstoff versorgt und ist wohl mit Tumorzellen zugewachsen. Dass es sich um Krebszellen handelt, hatte eine Spezialklinik vorher sichergestellt. Katrins Venen sind vernarbt, es ist schwer, da durchzukommen, um Blut abzunehmen oder Kontrastmittel zu spritzen. Katrin hat Angst vor der immer größer werdenden Luftnot. Gegen Schmerzen hat man Morphium, sagt sie, aber gegen Luftnot gibt es nichts. Da bleibt nur die tägliche Angst vor dem Ersticken. Immer wieder erwähnt Katrin ihre Mutter, die unter Atemnot litt.

Danach sitzen wir in unseren Theatersesseln, Katrin klagt darüber, wie sehr sie unter der Luftnot leidet, ich sehe schon lange die Angst in ihren Augen. Wenn es noch schlechter wird, halte ich es nicht durch. Sie ringt nach Luft. Wenn das mit der Luft so weiter-geht, brauche ich Hilfe.

Was meinst du damit? frage ich.

Dann brauche ich ärztliche Hilfe, dann will ich nicht mehr le-ben, das kann ich nicht aushalten. Sie weint, sie ist verzweifelt. So wie es mir jetzt geht, so ging es Giselchen ja fast am Schluss. Ich brauche Hilfe, Nothilfe, so halte ich das nicht aus. Dann will ich sterben.

Wir essen, Katrin macht das Essen warm, alles immer unter Luftnot. Das sei sie nicht mehr selbst, sagt sie. Sie freut sich über Marlenes Lilien, geht früh ins Bett. Sie ist immer vor mir dran, meistens um 20 Uhr, früher war das umgekehrt.

Mittwoch, 12. August

Eine Freundin schickt Blumen, wie schön. Katrin ruft eine Freun-din an, die beiden reden lange. Um 12 Uhr bei der Onkologin zum CT-Nachgespräch. Die Ärztin bereitet Katrin auf eine schwere Chemotherapie vor mit Nebenwirkungen aller Art, eine Hammer-Chemo, sagt Katrin. Danach Einkauf im Supermarkt. Zwei Freun-dinnen kommen, sind bestürzt. Unsere Haushaltshilfe Julika will uns noch mehr helfen.

Erste Sitzung bei meiner psychologischen Psychotherapeutin, auf Anhieb sympathisch. Sie zeigt mir gleich in der ersten Stunde auf, aus welchem Blickwinkel Katrin mit ihrer Ausbildung – das waren drei Jahre Tanzstudium in Hannover und drei Jahre Schauspiel-schule an der Folkwang-Uni in Essen – in die Welt schaut. Diesen besonderen Blickwinkel mit seinen Konsequenzen hatte ich in dieser Klarheit nie berücksichtigt in meinem Denken und Fühlen. Beim Ballett, beim Klassischen Tanz triumphiert der Kopf über den schmerzenden und leidenden Körper, der Schmerz spielt keine Rolle, sagt die Therapeutin. Die Disziplin im Tanz, die Konzentration darauf habe Katrin auf alles andere in ihrem Leben übertragen: auf Haushalt, Kinder, Mann. Die Kontrolle zu behalten, sei ihr Antrieb und sei es auch jetzt noch im Kampf gegen den Krebs. Dieses Wissen hilft mir gleich heute weiter, besser zu verstehen! Katrin zur Seite zu stehen, sie machen zu lassen, zu fragen, nicht einzugreifen, erst, wenn Katrin darum bittet. Kontrolle haben oder sie verlieren, darum geht es auch jetzt wieder. Katrin macht weiter, holt alles aus sich heraus, bis ihr Körper, die Lunge, die Bauchspeicheldrüse, es nicht mehr zulassen.

Perfektion: wie im Tanz und Ballett. Organisation: wie im Tanz und Ballett. Ästhetik: wie im Tanz und Ballett. Alles zu Ende denken: wie im Tanz und Ballett. Ich freue mich schon auf die nächste Stunde bei der Therapeutin im September. An Marlene schicke ich diese SMS: Diese Therapeutin tut mir, glaube ich, richtig gut: praktisch und sachlich, sympathisch und empathisch. Und mir ist so einiges klar geworden, ziemlich schnell, finde ich. Abends TV, ich bin total kaputt.

Donnerstag, 13. August
59,7 Kilo. Eine Fülle an Medikamenten liegt auf dem kleinen Küchentisch, mindestens zehn. Die neue Hammer-Chemo verlangt das. Planungslogistik ist gefragt, Katrin hat alles im Griff. Nebenwirkungen, Katrin liest die Beipackzettel, ein Horror. Dass mir die Chemo auch aufs Gehör schlagen soll, das ist doch furchtbar, mit Hörgerät und so.

Ich fühle eine Beklemmung, die vom Bauch in den Kopf steigt, vom Sternengeflecht ins Gehirn, mich einfängt und festhält. Was steht meiner Katrin noch alles bevor? Schafft sie das? Aber wie? Ich fahre sie zur Hausärztin, zur Chemo. Sie verschwindet mit langsamen Schritten hinter der schweren hölzernen Eingangstür des Eppendorfer Palais. Katrin hat die Einkaufstasche aus Stroh über der Schulter, darin das Buch *Der siebte Fall für Bruno* von Martin Walker; außerdem eine Tageszeitung, auf dem Kopf ihren hellblauen Turban, der ihr gut steht. Drei Stunden soll die Sitzung heute dauern. Wie kommt Katrin zurück? Kommt eine andere, eine veränderte Person zurück? Meine Geliebste!

Nach viereinhalb Stunden kann ich Katrin von der Chemo abholen. Die Ärzte haben diese erste schwere Chemo einmalig entzerrt und auf drei Tage in der Woche verteilt. So werden die zu erwartenden heftigen Auswirkungen einmalig verteilt und damit auch vermindert. Bloomy Day bringt Katrin blaue Lilien.

Freitag, 14. August

63,0 Kilo! SMS von Maximilian aus Heidelberg, er ist zurück aus Litauen. Marlene ist aus Frankreich zurück in München. Katrin hat für sie Wohnungskontakte rausgesucht und neunzehn davon an Marlene geschickt. Katrin ist sehr aktiv, es geht ihr gut.

Samstag, 15. August

Katrin wiegt 63 Kilo, viel zu viel, meint sie, aber woher kommt das? Zu viel Wasser im Körper? Sie hat doch normal gegessen, nicht viel. Der Bauch ist wieder leicht geschwollen, was ist da los?

Nachmittags schicke ich mein Nichtschwimmer-Manuskript mit Fotos und Anhängen vorzeitig zurück an den Verlag, Ende August wäre Abgabeschluss gewesen.

Sonntag, 16. August

60,1 Kilo. Heute geht's Katrin nicht gut. Der Husten ist immer da. Das Stöhnen ist immer da. Und auch die Kritik an mir, permanenter Widerspruch, den ich schon seit Langem nicht verstehen kann.

Weil zuerst immer grundsätzlich widersprochen wird und dann langsam, ganz langsam Einverständnis erklärt wird. Bei jeder Kleinigkeit, Beispiele mag ich nicht anführen.

Einmal im Jahr bekomme ich eine Einladung zur Informationsveranstaltung Lebertransplantation von einer Universitätsmedizin, meine Transplantation ist jetzt zehn Jahre her. Jeden Morgen treibe ich eine Stunde Sport, seit jeher. Marlene ruft an, sie hat eine schöne Wohnung in Aussicht.

Montag, 17. August

59,6 kg. Chemo. Relativ kurz. Ich fahre Katrin bei jedem Wetter zur Hausärztin. Ihre Venen sind arg vernarbt, nächste Woche soll ihr ein sogenannter Port unter die Haut gepflanzt werden zur vereinfachten Blutentnahme.

SMS von Marlene: Ich habe eine Wohnung: in der Adelgundenstraße im Münchner Altstadtteil Lehel, ganz in der Nähe des Theaters.

Dienstag, 18. August

Neuen Stützstrumpf abgeholt, der passt und rutscht nicht mehr. Anruf von Maxi, er bereitet sich auf die Zwischenprüfung für den Bachelor in Psychologie vor, er macht das Psycho-Studium in zwei Jahren und nicht in drei. Ist eine harte Zeit, das Studium, sagt er, aber ich krieg das hin. Er ist ganz aufgeräumt.

Mittwoch, 19. August

58,3 Kilo. Es gibt im Augenblick wenig neue Probleme, ist aber trotzdem nicht ganz problemlos: das Essen. Katrin will eine befreundete Ernährungsmedizinerin fragen, welche Bedeutung das Gewicht hat. Sie hat Angst darum. Auch das ungute Gefühl auf dem Bauch, der dumpfe Druck, ist wieder da.

58,7 Kilo. Katrin ist sehr schwach heute Morgen, hat schmerzhafte Seitenstiche links, kann nicht mehr liegen. Der Husten tut so weh. Die Augen voller Schmerz und Verzweiflung. Den Termin im Gefäßzentrum sage ich ab, Katrin ist zu schwach, der Termin wird auf den 18. Januar 2016 verschoben. Sie bleibt im Bett.

Handwerker im Haus. Es wird gehämmert und geschliffen und gesägt, die Wände beben, Lärm ohne Ende.

Katrin verlässt ihr Bett nicht, nimmt keine Telefonate an, auch nicht das von Marlene, sie hustet schwer, schläft viel. Sie macht sich aber eisern Essen. Hochsommerwetter, 25 Grad, kein Regen.

Freitag, 21. August

Heute ist wieder Chemo-Tag, der letzte der entzerrten Chemo. Sie sagt, es gehe ihr heute nicht besser als gestern, also sehr schlecht. Die sollen mir Bescheid sagen, wenn sie keine Hoffnung mehr sehen, sagt sie und hustet, manchmal ununterbrochen. Das schwächt sie ungemein. Die Lunge ist viel schwächer geworden, von dem Pankreas redet kein Arzt mehr. Um 9 Uhr beginnt die Chemo, ich fahre Katrin hin, wie immer, sie geht allein hoch, sagt noch: Ich liebe dich, dann zuckelt sie mit der Korbtasche über der Schulter los, mit Lesestoff versehen und dem Turban auf dem Kopf.

Katrins Seitenstiche werden immer heftiger, sie könnten von einer Rippenfellentzündung kommen. Die Chemo steht jetzt ganz im Zeichen der Lunge, nicht mehr des Pankreas.

Samstag, 22. August

Hochsommerwetter. Sommer, du schöne Sonne. LICHT, steht in meinem Tagebuch. Katrin ist gut aufgelegt, ja euphorisch, aber nur für vier Stunden, von 6 bis 10 Uhr. Aktiv, passiv, ihre Gefühle fahren Achterbahn. Ihre Stimme mal stärker, meistens resig-

nierend, dann wieder stark und durchsetzungswillig. Die Seitenstiche gehen stark zurück, das Atmen fällt etwas leichter. Ich
hole Marlene vom Bahnhof Dammtor ab, sie kommt aus Essen
von der Ruhrtriennale.

Sonntag, 23. August

Es ist gerade sehr schwer, ein wenig glücklich zu sein, sich zu freu-
en über den Sommer, bunte Blumen, Licht, den Gesang der Vögel,
über die Gegenwart an sich. Über Marlenes Weg. Über Maximilians Weg. Es gibt so viele Gründe zur Freude, doch die Nähe zum
Krebs, zu Katrins hoffnungsloser Krankheit, erstickt alles.
Das Negative, das Hoffnungslose nimmt mich in den Klammer-
griff, drückt, erdrückt, es macht das Lächeln unmöglich. Es gibt
nur noch wenige Momente, in denen ich mich von innen heraus
befreit und schwerelos fühle. Allgegenwärtig ist der verdunkelte
Blick in die nähere Zukunft. Wir frühstücken von 12 bis 2 Uhr,
herrlich, auf dem Balkon. Nachmittags spielen wir Trivial Persu-
it. Katrin geht früh ins Bett, ich lese *Und Nietzsche weinte* von
Irvin Yalom.

Montag, 24. August

59,1 Kilo. Sommer pur. Schauer, 25 Grad. Käsetorte von Herr
Max geholt. Katrin ist matt, der ganze Tag war anstrengend für
sie. Anruf von MENTOR Lesen. Wenn Marlene bei uns ist, ist
alles normal, scheint alles leichter. Aber nichts ist mehr leicht.
Alles ist anders.

Dienstag, 25. August

58,7 Kilo. 10 Uhr, Katrin beim Ohrenarzt. Ihr Gehör ist so gut wie
vor drei Jahren, es kann aber durch die Chemo sehr leiden. Katrins
Chemo nennt sich Platin-Chemotherapie.

58,7 Kilo. Katrin zur Voruntersuchung wegen eines Ports im Freien Krankenhaus, es dauert bis 11 Uhr. Ich fahre um 12 Uhr nach Othmarschen, um weiße Rosen vor die Tür von Katrins bester Freundin zu stellen, Trauer über ein Familienmitglied.

Katrin und Marlene rauchen Gras/Hasch auf dem Balkon. Katrin schneidet Marlene die Haare.

Donnerstag, 27. August
59,5 Kilo. Die Arztfreundin besucht Katrin mit wunderschönen Blumen. Regen. Marlene ist den letzten Tag da, sie zieht um von Bremen nach München. Es soll wieder eine CT gemacht werden, diesmal von dem Pankreas. Großeinkauf mit Katrin.

Sonntag, 30. August
Ich helfe Marlene beim Umzug in Bremen, verfahre mich auf dem Hinweg ganz fürchterlich; Katrin muss zu Hause bleiben, hocherkältet, zu schwach. Sie schickt mir eine SMS: Danke, mein Geliebster, so bin ich ein wenig dabei. Es ist eine fremde Situation für mich: Marlene zieht um und ich stehe abseits und kann nicht helfen. Schwer zu lernen. Dein Katrinchen.

Ich antworte ihr: Ja, das kann ich gut nachvollziehen, es muss sehr schwer für Dich sein. Ich bin jetzt ein bisschen WIR BEIDE. Hier läuten gerade die Sonntagsglocken, sonst friedliche Stille in dieser nichtssagenden Straße der Bremer Neustadt. Und unsere Marlene ist in München.

Katrin: Geliebster, WIR, bis später. Das andere WIR. Katrin sieht heute zwei Filme: über Ludwig IV. und den Titanic-Film.

Sonntag, 30. August

60,4 Kilo. Katrins Augen ohne ihre Wimpern sind so schwer, so einsam, so unglücklich. Es ist so schwer, so unglaublich.

Dienstag, 1. September

Um 9 Uhr fahre ich Katrin ins Freie Krankenhaus, ihr wird heute ein Port eingesetzt, weil ihre Venen zerstochen und vernarbt sind. So besteht jederzeit die Möglichkeit, Transfusionen herzustellen, es muss auch nicht mehr gespritzt werden.

Mittwoch, 2. September

Um 17 Uhr bei meiner Therapeutin. Ich frage sie nach einem Kloster und Betreutem Wohnen. Sie nennt mir ein Kloster und ein Mehrgenerationenhaus.

Donnerstag, 3. September

59,4 Kilo. Katrin und Marlene telefonieren fast vier Stunden. Maximilian bedankt sich für unser Hölderlingeschenk.

Freitag, 4. September

60,1 Kilo. Ein Strom von Flüchtlingen kommt täglich nach Deutschland, eine riesige Herausforderung. 10 Uhr zur Blutentnahme bei der Hausärztin, um 11 Uhr im Freien Krankenhaus, wo Katrin durchsetzt, dass zwei CT gemacht werden, erst Pankreas, dann Lunge. Das Ergebnis: Der Tumor in der Lunge ist rückläufig, der Tumor im Pankreas schläft und es gibt keine Metastasen. Was heißt das denn bloß? Ich bin völlig irritiert. Katrin sagt zum Arzt: Ich will bitte keine Horrormeldungen mehr hören.

Er: Die hellen Flecken auf der Lunge sind weg, das ist ein gutes Zeichen. War alles nur eine Lungenentzündung und doch kein

Krebs? Was bedeutet das alles? Was bedeuten diese sich völlig widersprechenden Angaben?

Sonntag, 6. September

Täglich Flüchtlinge aus Syrien, Eritrea, dem Westbalkan, Afghanistan. Immer wieder. Immer mehr, auch in Hamburg, klar. Ich bin in unserer Kirche in St. Nikolai am Klosterstern: Orgel und Sopran – Die Seele in der Nacht. Gedanken zum Spätsommer, zur Nacht. Lieder von Schumann, Mendelssohn, Reger, Strauss.

Montag, 7. September

Prostata-Prophylaxe. Es geht nicht mehr, dass wir weiter so tun, als wären wir in einem Alltag wie vor zwanzig Jahren, als wir kraftvoll und voller Energie und Freude waren. Wir müssen endlich registrieren, dass sich durch unsere Krankheiten unser Leben radikal verändert hat. Die Tage sind schwer geworden, der Alltag nicht leichter, sondern mühsam und schmerzhaft, für jeden von uns auf eine eigene Weise. Wir müssen darauf Rücksicht nehmen. Heute Morgen habe ich ausführlich darüber mit Katrin gesprochen.

Was war heute bloß alles los? Warum sage ich das? Marlene schickt Blumen, wieder einmal. Zum Umzug nach München schenken wir Marlene Brot und Salz, zur Post damit. Meine Füße brennen wie frisch in der Esse geschmiedeter Stahl, wir sind nervös und reizbar. Katrin sucht im Internet nach Rollos und einem Tisch, findet beides. Sie schreibt meinen Geschwistern und bedankt sich für Geschenke. Ich hole Schwarzbrot, erhole mich auf einer Bank, eine Freundin kommt vorbei. Wir reden: über unsere völlige Überbelastung, und weil wir so tun, als könnten wir das alles noch wie früher. Das stimmt überhaupt nicht mehr. DAS müssen wir endlich kapieren. Heute Morgen, glaube ich, hat Katrin das auch verstanden. UEFA-Cup Schottland gegen Deutschland 2 : 3. LÄRM IM HAUS, Bauarbeiten.

Mittwoch, 9. September
Heute zweite Cis-Platin-Chemo, die Übelkeit erzeugt, aber auch gut helfen soll. Sie dauert VIER Stunden. Ich leiste Gesellschaft.

Donnerstag, 10. September
Um 12 Uhr bei meiner Therapeutin. Die befreundete Ärztin meint auch, dass die Chemo anschlägt, die Tumore kleiner werden. Ist das Hoffnung?

Freitag, 11. September
61,0 Kilo. Katrin kann nur selten etwas schmecken, isst aber trotzdem ganz fleißig und reißt sich dabei mächtig zusammen. Auch gegen ihre ständige Appetitlosigkeit geht sie eisern an – und isst. Zurzeit sind es Weintrauben, Heidelbeeren, Brötchen mit Aufschnitt, ab und zu etwas Warmes. Ich gehe los, wenn sie etwas braucht oder gerade auf etwas Bestimmtes besonderen Appetit hat. Gibt's auch. Mönchengladbach gegen HSV 0:3. Beim Friseur, meinem Türken. Ein Abend mit einer halben Flasche Bordeaux.

Samstag, 12. September
59,7 Kilo. Katrin ist ganz schwach, mag nicht aufstehen und nicht essen. Trotzdem rafft sie sich immer wieder auf. Die ganze Nacht hat sie gehustet, diesen harten Husten, der ihr den Brustkorb zerhackt, wie wenn eine Axt auf einen Holzklotz einschlägt. Immer wieder. An ihrem Bett steht ein kleiner Eimer, für alle Fälle.

Sonntag, 13. September
Vor unserer Tür steht ein Topf mit Suppe, von einer Freundin. Katrin im Bett: Ich bin ziemlich verzweifelt, es hört ja niemals auf. Sie meint ihren Zustand, Übelkeit, sie verbringt den Tag im Bett, immer an der Grenze, sich zu übergeben.

Ich bin heute Abend im Michel, ein Sonderkonzert des begnadeten Pianisten Menahem Pressler, 90 Jahre alt. Ein zutiefst berührender Musikabend liegt hinter mir. Schönberg, Mozart und Brahms gehört, so dass ich glaubte, nicht auf dieser Welt zu sein, entrückt, atemlos und zeitlos. Ich war in eine andere Dimension versunken, in eine andere, in eine körperlose Welt, wie es sie auch immer wieder mal geben kann. Der kleine freundliche Mann bekam stehende Ovationen, einen riesigen Blumenstrauß, den er gar nicht tragen konnte und gleich wieder abgab. Kent Nagano, der neue Dirigent des Philharmonischen Staatsorchesters Hamburg, hatte Pressler an den Flügel geführt. Der lächelte leise, winkte dem Publikum mit leichtem Arm zu, bedankte sich durch leichte Verbeugung und schenkte uns eine Zugabe, um sich danach wieder zurückzuziehen. Neben mir weinte leise jemand während seines Spiels. Die Kirche war erfüllt von ergriffenen Gästen.

Draußen wartete strömender Regen, cats and dogs. Dann Old Commercial Room. Danke, Christine, du hattest mir die Karte überlassen, weil du in Los Angeles warst.

Dienstag, 15. September

58,2 Kilo. 12 Uhr bei der Therapeutin. Sie haben keine Schuld auf sich geladen, wenn Sie mal ins Kino gehen oder in ein Konzert, sagt sie auf meine Frage hin. Ich solle Katrin vorschlagen, einen Joint zu rauchen, das mache Appetit und entspannt. Dann fragt sie mich: Hat Ihre Frau schon beschlossen zu sterben? Ich antworte: Nein.

Immer wieder einkaufen. Wir tun nur noch so, als ob unsere Zweierbeziehung noch in Ordnung wäre, als wäre Katrins Gesundung nur noch eine Frage der Zeit. Katrin hustet Tag und Nacht, ist schwach, anfällig, hinfällig. Die Welt um uns herum, unser Alltag, ist Fassade, künstlich, es ist längst nicht mehr unser schönes

Zweiersystem, das so fein abgestimmt war. Kann es ja nicht sein. Wie denn auch. Kann es doch nicht sein. Aller Rhythmus ist hin, alle Alltagsschönheiten dahin. Es ist aus. Unser gemeinsames Leben endet JETZT. Es ist vorbei.

Donnerstag, 17. September

58,7 Kilo. Katrin bestellt einen grauen Hausanzug für sich. Sie hatte sich auf ihre Bitte hin einen Port legen lassen, weil ihre Arme grün und blau gestochen waren. Seitdem schreit sie gelegentlich auf, wenn sie im Schlaf oder am Tag bestimmte Bewegungen macht. Dann sticht es in der Brust. Was tun?

Die Flüchtlingskrise erreicht einen Höhepunkt.

Samstag, 19. September

58,7 Kilo. Maximilian-Anruf: Er arbeitet hart an der Veröffentlichung seiner Dissertation. Den angesehenen Heidelberger Winter Universitätsverlag hat er für seine Publikation gewonnen. Eine Freundin bringt Sushi, Orangensaft und Algen, schön.

Sonntag, 20. September

Wenn Katrin neben mir sitzt und ihren Kopf auf meine Schulter sinken lässt, wird mir immer ganz weich ums Gemüt. Ich nehme ihren blanken Kopf dann in meine Obhut, wärme ihn und er wärmt mich. Ein Bild von ihrer Resignation und Hoffnungslosigkeit kommt dann in mir auf, von Schwäche und zunehmender Kraftlosigkeit gegenüber dem Krebs. Was macht der mit uns, mit mir?

Sie ist so schwach und hustet viel und nach der letzten schweren Cis-Platin-Chemo kommt öfter starker Brechreiz. Und doch macht sie ganz viel im Haushalt, hält ihn funktionstüchtig: Sie macht mir das Essen, sich selbst auch, wäscht unsere Sachen, alles immer unter großen Anstrengungen. Der Grund ist wohl der, dass sie mich diesbezüglich für alltagsuntauglich hält, wie sie das einmal genannt hat. Sie hält die Wohnung in Ordnung, Nachlässigkeit wird nicht geduldet. Sie sorgt für ordentlichen Einkauf, den ich erledige, und dass nur auch immer genug Reserven im Schrank sind.

Dienstag, 22. September
Mein Tagebuch hat nur etwas mit mir zu tun, es hilft mir dabei, mit der Situation besser fertigzuwerden und Spannung abzubauen.

Mittwoch, 23. September, Herbstanfang
59,2 Kilo. VW-Skandal: Abgasmanipulation wird dem Konzern vorgeworfen. Marlene skypt zur Probe mit Katrin, weil die morgen mit meiner Schwester in New Orleans skypen will. Ein junger Freund besucht uns, Medizinstudent, wir weichen in ein Café aus, weil es Katrin schlecht geht. Er plant eine Reise nach Bahrain.

Ich sage Katrin, wie sehr ich sie bewundere und wie mutig und ungebrochen sie ihre schwere Krankheit bezwingt: den ewig quälenden Husten, die Übelkeit, und immer weiß man noch nicht, wie alles wird, wie alles weitergeht.

Donnerstag, 24. September
Um 13 Uhr fahre ich Katrin zur Hausärztin. Die beiden reden über die Zukunft: Es könne alles nur palliativ sein, sagt die Ärztin, der Husten werde bleiben, es gebe keine Heilung. Katrin müsse ihr das Signal geben, wenn sie nicht mehr wolle.

In Berlin weint eine Freundin um ihren Mann, unseren Freund, der im Koma liegt.

Zitat des französischen Schriftstellers Michel Houellebecq in der Zeitung: Ich weiß nicht, ob ich konservativ bin, aber ich glaube nicht, dass der Mensch – ebenso wenig wie jedes andere Tier – dafür gemacht ist, in einer sich ständig wandelnden Welt zu leben. Die Abwesenheit von Gleichgewicht, von Streben nach Gleichgewicht ist an sich unerträglich. Der permanente Wandel macht das Leben unmöglich.

Wir skypen eine Stunde mit meiner Schwester in New Orleans: Katrin erzählt, wie es ihr geht, und umgekehrt auch ein bisschen. Maximilian schreibt eine SMS an Katrin: Danke, Mami, dass es Dich gibt. Katrin weint darüber vor Freude.

Freitag, 25. September
Ich fahre in die physio-energetische Praxis. Feststellung: Ich sei mit meiner Seele nicht ganz im Reinen, sie sei mir (noch) nicht wohlgesonnen. Beim nächsten Mal wolle die Therapeutin einen Heilungsversuch unternehmen.

Dienstag, 29. September
59,8 Kilo. Unser Alltag ist von Rücksichtnahme und Freundlichkeit geprägt, von gefälligen und aufmerksamen WORTEN. Und Zuwendung: Wir gehen aufeinander ein, schäkern ein bisschen, lächeln und machen ein paar Scherze und bewältigen den Alltag, der im Prinzip immer der gleiche ist. Er wird bestimmt von Einkäufen, Arztbesuchen, getrenntem Essen, jeder für sich, anders geht es nicht, weil Katrin immer nur von dem einen auf den anderen Tag weiß, was sie überhaupt essen kann oder mag. Dazwischen immer Dauerhusten, Übelkeit, Brechreiz, Schwindel. Dabei wissen wir doch und schweigen darüber, dass alles, was wir tun, flüchtig ist und nur noch wenig Bedeutung hat und alles Wirkliche überdeckt und ausblendet: nämlich in Minischritten Abschied zu nehmen, ganz langsam, aber stetig.

Abschied von der Gegenwart des anderen, von seiner allzeitigen Präsenz. Abschied vom Miteinander, von unseren Gewohnheiten und Alltäglichkeiten. Abschied nehmen von unserer Gesundheit, Abschied von allem, was uns ausmachte. Wir sind alt und krank geworden und wollen es einfach nicht wahrhaben. Nicht glauben. Die vielen schönen Jahre kommen mir vor wie die Zeit zwischen drei Wimpernschlägen.

Jetzt aber sind wir in einer Scheinwelt gefangen, die uns ihren eigenen Pulsschlag vorgibt, den von Krankheit, Tod und endgültigem Abschied.

Mittwoch, 30. September

Ein selten schöner Herbsttag. Um 10 Uhr bei meiner Therapeutin. Ich rede frei heraus, befreie mich damit und finde eine gute Zuhörerin, die mich mit ihren Fragen und Bemerkungen führt, die erläutert und mir meine Zukunft weist. Die mir Mut macht, weil Leben eben leben will. Sie versteht mich, stellt die richtigen Fragen. Heute rät sie mir erneut, dass ich MICH nicht vergessen solle.

Katrin solle ganz die bleiben, die nach ihren Empfindungen und Gefühlen lebt, die ich mir aber nicht zu eigen machen solle: Auch ich will etwas, kann etwas, das ich eben auch machen will. Ich müsse nicht versuchen, unsere Empfindungen in Deckung zu bringen. Mit einem Wort: Ich soll anfangen, auch an mich zu denken. Ich soll in der Onkologie-Praxis beispielsweise fragen, wenn es so weit ist, wo ich Hilfe bekommen kann im Pflegefall, Betreuungsfall. Und wo es palliative Hilfe gibt für Katrin. Ich solle mein Draußen nicht vergessen, wie Kino, Theater, Freunde, Café und so weiter.

Um 11:30 Uhr fahre ich Katrin zur Cis-Platin-Chemo, es dauert bis 16 Uhr. Sie bekommt auch Infusionen gegen Übelkeit. Abends Weißensee im TV.

Freitag, 2. Oktober

59,6 Kilo. Goldener Herbst. Ich hole Marlene vom Dammtor ab, ihr erster Besuch aus München. Sie ist eine Wohltat. Wenn sie hier ist, bedeutet das immer einen Höhepunkt: Freude, intellektuelles Wohlbefinden, Nähe.

Katrins Haare wachsen wieder, nur wenige Millimeter, aber ein Hauch ihrer Haare liegt auf ihrem Köpfchen. Auch die Wimpern sind nachgewachsen; die Augenbrauen noch nicht so richtig.

Samstag, 3. Oktober

25 Jahre Wende/Wiedervereinigung. Wir drei frühstücken herrlich zusammen, Marlene erzählt von München. Katrin geht's den ganzen Tag nicht gut. Sie isst wenig, zu wenig, am liebsten Blaubeeren.

Sonntag, 4. Oktober

57,7 Kilo, so wenig wie noch nie. Ich bin traurig, fühle mich nicht wohl mit meiner Psyche, die immer wieder schwankt wie ein Halm im Herbstwind. Ich fühle Bitternis in meinem Leben, Endlichkeit vom Glück und ewiger Zweisamkeit. Immerwährender Austausch zwischen uns hat uns zusammen reifen lassen. Katrin ist schwach.

Montag, 5. Oktober

57,7 Kilo. Sie hat sich sehr gezwungen, etwas zu essen, aber mehr Kilo sind es nicht geworden. Ins Kino: Der Staat gegen Fritz Bauer.

Mittwoch, 7. Oktober

57,7 Kilo, wieder nicht mehr. Katrin lässt den Kopf auf die Tischplatte sinken und sagt: Ich kann nicht mehr. Ihr tut schon länger die linke Seite weh, heute besonders. Es ist Krebs, ganz bestimmt, sagt sie.

58,1 Kilo. Um 10 Uhr bei meiner Therapeutin. Wieder geht es mir um Übersicht und Selbstbestimmung bei Katrin. Wo liegt die Ursache für dieses Verhalten (abgesehen von ihrer Disziplin als Tänzerin und Schauspielerin)? Es muss aus ihrem Elternhaus kommen, aus der unmittelbaren Zeit nach dem Krieg. Der Krieg, die NS-Ideologie hatten den Vater und die Mutter zutiefst geprägt, sie hatten alles unter Kontrolle: den Alltag, die Kinder, mussten aufbauen, Existenz suchen und dann sichern, mussten funktionieren und Disziplin zeigen, immer! Das forderten sie auch von ihren Kindern.

Sie mussten Härte zeigen, darum ging es und darum geht es Katrin bis heute: kontrollieren, funktionieren, alles in Ordnung halten, keine Gefühle zeigen. Auch für ihre Krankheit jetzt gelten diese antrainierten Eigenschaften. Keine Schwäche zeigen, hart sein, nicht aufgeben, nicht loben, keine Anerkennung zeigen.

Als ich unsere Ersparnisse nach der Lehman-Brothers-Pleite und der darauf folgenden internationalen katastrophalen Finanzkrise 2008 retten konnte, sagte Katrin nur zwei Worte: War gut. Mir war das zu wenig.

Ich lese Maximilians Buch *Autobiographie und Ekstase* Korrektur.

Montag, 12. Oktober

10:30 Uhr Katrin bei der Hausärztin. Sie kommt zurück und sagt: Es wird keine Chemopause geben, die Bauchspeicheldrüse lässt das nicht zu. Es sei in Bewegung, sagte die Onkologin, aber nicht, was das zu bedeuten habe. Katrin hat Angst, dass sie in dem bisher schwachen Zustand weiterleben muss. Ich bin doch nur noch Belastung. Ich dementiere das sofort und sage, dass wir doch zurechtkommen und keine Prognosen für morgen anstellen wollen. Katrin: Ich will unbedingt zu Marlene nach München, mir ist es jetzt bald egal, in welchem Zustand.

Dienstag, 13. Oktober

Um 11 Uhr bei der Therapeutin. Bin nach wie vor mit ihr einverstanden. Nach der Sitzung bin ich meistens ziemlich geschafft, weil die Inhalte, die mühsam gesuchten und dann endlich gefundenen Worte an meine seelische Substanz gehen, sie schaffen mich. Wohl, weil ich MEINE Geschichte einer Fremden erzählen darf, die Verständnis und Einfühlungsvermögen hat. Manchmal weine ich auch, aber nichts ist mir peinlich, nichts macht mich verlegen. Raus damit, ermuntert sie mich. Ich bin gern bei ihr.

Donnerstag, 15. Oktober

57,7 Kilo. Ich habe meinen Ehering verloren! Ich hatte ihn vom Mittelfinger auf den Ringfinger geschoben, und weil meine Hände oft sehr kalt sind, muss er mir da runtergerutscht sein. Wann, weiß ich nicht, heute Morgen habe ich es bemerkt. Ich bin sehr traurig und erzähle Katrin davon. Sie erinnert uns daran, wo wir unsere Ringe gekauft haben: Bei dem Juwelier an der Ecke Mönckebergstraße, wo sich Mönckebergstraße und Spitaler Straße trennen.

Freitag, 16. Oktober

Um 10:30 Uhr bin ich wieder in der physio-energetischen Praxis. Die Therapeutin tut mir gut; wir sprechen über innere Befindlichkeiten und Zusammenhänge in Körper und Seele, denen ich folgen kann, weil sie das ausdrücken, was ich fühle und ahne und innerlich auch weiß, aber selbst verbal nichts dazu beitragen könnte. Wir verfolgen die Dinge bis in die Makroebene, wie wir Menschen seelisch und physisch zusammenhängen. Die Therapeutin quillt über vor Wissen, sie kann aber auch sehr gut zuhören.

Sie weist auf die immense Bedeutung von Worten hin, die so vieles auslösen können und fast immer auch tun. Positive Beispiele: Ich vergebe dir. Oder: Das hast du richtig gut gemacht. Oder: Du bedeutest mir viel. Positives bewirkt Wunder in uns, überall gibt es dafür Beispiele, auch im eigenen Leben natürlich.

Negative Beispiele: Ich verfluche dich. Oder: Du bist schrecklich. Oder: Du Versager. Mir fällt dabei die Bibel ein mit ihren für mich richtungsweisenden Worten: Am Anfang war das Wort und das Wort war bei Gott und Gott war das Wort. Regen, Nebel, Dunkelheit den ganzen Tag.

Montag, 19. Oktober

59,2 Kilo. Ich sage Katrin gleich morgens um 7 Uhr, dass ich dabei sein möchte, wenn der Radiologe die CT-Aufnahmen kommentiert. Katrin zögert, wägt ab und ist unsicher, ob sie zustimmen soll oder nicht. Dann stimmt sie unentschlossen zu, überlegt noch einmal und sagt: Ich bin doch lieber allein mit dem Arzt, weil ich anders frage, wenn du dabei bist. Ich möchte das doch lieber allein machen. Das habe sie doch immer so gehalten.

Eineinhalb Stunden später, ich warte auf dem Parkplatz des Freien Krankenhauses: Entwarnung, sagt sie, es ist nicht schlimmer geworden. Der Radiologe hat nichts Auffälliges im Vergleich zur letzten CT gesehen. Der Pankreas-Tumor ist wohl so geblieben, das Lungenkarzinom ist auch nicht gewachsen. Er hält immer noch eine Lungenentzündung für möglich. ABER: Der Lungenkrebs ist doch durch eine Biopsie EINDEUTIG festgestellt worden. Wirklich Entwarnung? Und wovon? Es geht immer so weiter, wir sind völlig verunsichert. Und worauf sollen wir noch hoffen?

Dienstag, 20. Oktober

Um 11 Uhr im Krankenhaus. Eine Woche lang wird ein Antibiotikum eingesetzt, falls es doch eine chronische Lungenentzündung sein sollte, um ganz sicher zu gehen. Danach gibt es eine neue CT.

Neben PRAGMA (abgeleitet von pragmatisch), fange ich ab heute an, mir innerlich das Kürzel SUB selbst zu sagen, es steht für Sachlich Und Bewusst, um nicht ständig in emotionale Fallen zu tappen. Ich will mich mit SUB schützen. So wie ich mir PRAGMA und jetzt auch SUB in den Kopf hole, so reagiere ich auf sachliche und bewusste Weise. Das wirkt und entspannt mich.

Ich hatte mir das Buch *Sterblich sein. Was am Ende wirklich zählt* von Atul Gawande, erschienen bei S. Fischer, geholt und lese darin, passe aber auf, dass Katrin mich damit nicht sieht.

Donnerstag, 22. Oktober

60,2 Kilo: Wegen der Chemo-Infusionen ist das Gewicht nach oben gegangen. Katrin geht früh ins Bett, sie ist schwach und maddelig. Ich höre Deutschlandfunk; in der Sendung Marktplatz wird über Pflegedienste und Palliativmedizin im Pflegefall mit Fachleuten gesprochen. Titel der Sendung: Würdevolles Sterben. Hospiz und Pflegedienste. Es geht um diese acht Einzelthemen: stationärer Pflegedienst; Hospiz, wenn keine Aussicht auf Heilung besteht; medizinischer Dienst der Techniker Kasse; Kurzzeitpflege; mutiger Patient sein; ambulante Hospizdienste; Pflegestufen; ehrenamtliche Begleitung. Sehr nützliche Informationen.

Katrin möchte den neuen Asterix haben – Der Papyrus des Cäsar. Und sie bestellt zwei warme Haushosen.

Freitag, 23. Oktober

58,5 Kilo. Bei meinem Einkauf heute sitzt ein alter Bekannter vor der Tür, ein junger Mann, und verkauft das Hamburger Wohnungslosen-Magazin Hinz und Kunszt; er bekommt von mir immer den

Euro aus dem Einkaufswagen. Heute kommt er auf mich zu. Darf ich mal etwas fragen?

Ja, bitte.

Können Sie mir zwanzig Euro leihen bis Ende nächster Woche? Ich muss meine Miete bezahlen.

Ich habe nur zehn Euro, gebe sie ihm. Montag, Dienstag, Mittwoch und Donnerstag laufen die Geschäfte schlecht, sagt er noch, aber Freitag oder Samstag bekommen Sie Ihr Geld zurück. Mal sehen, was daraus wird. Er ist mir sympathisch.

Freitag, 24. Oktober

Katrin weiß, dass ich dieses Tagebuch schreibe, sie hat sich nicht dazu geäußert. Ich vermag diese Leidens- und Abschiedszeit, das genau ist es ja, nur zu verarbeiten, wenn ich sie festhalten und dem Vergessen entziehen kann. Ich will mich an die Einzelheiten unserer familiären Tragödie erinnern, wie ich mich an unsere goldenen Tage erinnern will. Dieses Jahr 2015 darf nicht zu einem unbewältigten, nicht zu einem unausgesprochenen Albtraum werden, dabei helfen mir diese Tagebuchzeilen. Ich brauche die schriftliche Fixierung des Unfassbaren, weil ich dem Unfassbaren dadurch seine Zerstörungswucht nehmen will, die es sonst in mir auslösen würde.

Katrin und ich hatten unser Sterben ganz anders haben wollen und waren auch – hochmütig genug – davon ausgegangen, dass ich zuerst gehen würde. Nun aber ist es anders gekommen: Ich begleite Katrin in den Tod und nicht sie mich. Wir beide haben zu dieser Entscheidung nichts beigetragen.

Ich selbst weiß meinen inneren Begleiter, den andere Menschen Gott nennen mögen oder Allah oder Buddha oder wie auch immer, an meiner Seite: zu meinem Trost. In zwei entscheidenden Lebenssituationen habe ich ihn unmittelbar in mir gespürt.

Katrin lässt sich mit dem Ausblick auf einen guten Gott nur sehr schwer trösten. Sie hat immer ans Diesseits geglaubt, ans Sachliche und Machbare, ans Schöne, Ästhetische und Irdische. Und an unsere Liebe. Mit ihr, mit der Liebe meines Lebens, habe ich goldene Zeiten erlebt, wie sie schöner und erfüllter nicht sein konnten. Auch silberne Tage waren darunter, natürlich. Bis Katrins Tod uns trennen wird.

Sonntag, 25 Oktober
Die Uhr wird auf Winterzeit umgestellt, eine Stunde zurück. Katrin ist sehr schwach, bleibt lange im Bett, zwingt sich sehr, Blaubeeren und ein Toast mit Roastbeef und Remoulade zu essen. Sie liest ein wenig Zeitung, guckt TV, bleibt im Nachthemd. Ein Bruder ruft an, ich sage, es geht nicht gut heute, wir legen gleich wieder auf. Eine Freundin empfiehlt die Astronautenkost Fresubine.

Katrin ist unverändert hart gegen sich selbst, hart und ungebrochen, gegen den Krebs zu kämpfen, überleben zu wollen. Was wohl am besten hilft, ist Nahrung. Speisen. Getränke.

Dienstag, 27. Oktober
57,5 Kilo. Ein heller Herbsttag, buntes Leben. Es ist die Apathie, die innere Teilnahmslosigkeit Katrins, die mich bedrückt und einklemmt. Gestern haben wir beide noch gewaschen, heute wollen wir duschen. Schafft Katrin das noch allein? Sie schleppt sich durch den Tag. Ich glaube, Marlene und München schaffe ich nicht mehr, sagt sie.

Es wird wieder besser, wir schaffen das, antworte ich, sitze neben ihr auf dem Sofa, ihr Kopf fällt in meinen Arm, der schöne Kopf, auf dem die Haare wieder sichtbar werden. Wir weinen beide ein wenig. Katrin kämpft in jeder Minute. Bald kann ich nicht mehr, glaub ich, sagt sie.

Ein Tag nach dem anderen vergeht, eine Woche verschlingt die nächste, ein Monat will sich selbst schon hinter sich lassen und stürmt auf den nächsten zu. Die Seitenstiche werden immer schmerzhafter, sie findet keine richtige Lage, die Schmerzen bleiben eine Zeit lang. Immer mal wieder presst Katrin Schmerzenslaute heraus, sie redet darüber aber nicht gern, nur wenn ich sie darauf anspreche.

Mittwoch, 28. Oktober
Ich fahre Katrin zur Blutentnahme in die Praxis. Julika hilft im Haus. Katrin ist sehr schwach, reißt sich tapfer zusammen, steigt aus und sagt mit schwacher Stimme: Danke, mein Geliebster, danke für alles. Sie kommt aus der Praxis, steigt zu mir ins wartende Auto, das Gesicht voll verzweifelter Trauer: Die Onkologin kann mir keine Hoffnung mehr machen, die Ärzte hätten alles versucht. Der Tumormarker im Blut zeige nichts Gravierendes an. In vierzehn Tagen soll es keine Chemo geben, nur das Blut soll analysiert werden.

Sie mag nichts essen, keinen Brei, keinen Pudding, nichts Angedicktes, nichts, was ihr Energie geben könnte. Die Onkologin hatte noch gesagt: Bei der Lunge können wir vielleicht etwas erkennen, aber bei der Bauchspeicheldrüse können wir nichts Richtiges erkennen, da sieht man nichts, die liegt sehr versteckt.

Wir sitzen uns in den roten Theatersesseln im Flur gegenüber und weinen. Warum muss denn alles so schnell vorbei sein, fragt sie.

Donnerstag, 29. Oktober
57,7 Kilo. Um 9 Uhr bei meiner Therapeutin. Ich vertraue ihr auch meine Altlasten an, sie ist meine Gesprächspartnerin, die einzige, mit der ich über meinen Schmerz sprechen kann. Warum wider-

spricht mir Katrin bei wirklich jeder Gelegenheit? Warum stellt sie mir Fangfragen, die ich beantworte, dann hakt sie ein und bringt alles auf eine völlig schiefe Ebene, die oftmals, meistens, mit meiner tiefen Enttäuschung endet. Warum? Es ist Neid, sagt die Therapeutin. Katrin tut das unbewusst, nicht um mir vorsätzlich wehzutun. Ich bin erleichtert.

Meine Stichworte PRAGMA und SUB retten mich manchmal davor, enttäuscht zu sein, aber nicht immer.

Samstag, 31. Oktober

58,4 Kilo. Der Hinz und Kunzst-Verkäufer will mir die geliehenen zehn Euro in Ein-Euro-Stücken zurückgeben, er kann sie behalten.

Montag, 2. November

58,0 Kilo. Nebel, Sonne, Herbst. Rainald Goetz erhält den Büchner-Preis. Er schreibt: Was muss ich denken, um richtig zu verstehen, was ich fühle, wenn ich sehe, was passiert. Und: Das Schreiben altert nicht, das Leben zerstört die innere Stimme.

Mittwoch, 4. November

57,9 Kilo. Julika da, wie jeden Mittwoch. Heute bei der Therapeutin, keine Tränen. Unsere Themen: Katrins Ernährung, sie hat eine Ernährungsberaterin konsultiert. Montag geht es los mit der künstlichen Ernährung, sagt sie. Jeweils fünf Tage die Woche, falls nötig sechs oder sieben Tage die Woche. Künstlich ernährt wird grundsätzlich abends und nachts, etwa ab 19 Uhr kommt das palliative Pflege-Team einer Ambulanz, hängt die Flüssigkeit an einen Ständer neben dem Bett und dann tropft es im Schlaf in den Port, der ja schon unter der Haut liegt. Mit dem Ständer und der tropfenden Flüssigkeit kann Katrin durch die Wohnung wandern.

Ein Text auf der Visitenkarte der Ambulanz: Du hast nicht gesehen, woher du kommst. Du wirst nicht sehen, wohin du gehst. Dazwischen liegt das Sichtbare – deine Insel (Hindu-Weisheit).

Katrin kauft sich ein Paar Schuhe, schöne, warme Fellstiefel. Sie brauchte dringend welche, weil sie wegen des dicken linken Fußes nur die Clocks aus Plastik mit den Löchern tragen konnte. Danach fahren wir bei herrlichem Herbstwetter an die Alster auf den Parkplatz vor dem Restaurant Cliff. Sehr häufig waren wir hier, mit den Kindern, mit Freunden, allein, wie auch immer. Hunde tollen über die Wiesen, die Alster blinkt uns an. Es ist ein kleiner Abschied von dem, wo wir unbeschwert, jung, zukunftsfreudig waren und mitten im schönen Leben standen. In unserem gemeinsam gestalteten Leben, im Goldenen Jahrzehnt.

Von dort fahren wir weiter an der Oper vorbei, Gänsemarkt, Jungfernstieg, Hafen-City, Baumwall, Johannisbollwerk und wieder zurück auf der anderen Seite, wo gerade der erste Bauabschnitt der neuen Flutmauer fertiggestellt wurde. Aussteigen mag Katrin nicht, aber ob sie sich richtig freut, vermag ich nicht zu erkennen, sie findet vieles nicht mehr gut. Wir fahren noch auf die Kehrwiederspitze, gucken flussabwärts auf die Hafenkante mit ihrer wunderschönen Silhouette. Gegen 16 Uhr sind wir wieder zu Hause.

Donnerstag, 5. November

Neue Strategie: Katrin hat sich das über Nacht so überlegt: Die totale Abhängigkeit von der künstlichen Ernährung, die fünf Tage lang während der ganzen Nacht über den Port einläuft, nimmt ihr jegliche Bewegungsfreiheit, sie wäre quasi ab sofort ans Haus gefesselt. Sie möchte diesen Zustand noch etwas hinauszögern. Deshalb will sie versuchen, ihr Gewicht unverändert durch normales Essen zu halten und will erst dann an den Tropf, wenn es gar nicht mehr anders geht.

Montag, 9. November
Ich bringe Marlene zur Bahn, sie fährt zurück. Karins Haare wachsen wieder, es hat sich schon richtig etwas getan. Auch die Wimpern sind wieder da. Die letzte Chemo war vor drei Wochen, Mittwoch kommt die nächste. Katrin isst besser, auch wieder Brötchen, sie ist aktiver, ist aber immer noch maddelig und hustet.

Dienstag, 10. November
59,2 Kilo. Anruf vom Palliativ-Team, es kommt am 13. November. Katrin sagt: Ich bin innerlich noch gar nicht so weit, sagt aber zu. Ich kann mich noch nicht aufs Sterben vorbereiten, mir ist das alles noch zu früh. Sie liest Maximilians Brief, da ruft er an, sie reden dreißig Minuten. Ich hatte Angst vor diesem Palliativtermin, aber mein innerer Begleiter hat mich beruhigt und geführt.

Mittwoch, 11. November
59,8 Kilo. Um 10 Uhr bei meiner Therapeutin. Für Katrins Lunge soll eine neue Therapie angewendet werden, eine Immuntherapie. Deshalb werden die Biopsieproben von damals aus Harburg im Labor neu untersucht, ob die Immuntherapie auf diese Art von Krebs reagieren könnte. Unklar ist, ob die Kasse das zahlt. Es könnte sein, dass wir ran müssen. Die CT morgen im Krankenhaus soll zeigen, wie sich das Lungenkarzinom entwickelt hat. Marlene ruft Katrin an und fragt, ob der München-Besuch möglich sei. Katrin echauffiert sich, sie allein würde das initiieren, wir alle wüssten gar nicht, wie es um sie und ihre Kräfte wirklich steht und wie das mit ihrer Lunge gehen soll. Sie hat recht. Ich hatte das falsch eingeschätzt und an Marlene weitergegeben, weil Katrin viel agiler wirkt, als es ihr in Wirklichkeit geht, und hatte die München-Reise an Marlene herangetragen.

IS-Terroristen töten in Paris 130 Menschen während des Fußball-
freundschaftsspiels Frankreich gegen Deutschland. Entsetzlich.
59,8 Kilo. Um 13 Uhr neue CT im Freien Krankenhaus. Es ist
schlechter geworden, sagen die Radiologen, sie sind sich aber alle
nicht einig, was sie da gesehen haben. Es solle ein ganz seltener
Lungenkrebs sein, für dessen Bekämpfung eine neue Chemo aus-
probiert werden müsste.

Gibt es überhaupt noch eine neue Chemo? Man kommt einfach nicht weiter. Ist es eine Entzündung? Und was ist entzündet?
Ist der Krebs entzündet? Katrin meinte auch, dass ihre Atmung
schlechter geworden sei, der Husten heftiger. Ist das jetzt das Ende der ohnehin hoffnungslosen Hoffnung? Katrin sagt, so wird
es wohl sein. Keine Klage von ihr, keine neue Aufregung, nur
wieder eine sachliche Feststellung. Ich telefoniere mit Maximilian, erzähle von der Zeit danach: Kloster, Betreutes Wohnen,
Haubarg[40]?

59,8 Kilo. Katrin schreit laut, als sie ins Wohnzimmer kommt: Mein
Bein, ich kann es nicht mehr fühlen! Ich springe auf, führe sie an
die Couch, sie sitzt. Ich konnte mein rechtes Bein nicht mehr kontrollieren, sagt sie erschöpft. Wir versuchen es noch einmal, ich
helfe ihr hoch, es geht wieder, ganz normal. Was war das? Sie habe
das schon mal gehabt, sagt sie, vor Monaten.

Um 9 Uhr kommen drei Personen vom Palliativ-Team: der Inhaber der Praxis, eine Ärztin und ein Assistent. Angenehme Leute, die uns klipp und klar sagen, was wann und wie passieren wird.
Grundlage für die Behandlung ist die Anordnung der Onkologin,

---

40 Typisches Bauernhaus auf Eiderstedt

Katrin vom Palliativ-Team betreuen zu lassen, 24 Stunden am Tag, in engster Abstimmung mit uns.

Katrin bekommt keinen Extravertrag. Es gibt keine Zuzahlung, alles wird von der Kasse übernommen. Katrin soll auf keinen Fall in ein Krankenhaus. Feste Ansprechpartner gibt es nicht. Das Team ist eine Empfehlung unserer Hausärztin, die schon lange mit ihm zusammenarbeitet. Es erhält eine Kopie von Katrins Patientenverfügung.

Sobald wir beim Team anrufen, so wird es vereinbart, um Hilfe nachsuchen, geht es zwei oder drei Tage später mit der Betreuung los, dann steht das Team für alle Eventualitäten zur Verfügung. Katrin sagt: Ich bin noch nicht so weit. Sie wirkt sehr kräftig, tritt selbstbewusst auf. Hat ihren Turban auf, nicht die Perücke. Sie sagt: Solange ich mein Gewicht halten kann, 59 Kilo, und essen kann, will ich ohne Sie auskommen. Sie fürchtet auch um ihre kleine Freiheit, nämlich tags und vor allem nachts ohne Infusion auszukommen. Sie wolle nicht mit dem Infusionsrucksack belastet sein, das sei ihr noch zu früh. Nach dem Besuch muss sie sich übergeben.

Als das Team wieder weg ist, fragt Katrin: Hast du deren Auto gesehen?

Nein, sage ich, warum?

Weil auf der Autoseite Palliativ-Team steht, sagt sie, das finde ich gar nicht gut. Katrin mag nicht, dass das Auto die Nachbarschaft auf ihren Krebs hinweist! Kann ich gut verstehen.

Sonntag, 15. November
59,8 Kilo. Regen, Regen, kalt. Wind. Wir sehen uns über hundert Minuten ein Familienvideo an: die Cassette Nr. 5 vom November 1987 bis Februar 1988. Wir sehen dort Weihnachtstage, sehen eine Meise draußen im Baum, berufliche Arbeit im Büro, im Ballettsaal, im Garten. Wir sind beide zutiefst berührt von diesem Rückblick

auf unser Goldenes Jahrzehnt, sind beide ganz weit weg von unserer aktuellen Lebenskatastrophe.

Montag, 16. November

Eine Freundin bringt eine CD mit, auf der ihre Enkelin für Katrin ein Herbstlied singt, a capella. Marlene ruft an, sie kommt zum Ersten Advent. Maximilian auch.

Katrins Besuch bei der Onkologin war vernichtend! Die Ärztin hat sie quasi aufgegeben, sieht nur noch eine Tabletten-Chemo als vorletzte Chance überhaupt, diese Chance sei aber auch nur noch ganz schwach. Sie sind so gut wie austherapiert. Ich weiß jetzt nicht mehr weiter, sagt sie. Allerletzte Möglichkeit: Eine Kombination aus Tabletten-Chemo und Flüssigkeits-Chemo.

Uns fehlt einfach nur noch der Glaube an etwas vom Himmel Gesandtes. Wir sitzen im Wohnzimmer nebeneinander und weinen. Ich werde auch München nicht mehr schaffen, sagt Katrin, ich werde nicht mehr sehen, wo und wie Marlene lebt und auch nicht ihr Theater.

Dienstag, 17. November

Ich bin bei meiner Therapeutin. Ich soll mir den Film Mia Madre ansehen und ihr erzählen, was ich davon halte. Katrin geht Konflikten außerhalb des Hauses immer aus dem Weg. Warum eigentlich? Dann werde ich nicht mehr geliebt, sagt Katrin. Bei mir ist sie sicher, dass sie geliebt wird. Heute beginnt Katrin mit der Tabletten-Chemo, die Tablette heißt Tarceva.

Mittwoch, 18. November

Heute vor einem Jahr haben wir unsere Patientenverfügungen endgültig fertiggestellt. Kurz darauf wurde Katrin krank. Kloster Nütschau wird mir genannt für meine Idee, dort hinzugehen. Katrin arbeitet intensiv am Buch über meine Mutter. Sie formatiert und redigiert, gründlich und bedacht wie immer.

Donnerstag, 19. November

Fünfzig Euro beim Einkauf verloren. Brötchen gekauft und Champagner-Trüffel. Es regnet wie Hund, ich bin genervt, die Füße schmerzen, sie glühen, ich habe das Gefühl, ständig auf Achse zu sein. Als ich nach Hause komme, rechne ich wie immer damit, nicht das Richtige gekauft zu haben. Diesmal sind es die sechs Brötchen, sie sind zu dunkel, zu fest, zu groß. Also wieder das Falsche. Mir platzt der Kragen, ich mache ihr heftige Vorwürfe, immer nur Vorwürfe. Ich finde sie unerhört, ich bin ihr einziger Blitzableiter, der ihren tiefen Frust, ihre tiefe Resignation, nein: ihre immerwährende, ständige Kritik an mir und permanenten Widerspruch gegen alles, was ich vorschlage, sage oder ausspreche, ertragen muss. Ich echauffiere mich. Hat Katrin endlich mal begriffen, was sie da mit mir anstellt? Später entschuldigt sie sich bei mir. Aber was wird sich ändern?

Freitag, 20. November

Beide Tumore wachsen jetzt wieder. Eine Freundin bringt Homöopathie ins Spiel, aber die mag Katrin nicht.

Samstag, 21. November

Heute ist unser fünfunddreißigster Hochzeitstag. Ich dekoriere einen schönen Tisch mit acht Blumen, die meisten sind Rosen, in jede Vase eine Blume. Gerahmt werden sie von einem Halbkreis aus allen Kerzenhaltern des Hauses, die Kerzen strahlen mit den Blumen um die Wette. Vorn auf dem Wohnzimmertisch habe ich ein Herz aus getrockneten Lorbeerblättern gelegt, darauf die Zahl

35 aus bunten Rosenblüten. Es sieht wirklich festlich aus. Wir trinken eine Flasche Sekt, Katrin auch zwei Gläser. Um 13 Uhr wird ein riesiger Rosenstrauß in Cellophan geliefert: ein Ereignis, diese Rosenfreude und -pracht. Eine alte Freundin ist die Absenderin, die aber von unserem Hochzeitstag wohl nichts weiß. Ich sage Katrin, dass sie die Liebe meines Lebens ist. Danke für den schönen Tisch, sagt sie. Abends Fußball im TV.

Sonntag, 22. November

2 Grad plus, Schneegestöber, aber der Schnee bleibt nicht. Zwanzigster Todestag meiner Mutter. Katrin und ich können ihr elektrisches Bett reparieren. Ihr war eine Wasserflasche umgekippt, in die Elektrik gelaufen und hatte einen Kurzschluss ausgelöst. Ich rufe die Rosenspenderin an, bedanke mich.

Montag, 23. November

59,1 Kilo. Tolles sonnenhelles Winterwetter. Wir sehen uns im TV den Staatsakt in St. Michaelis an: Abschied von Helmut Schmidt. Reden vom Ersten Bürgermeister, Henry Kissinger, Angela Merkel. Bewegende zweieinhalb Stunden. Was mich nachhaltig beeindruckt hat, sind Schmidts drei großen Erschütterungen in seinem Leben: der Tod seiner Frau, Auschwitz und der Deutsche Herbst 1977 mit dem Tod Hanns Martin Schleyers. Musikalisch untermalt war der Staatsakt von Jochen Wiegands Noten, Text von Klaus Groth und *Der Mond ist aufgegangen*, vertont von Johann Abraham Peter Schulz, der Text kommt von Matthias Claudius.

Dienstag, 24. November

Großer Blumenstrauß von der Freundin aus Zürich, bunte Rosen. Tränen von Katrin. Ihr geht es jetzt während der Tabletten-Chemo relativ gut. Sie muss sich nicht mehr übergeben, die Übelkeit ist weg, das Essen schmeckt etwas besser. Aber der ständige harte Husten quält sie, die Luft ist knapp. Jeder Schritt ist eine Qual.

Ihre Stimme aber ist unverändert stark, wenn auch ständig von Husten unterbrochen. Sie tut mir unendlich leid, sie ist so reduziert, auf das Haus zurückgeworfen, ohne Perspektive. Die Nächte jedenfalls sind erträglich, der Husten weg, weil sie ganz still liegt und nur wenig Kraft und nur wenig Luft verbraucht.

Die Onkologin aus der Hausarztpraxis sagte: Der Krebs verändert sich mit der Chemotherapie und mutiert, er passt sich an. Das macht ihn so unheimlich und unberechenbar. Katrin war heute zum Gespräch bei ihr. Die Tabletten, die sie jetzt nimmt, sollen Pankreas- und Lungenkrebs gleichzeitig bekämpfen. Erst nach vier Wochen gibt es eine CT.

Mittwoch, 25. November

Bei meiner Therapeutin. Gegen Katrins krankheitsbedingte Aggressivität soll ich mir wie ein Motorradfahrer in Regen und Kälte einen Neoprenanzug anziehen und sie abperlen lassen: Weil nicht ich mit ihrer Aggressivität gemeint bin, sondern sie selbst. Aber sie muss sie ableiten, loswerden, sagt die Psychologin. Sie empfiehlt mir Verena Kasts Buch über die vier Phasen des Trauerns. Gibt mir Namen, wo ich betreut wohnen kann.

Brief von Freunden. Nachmittags kaufen wir ein: Tannengrün, rote Amaryllen in der Osterstraße, Rillette und Baguette, Keta-Kaviar und dicke Gurken beim Fischmann, Medikamente in der Apotheke. Beide sind wir völlig geschafft, aber anders geht es nicht. Alles, was wir machen, muss sein, egal wie. Sauwetter, nass, kalt, bedeckter Himmel. Immerhin: Wir haben einen Parkplatz bekommen, direkt vor der Tür.

Donnerstag, 26. November

Uns wird bewusst: Endlich, endlich müssen wir begreifen, dass unser Gestern endgültig zerstört und vorbei ist und nichts mehr so ist, wie es einmal war. Dass wir unser gemeinsames Leben nur noch abwickeln müssen. Aber wann hört diese Dominanz auf? Wenn Katrin sich aufgegeben hat? Erst dann, wenn der Krebs sie endgültig besiegt hat? Katrin hustet und hustet und kämpft gegen mich. Aber nach Worten der Therapeutin gegen sich selbst, ich bin nur Blitzableiter und Ersatz.

Katrin erzählt, dass sie uns das mit ihrer besseren Luft eigentlich gar nicht erzählen wollte, weil wir damit falsche Hoffnungen haben könnten. Katrin hat heute viel gemacht: Fast alles Silber geputzt, den Tisch zum fünfunddreißigsten Hochzeitstag ab- und aufgeräumt, sie macht mir das Essen, sie duscht, spült die vielen Vasen.

Der Husten springt durch die Wohnung, er gehört zu uns wie der Lärm zum Presslufthammer. Er erschüttert Katrin jede Minute, raubt ihr die Energie, macht sie schwach und schwächer. Aber sie gibt nicht auf, auch wenn die Hoffnung mickrig und noch so mickrig geworden ist. Wir sollen Marlene nichts davon sagen, dass die Luft heute ein wenig besser war. Ich trinke Tee mit einem Schuss Whisky; oft trinke ich abends ein oder zwei Gläser Rum, das entspannt mich; ein bisschen freue ich mich immer darauf. Der Abend ist friedlich und ruhig, er endet vorm TV.

Freitag, 27. November

Ich fahre mit unserem Caddy nach Bremen ins Courtyard Marriott-Hotel zum Hansa-Treffen, wo sich ein Mal im Jahr alte Fahrensleute wiedersehen. Mein Navigationsgerät leitet mich hin, ich bin ganz schön geschafft. War aber eine wichtige Erfahrung, mich wieder einmal als Seemann zu sehen und von Seinesgleichen als solcher betrachtet zu werden. Eine Tagung alter weißer Männer, die dank unsichtbarer Fäden einmal mit dem Meer verbunden waren und es noch immer sind. Das Essen Curryhuhn mit Reis in Terrinen war exzellent, wie damals an Bord. Die Gesellschaft dieser wackeren Männer und Frauen brauche ich nicht mehr; zu viele Wiederholungen.

Sonntag, 29. November, 1. Advent:
Eine junge, befreundete Familie mit Kleinkind besucht uns. Hamburg wählt: Olympia 2024 ja oder nein?

Mit Katrin und Marlene reden wir über das Sterben: Wo sterben? Zu Hause sterben? Mit Palliativ-Begleitung oder ohne, und wenn ja, ab wann? Katrin sagt: Ich bin noch nicht so weit, ich gebe das Signal. Tränen. Wie bauen wir die Wohnung so um, dass wir ihrer Krankheit auch gerecht werden? Wo schlafen wir? Alles offen. Auf Katrins Frage, wo sie sterben soll, im Hospiz oder zu Hause, antworte ich: Du sollst zu Hause sterben, hier bei mir.

Später sagt Marlene mir, ich solle ehrlich sein. Ich bin es, das ist meine Auffassung, erwidere ich. Morgen früh um vier fährt sie zurück nach München.

Montag, 30. November
58,9 Kilo. Das Tief Nils bringt Sturm mit sich, Hagelschauer knallen gegen unsere Westseite, dort schlafen wir. Um 4:55 Uhr fährt Marlene zurück nach München, ich bringe sie zum Bahnhof. Marlenes Anwesenheit ist für Katrin das alles Entscheidende. Marlene ist empathisch und zugewandt, aufmerksam und hilfsbereit, wegweisend und logisch, schnelldenkend und entscheidungsfreudig. Wenn sie um uns herum ist, merkt man ihr nicht an, wie sehr sie in München gefordert wird, wie belastet sie tatsächlich ist, beruflich und privat. Sie trägt viel auf ihren kleinen Schultern und über-

nimmt vielerlei Verantwortung, ohne davon auch nur das geringste Aufheben zu machen. Marlene ist eine Wohltat. Ich danke ihr für alles, was sie gibt und schenkt und an Liebe zuwendet. Meine kleine, unsere so groß gewordene Tochter!

Ich hole den neuen Inhalationsapparat von der Apotheke. Ich sage Katrin, dass meine Füße glühen, dass ich physisch angeschlagen bin. Sie reagiert gereizt, erhoht ihre Aktivitäten, macht Wäsche und meine Pillen für eine Woche. Immer wieder tobt der grausame Husten in ihr, schwächt sie. Einladung von der besten Freundin – dreißig Jahre Nikolaus-Rumtopf.

Mittwoch, 2. Dezember

Bei der Onkologin; sie sagt, man müsse noch vierzehn Tage warten, bis man etwas darüber sagen kann, ob die Chemo anschlägt oder nicht. Katrin kauft im Supermarkt ein, sie will das so, ich warte im Auto. Eine Freundin bringt Hirschgeschnetzeltes vorbei. Ich bin froh, dass Katrin Besuch zulässt, endlich.

Bei meiner Therapeutin. Sie rät mir, unabhängiger von Katrin zu werden, mir selbst Freunde einzuladen, wenn ich das möchte, weil ich deren Unterstützung brauche. Wenn wir etwas voneinander wünschen, können wir uns kleine Briefchen schreiben: Was ich Dir sagen wollte. Das sei indirekter, aber zugewandter als das schnell dahingesagte Wort, das oft eine gewisse emotionale Tönung habe, in die eine Richtung oder in die andere. Sie rät mir noch, unsere Hausärztin zu fragen, von wem oder wo wir Entlastung erfahren können.

Samstag, 5. Dezember

Ich drehe eine Runde mit dem Rad. Als ich zurück bin, sagt Katrin: Wenn ich dusche, darfst du nicht mehr weg sein, du musst zu Hause bleiben. Du musst bei mir sein. Sie fühlt sich unsicher, hat Angst, dass ihr etwas passieren kann. Dass sie ausrutscht und hinfällt? Vielleicht, sie sagt es nicht genau. Und ihre Schwäche. Der Husten raubt ihr alle Kraft.

Maximilian aus Heidelberg kommt an. Wir reden. Ich habe das Gefühl, dass er Katrin gegenüber sehr gefasst und auch zurückhaltend auftritt. Er geht seinen Weg, will nicht eingefangen werden von den Vorstellungen und Meinungen seiner Mutter.

Sonntag, 6. Dezember, 2. Advent, Nikolaustag
Heute vor einem Jahr waren wir in Rüxbüll, unserem nordfriesischen Rückzugsort: Am zweiten Advent, als Katrin dort zu husten begann und nie mehr damit aufhörte. Sechzehn Tage zuvor hatten wir unsere Patientenverfügungen fertiggestellt. Darin haben wir festgehalten, wie wir sterben wollen und wie nicht.

Katrin erinnert uns heute Morgen daran, dass früher zum Nikolaustag immer ein selbstgebackenes Geschenk an unserer Haustür hing, ein Gruß unserer Freundin und Nachbarin. Schon lange hängt da nichts mehr: Die Gute lebt in einem Heim, sie ist dement geworden und verwirrt und tief traurig immerzu. Ihr Mann liegt schwer erkrankt in einem anderen Heim und wird dort gepflegt.

Wir frühstücken, erzählen, hören Kantaten von Bach, reden, schweigen. Wir drei, Katrin, Maxi und ich. Der Adventskranz besteht aus einer roten Amaryllis, eingerahmt von Tannengrün und vier Kerzen auf dem Wohnzimmertisch. Maxi bereitet das Abendessen zu, Salat vorweg mit Tomaten und Oliven, als Hauptgang Süßkartoffeln und vegane Würstchen, es schmeckt. Schön, dass du da warst, verabschieden wir ihn.

.

Von einer Freundin kommt eine Postkarte mit einem Gedicht und einer Engelsfigur aus ihrem zweiten Zuhause in Port Manech, Frankreich:

Heute früh, an den Strand
Hat das Meer hingerollt
Diesen Glasengel im Sand
Zerbrochen, ungewollt.

Die Adventszeit möge Katrin Kraft und Frieden bringen an jedem neuen Tag.

Dienstag, 8. Dezember

Der Papst in Rom öffnet das Tor der Barmherzigkeit. Mein älterer Bruder ruft an, er will heute kommen. Kannst du für ihn bitte Butterkuchen holen?, fragt Katrin mich.

Ich hole keinen Butterkuchen, mir brennen die Füße, sage ich, wir haben doch Stollen und Kekse.

Katrin ist ungehalten: Ausgerechnet für diesen Bruder keinen Kuchen, das geht nicht.

Ich bleibe dabei, hole keinen Kuchen.

Ich habe deine Wendung, nicht mehr loszugehen, dich zu verweigern, noch nicht ganz mitgekriegt, sagt sie und weint. Kurz darauf entschuldigen wir uns beide, küssen uns.

Ich rufe den Bruder an, er bringt Butterkuchen mit. Ende der Affäre. Er ist großzügig, immer behilflich, immer freigiebig. Er erlebt Katrin heute ziemlich robust. Die erste Weihnachtskarte trifft ein: Ich liebe Euch, schreibt eine Freundin und wünscht uns ein frohes Fest und ein gutes neues Jahr. Was wird aus diesem neuen Jahr?

Mittwoch, 9. Dezember

Geliebster, ich schaff es nicht mehr. Meine Luft wird jeden Tag schlechter, immer weniger. Ich wollte vorhin einmal ganz allein für mich tief weinen, aber ich konnte nicht weinen, weil mir die Kraft dazu fehlte. Ich bin vorhin fast nicht mehr aufs Klo gekommen. Ich glaube, ich brauche das Sauerstoffgerät, das ich nie wollte. Du weißt, warum. Katrins Mutter war darauf angewiesen gewesen.

Noch vor Weihnachten. Bis nächsten Mittwoch will ich warten, mal sehen, ob ich es noch allein zum Arzt schaffe. Sonst muss ich den Palliativdienst rufen, noch vor Weihnachten. Ich kann einfach nicht mehr. Ich will dich nicht alleinlassen hier, mir ist diese Vorstellung ganz schrecklich, dich hier in der Wohnung ganz allein rumlaufen zu wissen, dich alleinlassen zu müssen, mein Geliebster.

Später reden wir über das private Buch über meine Mutter, dazu Katrin: Ich glaube, dass ich dir dabei nicht mehr helfen kann. Es ist vorbei.

Morgens um fünf kommt eine SMS von einer Freundin, sie schreibt: Ich denke ganz viel an Dich, denke immer an Dich, Du bist tief in meinem Herzen und Gefühl verankert.

Abends sehe ich in der Küche den TV-Film *Der verlorene Bruder* aus den Sechzigern, in dem eine Mutter über ihr verlorenes Kind weint. Plötzlich bin ich sternenweit entfernt von unserer Lebenssituation hier, alles wirkt auf mich befremdlich und bizarr. Ganz komisch. Katrin guckt im Wohnzimmer Fußball.

Donnerstag, 10. Dezember

Immer öfter sagt Katrin, dass sie etwas nicht mehr erleben wird: das Erscheinen unseres Buches, Maximilians Prüfung im Februar, das nächste Frühjahr.

Ich bringe unser Barvermögen, das wir bisher zu Hause aufbewahrt hatten, zur Sparkasse. Die Zinsen sind auf tiefstem Niveau.

Unsere Reserven sind für Reparaturen am Haus, am Auto und für Überraschungen vorgesehen. Wir wollen jederzeit über das Geld verfügen können. Deshalb auch keine Aktien oder Festgeld. Sie sind auch als Notgroschen für unsere Kinder gedacht.

Freitag, 11. Dezember

Ich setze alles daran, heute noch ein Sauerstoffgerät für Katrin zu bekommen. Unsere Hausarztpraxis hat alles unternommen, uns dabei zu helfen, hat ein Rezept ausgestellt, das wir an die infrage kommende Firma geschickt haben, aber dort an die falsche Adresse. Deshalb fahre ich in die Straße Falkenried, wo eine hochkompetente und hilfsbereite Dame sich sehr engagiert, das Gerät noch zu bekommen; es ist ja Freitagnachmittag, Wochenende. Sie faxt, telefoniert, macht dringlich, stellt Weichen.

Und tatsächlich, ihre Bemühungen haben Erfolg. Zwischendurch bekomme ich zwei Anrufe von der Firma, dass heute noch geliefert werde, es könne aber 20 Uhr werden oder später. Tatsächlich klingelt es um 20 Uhr, ein Roberto stellt sich vor und bringt zwei Sauerstoffgeräte, ein mobiles und ein stationäres. Er weist uns ein, kompetent und freundlich, weist auf alles Notwendige hin, auch auf alle Notrufnummern.

Katrin träumt jetzt von einem Marlene-Besuch in München, weil sie ja nun auch ein mobiles Sauerstoffgerät hat. Mein älterer Bruder hat sich für 12 Uhr angekündigt. Wir fahren in die Osterstraße und holen dort zehn rote Amaryllen. So haben Katrin und ich das immer gehalten: rote Amaryllen in der Adventszeit mit Tannengrün und zu Weihnachten weiße Amaryllen. Von der Apotheke hole ich eine Packung Morphintabletten, sie sollen gegen Katrins Schmerzen wirken.

Wir sitzen noch etwas zusammen, sie auf dem Sofa, ich im roten Sessel. Katrin spielt mit ihrem Ehering, dreht ihn, zieht ihn vom

Finger und sagt: Den möchte ich dir geben, wenn es so weit ist. Kannst du mal probieren, ob er dir passt? Ja, er passt genau, sitzt gut auf dem kleinen Finger und fest, kann nicht runterrutschen; ich ziehe ihn wieder ab und gebe ihn zurück.

Gegen 21 Uhr, nachdem Roberto unsere Wohnung verlassen hat, öffnen wir eine Flasche Crémant, tiefkalt. Zuerst reden wir über die Lebensleistung meines Bruders und seine allzeitige Hilfsbereitschaft; dann reflektieren wir unser gemeinsames berufliches Leben, aufgehängt an dem gestrigen internationalen Eisbeinessen im Congress Center Hamburg, an dem ich seit Jahren teilnehme. Wir reden über unsere erfolgreiche journalistische Arbeit für Schifffahrtsunternehmen, denken an meine Zugehörigkeit zur Seeschifffahrt, zum Journalismus, an die vielen Bundespressekonferenzen, die Katrin und ich ausgerichtet haben. Wir beiden fühlen uns gerade unerhört wohl, schwelgen in alten Zeiten, fühlen uns zurückversetzt in unsere Goldenen Achtziger. Katrin tut der Crémant gut, später trinkt sie noch ein Glas Wein.

Für uns beide war der heutige Abend ein freudiger Rückblick auf ein gemeinsames und erfolgreich gestaltetes berufliches Wirken; wir haben uns herrlich ergänzt, nachdem Katrin ihre Ballettschule eingestellt hatte und bei mir eingestiegen war. Wir sind uns treu geblieben in Redlichkeit und Aufrichtigkeit uns selbst gegenüber; wir haben einander nicht belogen und nicht betrogen.

Später an diesem ebenso befreienden wie hochschwebenden Abend sehen wir uns noch das Familienvideo Nr. 6 aus dem Jahr 1988 an. Danke, meine Geliebste, für diesen wunderbaren Ausklang.

Samstag, 12. Dezember

Mir ist ganz schön blümerant, sagt Katrin; sie hat die erste Morphintablette genommen, die Atemnot und Angst vertreiben soll.

Katrin sitzt auf der Couch, liest Zeitung, ist dabei eingeschlafen, ihren Kopf, den schönen, auf der Brust; dabei läuft Mozarts Klarinettenkonzert. Es bricht mir das Herz. Gegen 14 Uhr bringt eine Freundin Graved Lachs, der noch mit Pfeffer, Salz und Dill bearbeitet werden soll. Eine unserer ewig langen Traditionen. Die Freundin macht alles zurecht, Katrin sitzt daneben, mit der Sauerstoffmaske im Gesicht, und berät.

Sonntag, 13. Dezember, 3. Advent
Katrin sagt: Ein Wunsch ist mir noch offengeblieben, nämlich Großmutter zu werden. Um 11 Uhr kommt eine Freundin, Katrin will ihr zeigen, wie Kiensches gehen: eine knusprige Spezialität aus Nüssen, Zucker und Öl in der Pfanne zubereitet. Katrin verträgt die Morphintabletten nicht, muss sich davon übergeben, sie will sie absetzen und tut das noch heute. Abends sehen wir uns wieder ein Familienvideo an.

Montag, 14. Dezember
Um kurz vor 9 Uhr klingelt es an der Haustür. Die Firma will uns ein zweites Sauerstoffgerät liefern, groß und rund wie das erste. Wir brauchen kein neues, sage ich, das andere ist noch voll. Der Servicemann kommt mit in die Wohnung, überzeugt sich davon und sagt: Nein, nicht nötig, aber Sie standen auf meiner Liste. Dann zieht er mit seiner Lieferkarre weiter und sagt etwas, was mir ganz anders, was mir seltsam und aus einer anderen Welt erscheint, mir unter die Haut geht. Er sagt: Ich wünsche Ihnen schöne Weihnachten. Lächelt mir zu und geht.

Er trifft auf mein Gefühl, das nichts mit Advent oder Weihnachten zu tun hat, vielmehr mit Beklemmung, Traurigkeit und Verzweiflung gefüllt ist. Ein so alltäglicher, oft so dahingesagter Gruß erinnert mich blitzartig an unsere frühen Advents- und Weihnachtsfeste und -rituale – gerade erst hatten wir ein Familienvideo darüber gesehen – und legt nun frei, wo ich mich gerade befinde: weit unter Tage, in tiefer emotionaler Dunkelheit.

Katrin liest alte Briefe, die ihr ein Freund, eine Beziehung lange vor unserer Zeit, geschrieben hatte. Nachher sagt sie, dass diese Briefe später nicht aufbewahrt werden sollen. Meine Luft wird jeden Tag schlechter, sagt sie, die Tabletten-Chemo hat nicht angeschlagen. Jeder Tag wird schwerer. Eine Freundin lässt wie jedes Jahr einen Karton Wein anliefern, der nach dem Weihnachtsoratorium im Michel und nach der traditionellen russischen Gurkensuppe am großen runden Tisch getrunken werden soll.

Katrin nimmt den Lachs aus der Lake und meint, er sei total versalzen. Dann bricht sie unter Aufbietung all ihrer Kräfte die harten, im Ofen gebackenen Kienscheplatten auf und macht daraus verzehrbare Stückchen.

Abends löse ich ein Geschenk ein: Eine Lesung mit Joachim Meyerhoff im Schauspielhaus Hamburg über sein Buch *Ach, diese Lücke, diese entsetzliche Lücke*. Ich bin begeistert, finde mich in einer anderen Welt wieder. Ich war allein dort, als Fremder unter Fremden.

Zu Hause finde ich einen Zettel von Katrin mit ihrer lila Schrift: Lachs steht darauf und dahinter ihr Symbol – eine stilisierte Blume. Der Lachs muss alle zwölf Stunden mit Lake begossen und gewendet werden, damit er ordentlich durchzieht. Für unseren Zeitungsboten schreibe ich eine Karte, auf der ich mich für seinen guten Service bedanke; lege dem Umschlag einen Schein bei. Ein langer Tag.

Dienstag, 15. Dezember

Katrin überlegt, ob sie den Palliativdienst anrufen soll. Aber was soll der hier tun, fragt sie.

Ich sage: Du musst ihn fragen und dich mit ihm abstimmen.

Sie will das traditionelle Gurkensuppenessen mit Freunden absagen. Sie könne es nicht mehr. Alle säßen um sie herum, und sie mit dem Sauerstoffschlauch in der Nase. Sie weiß nicht, wie sie morgen zu ihrer Onkologin kommen soll, wegen der fehlenden Luft. Sie will sich nicht mit einem Krankenwagen dort hin helfen lassen. Sie sieht die Bilder ihrer Mutter vor sich und sträubt sich dagegen, wie ihre Mutter zu werden, wie sie zu enden. Sie macht mir tausend Komplimente und zählt auf, wie ich mich ihrer Meinung nach in einer solchen Lage verhalten würde. Wir weinen. In guten wie in schlechten Zeiten, sage ich. Wir weinen, wir trösten uns.

Auf dem Weg zur Hausärztin rufe ich unsere Tochter an, wir sind verabredet, um über das Danach zu reden. Ich erzähle ihr, wie ich mir mein Leben danach – nach Katrins Tod – vorstelle. Betreutes Wohnen in Schleswig-Holstein, in St. Peter-Ording oder so, sage ich. Marlene erneuert ihr Angebot, dass ich zu ihr nach München ziehen möge. Ich sage, dass ich den Horizont brauche, den hohen Himmel und die ziehenden Wolken im Norden und die norddeutsche Sprache und die Menschen und ihre Art. Und Einsamkeit suche ich. Ich brauche mich am meisten selbst, wenn ES so weit ist. Wir lassen alles noch offen.

Nach der Mittagsruhe telefoniert Katrin mit Marlene über das Gespräch, das sie mit ihrer Onkologin geführt hatte. Die Chemotherapie wird ab sofort eingestellt, weil sie nichts gebracht hat. Im Vordergrund stehe jetzt ihre Lebensqualität für die letzte Zeit, hatte die Onkologin gesagt, jetzt werde der Palliativdienst eingeschaltet, der auch für einen Hospizplatz im Freien Krankenhaus sorge.

Später sagt Katrin, dass heute ihr Todesurteil gesprochen worden sei. Es komme jetzt nur noch darauf an, genug Luft zu bekommen, und auf die letzte Zeit mit der Familie.

Katrin und ich sitzen abends nebeneinander auf der Couch, Kopf an Kopf. Jetzt müssen wir Abschied nehmen von uns, jetzt beginnt unsere letzte gemeinsame Zeit, sagen wir uns immer wieder und weinen leise vor uns hin, halten uns die Hände. Ein Bote bringt Katrin eine Pizza ins Haus, besonders dünn und ohne Rand und mit viel Anchovis. Das war noch einmal der Satz, den sie bei einer Pizzabestellung immer ins Telefon sagte. Es ist längst dunkel geworden, draußen, in uns, alles ist dunkel geworden, der letzte helle Hoffnungsstreifen erloschen und vergangen.

Mittwoch, 16. Dezember

Um 10 Uhr ruft der Palliativdienst an. Morgen um zehn kommt er zum Informationsgespräch. Marlene will unbedingt dabei sein, fährt noch heute aus München los, mit der Bahn, um 23 Uhr trifft sie ein. Eine Freundin bringt Schmalzgebackenes und gebrannte Mandeln vorbei und Mittagessen für uns beide. Wir reden über Abschied, Trennung, Tod und Beerdigung. Um uns herum glühen die Amaryllen, die roten, mit den Kerzen um die Wette. Wir trinken den Wein, der fürs Weihnachtsoratorium gedacht war, essen Kekse, Katrin nur einen Happen. Morgen will sie ihre Schwester in Berlin anrufen und einige Freunde. Ich schreibe meiner Schwester in New Orleans, dass wir miteinander skypen wollen. Wir verabreden uns fürs Wochenende, den Samstag.

Donnerstag, 17. Dezember

Der Palliativdienst ist da, 11 Uhr. Der Inhaber des Dienstes selbst, eine Ärztin und ein Pfleger. Sehr angenehme Leute; sie bleiben neunzig Minuten. Jede Einzelheit wird detailliert besprochen und erklärt. Die Ärztin untersucht Katrin, die ein paar Formulare unterschreibt. Ab sofort kommt der Palliativdienst täglich und betreut Katrin. Auch über das Hospiz im Freien Krankenhaus wurde gesprochen, es bleiben keine Fragen offen. Wir sind zuversichtlich und sicher, in guten Händen zu sein.

Maximilian kündigt seinen Besuch für morgen an. Eine Reederei, für die wir jahrelang gearbeitet haben, liefert auch zu diesem Weihnachtsfest wieder einen norwegischen Graved Lachs ins Haus, obwohl die Zusammenarbeit vor Jahren endete. Ein Schwesternpaar schickt per Boten Weihnachtsgrüße und einen hinreißenden großen Strauß mit roten Amaryllen. Abends bringt die Firma noch einen neuen Behälter mit Sauerstoff. Wir kochen: neue Kartoffeln, Blumenkohl und ein Kasslerkotelett für mich.

Freitag, 18. Dezember

Der Palliativdienst ist da, sehr beruhigend. Katrin hustet heftig, immer mehr. Wenn sie spricht, presst sie ihre Worte unter Druck heraus, was bei mir immer ein gewisses Zwangsverhalten auslöst, nämlich genau das zu tun, was Katrin will. Ich muss gar nichts mehr, sagt sie heute, nichts essen und ich kann auch trinken, was ich will. Katrin wollte etwas von mir, was ich aber nicht machen wollte. Wir wollen nicht streiten. Marlene sagt: Wir stellen uns völlig auf Mami ein und widersprechen nicht mehr, das regt sie doch nur auf. W i r müssen uns ändern, nicht sie. Maximilian kommt an, er schläft bei Freunden. Weihnachtspost.

Samstag, 19. Dezember

Nachmittags; wir sitzen im Kreis um Katrin herum. Sie erzählt von ihrer Ausbildung an der Folkwang-Universität in Essen, ihrer Schauspielzeit am Theater in Marburg, sie ist ungewohnt offen. Sie erwähnt auch, was sie sonst nie tat, ihre TV-Auftritte in Derrick-Krimis. Katrin sitzt auf der Couch, den Oberkörper nach vorn gebeugt, ihre Ellenbogen auf den Knien, den grauen Turbankopf immer wieder in den Händen haltend. Der Sauerstoffschlauch in der Nase, die Stimme gepresst und leise. Wir hören zu und fragen manchmal nach. Kantaten von Bach begleiten uns.

Draußen ist es gar nicht adventlich, 14 Grad; bei uns brennen die Kerzen, die vielen Amaryllensträuße sind voll aufgeblüht und entfalten ihre üppige Schönheit. Ich mache mich dann auf ins Weihnachtsoratorium im Michel, Hamburgs Hauptkirche, zum 36. Mal, diesmal allein, ohne Katrin, die so viel husten muss und keine Luft bekommt. Sie hatte mich gebeten, ohne sie dort hinzugehen. Mir ist nicht wohl dabei, bin traurig.

Als ich von unserer Wohnungstür noch einmal zurückblicke ins Wohnzimmer, sitzt Katrin am Tisch, den Kopf aufgestützt, sie wirkt auf mich verzweifelt einsam. Aber sie ist es ja nicht. Oder sind wir alle einsam? Sind wir alle eine Insel? Im Michel mache ich etwas, was ich nie zuvor gemacht habe: Ich zünde ein Kerze für Katrin an. So viel Schönheit habe ich durch sie erfahren, so viel Liebe und Sorge und Fürsorge. Weil mir wund ums Herz ist, lehne ich mich eine Weile an einen Kirchenpfeiler. Bin auch ich einsam? Wer weiß das denn schon?!

Marlene ist bei Katrin geblieben, sie hören das Oratorium zu zweit. Es war schön, werden sie mir später sagen, alles, alles hänge mit Abschiednehmen zusammen, Abschied nehmen von einem gemeinsamen Leben, das jetzt endet. Als ich gegen 18 Uhr wieder zu Hause bin, sage ich zu Marlene: Ich gehe da bestimmt nie wieder hin. Ich habe dort, eingehüllt in Wehmut und Trauer, gesessen, ohne auch nur eine Note mitbekommen zu haben. Abends bei der russischen Gurkensuppe im kleinsten Kreis kommt mir dieser Abend wie der intimste Abend überhaupt vor. Ich habe ihn als tragischen Abend empfunden mit meiner todgeweihten und sterbenden Frau, meiner Lebensbegleiterin, der Mutter meiner Kinder. Es war ein fröhlicher Abend voller Liebe und Zuwendung. Wir saßen bei Katrin und strichen über ihren schönen Kopf. Sie war ganz bei mir und doch auch wieder nicht.

Sonntag, 20. Dezember, 4. Advent
Katrin schläft lange, schon früh hat sie eine Morphintablette genommen und auch das Tavor-Medikament, das ihr mehr Luft
bringen und Panik- und Angstattacken vermeiden soll. Es macht
sie schläfrig und apathisch. Ihre Schwester aus Berlin kommt
gegen 13 Uhr, sie wusste noch nicht, dass Katrin die Chemo endgültig abgesetzt hat. Zwischen den beiden wächst ein ganz zärt-
liches Gespräch, Katrin spricht von ihrem Schwesterchen, ich
hab dich sehr lieb.

Die Schwester wiederholt ihren Vorschlag, Katrin eine Kreuz-
fahrt schenken zu wollen. Das geht alles nicht mehr, sagt Katrin,
aber meine Beerdigung, wenn du da helfen kannst, dann würde
ich mich freuen.

Das habe ich sowieso vor, antwortet ihr Gegenüber.

Für mich ist es das Allerschlimmste, dass ich meinen Mann hier
allein zurücklassen muss und meine Kinder. Ihre Stimme bricht,
dann verabreden die beiden, bald wieder reden zu wollen, öfter
noch als bisher.

Am frühen Abend skypen Marlene und ich mit meiner Schwester in New Orleans, wir erzählen von Katrin und weinen. Maximilian kommt, wir essen veganen Auflauf, spielen dann Trivial Per-
suit, das wir Tipsy nennen. Schön war's mit uns vieren.

Montag, 21. Dezember
Der Palliativdienst ist schon sehr früh da, wie angekündigt. Auf
die Leute ist wirklich Verlass. Die Sauerstofffirma liefert einen Apparat mit dreißig Litern Sauerstoff.

Ich fahre mit dem Rad zu meinem türkischen Friseur in der Grin-
delallee, er flammt auch die Härchen in den Ohren ab und schneidet
die Augenbrauen. Katrins beste Freundin kommt, sie lenkt uns ab
von unserem Schmerz, wir reden über früher; mein alter Kinder-

und Jugendfreund ruft an, ich kann nicht viel reden und schon gar nicht über unsere Situation hier und breche bald ab.

Nachmittags redigiere ich mein Buch Nichtschwimmer, suche nach Flöhen, wie kleine Fehler genannt werden, und finde welche. Katrin liegt auf dem Sofa und hört Weihnachtslieder. Maximilian kocht vegan gebratene Gnocchi, sie schmecken gut; hinterher gibt es Sekt und Aperol Spritz. Es regnet, 15 Grad. Weihnachtspost trifft ein. Der Dirigent Kurt Masur ist vorgestern gestorben.

Dienstag, 22. Dezember

Wieder besucht eine Ärztin vom Palliativdienst Katrin, Tag für Tag ist eine Pflegerin an ihrer Seite. Marlene kocht Loup de mer mit Spinat, toll gewürzt. Aus Heidelberg trifft ein Päckchen mit vier Weihnachtskerzen und einer Karte von Paul Klee ein, sie zeigt seine Zeichnung Engel voller Hoffnung. Weihnachtspost.

Mittwoch, 23. Dezember

Ich bin bei meiner Therapeutin. Gottes Gedanken sind größer als Ihre eigenen, tröstet sie mich; das Nachher wird sich finden, sagt sie, als ich danach fragte, was die Zukunft bringen werde. Die Situation muss getragen, sie kann nicht gelöst werden, sagt sie.

Maximilian kauft für die Weihnachtstage ein. Nachmittags besuchen zwei Freundinnen aus der klassischen Tanzszene Katrin, sie bringen Haschisch mit und rauchen ihn, auch Katrin; er tut ihr gut, sie ist entspannt und ein wenig gelöst. Die zwei Stunden – mit selbstgebackenem Weihnachtsstollen – sind mit tiefen und vertrauten Gesprächen gefüllt. Ein wichtiger Besuch; Katrin spürt, wie sehr sie geliebt wird. Es geht ihr überraschend gut heute, wie lange mag das anhalten? Ich esse Rehrücken mit Wildpreißelbeeren und Kartoffelpüree, allein, Katrin mag nichts essen, unsere Kinder essen vegan oder vegetarisch.

Donnerstag, 24. Dezember, Heiligabend
58,3 Kilo. Der Abend: Marlene kocht für uns vier: vegan! Rote-Bete- Carpaccio mit verschiedenen Gewürzen, schmeckt wunderbar. Als Hauptspeise gibt es geschmorten Weißkohl mit Tofu, Nüssen und Kräutern. Wir essen unsere Teller komplett leer, nur Katrin mag nicht so recht.

Einen Baum haben wir dieses Jahr nicht, Katrin wollte ihn nicht, weil so viele Erinnerungen schönster Art daran hingen. Sie wollte sich dem in ihrer jetzigen Lage nicht aussetzen; wir verstehen das.

Marlene hat die Weihnachtskrippe mit vierundsechzig Figuren auf der alten Truhe gebaut, daneben stehen die beiden Silberleuchter mit weißen Kerzen. Alle achtzehn Kerzen im Raum sind von rot auf weiß gewechselt; ein wunderschönes Weihnachtszimmer, eingehüllt in Johann Sebastian Bachs Weihnachtsoratorium.

Katrin und ich sind festlich gekleidet, die Kinder leger. Vor dem Essen servieren wir einen eisgekühlten Crémant. Wir stehen ganz dicht beieinander, die schlanken Sektgläser mit den weißen Blüten in der Hand, wünschen wir uns Frohe Weihnachten. Katrin muss sich sehr schnell setzen und auch die Sauerstoffmaske wieder aufsetzen, ohne sie geht es nicht mehr.

Maximilian setzt sich neben Katrin, die in tiefen Gedanken versunken ist und fragt: Woran denkst du gerade, Mami?

Katrin: An die Blumen auf meiner Beerdigung. Weiß und gelb sollen sie sein.

Wir reden lange über den Tod, den Tod ihrer Mutter, den Tod von Stiefvater Hugo, der hoch in den Achtzigern – in seinem Sessel sitzend – eines Freitags still eingeschlafen war; nicht einen Tag, nicht eine Stunde war Hugo in seinem langen Leben jemals krank gewesen.

Das Weihnachtszimmer ist voller Trauer und Kümmernis. Katrin hustet viel, es geht ihr nicht gut. Gestern war es eine Ausnahme. Katrin nimmt jeden Morgen und jeden Abend eine Morphintablette, anders geht es nicht mehr und eine Tavor, die ihr Erleichterung bringt. Katrin hat sich geschminkt, die Lippen ein wenig nachgezogen und die Kette mit den beiden Goldplättchen angelegt, auf denen die Künstlerin Helle Adler die beiden Kinderporträts eingraviert hat. 1983 war das, vor zweiunddreißig Jahren. Die Goldplättchen an der Kette sind mein Lieblingsschmuck. Die Porträts von Marlene und Maximilian sind nach Fotos und persönlicher Ansicht gefertigt worden, als die Kinder ein halbes Jahr alt waren. Ich liebe diese Amulette.

Katrin trägt einen feingewebten grauen Pulli, darunter ein schwarzes Topp, einen bodenlangen Rock. Sie sieht sehr zart, sehr gebrechlich aus; in ihren schönen Augen steht die helle Angst – Angst vor dem Ersticken, die auch an diesem Abend nicht von ihr weicht. Im Schlafzimmer steht das Sauerstoffgerät, in einem Behälter brummelt und brodelt es, der Sauerstoff wird darin angefeuchtet, bevor er durch die Nase in Katrins Lungen strömt.

Für Geschenke haben wir auch dieses Jahr keinerlei Aufwand betrieben. Wir trinken Crémant. Marlene ist seit gestern erkältet, sie erscheint mir sehr verletzlich und voller Trauer. Redet wenig. Ich fühle mich erdenschwer, bedrückt und ohnmächtig gegenüber dem, was ist und was kommen wird. Ich bin wund und alt. Kurz vor Mitternacht endet dieser schmerzlichste aller Heiligabende.

Freitag, 25. Dezember, 1. Weihnachtstag
Wir drei frühstücken, ohne Katrin, sie schläft noch. Später sitzen wir an ihrem Bett, vermitteln ihr und uns das Gefühl von Zusammenhalt, und dass wir ihr, dass wir einander nahe sein wollen. Dann sehen Katrin und Marlene eine Folge der britischen Fernsehserie Downton Abbey, sie spielt in 1912.

Währenddessen sitze ich am Wohnzimmertisch mit dem Rücken zum Fernseher und betrachte aufmerksam die Weihnachtskrippe, unseren diesjährigen Weihnachtsmittelpunkt. Der Esel ist mein Brennpunkt. Auf einem Esel ist Jesus später in Jerusalem eingezogen; außerdem die beiden Kamele mit den blauen und roten Satteldecken. Ich nippe an einem Cointreau, sehe die in Rötel gehaltenen Kinderzeichnungen über der Krippe lange an, vor dreißig Jahren haben wir unsere Kinder zeichnen lassen.

Sehe die weißen Amaryllen an, die weiße Chrysantheme, den Weihnachtstisch mit Nüssen und Keksen, Apfelsinen und Mandarinen. Wohl nie wieder werde ich mich so beschenkt fühlen wie heute Abend, geht es mir durch den Kopf. Nie wieder wird mich der Zauber in Besitz nehmen, wie Katrins Sinn für Schönheit und Harmonie diesen Sinn immer wieder in mir hervorgerufen hat.

Am Himmel vor dem Wohnzimmerfenster steht ein fahler Vollmond, weiß-graue Wolkenschleier ziehen an seinem hellen Hof vorbei; ich sehe Bilder voll Verwunschenheit, ein wenig gespenstisch, ein wenig bedrohlich.

Katrin muss husten, immer wieder, sie ist müde, ihr schöner Kopf, grau kommt er mir heute vor, sinkt öfter nach vorn auf ihre Knie. Sie telefoniert mit Berlin, mit ihrer Schwester, die morgen kommen will. Marlene streichelt Katrins Kopf und macht ihr ein Kompliment wegen der schönen Haare, die seit der allerletzten Chemotherapie auf Streichholzlänge nachgewachsen sind. Katrin sagt: Ich habe meine langen Haare so geliebt; dies sind meine Krebshaare.

Samstag, 26. Dezember, 2. Weihnachtstag:
Ich stehe früh auf, redigiere die letzten Seiten des Nichtschwimmers. Katrins Sauerstoffzufuhr kann von Stufe 1 bis auf Stufe 5

reguliert werden, je nach Bedarf. Heute wird sie von 3 auf 4 gestellt. Wir machen Fotos von uns vieren: Weihnachten 2015.

Um 21 Uhr liege ich im Bett, erschöpft. Ja, für mich war es so etwas wie ein heiliges Weihnachten, so will ich es jedenfalls sehen, getragen von Fürsorge und Verständnis, Zärtlichkeit und Gemeinsamkeit, von Trost, Abschied und Vergänglichkeit. Aber ist das wirklich so? Die Krippe hat dazu beigetragen, die vielen weißen Kerzen, die vielen weißen Blumen. Weiße Weihnacht. Katrins letztes Weihnachtsfest.

Sonntag, 27. Dezember

Der Palliativdienst hatte uns vor Weihnachten seinen Wochenplan ausgehändigt, wann die Pflegerinnen und Pfleger während der Weihnachtswoche bei uns sind. Sie kommen täglich, während der Weihnachtstage aber waren wir unter uns. Ich fahre Maximilian zum Bahnhof Dammtor, er fährt zurück nach Heidelberg, will am 3. Januar wiederkommen.

Ich gehe früh ins Bett, bin frustriert. Marlene kommt an mein Bett, fragt, wie es mir geht, was los ist. Ich beklage mich bei ihr, fühle mich von Katrins Verhalten enttäuscht, weil sie mich kränkt und verletzt, mich ständig korrigiert, alles, was ich tue, ist falsch. Ich denke an meine Therapeutin, die mir geraten hat, nicht darauf einzugehen, weil Katrin mit ihrer Kritik nicht mich, sondern sich selbst meint und frustriert ist von ihrer verzweifelten Lebenslage. Manchmal kann ich das auffangen, aber nicht andauernd, nicht immer. Heute jedenfalls nicht. Nach dem Gespräch mit Marlene geht es mir besser.

Montag, 28. Dezember

Die Sauerstofffirma kommt früh und wechselt den Sauerstoffspender aus, bringt einen größeren, nimmt den kleineren mit. Der Palliativdienst ist da, versorgt Katrin; ein Arzt des Palliativdienstes verschreibt ihr zehn Tropfen Morphin am Tag, sie sollen den Dauerhusten unterdrücken. Den Hustensaft hat sie abgesetzt, weil er nicht wirkte.

Ich sitze an Katrins Bett. Ich weiß nicht, wie es weitergehen soll, sagt sie, wenn das so weitergeht, will ich ins Hospiz. Auch für dich ist das alles hier unzumutbar, Geliebster. Sie hat Geliebster gesagt und sofort sehe ich ihr alles nach, womit sie mich zuvor kritisiert hatte.

Ich antworte: Ich weiß auch nicht, wie es weitergeht.

Sie sagt: Es kann ja jetzt ganz schnell gehen, es wird ja immer schlechter.

Ich: Keiner weiß, wann es so weit ist, wir wissen es alle nicht.

Katrin hat die Sauerstoffmaske im Gesicht, die Augen geschlossen, das Kopfteil des Elektrobettes ist hochgestellt, ihr Kopf ruht in aufgeschütteltem Kissen, das Fußteil ist leicht angewinkelt.

Der Tag ist hell, auf dem Balkon holen Eichelhäher ihre Nüsse ab, das Wasser im Sauerstoffbehälter brodelt leise vor sich hin, Tag und Nacht. Das Gerät steht wieder auf Stufe 3, weil die Luft etwas besser ist.

Ich wiederhole mir das jetzt ständig, wenn ich kritisiert werde, und versuche inständig, mich daran zu halten: Katrins Situation ist furchtbar, sie hat immer recht, ihre Kritik geht bei mir rechts rein und links wieder raus. Katrins Schwester bleibt bis 20 Uhr.

Dienstag, 29. Dezember

Die Palliativärztin besucht Katrin. Als sie wieder weg ist, sagt Katrin: Es wird jetzt ernst. Mit Es meint sie das Sterben. Im Gespräch mit der Ärztin fiel das Wort von der Vorstufe des Todes, vom Wechsel in das Hospiz des Freien Krankenhauses und vom Sterben zu Hause. Katrin formuliert noch einmal genau, was sie will und was sie nicht will, und verweist dabei auf ihre Patientenverfügung. Da steht alles drin, sagt sie, ich will nicht von meinen Kindern gepflegt werden.

Mittwoch, 30. Dezember
Zwei Freundinnen kommen, sie wollen das Missverständnis aufklären, wonach sie gesagt haben sollen, dass sie mit Katrin, dass sie mit uns kein Silvester feiern wollten. Eine einzige Missdeutung. Große Wiedervereinigung. Sie erzählen Geschichten von ihren Familien, bringen Katrin und mich damit auf andere Gedanken. Vor dem Besuch der beiden wollte Katrin unter Aufbietung ihrer letzten Kräfte die sechs Blumenvasen mit den weißen, jetzt verblühten Blumen reinigen. Ich kann es nicht fassen, helfe aber natürlich dabei, wenn ihr das in ihrem Zustand wirklich so wichtig ist. Und trotzdem: Ich kann nachvollziehen, warum sie das tun muss, weil ich sie eben gut kenne. Ihr Anspruch an sich selbst verlangt das von ihr! Sie bleibt sich treu.

Donnerstag, 31. Dezember
Marlene und eine Freundin gehen auf den Markt und kaufen für den Abend heute ein: Sushi, Lachs, Roastbeef und so manch andere schöne Sache. Silvester. Wir trinken Aperol mit Sekt, Champagner, Wein, hören *Die Fledermaus* von Johann Strauß. Alle haben sich hübsch gemacht. Marlene organisiert den Abend perfekt.

Ab 22 Uhr etwa spielen wir das Spiel: Ich rate mal, was auf dem angeklebten Zettel auf meiner Stirn steht. Jeder kann lesen, welcher Begriff auf der Stirn eines Mitspielers geschrieben steht, nur der Spieler selbst natürlich nicht. Durch geschickte Fragen muss der Mitspieler, der gerade an der Reihe ist, diesen Begriff raten. Wird seine Frage mit Nein beantwortet, wird der nächste Spieler mit seinem Zettel auf der Stirn befragt. Begriffe wie Krokodil, George Sand und Goethe stehen auf den Stirnzetteln, bei Katrin der Spitzname ihrer besten Freundin. Herrlich. Wir lachen, amüsieren uns, lassen uns ablenken. Ausklang eines Jahres, das ich später als Katrins Sterbejahr bezeichnen werde: 2015. Wenige Minuten vor Mitternacht brechen wir ab, füllen die Gläser und warten auf den Glockenschlag des neuen Jahres, 2016.

Freitag, 1. Januar 2016

Eine der insgesamt fünf Palliativpflegerinnen kommt früh, sie fragt Katrin nach ihren Schmerzen auf der Skala zwischen 1 und 10, Katrin nennt die 6.

Auf der Fensterbank blüht seit Tagen eine prächtige Amaryllis. Sie steht in der Vase mit dem breiten silbernen Band, das Licht fällt ganz seltsam, ich sehe lange zu ihr hin. Völlig unerwartet bewegt sich die Blüte, neigt den schönen Blütenkopf ganz langsam, neigt ihn in Zeitlupe und bleibt dann traurig mit dem Kopf auf der Brust, so könnte man sagen, unten hängen. Eine weiße Amaryllis mit gesenktem Köpfchen. Ein Zeichen? Ist das ein Zeichen? Gelber Blütenstaub rieselt auf die grüne Unterlage. Mit dieser intensiven Wahrnehmung beginnt mein neues Jahr.

Samstag, 2. Januar

Es ist kalt, 0 Grad. Erstmals macht Katrin im Bett ihre Morgentoilette, alles andere wäre zu anstrengend; Marlene bringt ihr alle dafür notwendigen Dinge. Nachmittags kommt Besuch, eine Freundin bringt Hühnerbouillon mit. Eines der alten französischen Weingläser ist gestern Abend zerbrochen, Katrin bittet ihre Freundin, ein neues zu kaufen. Mir gegenüber ist Katrin bestimmend, dominant und nicht nett. Sie macht mich vor anderen runter und findet das wohl ganz normal. Ich bin ihre Reizfigur und ihr Blitzableiter. Ihr Verhalten aufzufangen, ist schwer für mich, weil es so oft passiert. Mich an den Rat meiner Therapeutin zu halten, dass Katrin nicht mich, sondern sich selbst meint, gelingt mir nicht.

Sonntag, 3. Januar
Marlene ist seit achtzehn Tagen bei uns, wunderbare Tage waren das, in denen sich so viel verändert hat. Sie macht rein Schiff, hilft, wo sie kann. Heute fährt sie zurück nach München, kauft sich eine Bahncard 100. Maximilian kommt heute aus Heidelberg, löst sie ab. Die beiden haben einen Anwesenheitsplan bis Ende Januar aufgestellt. Darauf ist festgehalten, wer von den beiden wann bei uns in Hamburg ist und wann nicht. So ist immer einer der beiden bei uns.

Montag, 4. Januar
Das Hospiz des Freien Krankenhauses ruft an und fragt, wie es weitergehen soll, denn Katrin sei auf der Kandidatinnenliste um einige Positionen nach oben gerückt. Ob sie noch ins Hospiz wolle oder doch nicht, wird nachgefragt. Wir sind immer noch unschlüssig, sind mit der Onkologie gut vernetzt und wollen den Kontakt zum Hospiz halten, haben aber noch nicht endgültig darüber entschieden. Der Sauerstofftank wird aufgefüllt.

SMS mit Marlene, ob alles gut läuft. Es ist sehr kalt, minus 5 Grad. Katrin kopiert das Weihnachtsoratorium für Maximilians Freundin, eine kleine Erinnerung an sie. Katrin sitzt eine ganze Stunde am Computer, liest hundertzwanzig E-Mails. Abends beim TV eine Flasche Crémant, wir gucken Jane Eyre, eine Verfilmung des gleichnamigen Romans von Charlotte Brontë aus dem Jahr 1847.

Dienstag, 5. Januar
Minus 5 Grad und Schnee. Maximilian und ich, wir reden über
betreutes Wohnen, wenn es so weit ist, in Zinnowitz auf der Ost-
seeinsel Usedom oder der Insel Föhr. Mein Tagebuch zeigt diesen
Eintrag: Senioren-Service-Wentorf; auch darüber haben wir also
gesprochen. Auch Maximilian will mir helfen, das Richtige zu
finden. Seit Maximilian und Marlene abwechselnd bei uns sind,
habe ich die glückliche Erkenntnis, dass Katrin und ich nicht allein sind. Auch ich bin es nicht. Es tut gut, dieses Gefühl. Abends
kommt Marlene aus München an, Maximilian ist gerade nach
Heidelberg abgereist.

Mittwoch, 6. Januar, Dreikönigstag
Eine Freundin schickt herrliche Blumen und eine Karte. Unsere
Haushaltshilfe Julika, sie kommt aus Warschau, ist seit vielen Jah-
ren bei uns; sie erzählt mir, welche Erfahrungen sie mit Sterbenden
gemacht hat. Ihr Bewusstsein bleibt wach, sagt sie, sie nehmen
ihre Umgebung und alles sehr gut wahr, können aber wegen der
Medikamente nicht die Kraft aufbringen, zu reden oder anders am
Leben teilzunehmen.

Ich frage einen Arzt vom Palliativdienst, wie wir mit der Hos-
pizfrage weiter umgehen sollen. Was Katrin essen muss. Soll sie
aufstehen, ein paar Schritte gehen?

Maximilian ruft an: Er sagt, dass Katrin in ein Hospiz wollte,
weil sie angenommen hatte, dass sie zu Hause allein und ohne
ihre Kinder sein würde, aber das sei sie ja gar nicht, weil die beiden
immer bei ihr seien. Außerdem hat Mami geglaubt, dass sie sich
im Hospiz sicherer aufgehoben fühlt als zu Hause, sagt er. Ich erzähle ihm, dass Katrin einerseits sehr apathisch ist und fast den
ganzen Tag das Bett hütet, aber dennoch alles sehr bewusst mit-
bekommt, was um sie herum geschieht und was gesprochen wird.

Maximilian sagt auch noch, dass ihm Katrins Wunsch wichtig sei und wir nicht unsere Wünsche und Vorstellungen über die von Mami legen dürften.

Donnerstag, 7. Januar

Freunde aus dem Süden wollten heute kommen, wir sagen ab; nachmittags besuchen uns enge Hamburger Freundinnen. Katrin telefoniert mit ihrer Schwester in Berlin, die wieder ihre finanzielle Hilfe anbietet, wenn wir sie haben wollen. Macht euch über Geld keine Sorgen, sagt sie. Sie steht so selbstverständlich an unserer Seite, sie ist so hilfreich, als wäre das das Normalste auf der Welt. Danke, liebe Schwägerin!

Einer der drei Ärzte vom Palliativdienst ist da, erkundigt sich. Er händigt uns einen palliativmedizinischen Behandlungsplan aus und erläutert ihn; dort geht es um alle Einzelheiten für die Regel- und Notfall-, aber auch um die Bedarfsmedikation. Auf dem Plan sind alle Einzelheiten aufgeführt wie Medikamente, ihre Wirkstoffe, Dosis und vieles mehr. Wie jeden Tag, ist auch heute eine Pflegerin bei uns.

Bei Katrin zeigt der permanente Sauerstoffmangel Folgen. Vieles versteht sie erst nach vielfacher Wiederholung, manches vergisst sie gleich ganz wieder. Absprachen müssen immer aufs Neue wiederholt werden. Sie verwechselt vieles und kann sich nur noch ganz schlecht und selten konzentrieren. Sie selbst merkt das auch, kann sich aber nicht helfen. Alle Entscheidungen, und seien sie noch so klein und unwichtig, dauern lange: Stehe ich auf? Wasche ich mich? Ziehe ich mich an? Soll ich etwas essen?

Marlene organisiert unseren Alltag, ordnet Medikamente, bezieht mich ein und Katrins beste Freundin; kauft ein Bettlaken; kocht heute wieder, es gibt Nudelauflauf. Es schmeckt. Auch Katrin isst mehr als nur zwei Happen. Ein großer Erfolg.

Marlene fährt zurück nach München. Sie schreibt Maximilian einen detaillierte Mail mit allen notwendigen Einzelheiten, damit er den Status quo kennt und weiß, was gelaufen ist und was er machen muss und was auf ihn zukommt. Er trifft gegen 14 Uhr ein.

Es hat geschneit, gleich taut alles wieder weg; wir haben 5 Grad plus. Es regnet. Die Apotheke liefert neue Medikamente. Maximilian ist sofort im Geschehen angekommen, empathisch, kompetent und zärtlich zugewandt. Wunderbar, danke. Er telefoniert mit dem Palliativdienst, dabei geht es um einen Medikamentenwechsel.

Ich packe heute das Weihnachtsgeschirr weg, bringe es in den Keller. Dabei denke ich an Katrin, mit wie viel Hingabe sie das schöne, alte Geschirr hütet und wertschätzt. Vorher habe ich das auch stets wahrgenommen, heute aber geht es mir nahe, sehr nahe. Sie kann das nicht mehr, wie schrecklich ist das alles. Alles, was schön war bei uns und schön ist, das geht auf Katrins ästhetischen Sinn zurück, auf ihre Sorgfalt und besondere und beständige Fürsorge für das schöne Detail. Es gibt beinah unendlich viele Beispiele dafür. Ich werde vieles davon langsam aus den Augen verlieren, aber ich werde ihren Sinn für Schönheit immer lieben, mehr als ich es Katrin je gezeigt habe.

Maximilian kocht Pesto a lá Siciliana, es schmeckt gut. Katrin isst reichlich von einer Hühnersuppe, die eine Freundin ihr gekocht hat. Wir sitzen danach auf dem Sofa, trinken Crémant, der ihr gut bekommt, und Rotwein. Um 22 Uhr liege ich im Bett, Maximilian sorgt für Katrin, sitzt bei ihr am Bett. Später lernt er noch für eine Prüfung in Heidelberg.

Samstag, 9. Januar

Es ist noch sehr früh, kurz nach sieben morgens. Plötzlich bekommt Katrin Panik, ruft nach Maximilian, er gibt ihr Tavor. Sie sitzt jetzt auf dem Theaterstuhl in der Halle, völlig aufgelöst, er trägt Katrin ins Bett, verabreicht ihr Morphin. Ich habe von diesem Vorfall nichts mitbekommen, war schon früh im Büro. Später hält sie mir vor, nicht auf ihre Panik reagiert zu haben.

Heute steht großes Waschen bevor. Große Leistung von Katrin. Eine Stunde hat's ungefähr gedauert, das ist aber wirklich okay. Jetzt fühlt Katrin sich wohl, auch im neuen Nachthemd und ganz ohne Tavor und doch auch mit einer gewissen Routine. Die Pflegerin mit dem holländischen Akzent ist heute dran.

Katrin bittet Maximilian und mich an ihr Bett und sagt unter Tränen, wie sehr sie sich über die familiäre Hilfe freue, dass wir ihr helfen: Marlene, Maximilian und ich. Sie bedankt sich sehr für unsere Zuwendungen, für unsere Liebe.

Sonntag, 10. Januar

Marlene und Maximilian chatten. Sie erwähnt dabei das Medikament Tarceva, das angeblich gegen Lungen- und Pankreaskrebs eingesetzt wird. Ein Telefonat mit der Hausärztin am Montag bringt Klarheit. Maximilian ist großartig, er ist Tag und Nacht in Bereitschaft. Gegen 18 Uhr kommt seine Freundin, sie war ein paar Tage auf Fehmarn. Eine sehr ruhige Nacht.

Montag, 11. Januar

Maximilian und seine Freundin fahren mit dem Auto zurück nach Heidelberg, es ist neblig. Katrins beste Freundin kommt mit eigener Bettwäsche vorbei, sie bleibt über Nacht, weil sich eine Lücke zwischen der Anwesenheit von Marlene und Maximilian aufgetan hat.

Es wird ein schöner Tag mit ihr, sie hinterlässt einen ganz eigenen Eindruck auf Katrin, ist viel ruhiger, als wir es sind, abgeklärt und ausgleichend. Eine andere Freundin kommt nachmittags, bleibt zu lange. Katrin wirkt erschöpft, zerstreut, sie bringt vieles durcheinander, sitzt zart und durchsichtig auf der Couch. Die Freundin kocht Wildschweinbraten und Bratkartoffeln, Katrin isst gut, auch Lachs ist dabei, wir trinken Crémant, der bekommt immer.

Dienstag, 12. Januar

Eine Nacht ganz ohne Unterbrechung. Katrin muss sehr erschöpft sein. Die Freundin bleibt noch den ganzen Tag, hilft richtig bei den vielen Kleinigkeiten. Bei der Medikation, beim Toilettengang, auch nachts, ist immer zur Stelle. Sie ist die unspektakuläre gute Freundin, die selbstverständlich und ohne sich selbst einmal zu erwähnen, hilft.

Ich hole Marlene vom Bahnhof Dammtor ab, die beiden regeln die Übergabe. Auf einer vierseitigen Übersicht hat Maximilian jede geringste Kleinigkeit festgehalten, die bei Katrins Betreuung beachtet werden muss: Es geht ums Essen (Mami isst ja ungern, aber ich koche trotzdem, bisher hat sie dann auch immer etwas gegessen), es geht um Medikation oder auch darum: ab und an kontrollieren, ob im Sauerstoffgerät genug destilliertes Wasser ist.

Marlene hat auf nachdrücklichen Wunsch von Katrin Weißwürste vom Delikatessengeschäft Dallmayr aus München mitgebracht. Hier kauft sie noch Brezeln und Krautsalat, süßen Senf und Weißbier. Auf Katrins ausdrücklichen Wunsch und nach ihrem Willen soll es einen Bayrischen Abend bei uns geben, weil Marlene nach München ausgewandert ist. Ab 18 Uhr sitzen wir zu acht bei uns am Tisch und essen und trinken original bayrisch; nichts hatte sich Katrin dringlicher gewünscht, war es ihr doch nicht vergönnt gewesen, ihre Tochter am Theater in München zu besuchen. Mit dieser Aktion wollte sie München nach Hamburg holen. Es hat sie alle Anstrengungen der Welt gekostet.

Mittwoch, 13. Januar

Katrin geht es schlecht, sie bekommt keine Luft; das Sauerstoffgerät ist auf 4 eingestellt, eine Stufe vor dem höchsten Anschlag. Unsere Julika kommt, macht alles wieder hübsch und gründlich. In Zukunft will sie dafür nicht entlohnt werden, möchte da sein für uns, für Katrin insbesondere. Möchte etwas zurückgeben dafür, was wir ihr damals gegeben haben, als sie vor dreißig Jahren nach Hamburg kam und ihre erste Stelle bei uns antrat. Sie möchte das alles ganz ohne Aufheben machen. Und genau so macht sie es.

Um 10 Uhr bin ich bei meiner Psychotherapeutin, erzähle ihr von den letzten drei Wochen und von meiner Enttäuschung über unsere Freunde während des Bayrischen Abends. Mein Vorwurf: Sie besuchen Katrin, tun aber so, als läge Katrin nicht im Sterben, sondern als wären die Tage bei uns immer noch die alten, wie wir sie in Gesellschaft kannten, gastfreundlich und immer ein offenes Haus. Die Therapeutin sagt: So ist das, die Frauen reden viel, reden über Alltags- und Haushalts- und Einkaufsgeschichten. Das sei ein gesellschaftliches Phänomen, den Tod draußen vor zu lassen und das Sterben auch. Und die Männer, sagt sie, kommen mit der Situation nicht zurecht, fühlen sich unwohl, sie können keine Lösung anbieten, sind deshalb schwach oder fühlen sich so und kommen deshalb gar nicht erst ins Haus. Ich sage ihr, wie enttäuschend ich das finde, wie abgewandt und gar nicht freundschaftlich, weil das Sterben völlig ignoriert und gar nicht angesprochen wird.

Nachmittags kommt Katrins Schwester. Katrin liegt im Bett, sie ist sediert, ihr Schmerzempfinden wird gedämpft, die Tabletten lassen sie apathisch werden. Sie bekommt einiges mit, was um sie herum passiert, kann aber vieles, was sie sagen will, nicht mehr artikulieren. Ich will bei euch bleiben, aber ich kann nicht mehr, sagt sie, als ich bei ihr am Bett sitze und Marlene bei ihr auf dem Bett liegt. Katrin isst noch zwei Weißwürste von gestern.

Donnerstag, 14. Januar
Um 10 Uhr kommt eine Ärztin vom Palliativteam. Gespräche über die letzten Schritte, über Sauerstoffzufuhr, über die Medikamente Tavor, Morphin, Effentora und deren stark schmerzlindernde Wirkstoffe; wir reden auch übers Essen und über künstlichen Schlaf, der eingeleitet werden kann, damit der Körper sich vom Mangel erholen kann. Als Vorstufe kann Atosil verabreicht werden, zur Behandlung von Unruhezuständen, sagt die Medizinerin, eine Absprache sei jederzeit möglich.

Aus dem Team ist eine Pflegerin anwesend und auch Marlene. Katrin fragt nach Hilfe für den letzten Schritt; es kommt eine weitere Pflegerin hinzu. Die Ärztin erläutert die Rechtslage und die Sicht der Ärzte und Anwälte. Katrin sagt: Jetzt geht mein Lebensweg zu Ende. Die Ärztin geht gegen 12 Uhr, die Schwestern bleiben.

An der Wohnungstür klingelt es, ein Freund bringt Blumen. Katrin bittet ihn an ihr Bett, redet mit ihm, bedankt sich. Der Freund hatte Blumen und Brief schon abgegeben, wollte schon wieder weiterziehen mit seinem Rad, als wir ihn gerade noch zurückrufen konnten, weil Katrin ihn sehen wollte.

Nachmittags kaufe ich Tee, Katrin meint, ich hätte viel mehr Tee kaufen sollen, sie will das Heft des Handelns in der Hand behalten, wenn sie auch selbst dazu nichts beitragen kann. Eine Pflegerin beruhigt Katrin, gibt ihr ein Medikament. Marlene bleibt lange bei ihrer Mutter. Ich bin bei Freundinnen, darf mich aussprechen, mich mitteilen. Eine Freundin bringt zwei Kerzen und Hühnersuppe vorbei.

Gegen 17 Uhr rollt Marlene Katrin vom Schlafzimmer ins Wohnzimmer, was für ein tragisches Bild. Katrin steht unter starken Medikamenten, sie nehmen ihr die Schmerzen; ihr Köpfchen hängt vornüber, sie ist völlig apathisch. Abends ist Katrins Schwester da, wir essen zusammen. Katrin isst weniger als ein Spatz.

Welch ein Abend, unwirklich, voller Leid und Hoffnungslosigkeit, völlig abwegig. Als Katrin schon im Bett liegt, sitze ich noch allein im Wohnzimmer. Als auch ich zu Bett gehen will, sehe ich Marlene am Bett von Katrin, wo sie voller Inbrunst und hingebungsvoll Katrins Füße wäscht. Zum Erbarmen, dieses Bild. Ich stehe da und kann mich nicht losreißen.

Freitag, 15. Januar

Ich rufe eine Nummer in Wentorf bei Hamburg an, eine Altersresidenz. Ich will mich erkundigen, ob etwas Derartiges für mich infrage kommt. Es seien gerade zwei Wohnungen frei geworden, die könnte ich mir ansehen. Sie seien 44 und 52 Quadratmeter groß und stünden mir zur Verfügung.

Katrins Schwester ist da. Sie hat Pralinen mitgebracht, Asbach Uralt mit Kruste, die Katrin so gern mag. Sie nehmen Abschied voneinander, die beiden streicheln sich, tauschen liebe Worte aus und weinen. Sie wissen, dass sie sich nicht wiedersehen werden. Heute fährt Christine mit dem Auto zurück nach Berlin.

Samstag, 16. Januar

Katrin will mich an ihrem Bett bei sich haben, ich sei zu lange nicht da gewesen, sagt sie. Ich hatte Zeitung gelesen, wie so oft. Sie versteht das nicht, kann unseren Tagesablauf nicht mehr so recht einordnen. Ich schreibe einen Satz auf, der mir eingefallen war, als ich an ihrem Bett saß: Sterben ist furchtbar, der Tod dagegen ist etwas Klares, Unwiderrufliches, Erlösendes.

Eine Freundin ruft an, will Katrin besuchen, die aber mag niemanden sehen. Heute sage ich mir: Ich will nicht nach Wentorf, auch nicht nach Wedel an der Elbe ins Graf Luckner-Haus, in dem ich mich auch erkundigt hatte; ich will nach Zinnowitz auf Usedom, dort oben gehöre ich hin, ans Meer. Maximilian kommt an.

Katrin ist traurig. Es geht mit unserer wunderbaren Zeit zu Ende, es geht nur schneller, als man denkt, sagt sie, während ich an ihrem Bett sitze. Aber wir müssen noch reden. Sie kann fast gar nicht mehr reden, presst jedes Wort einzeln und unter Hochdruck und Anstrengung heraus; es ist schwer zu verstehen, was sie sagt oder sagen will.

Später liegt Katrin im Bett, betrachtet sich lange in ihrem Handspiegel. Sie prüft ihr Aussehen und versucht ihr Bild von sich selbst festzuhalten. Einmal sagt sie: Es geht so schnell vorbei.

Sonntag, 17. Januar
54 Kilo. Maximilian kommt, Marlene fährt nach München, für eine Nacht. Ich rufe das Hospiz des Freien Krankenhauses an: Ob der Platz noch frei sei? Ja, heißt es, Katrin sei auf der Liste weiter nach oben gerutscht, der Platz bleibe erhalten.

Montag, 18. Januar
54 Kilo. Maximilian fährt früh zurück nach Heidelberg und hinterlässt Katrins bester Freundin einen Brief mit Handlungsanweisungen zur Medikamentenvergabe, und wann Katrin Sauerstoff inhalieren muss. Gleich morgens kommt eine Dame vom MDK, dem Medizinischen Dienst der Krankenkassen, sie will feststellen, in welche Pflegestufe Katrin kommt. Es wird die Stu-

fe 3. Das bedeutet: Fünf Stunden Hilfe pro Tag; Ernährung, Mobilität und Körperpflege.

Katrin schläft fast den ganzen Tag, sie ist schwach und angestrengt. Eine Pflegerin des Palliativdienstes sagt ihr in einem wachen Moment: Sie sind unsere Lieblingspatientin geworden. Katrin hat den ganzen Tag nichts gegessen, auch keine Ananas, im Augenblick ihr Leibgericht. Die Freundin kocht, sie bleibt über Nacht, weil Marlene erst morgen kommt. Wir lassen das Weihnachtsoratorium von Johann Sebastian Bach leise laufen.

Dienstag, 19. Januar

Mein Bruder bringt Katrins Lieblingsvase zurück, darin neun weiße Tulpen. Dann sitzen wir lange an Katrins Bett, sie hustet viel, erzählt schleppend von unseren Kindern und von ihrer Schwester, die heute doch noch einmal kommen will. Meinem Bruder halte ich nach dreißig Minuten einen Zettel hoch: Noch zehn Minuten bitte und ankündigen, dass du gleich gehen willst. Katrin ist erschöpft. Mein Bruder verabschiedet sich. Katrins Freundin wäscht und trocknet unsere Wäsche; vom Bett aus sagt Katrin ihr, dass sie die Handtücher richtig zusammenlegen soll, so, wie sie es selbst immer gemacht hat.

Hinter dem Medikamentenvorhang, der dick und schwer ist und Katrin extrem belastet und quält, lebt ein starker Behauptungs- und Überlebenswille, der immer wieder offen hervorbricht, der seine Umwelt wahrnimmt und gewinnen will. Marlene kommt am frühen Abend aus München.

Aufgrund des Berichts eines Palliativarztes an seine Kolleginnen (es ging um Katrins hohen Blutdruck und Medikation) kommt heute Abend noch einmal eine Ärztin und sagt uns auch, dass wir bei der Medikation nichts falsch machen können. Wir waren unsicher geworden, ob wir aus Versehen eine Überdosis oder dergleichen geben könnten. Sie laden keine Schuld auf sich, wenn Ihre Frau und Mutter stirbt. Ursache dafür wäre allein die Krebskrankheit, sagt sie.

Mittwoch, 20. Januar

Guten Morgen, liebster Papi. Ich freue mich, dass wir heute den Tag zusammen verbringen. Kuss Kuss, Marlene. Ein Zettel mit diesem Text klebt an meinem Schreibtischstuhl. Eine Freundin besucht Katrin. Sie erzählt von einer Bekannten, die erst zu sterben bereit war, wenn Personen aus der eigenen Familie nicht in der Wohnung waren. Die Familienbande hätten zuerst gelöst werden müssen.

Donnerstag, 21. Januar

Um kurz vor neun kommt ein älterer Pfleger vom Palliativdienst zu uns. Er soll die Zeit zwischen Marlenes Abreise vormittags und Maximilians Ankunft abends überbrücken helfen. Angenehme Erscheinung, sehr diskret. Er repariert den Inhalator, misst Temperaturen, verabreicht Medikamente.

Mal ganz was anderes, simst Maximilian mir zu, um mich auf andere Gedanken zu bringen, meine Dissertation wird in der renommierten Reihe Heidelberger Forschungen erscheinen. Später mehr. Maximilian. Ich freue mich.

Freitag, 22. Januar

Eine ruhige Nacht. Maximilian ist da und hilft umsichtig, wie immer. Katrins Gesichtsfarbe ist violett, sie ist ungewöhnlich fahrig und nervös. Eine Schwester vom Palliativdienst spritzt Morphin, es hilft. Maximilian rät seiner Mutter, mit ihm ein Glas Crémant zu trinken. Ein kleines Glas, sagt sie und lächelt konspirativ. Dann schläft sie den Tag über.

Ich nehme endgültigen Abschied von meinem Trinchen. Sie nimmt mich nicht mehr wahr, es liegt am Morphin. Ich streichele ihr Gesicht, so schön, und danke ihr für unsere schönen Jahre. Es ist wahr, es ist wahr. Salztränen brennen … was noch?

Samstag, 23. Januar
Ab heute kommt der Palliativdienst zweimal am Tag, morgens und abends. Katrins gesundheitlicher Zustand erfordert diese Änderung. Das Morphin und auch Tavor müssen erhöht werden. Die Morphinmedikation war bisher niedrig, sagt eine Pflegerin, jetzt erreichen wir die mittlere Medikationsebene. Eine sogenannte Morphinpumpe regelt jetzt die Zufuhr.

Katrin stimmt dem schließlich zu, steht aber allem, was da um sie herum passiert, eher skeptisch und abweisend gegenüber: gegenüber der Pflegerin, Maximilian und mir. Endlich gibt sie nach, als die Pflegerin sagt, dass sie mit einem Arzt des Palliativdienstes gesprochen habe: Wenn Sie bei Ihrer Ablehnung bleiben, dann kommen wir nicht mehr zu Ihnen.

Gestern, als wir drei (Marlene ist noch in München) ganz unter uns waren, Katrin, Maximilian und ich, hatte Maximilian in die Runde gerufen: Kommt doch alle mal her. Ich habe etwas, darüber könnt ihr euch sehr freuen. Und damit gemeint, dass wir uns an Katrins Bett treffen sollten. Dann ruft er uns zu: Ihr beiden werdet Großeltern! Meine Freundin erwartet ein Baby!

Katrin ist benommen vom Morphin, weint; ein Lachen bleibt auf ihrem Gesicht stehen. Stille. Mir stürzen die Tränen in die Augen. Nach einer Weile fragt Katrin: Warum so spät, Maximilian?

Ja, Mami, das kann keiner sagen, antwortet Maximilian. Marlene weiß noch nichts davon.

Später höre ich von den Walker Brothers nach langer Zeit wieder einmal The sun ain't gonna shine anymore, und wieder treffen diese Zeilen mein Innerstes:

Die Sonne scheint nicht mehr / kein Mond geht auf / Tränen legen sich wie Wolken vor die Augen / wenn du ohne Liebe leben musst.

Damals, auf See, hatte ich diesen Song gehört: Wieder packt mich die Melodie und berührt mich, heute wie damals. Und wieder spiegeln Melodie und Text meine aktuelle Lebenssituation wider.

Marlene kommt am frühen Nachmittag, bringt bunte Tulpen ins Haus. Maximilian und Marlene stehen in der Küche, er sagt ihr, dass er Vater wird und sie, nun ja, Tante. Wir drei stehen dort und weinen: vor Freude diesmal. Und mit einem Mal ist die Welt eine andere: So heiß! So kalt! Ich weiß nicht, wie mir geschieht. Was mag in Katrin vorgehen? Was bedeutet das für sie? Zu spät, hat sie vorhin spontan gesagt. Und nun? Ich weiß mit ihrer Aussage wohl etwas anzufangen und doch nichts Richtiges.

Sonntag, 24. Januar

Maximilian holt Brötchen, wir frühstücken, er fährt zurück nach Heidelberg. Katrin bleibt im Bett. Sie ist unruhig, will immer etwas sagen, kann es aber nicht mehr ausdrücken. Marlene liest Katrin Märchen der Brüder Grimm vor, Allerleirauh und König Drosselbart und ein weiteres. Im Laufe des Tages kommen Freundinnen, Freunde und Lebensbegleiter ins Haus, sie wollen für Katrin beten, ihr adieu sagen. Eine hochschwangere Freundin nennt Katrin meine Leihgroßmutter.

Montag, 25. Januar

Marlene und ich sitzen an Katrins Bett, es ist früher Morgen. Ich habe eine ansteckende Krankheit, sagt sie, presst die Worte heraus, die Augen geschlossen, ihr sagt mir nicht die Wahrheit. Und: Ihr habt mir gesagt, dass ihr es mir leichter machen wollt, aber ihr macht es mir schwerer.

Marlene sagt: Wir belügen dich nicht, Mami, du bist schwer krank. Du hast Krebs, du weißt es seit fast einem Jahr, du hast es nur vergessen. Wir belügen dich nicht.

Ich antworte Katrin: Wenn du eine ansteckende Krankheit hättest, wärest du in einem Krankenhaus, aber du bist bei uns zu Hause, bei Marlene, bei Maximilian und bei mir.

Katrin muss das alles vergessen haben, die Chemotherapien und die Medikamente müssen ihr zugesetzt haben. Sieht sie uns jetzt freundlicher, dass wir ihr nur Gutes wollen und nichts Übles? Wir sagen, dass Maximilian heute noch aus Heidelberg zurückkommt und Marlene ja auch da ist und dass die beiden sie abwechselnd betreuen und begleiten. Das hatte sie vergessen.

Eine Palliativärztin sagt uns: Es kann jetzt jederzeit vorbei sein. Katrin habe keinerlei Bedürfnisse mehr. Marlene bringt Melodien von Wolfgang Amadeus Mozart an Katrins Bett. Ich fühle mich heute Abend leichter, lichter und heller, aber ich weiß nicht, warum.

Dienstag, 26. Januar

Heute Nacht will Katrin frei sein von allem Irdischen, will keinen Sauerstoffschlauch mehr, sie will das alles nicht mehr, auch keinen Port, nichts, was sie beengt oder einschränkt. Marlene und Maximilian gehen ihr dabei zur Hand, befreien sie von allen Dingen; die beiden campieren vor ihrem Bett.

Katrin will weg, wie sie sagt, sie wiederholt das oft, sie will weg. Aber wohin? Sie ist unruhig und blass, atmet schwer; sonst liegt Stille im Raum. Marlene liegt an Katrins Seite, Maximilian und ich lehnen auf der anderen Bettseite. Wir weinen, wir spüren, dass es zu Ende geht. Wir vier sind fest miteinander verbunden, halten uns an Haupt und Händen. Katrin ist weiß wie Porzellan, ihre Haut wie Alabaster.

Schön und hoheitsvoll ist mein Trinchen bis zuletzt, zart ihre weiße Haut, würdevoll und selbstbewusst, so, wie sie gelebt hat. Adieu, mein Trinchen, ich habe dich sehr geliebt, du warst der Mittelpunkt meines Lebens. Dass ich nichts mehr mit dir teilen darf, trifft mich ins Herz. Keine Gedanken, Ideen, Zukunft, Ziele, Erlebnisse, Hoffnungen, Freuden, Verantwortung, Schmerzen; nichts davon kann ich mehr mit dir teilen. Und du hast so sehr gelitten.

Blumengeschmückt bist du von uns gegangen, mit zwei von unseren Kindern gemalten Bildern, als sie sechs oder sieben waren. Ein Leben lang hast du diese Bilder in deinem roten Portemonnaie aufbewahrt, sie dir immer wieder angesehen. Maximilian hat sie dir zuletzt auf die Brust gelegt, dazu eine rosa Gerbera und eine weiße Rose und eine rote Tulpe von Marlene und mir. So wie diese Blumen geschnitten wurden, so hat dich der Tod geschnitten, mit den Blumen in deinen gefalteten Händen und rosa Blüten an deinem Dekolleté, die Marlene dort abgelegt hat. Auf der Kommode über deiner Stirn brennen weiße Kerzen in dicken Leuchtern, an deiner Seite der sakrale Zierpfosten aus einer alten Kirche, an dessen Krone eine weiße Kerze brennt. Überall in deinem Sterbezimmer stehen Blumen von Familie und Freunden.

Stolz wie eine Hohe Tochter bist du von uns gegangen, hast dich nicht vom Schmerz brechen lassen. Souverän wie in unserem gemeinsamen Leben hast du leise ade gesagt und mich bestürzt und fragend zurückgelassen. Deinen Ehering mit unserem Hochzeitsdatum am 21. November 1980 durfte ich dir von deinem Finger ziehen, du hast ihn mir überlassen, als letztes Geschenk; das hattest du mir noch versprochen, wenn du vor mir gehen müsstest.

Zu meinen schönsten Gefühlen gehörte es, von dir erwartet zu werden. Immer habe ich mich auf dich gefreut, wie du mich empfangen hast und wie ich dir von kleinen und großen Erlebnissen erzählte. Besonders im Jahr der Seefahrt, 1982, als wir getrennt waren. Und du hast nachgefragt, hast alles miterlebt und so haben wir es dann gemeinsam erlebt.

Deine Liebe vermisse ich, deine Aufmerksamkeit, deine Zuwendung. Deine klare Sicht auf Schönes und Gutes. Alles in mir erinnert mich an dich, mein Trinchen, Trinchen! Ich konnte dir vertrauen wie keinem Menschen sonst auf der Welt, in allen Dingen. Und du konntest mir vertrauen, in allen Dingen. In der Liebe, mit den Kindern, in finanziellen Angelegenheiten. Alles haben wir uns anvertraut und fühlten uns miteinander geborgen. Es gab keine Zweifel, keinen Hader.

Mein Trinchen wartet nicht mehr auf mich, jedenfalls nicht hier. Ich habe mich immer sehr auf dich gefreut und du dich auf mich. Auch das gehörte zu unserem Glück.

Epilog

Zu ihrem Grab sind es nur wenige Minuten. Den sanften Hügel hinauf und an den Gräbern entlang, und ich finde ihren Namen auf grauem Granit. Gleich unter dem Rüxbüller Kirchturm ruht sie von allen Tagen aus, den hellen und den schattigen. Ein ruhiges Grab mit Blick bis an den Horizont, umweht von Jod und Salz und Wind. Rose Ausländers Gedicht „Frühling I"[41] kommt mir in den Sinn:

Mit dem Akazienduft
fliegt der Frühling
in dein Erstaunen

Die Zeit sagt
ich bin tausendgrün
und blühe
in vielen Farben

Lachend ruft die Sonne
ich schenke euch wieder
Wärme und Glanz

Ich bin der Atem der Erde
flüstert die Luft

Der Flieder
duftet
uns jung

41 *Gesammelte Werke in sieben Bänden, herausgegeben von Helmut Braun –
S. Fischer Verlag GmbH, Frankfurt am Main 1984 – 1988*

In der Friedlichkeit des nordfriesischen Fleckens Rüxbüll habe ich mich eingerichtet – in der Wohnküche beim Tee mit Kandis und Rum und am freundlichen Kachelofen. In meiner Schreibstube binde ich unsere Liebe und ihr Sterben zusammen, mag beides nicht vergehen lassen. Mit Ziege Heidrun und den Schafen Wolli und Mekka lebe ich auf dem kleinen Resthof mit Fachwerk und Reetdach. Mir ein Kloster oder ein Haus für alte Menschen zu suchen, darüber bin ich bald hinweggekommen. Meine Zuflucht liegt ganz in der Nähe ihres Grabes. Wenn es so weit ist, werde ich an ihrer Seite sein.

Im Nordfriesischen hatten wir uns von der nervösen Stadt zurückgezogen, dorthin, wo man uns mit Vornamen kennt. Fühlten uns angezogen von der Ursprünglichkeit der stets von West nach Ost geneigten Bäume, die wir als liebenswerten Spleen der Natur ansahen – Bäume, die zu beten scheinen. Eingeladen vom nahen Meer, von Wildgänsen und Natur, von Menschen, die es gut mit uns meinen.

In diese heitere Würde bin ich zurückgekehrt, lebe allein hier und bin doch niemals ohne sie.